Marigold und Dennis Fane sind seit über dreißig Jahren verheiratet und fühlen sich in dem kleinen englischen Dorf ausgesprochen wohl. Ihre beiden sehr verschiedenen Töchter leben übergangsweise wieder bei ihnen. Daisy hat sich von ihrem Freund in Italien getrennt und leidet unter Liebeskummer. Suze spart ihr weniges Geld, weil ihre Karriere als Influencerin auf sich warten lässt. Und seit vor Kurzem auch Marigolds Mutter zu ihnen gezogen ist, muss die Familie noch enger zusammenrücken.

Marigold bemerkt selbst, dass sie immer vergesslicher wird. Mit einer Freundin hat sie einen kleinen Shop im Dorf, und als sie die Bestellung des Christmas Puddings für Lady Sherwood verschusselt, kann sie ihre Zerstreutheit nicht mehr leugnen. Dabei notiert sie sich schon alles in ihrem kleinen Notizbuch. Ihre Familie sorgt sich – und mit ihnen das ganze Dorf. Gemeinsam machen sie sich daran, Marigold zu helfen.

JULIA WOOLF ist das Pseudonym von Santa Montefiore. Das englische Landleben kennt sie von klein auf. Die satt-grüne Landschaft und ihre oft eigenwilligen Bewohner inspirieren sie noch heute. Ihre Romane wurden in zahlreiche Sprachen übersetzt und sind nicht nur in England Nummer-1-Bestseller.

Julia Woolf

Marigolds Töchter

Roman

Aus dem Englischen von
Sabine Schilasky

Ullstein

Besuchen Sie uns im Internet:
www.ullstein.de

Ungekürzte Ausgabe im Ullstein Taschenbuch
1. Auflage Januar 2022
© für die deutsche Ausgabe
Ullstein Buchverlage GmbH, Berlin 2020 / List Verlag
© 2020 by Montefiore Ltd
Titel der englischen Originalausgabe: Here and Now
bei Simon & Schuster, London, 2020
Umschlaggestaltung: Sabine Kwauka, München
Titelabbildung: © Ildiko Neer / Trevillion Images (Frau);
Kletterpflanzen: © Chansom Pantip / shutterstock; © Ammak /
shutterstock: Clematis: © AN NGUYEN / shutterstock; © Kuttelvaserova
Stuchelova / shutterstock Fond Struktur: © Lana Veshta / shutterstock;
Baum: © kpboonjit / shutterstock; Blumen: © sakdam / shutterstock;
Rotkehlchen: © Nicky Rhodes / shutterstock; Brücke, Dorf: © Steve
Heap / shutterstock; Himmel: © luckyvewa / shutterstock: Meer +
Klippen: © GlennV / shutterstock; Holzstruktur: © Ploipiroon /
shutterstock; Fensterrahmen: © Kwangmoozaa / shutterstock
Satz: Pinkuin Satz und Datentechnik, Berlin
Gesetzt aus der Slimbach
Druck und Bindearbeiten: CPI books GmbH, Leck
ISBN 978-3-548-06494-9

Für Lily und Sasha

1

Es schneite. Dicke, pludrige Flocken, so groß wie Watte-
bäusche, fielen vom Himmel, während sich erstes Licht
durch die dichten Wolken kämpfte. Marigold stand mit
ihrem Tee in der Hand am Küchenfenster. Sie war von
stämmiger Statur und trug einen rosa Morgenmantel zu
passenden Plüschpantoffeln. Verzückt beobachtete sie,
wie sich ihr die Landschaft langsam in all ihrer herr-
lichen Weichheit enthüllte. Nach und nach tauchte der
Garten aus der Nacht auf: die Eibenhecke, die Beete und
die Sträucher, die Bäume mit ihren knorrigen, verdrehten
Ästen. Alles war geduckt und still, schlafend unter einer
flauschigen Decke. Schwer vorstellbar, dass Leben in der
gefrorenen Erde war. Und noch undenkbarer schien, dass
im Frühjahr wieder Holunder und Flieder blühen würden.
Nein, mitten im Winter konnte man sich den Frühling
nicht ausmalen.

Am Ende des Gartens traten neben dem Schuppen die
Konturen des Apfelbaumes aus dem Schneeschleier her-
vor. Mit seinem massigen Stamm und den gekrümmten
Ästen erinnerte er an eine mythische Kreatur, die von
einem uralten Zauber in der Bewegung eingefroren war.
Oder er war schlicht versteinert vor Kälte, denn es war

wirklich sehr kalt. Marigold sah zu dem Futterspender, der an einem der Äste hing. Er lockte immer noch den einen oder anderen beharrlichen Vogel an, der ihn auf der Suche nach übersehenen Körnern umflatterte. Marigold hatte ihn gestern befüllt, doch jetzt war er leer. Sie hatte ein Herz für die hungrigen Vögel, die den Winter einzig dank ihres Futterspenders überlebten. Sobald sie ihren Tee getrunken hatte, würde sie ihre Stiefel anziehen und den Spender auffüllen gehen.

Sie spürte, dass sie beobachtet wurde, drehte sich um und sah ihren Mann Dennis an der Tür stehen, der sie liebevoll betrachtete. Er war für die Kirche angezogen, trug einen dunkelblauen Anzug und eine Krawatte. Sein graues Haar hatte er seitlich gescheitelt und glatt gebürstet, seinen Bart getrimmt. Für Marigold, die ihn immer noch mit den Augen der Zwanzigjährigen sah, die ihn vor über vierzig Jahren kennengelernt hatte, war er ein gut aussehender Mann. Sie reckte das Kinn und lächelte ihm zu. »Was siehst du denn an?«, fragte sie.

»Dich«, antwortete er, und seine blauen Augen blitzten.

Kopfschüttelnd wandte sie sich wieder zum Garten um. »Es schneit«, sagte sie.

Er kam zu ihr ans Fenster, und sie beide sahen gleichermaßen erfreut nach draußen. »Wunderschön«, seufzte Dennis. »Wirklich wunderschön.« Er legte einen Arm um Marigolds Taille, zog sie an sich und küsste sie auf die Schläfe. »Weißt du noch, wie ich das erste Mal deine Hand gehalten habe, Goldie? Da hat es auch geschneit, nicht?«

Marigold lachte. »Daran erinnerst du mich jedes Mal, wenn es schneit, Dennis.«

Sein Lächeln wirkte verlegen. »Ich erinnere mich eben gern daran. Eine schöne Frau, ein schöner Abend, Schnee und ihre Hand in meiner. Sie war warm, deine Hand. Und du hast sie nicht weggezogen. Da wusste ich, dass ich eine Chance hatte. Du hast mir erlaubt, deine Hand zu halten. Das war damals eine große Sache.«

»Was bist du doch für ein alter Romantiker!« Sie neigte den Kopf zur Seite und wusste, dass er sie wieder küssen würde.

»Und, liebst du deinen alten Romantiker?«, flüsterte er in ihr Haar.

»Tue ich«, antwortete sie. »Du gehörst zu einer seltenen Art. Von der gibt es nicht mehr viele Exemplare.« Sie tippte an seine Brust. »Und jetzt setz dich hin. Ich bringe dir deinen Tee.«

»Solche wie dich gibt es heute auch nicht mehr«, sagte Dennis und ging zum Küchentisch, wo Mac, der schwarz-weiße Kater, auf seinem Stuhl auf ihn wartete. »Ich wusste, dass ich jemand Besonderes gefunden hatte, als ich deine Hand hielt.«

Ihre Tochter Suze kam verschlafen in einem geblümten Pyjama, einer langen grauen Strickjacke und dicken Socken hereingeschlurft. Ihr blondes Haar war ungekämmt, und der dichte Pony fiel ihr über die Augen, während sie auf ihr Smartphone starrte. »Morgen, Schatz«, sagte Marigold munter. »Hast du den Schnee gesehen?«

Suze blickte nicht auf. Sie hatte den Schnee gesehen. Na und? Sie setzte sich auf ihren üblichen Platz neben ihrem Vater und murmelte ein kaum hörbares »Guten Morgen«. Dennis sah Marigold an, sie verstanden sich wortlos. Marigold holte zwei Becher vom Regal. Sie würde Dennis seinen Tee und Suze ihren Kaffee machen, genau wie jeden Morgen. Diese festen Abläufe gefielen ihr. Sie gaben ihr das Gefühl, gebraucht zu werden, und Marigold fühlte sich gern gebraucht. Dann fiel ihr ein, dass sie nicht mehr nur zu dritt waren, und sie nahm noch einen Becher vom Bord.

»Ach du meine Güte, habt ihr schon nach draußen gesehen? Schnee! Das ganze Land wird zum Stillstand kommen«, sagte Nan finster, als sie in die Küche kam. Marigolds Mutter suchte eifrig an allem das Negative und war erst richtig froh, wenn sie es gefunden hatte. »Erinnerst du dich an den Winter 1963?« Sie sog durch die Lippen Luft ein. »Wir saßen eine Woche lang im Haus fest! Dein Dad musste uns mit einem Spaten frei schaufeln. Das hat ihm den Rücken kaputt gemacht, ja, hat es. Ohne einen Kratzer war er aus dem Krieg zurückgekommen, aber er hat sich den Rücken ruiniert, als er uns mit einem Spaten frei schaufeln musste.« Sie zog ihren Morgenmantel fester um sich und erschauderte. »Die Kälte werde ich nie vergessen. Oh, das war wie in Sibirien!«

»Warst du jemals in Sibirien, Nan?«, fragte Suze desinteressiert, ohne den Blick von ihrem Telefon zu lösen.

Ihre Großmutter ignorierte die Frage. »Wir hatten nicht den Luxus einer Zentralheizung wie du, Suze«, sagte sie. »Es war hart. Drinnen waren Eisblumen an den Fenstern, und wir mussten in den Garten, um die Toilette zu benutzen. Im Haus gab es damals keine. Ihr jungen Leute wisst gar nicht, wie gut ihr es habt.«

Marigold schaute aus dem Fenster. Der Anblick des Schnees hatte sie aufgemuntert. Das Land könnte zum Stillstand kommen, dachte sie fröhlich, aber es sähe wie ein Winterwunderland aus.

»Sehr schön«, sagte Nan, als ihr ein Tee hingestellt wurde. Sie war sechsundachtzig, ihr lockiges Haar weiß, ihr Körper gebrechlich und ihr Gesicht so faltig wie Krepppapier. Doch ihr Verstand war messerscharf wie eh und je; die Jahre hatten ihr vieles genommen, aber den nicht. Marigold gab Nan das Kreuzworträtsel aus der Zeitung, bevor sie zur Anrichte ging und zwei Brotscheiben in den Toaster steckte. Nan war erst letzte Woche zu Marigold und Dennis gezogen, nachdem sie monatelang behutsam auf sie eingeredet hatten. Sie hatte sich gesträubt, das Haus zu verlassen, in dem sie während ihrer gesamten Ehe gelebt und zwei Kinder großgezogen hatte, Marigold und Patrick. Dabei zog sie nur ein paar Hundert Meter die Straße weiter rauf. Sie hatte darauf bestanden, dass sie sehr wohl imstande sei, für sich selbst zu sorgen, und gejammert, als würde sie in den Wartesaal zum Sterben geschoben, obwohl sie noch nicht bereit war zu gehen. Am Ende hatte sie mürrisch ihr Haus verkauft, für das sie eine hübsche Summe bekommen hatte, und war zu ihrer Tochter gezogen, wo sie sich in ihrem neuen Zimmer einrichtete. Sie hatte verlangt, dass Dennis die Bilder an den Wänden durch ihre eigenen ersetzte, und er hatte auf seine gutmütige Art gehorcht. Unterdessen hatte Marigold geholfen, Nans Sachen auszupacken und alles zu ihrer Zufriedenheit zu arrangieren. Tatsächlich hatten Mutter und Tochter rasch in eine angenehme Routine gefunden. Nan stellte fest, dass es gar nicht so übel war, jemanden auf Abruf zu haben, und Marigold genoss es, sich um eine weitere Person zu kümmern, weil sie sich gern nützlich machte. Seit über dreißig Jahren betrieb sie den Dorfladen mit dem Postschalter und saß in diversen Ausschüssen – für den Gemeinderat, die Kirche und die eine oder andere Wohltätigkeitsorganisation –, weil sie es mochte, beschäftigt zu sein. Und sie hatte nicht vor, irgendwas davon aufzugeben, nur weil sie sechsundsechzig war. Vielmehr bescherte es ihr ein wohlig warmes Gefühl, nun auch von ihrer Mutter gebraucht zu werden.

»Tja, ich liebe Schnee«, sagte sie und schlug Eier in die Pfanne.

Nan studierte das Kreuzworträtsel durch ihre Brillengläser. »Das ganze Land wird zum Stillstand kommen, sage ich euch«, wiederholte sie. »Ich erinnere mich an den Winter 1963. Vieh ist gestorben, Leute sind erfroren, nichts ging. Überall Tod und Zerstörung.«

»Na, ich erinnere mich an den Winter 2010, und da kamen wir alle klar«, sagte Suze, die nach wie vor auf ihr Smartphone sah.

»Was machst du eigentlich dauernd mit dem Ding?«, fragte Nan, die über den Tisch zu ihr blickte. »Du guckst schon den ganzen Morgen drauf.«

»Das ist mein Job«, murmelte Suze und strich sich mit einer manikürten Hand den Pony aus dem Gesicht.

»Sie ist ›Influencerin‹«, erklärte Marigold und nickte Suze zu, obgleich die es nicht sah. Weshalb sie auch den stolzen, ein wenig verwirrten Gesichtsausdruck ihrer Mutter nicht wahrnahm.

»Was ist denn eine ›Influencerin‹?«, fragte Nan.

»Es bedeutet, dass jeder ich sein will«, informierte Suze sie bar jeder Ironie.

»Sie schreibt über Mode, Essen und, ähm, Lifestyle, stimmt's nicht, Schatz?«, sprang Marigold ein. »Ein bisschen von allem, und das stellt sie auf ihren Instagram-Account. Du müsstest es dir mal ansehen. Die Fotos sind reizend.«

»Verdient man damit Geld, ein bisschen von allem zu machen?«, fragte Nan, die klang, als hielte sie es für keine lohnenswerte Beschäftigung.

»Sie wird jede Menge verdienen«, antwortete Dennis für seine Tochter, weil es ein heikles Thema war. Suze war im Sommer fünfundzwanzig geworden, hatte jedoch keinerlei Pläne, sich eine eigene Wohnung oder einen »anständigen« Job zu suchen. Warum sollte sie auch ausziehen, wenn ihre Mutter es ihr hier so bequem machte und ihre Eltern alles bezahlten? Das wenige, was sie als freiberufliche Journalistin verdiente, ging für Kleider und Make-up drauf, um ihre Auftritte in den sozialen Medien zu befeuern, aber weder ihr Vater noch ihre Mutter waren gewillt, sie deshalb zur Rede zu stellen. Suze war reizbar, und das umso mehr, als ihre ehrgeizigen Ziele nicht näher rücken wollten. Während ihre Schwester Daisy auf der Universität gewesen war und jetzt mit ihrem italienischen Freund in Mailand lebte, Wochenenden in Paris und Rom verbrachte und für ein weltberühmtes Museum arbeitete, saß Suze in dem kleinen Dorf fest, in dem sie aufgewachsen war, wohnte zu Hause und träumte von Ruhm und Reichtum, die aber nicht kommen wollten.

Suze stöhnte, weil alte Leute einfach nichts von sozialen Medien verstanden. »Ich verdiene Geld mit Artikeln für Zeitungen und Zeitschriften, solche Sachen. Ich baue mir ein Profil auf. Das dauert.«

»Ihr jungen Leute«, sagte Dennis grinsend, um seine Tochter friedlich zu stimmen. »Ihr verwirrt uns Alten.«

»Ich habe fast dreißigtausend Follower auf Instagram«, sagte sie ein klein wenig munterer.

»Hast du, Schatz?«, fragte Marigold. Sie wusste zwar nicht, was das bedeutete, nahm jedoch an, dass es viel war. Suze hatte ihrer Mutter einen Instagram-Account eingerichtet, damit sie bei ihren Töchtern auf dem Laufenden bleiben konnte. Und das blieb sie, auch wenn sie selbst dort nichts postete. Sie mochte ihr Handy nicht sonderlich. Und überhaupt sprach sie lieber von Angesicht zu Angesicht mit Leuten.

Dennis schlug die Zeitung auf und trank seinen Tee. Marigold machte ihm sein Sonntagsfrühstück, bestehend aus zwei Spiegeleiern, knusprigem Bacon, einem Würstchen, einem Stück Vollkorntoast und einem Löffel Baked Beans, so wie er es am liebsten hatte. Als sie ihm den Teller hinstellte, lächelte er sie an, seine Augen leuchteten vor Zuneigung. Dennis und Marigold sahen einander bis heute auf diese sanfte, zärtliche Art an, wie es Menschen tun, deren Liebe im Laufe der Jahre nur stärker geworden war.

»Suze, möchtest du etwas?«, fragte Marigold. Suze antwortete nicht. Ihr blondes Haar bildete abermals einen undurchdringlichen Schleier. »Dann gehe ich mal meine Vögel füttern.«

»Das sind nicht *deine* Vögel, Mum«, sagte Suze hinter ihrem Haarvorhang. »Wieso musst du sie immer *deine* Vögel nennen? Es sind bloß Vögel.«

»Weil deine Mutter sie füttert, genau wie dich«, antwortete Dennis, der auf seinem Würstchen kaute. Den Rest des Satzes, *und weil sie dich füttert und für dich sorgt, darfst du auch ruhig ein bisschen Dankbarkeit zeigen*, ließ er unausgesprochen. »Das ist sehr gut, Goldie. Köstlich!«

»Die sterben sowieso bei dieser Kälte«, sagte Nan, die bei dem Gedanken offenbar bereits lauter tote Vögel überall im Garten liegen sah.

»Oh, du würdest dich wundern, wie widerstandsfähig sie sind, Mum.«

Nan schüttelte den Kopf. »Tja, wenn du so rausgehst, holst du dir den Tod. Dann schaffst auch du es nicht bis zum Frühling.«

»Ich bin ja bloß eine Minute draußen.« Marigold schlüpfte mit nackten Füßen in ihre Stiefel, nahm die Tüte mit dem Vogelfutter vom Regal neben der Hintertür und ging hinaus in den Garten. Sie ignorierte den Ruf ihrer Mutter, sie solle sich einen Mantel überziehen. Sie war über sechzig, da musste ihre Mutter ihr nicht mehr erzählen, was sie zu tun hatte. Hoffentlich würde sie nicht doch irgendwann bereuen, sie zum Einzug überredet zu haben.

Marigold seufzte vor Wonne, als sie die ersten Fußspuren in den Schnee trat. Alles war weiß, weich und still. Sie bestaunte die magische Ruhe, die sich über die Welt legte, wenn es schneite. Marigold stapfte durch die Stille und hob den Futterspender aus dem Baum. Vorsichtig befüllte sie ihn und hängte ihn zurück an seinen Zweig. Sie bemerkte das Rotkehlchen auf dem Dach von Dennis' Schuppen, das hier Stammgast war. Es beobachtete sie mit schwarzen Knopfaugen und hüpfte umher, sodass seine Krallen Muster in den Schnee malten. »Hast du Hunger?«, fragte sie lächelnd. Der kleine Vogel kam oft sehr nahe, wenn sie auf den Knien am Beet hockte und pflanzte oder Unkraut jätete. Im Frühjahr war der Garten voller Vögel, aber jetzt, Ende November, waren die klügeren in warme Gefilde gezogen. Einzig dieses Rotkehlchen mit der fluffigen roten Brust blieb, zusammen mit den Amseln, Drosseln, den nervtötenden Tauben und den Möwen natürlich, denn das Dorf lag am Meer. »Hör nicht auf Nan. Du wirst nicht sterben«, sagte sie zu ihm. »Solange ich dich füttere, überstehst du den Winter, und bald ist wieder Frühling.«

Marigold trat einen Schritt zurück, und das Rotkehlchen flog zum Futterspender. Ihr wurde warm ums Herz, als sie es fressen sah. Bald würden andere Vögel hinzukommen. Es war faszinierend, wie schnell sich solche Dinge verbreiteten – ein bisschen wie Dorftratsch, dachte sie amüsiert. Als sie die Hintertür öffnete, dachte sie an die Kirche. Sie musste nach oben gehen und sich anziehen. Die Küche würde sie danach aufräumen. Dennis zog es vor, ein bisschen früher bei der Kirche zu sein, um mit den Leuten zu plaudern. Und sie wollte ihn nicht warten lassen. Er arbeitete so hart unter der Woche, schuftete in seinem Schuppen und fertigte erlesene Gegenstände aus Holz, wie es sein Vater vor ihm getan hatte. Da war es schön für ihn, am Sonntag eine Pause einzulegen und Zeit mit seinen Freunden zu verbringen. Für Marigold und Dennis ging es beim Gottesdienst nicht ausschließlich um Gott. Es war auch ein geselliger Anlass, mit Tee und Keksen hinterher im Kirchensaal. Darauf freuten sie sich jede Woche.

Früher war Dennis jeden Abend in den Pub gegangen, hatte Darts gespielt, ein paar Pints Bitter getrunken und sich mit seinen Freunden unterhalten. Dieser Tage zog er es vor, zu Hause zu bleiben und sich seinem Hobby zu widmen: kleine Figuren zu machen, die er selbst entwarf und auf Borden überall im Haus ausstellte. In seinen großen ruhigen Händen entstanden Ritter oder seiner Fantasie entsprungene Sagengestalten. Sein jüngstes Projekt war eine Kirche, oder vielmehr hatte es als Kirche angefangen, wurde jedoch bald zu einer Kathedrale, und Marigold dachte, dass es sich durchaus zu einem ganzen Dorf mitsamt den Menschen darin entwickeln könnte. Stundenlang formte er schweigend und sorgfältig die Modelliermasse und bemalte sie mit dem Fingerspitzengefühl eines echten Künstlers. Marigold erinnerte es an das Puppenhaus, das er für die Mädchen gebaut hatte, als sie klein gewesen waren. All seine Liebe war in die getischlerte Puppenstube geflossen, mitsamt Mobiliar, Eichendielen, Kaminen und

Tapeten. Eine wunderschön gearbeitete Miniatur, die weit edler war als alles, was man im Spielwarenladen kaufen konnte.

Suze telefonierte mit ihrem Freund Batty, als Marigold nach oben ging, um sich fertig zu machen. Der veränderte Tonfall ihrer Tochter war bemerkenswert. Als wäre sie zwei verschiedene Personen, die eine mürrisch und schweigsam, die andere lebhaft und redselig. Atticus Buckley, genannt Batty, und Suze waren schon seit drei Jahren zusammen. Marigold fragte sich, ob sie jemals heiraten würden. Anscheinend hatten es die Leute heutzutage nicht mehr so eilig damit. Als Dennis und sie sich kennengelernt hatten, waren keine sechs Monate vergangen, bis sie vor den Altar traten. Batty war ein netter Junge, fand sie, trotz seines albernen Spitznamens. Seine Eltern waren beide Lehrer, und er wohnte noch bei ihnen in ihrem großen Haus in der Stadt. Marigold verstand nicht, warum er sich nicht etwas Eigenes mietete; immerhin ging es seiner Gartendesign-Firma gut, wie Suze erzählte. *Junge Leute*, dachte sie kopfschüttelnd. Aber vielleicht war es auch Absicht. Warum hart verdientes Geld für Miete ausgeben, wenn man umsonst bei den Eltern wohnen konnte?

Als Marigold eben nach unten gehen wollte, um den Frühstückstisch abzuräumen, klingelte das Telefon neben dem Bett. Etwas verärgert fragte sie sich, wer sie an einem Sonntagmorgen störte. Sie nahm ab.

»Mum?«

Ihre Verärgerung löste sich in Luft auf, als sie die verzweifelte Stimme ihrer Ältesten hörte. »Daisy, geht es dir gut, Schatz?«

»Ich komme nach Hause.«

Marigold begriff, dass sie nicht von Weihnachten sprach. Ihr blieb das Herz stehen. »Was ist passiert?«

»Es ist aus.« Daisy klang angespannt, als strengte sie sich sehr an, nicht zu weinen. »Ich komme, sobald ich einen Flug habe.« Es entstand eine Pause, in der Marigold sich auf die Bettkante setzte und zu verstehen versuchte, was ihre Tochter ihr erzählte. Marigold mochte Luca. Sehr sogar. Er war elf Jahre älter als Daisy, was ihr anfangs bedenklich vorgekommen war, aber dann hatte er sie mit seinem Charme und der zärtlichen Art, wie er ihre Tochter ansah, erobert. Er war Fotograf, und das war romantisch. Marigold schätzte kreative Menschen, schließlich hatte sie selbst einen geheiratet, und Luca besaß den bunten, leidenschaftlichen Charakter eines Künstlers. Sie hatte geglaubt, die Beziehung würde halten. Nie hatte sie daran gezweifelt. Sechs Jahre waren eine lange Zeit, und Marigold war überzeugt gewesen, dass sie irgendwann heiraten und eine Familie gründen würden. »Ich will nur zu Hause sein, Mum«, sagte Daisy. »Bei dir und Dad.«

»Reden wir darüber bei einer Tasse Tee«, antwortete Marigold in einem beruhigenden Ton. »Es gibt nichts, was eine Tasse Tee nicht besser macht.«

»Es ist endgültig vorbei, Mum«, widersprach Daisy. »Ich gehe nicht wieder zu ihm zurück. Luca und ich haben unterschiedliche Vorstellungen.« Ihre Enttäuschung war beinahe mit Händen zu greifen. »Wir haben einfach unterschiedliche Vorstellungen«, wiederholte sie leiser.

Nachdem Marigold aufgelegt hatte, blieb sie noch eine Weile sitzen. Sie sorgte sich. Daisy war zweiunddreißig, und Marigold wusste, ihre Tochter wollte eine Familie gründen. Sie hatte Luca kennengelernt, als sie ihr Studium in Italienisch und Kunstgeschichte abgeschlossen hatte und zum Arbeiten nach Italien gegangen war. Kurz danach war sie bei ihm eingezogen. Marigold fragte sich, welche »unterschiedlichen Vorstellungen« Daisy meinte; eine davon war gewiss Heiraten. Was sollte es sonst sein? Hatte sie sechs Jahre ihres Lebens in der Hoffnung vergeudet, er wäre der Richtige? So modern und weltgewandt ihre Tochter war, glaubte Marigold dennoch, dass ihr Nestbauinstinkt ausgeprägt war. Hätte Daisy Zeit, jemand anderen zu finden, ehe es zu spät war?

Mit dem unangenehmen Gefühl, das diese Gedanken in ihr auslösten, konnte sie nicht umgehen; deshalb suchte sie nach etwas Positivem, einem Silberstreif am Horizont. Und kaum fand sie ihn, spürte sie pures Glück: Daisy kam nach Hause!

Sie eilte die Treppe hinunter zu Dennis. Er war in der Küche und arbeitete an seiner Miniaturkirche. Nan war in ihr Zimmer gegangen, um sich für den Gottesdienst bereit zu machen, Suze war im Wohnzimmer und telefonierte immer noch mit Batty – sie ging seit Jahren nicht mehr in die Kirche. »Das war Daisy«, erzählte Marigold atemlos. »Sie kommt nach Hause.«

Dennis legte den Pinsel hin und nahm seine Brille ab.

»Sie und Luca haben sich getrennt. Sie sagt, sie haben unterschiedliche Vorstellungen.«

»Ach ja?« Er wirkte perplex. »Und sie haben sechs Jahre gebraucht, um das zu merken?«

Marigold begann, den Tisch abzuräumen. Sie war so daran gewöhnt, hinter ihrer Familie herzuputzen, dass sie es tat, ohne nachzudenken oder sich zu ärgern, weil ihr niemand half. »Es wird schön, sie wieder zu Hause zu haben«, sagte sie.

Dennis zog eine Augenbraue hoch. »Ich kenne jemanden, der sich nicht sehr darüber freuen wird.«

»Tja, Nan wohnt in Daisys altem Zimmer, also muss Suze sich ihres mit Daisy teilen. Sie hat ja zwei Einzelbetten.«

»Allerdings ist Suze es gewohnt, all den Platz für sich zu haben, nicht?« Er grinste. »Vielleicht bringt es sie dazu, sich einen richtigen Job und eine eigene Wohnung zu suchen.«

»Heutzutage ziehen die Kinder nicht mehr aus. Das habe ich gelesen, wo, weiß ich nicht mehr. Sie wohnen ewig bei ihren Eltern, wahrscheinlich, weil sie sich die Immobilienpreise nicht leisten können.«

»Keiner kann sich die Immobilienpreise leisten, der keinen Job hat.« Dennis schüttelte den Kopf. »Du verwöhnst sie. Das tun wir beide.«

»Sie wird eines Tages einen richtigen Job haben und ausziehen, und dann wird sie uns fehlen.« Marigold stellte die Bratpfanne in die Spüle. »Wie schön, dass Daisy nach Hause kommt!«

»Behalte es lieber für dich, wenn du dir den Sonntag nicht verderben willst«, riet Dennis ihr. Er stand auf und stellte seine Miniaturkirche auf den Beistelltisch.

Marigold lachte leise. »Ja, stimmt. Mum wird sagen, dass die Beziehung von Anfang an zum Scheitern verurteilt war, und Suze bekommt einen Nervenzusammenbruch. Behalten wir es vorerst für uns.«

Mit Mänteln und Hüten bewehrt, machten sich Dennis, Marigold und Nan auf den Weg durch den Schnee zur Kirche, die nur fünf Minuten die Straße hinauf war. Nan klammerte sich an Dennis' Arm, als fürchtete sie um ihr

Leben, während Marigold auf seiner anderen Seite ging, die Hände in den Manteltaschen vergraben. Sie kamen an der Grundschule vorbei, die Daisy und Suze besucht hatten, und am Gemeindesaal, wo ihre Brownie-Treffen gewesen waren. Doch einiges hatte sich verändert: Im Dorf hatte es einst eine kleine Tankstelle gegeben, in der Reg Tucker im blauen Arbeitsoverall alle Wagen selbst betankte und den Einheimischen monatliche Rechnungen ausstellte. Die Tankstelle war in den 1990ern einem vornehmen Haus mit Reetdach gewichen. Reg war vor Jahren gestorben und auf dem Friedhof beigesetzt worden. Eine Amsel sang von der Spitze des Kriegerdenkmals auf dem Rasendreieck vor dem Tor. Unten an dem Denkmal lag ein Kranz aus künstlichen roten Mohnblüten, die in der weißen Schneedecke versanken wie das Blut von Gefallenen.

Nan jammerte in einem fort. »Es sieht nur die ersten paar Stunden hübsch aus, danach ist alles brauner Matsch, und überall rutschen die Leute aus und stürzen. Wahrscheinlich rutsche ich auch aus und breche mir den Hals. Das wäre typisch, oder, dass ich im Schnee ausrutsche und mir den Hals breche? Die hätten wissen müssen, dass das kommt, und Salz streuen sollen. Aber nein! Über Nacht wird der Schneematsch Eis, und morgen falle ich hin und breche mir den Hals.«

Marigold versuchte nicht, ihrer Mutter zu widersprechen. Sie war Nans Klagen gewohnt, und sie perlten an ihr ab wie Regen von einem Blechdach. Stattdessen genoss sie den Anblick des verschneiten Dorfes. »Ist es nicht hübsch, Dennis?«, fragte sie und hakte sich bei ihrem Mann ein.

»Sehr hübsch«, stimmte Dennis ihr zu. Er freute sich, in der kühlen Morgenluft zu sein und auf dem Weg, seine Freunde zu sehen. »Ist es nicht großartig, Mädchen?«, rief er jovial aus. »Wir drei, die gemeinsam durch den Schnee wandern?«

»Findest du vielleicht«, brummelte Nan. »Halt mich lieber gut fest, damit ich nicht ausrutsche.«

»Ich dachte, du willst erst morgen ausrutschen und dir den Hals brechen«, sagte Dennis grinsend.

Nan hörte ihn nicht. Sie war bereits von den Leuten abgelenkt, die durchs Friedhofstor Richtung Kirche strebten. »Sie haben den Weg geräumt, wie ich sehe«, konstatierte sie blinzelnd. »Aber besonders gut haben sie das nicht gemacht. Halt mich ja fest, bis wir drinnen sind, Dennis. Wir hätten zu Hause bleiben sollen, statt bei diesem scheußlichen Wetter rauszugehen.«

Dennis tat, wie ihm geheißen, und eskortierte seine Schwiegermutter den Weg entlang, wobei er Freunde begrüßte. »Ist es nicht herrlich!«, schwärmten alle, denn das Wetter war nun mal das Lieblingsthema der Briten.

»Ich musste meine Schneestiefel aus dem Keller holen«, sagt jemand.

»Wir mussten unsere Einfahrt mit einem Spaten räumen«, sagte ein anderer.

Nan schnaubte verdrossen. »Mein Mann, Gott hab ihn selig, hat sich den Rücken ruiniert, weil er uns mit einem Spaten frei schaufeln musste. An deiner Stelle wäre ich sehr vorsichtig.«

In der Kirche duftete es angenehm nach Wachs und Blumen. Nan ließ Dennis' Arm los. Sie konnte Gesprächen mit munteren Menschen nichts abgewinnen, daher ging sie voraus, um sich einen Platz zu suchen. Pflichtbewusst folgte Marigold ihr.

Wie sein Vater schon vor ihm war Dennis der örtliche Tischler. Es gab so gut wie kein Haus im Dorf, in dem er noch nicht gearbeitet hatte. Eine Kommode hier, ein Tisch da, Bücherregale oder Küchenschränke, ein Puppenhaus für die Kinder oder ein Gartenschuppen für den Großvater. Er kannte jeden und plauderte gern. Viele hier betrachteten ihn als lokale Institution, ein Ehrenmitglied der Familie, denn er verwandte genauso viel Zeit aufs Reden wie auf das Aufbauen der Stücke, die er getischlert hatte, und oft kam es vor, dass er, wenn er schon mal im Haus war, auch gleich einen Türknauf auswechselte oder Fugen im Bad nachfüllte, ohne dafür etwas extra zu verlangen. So war Dennis; ein guter Mann.

Sein Handwerk hatte indes seinen Tribut gefordert. Er hatte schlimme Knie, chronische Rückenschmerzen vom vielen schweren Tragen, und an seinem linken Daumen waren Narben von den scharfen Werkzeugen, die er benutzte. Doch Dennis hatte sich stets glücklich geschätzt, weil er tun durfte, was er liebte. Die paar Zipperlein waren ein hinnehmbarer Preis dafür.

Marigold war stolz auf ihren Mann. Er war ein Meister seines Fachs. »Gib ihm ein Stück Holz, und er ist glücklich wie ein Biber«, sagte sie, wenn jemand mit einer Bitte ankam. Und es stimmte. Dennis machte es froh, in seinem Schuppen zu arbeiten und »Planet Rock« im Radio zu lauschen, während der Kater Mac ihm stumm vom Fensterbrett aus zuschaute.

Nichts jedoch machte ihn glücklicher, als Marigolds Weihnachtsgeschenk zu basteln.

Jedes Jahr schenkte er ihr ein Laubsägepuzzle. Es war keine Überraschung, denn sie wusste, was sie bekommen würde, nur nicht, wie es aussähe. Als Erstes wählte er ein Thema aus, dann suchte er nach passenden Bildern, die er auf sechs Millimeter starkes Sperrholz klebte, und zum

Schluss schnitt er das Ganze mit der Laubsäge in Puzzleteile. Es war eine knifflige Arbeit, doch in solchen Dingen war Dennis gut. Letztes Jahr waren es Blumen gewesen, denn Marigold liebte Blumen. Im Jahr davor hatte er Vögel ausgesucht. In diesem Jahr war es eine altmodische Winterszene mit Erwachsenen und Kindern, die auf einer Eisbahn Schlittschuh liefen, während Schnee auf sie herabrieselte. Das Bild hatte er in einem Wohlfahrtsladen entdeckt und glaubte, dass es ihr gefallen würde. In der Kirchenbank schweiften seine Gedanken zum Puzzle ab, und seine Vorfreude wärmte ihn innerlich wie eine der gebackenen Kartoffeln, die seine Mutter ihm früher in die Jackentaschen gesteckt hatte, wenn er im Winter morgens zur Schule aufbrach. Marigold hatte Puzzles schon immer gemocht, und Dennis beherrschte deren Fertigung. Jedes Jahr probierte er etwas noch ein wenig Komplizierteres aus, um den Schwierigkeitsgrad für sie zu erhöhen. In diesem Jahr, da war er sicher, hatte er alle bisherigen übertroffen: Das Puzzle bestand aus über hundert kleinen Teilen, und Marigold säße lange daran, sie zusammenzufügen, denn er hatte kein Foto von dem Originalbild aufgenommen, an dem sie sich orientieren konnte. Dennis blickte seitlich zu ihr. Ihre Wangen waren rosig von der kalten Luft, und ihre braunen Augen funkelten vor Freude über den schönen Wintertag. Dennis nahm ihre Hand und drückte sie. Marigold erwiderte es lächelnd. Nan bemerkte es, schnalzte leise mit der Zunge und schüttelte den Kopf. Sie waren viel zu alt für so was, dachte sie angesäuert.

Nach dem Gottesdienst versammelten sich die Gemeindemitglieder im Kirchensaal zu Tee und Gebäck. Diesen Teil hatten Marigold und Dennis am liebsten. Nan hielt ihn für den verdrießlichsten. Sie lebte seit ihrer Heirat im Dorf und hatte diese Zusammenkünfte ihrem Mann zuliebe ertragen. Doch seit sie verwitwet war, entschwand sie nach Hause, sowie der Vikar seinen Segen gesprochen hatte. Heute blieb ihr keine andere Wahl, weil sie von Marigold und Dennis abhängig war; sie brauchte Dennis' Arm, um heil zurück zum Haus zu kommen.

Marigold und Dennis unterhielten sich mit ihren Nachbarn, John und Susan Glenn, als Marigold ein leichtes Tippen an ihrer Schulter fühlte. Sie blickte sich zu der munteren Eileen Utley um, die in den Neunzigern war und immer noch jeden Sonntag vollkommen fehlerfrei die Orgel spielte. Sie hielt Marigolds Tasche in der Hand. »Die hast du in der Kirchenbank vergessen«, sagte sie.

Marigold schaute die Tasche stirnrunzelnd an. Dann sah sie zu ihrem rechten Arm und erwartete halbwegs, sie wie üblich dort zu finden. Wo sie nicht war. »Wie eigenartig«, sagte sie zu Eileen. »Ich muss mit den Gedanken woanders gewesen sein.« *Vielleicht bei Daisy, die nach Hause kam?* »Vielen Dank.« Sie seufzte. »In letzter Zeit bin ich ein bisschen vergesslich. Es ist nicht das erste Mal, dass ich etwas liegen lasse. Aber sieh einer dich an, Eileen. Du wirst kein bisschen vergesslich, was?«

»Ich bin zweiundneunzig«, verkündete Eileen stolz. »Und ich habe noch alle Tassen im Schrank. Das Geheimnis sind Kreuzworträtsel und Sudokus. Die halten meinen Verstand in Schwung. Der ist nämlich wie ein Muskel. Man muss ihn trainieren.«

»Mum macht jeden Tag das Kreuzworträtsel.«

»Und guck sie dir an.« Beide drehten sich zu Nan um, die eine Tasse Tee in der Hand hielt und sich beim Vikar beschwerte, dass auf der Straße kein Salz gestreut war. Er lauschte ihr mit all der Geduld, die Gott ihm für ebensolche Momente geschenkt hatte. »Sie hat doch auch noch alle Tassen im Schrank, oder?«

»O ja, hat sie.«

»Wie ist es, sie bei euch zu haben?«

»Ich denke, sie ist glücklicher als vorher. Dad ist schon über fünfzehn Jahre tot, und es ist einsam, ganz allein zu sein. Weil sie keine Tiere mag, würde sie sich auch nie einen Hund oder eine Katze anschaffen, die ihr Gesellschaft leisten. Sie duldet Mac, und er macht einen weiten Bogen um sie. Er hat ja sowieso nur Augen für Dennis. Außerdem schien es sinnvoll, weil wir ja Daisys altes Zimmer hatten, das keiner benutzt hat. Und es ist das Mindeste, was ich tun kann. Sie hat sich ja auch achtzehn Jahre lang um mich gekümmert, nicht?«

»Du bist eine gute Tochter, Marigold«, sagte Eileen und tätschelte Marigolds Arm. »Wir sehen uns morgen«, fügte sie hinzu, denn sie kam jeden Morgen um Punkt neun in den Dorfladen. Nicht, dass sie irgendwas bräuchte, aber sie hatte nichts anderes vor.

Marigold hängte sich ihre Tasche über den Arm und fragte sich, warum sie ihr Fehlen nicht bemerkt hatte. *Ich werde wohl alt*, dachte sie ein wenig niedergeschlagen. Und sogleich suchte sie nach etwas Erfreulichem. Dann wurde sie fündig: *Daisy kommt heim …*

2

Am nächsten Tag rief Daisy im Morgengrauen an und sagte, sie hätte für den späten Vormittag einen Flug ab Mailand bekommen und wäre bei Einbruch der Dunkelheit zu Hause. Suze flippte aus. »Bei mir schläft sie nicht!«, verkündete sie, doch ihre Mutter sagte ihr, das müsse sie, weil es kein freies Zimmer im Haus gebe, da Nan jetzt bei ihnen wohne. »Das ist unfair!«, schrie Suze, warf ihre Mähne nach hinten und funkelte Marigold wütend an. »Wo soll ich denn meine ganzen Sachen lassen? Kann sie nicht auf dem Sofa schlafen? Ich meine, es ist doch nur für ein paar Nächte, oder? Ende der Woche ist sie sowieso wieder bei Luca. Es ist absurd, dass ich meinen ganzen Kram wegräumen soll, weil sie beschlossen hat, nach Hause zu kommen. Und auf dem Sofa liegt man gut. Soll sie da schlafen!« Sie war die Treppe hinaufgestürmt und hatte ihre Zimmertür zugeknallt.

Marigold war rausgegangen, um die Vögel zu füttern. In der Nacht hatte es aufgehört zu schneien. Der Himmel war noch wolkenverhangen. Marigold hoffte, dass später die Sonne rauskäme und den Schnee in Abertausende kleine Diamanten verwandelte. Sie nahm den Futterspender vom Ast und blickte sich nach dem Rotkehlchen um, das tatsächlich auf dem Schuppendach erschien. »Suze ist schon immer egoistisch gewesen«, erzählte sie dem Vogel, während sie vorsichtig die Körner einfüllte. »Daran bin ich wohl schuld. Ich habe mein Leben lang hart gearbeitet, genau wie Dennis, damit wir für unsere Kinder sorgen und es ihnen leichter machen können, als wir es hatten. Aber Suze haben wir es zu leicht gemacht.« Das Rotkehlchen neigte den Kopf von einer Seite zur anderen, als bemühte es sich, ihr zu folgen. »Für uns Menschen ist das Leben kompliziert. Ich glaube, ein Vogel hat es leichter.« Sie hängte den vollen Futterspender auf. »Wenigstens kommt Daisy nach Hause. Darüber freue ich mich so, obwohl sie wegen der Trennung von Luca traurig ist. Ich fand es schrecklich, dass sie im Ausland gelebt hat. Aber das kann ich nur dir verraten. Ich habe es gehasst, dass sie so weit weg von zu Hause war.«

Als Marigold in die Küche zurückkehrte, saß Nan auf ihrem üblichen Platz am Tisch. »Mit Daisy wird es hier ganz schön unruhig«, unkte sie mit geschürzten Lippen. »Das Haus ist viel zu klein für uns alle.«

»Es ist zu klein für Suze. Für uns andere reicht es«, korrigierte Marigold.

»Willst du sie ewig bei euch wohnen lassen? Sie ist fünfundzwanzig. Es wird Zeit, dass sie auszieht und selbstständig wird, würde ich meinen. Als ich in ihrem Alter war …«

»Warst du verheiratet mit zwei Kindern im Teenageralter, na ja, fast«, fiel Marigold ihr ins Wort. »Heutzutage ist das anders. Das Leben ist schwieriger.«

»Das Leben war schon immer schwierig und wird es immer sein. Es kommt drauf an, was man daraus macht, hat dein Vater immer gesagt, und er kannte sich aus.«

»Ich muss den Laden aufmachen«, sagte Marigold und ging zur Tür.

»Suze sollte dir da helfen, statt diesen albernen Kram auf ihrem Handy zu machen. Es würde ihr guttun, mal was Richtiges zu arbeiten.«

»Ich brauche keine Hilfe«, entgegnete Marigold. »Ich habe Tasha.«

»Tasha!« Nan schnaubte. »Die ist doch keine Hilfe.«

»Sie ist fleißig.«

»Wenn sie hier ist.«

»Das ist sie meistens.«

»Meistens würde ich nicht sagen. Du bist zu gutmütig, Marigold, warst du immer schon. Na, dann geh. Ich halte hier die Stellung und muntere Suze mit einigen Geschichten auf, was ich als Kind alles aushalten musste.«

Marigold lachte. »Oh, da wird sie sicher begeistert sein.«

Nan lächelte. »Die jungen Leute wissen gar nicht, wie gut sie es haben.« Als Marigold halb aus der Tür war, rief sie ihr nach: »Sei so lieb und bring mir Vollkornkekse vorbei, wenn du einen Moment Zeit hast, die mit Schokolade. Ich tunke sie gerne in meinen Tee.«

Seit über dreißig Jahren führte Marigold den Dorfladen. Solange die Kinder klein waren, war es praktisch gewesen, weil nur ein gepflasterter Hof das Haus vom Geschäft trennte und sie schnell hin und her kam. Beide Gebäude waren hübsche weiße Cottages mit kleinen Fenstern und grauen Schieferdächern, und die Gärten hinten waren zwar nicht groß, grenzten aber direkt an Felder. Letztere gehörten dem reichen Sir Owen Sherwood, weshalb keine Gefahr bestand, dass sie irgendwann bebaut würden, um das Dorf zu vergrößern. Dauernd wurde geredet, dass mehr Häuser gebraucht würden, aber Sir Owens Land verhinderte, dass es hinter ihren Häusern geschah und Dennis und Marigold die Aussicht verdarb. Das Anwesen war groß, mit Wald und Ackerland, und dank ihm war die gesamte Ostseite des Ortes vor Bauunternehmern sicher, während die Westseite vom Meer geschützt war. Ein idyllischer Flecken. Das einzig Störende war – und Marigold gab es ungern zu, weil es wider ihre Natur war, sich zu beschweren – der große Supermarkt, der in den 1980ern wenige Meilen außerhalb gebaut worden war und ihr einiges an Umsatz genommen hatte. Doch sie achtete darauf, weiterhin alles Nötige an Lebensmitteln und auch Geschenkartikel anzubieten, und natürlich war der Postschalter wichtig für die Einheimischen. Sie verdiente recht anständig, genauso wie Dennis. Ja, sie kamen gut aus und waren glücklich.

Tasha war bereits im Laden, als Marigold ankam. Als alleinerziehende Mutter von zwei Kindern unter zehn Jahren und obendrein ein wenig kränklich, war Tasha keine sehr verlässliche Kraft. Ihre Kinder waren ebenfalls oft krank, sie musste zu Hause bleiben, um auf einen Elektriker oder eine Lieferung zu warten, oder sie war übermüdet und brauchte einen Tag, um sich daheim auszuruhen. Marigold sah es ihr nach. Sie mochte weder Streit noch schlechte Stimmung. Und sie sagte sich, dass sie vielleicht nicht immer auf Tasha zählen konnte, aber wenn sie da war, benahm sie sich nett und freundlich, was eine Menge wert war. Die Kunden mochten ihre charmante Art, und außerdem wusste Marigold bei ihr wenigstens, woran sie war.

»Guten Morgen.« Tashas muntere Begrüßung tat Marigold gut.

»Du bist hier«, sagte sie angenehm überrascht.

»Na ja, ich wollte fragen, ob ich heute ein bisschen früher gehen kann. Milly spielt in einem Stück mit, und ich habe ihr versprochen, ihr beim Schminken zu helfen.«

Das konnte Marigold schlecht ablehnen. »Selbstverständlich. Was für ein Stück denn?«

Tasha erzählte es ihr, während sie begann, die Regale aufzufüllen. »Hast du dran gedacht, Baked Beans zu bestellen, Marigold?«, fragte sie. »Wir haben keine mehr.«

»Baked Beans? Bist du sicher?«

»Ja, ich hatte es dir letzte Woche gesagt, weißt du nicht mehr?«

Marigold wusste es nicht mehr. Sie erinnerte sich nicht mal, dass sie darüber gesprochen hatten. »Wie seltsam. Ich erledige das gleich.«

Um neun erschien Eileen Utley. Sie kaufte Milch und blieb noch eine Stunde, um mit anderen Kunden zu plaudern, die einer nach dem anderen kamen, um eine Zeitung oder einen Liter Milch zu kaufen oder ein Paket aufzugeben. Eileen genoss es, mitten im Geschehen zu sein, nicht außen vor, wie sie es war, wenn sie zu Hause vor ihrem Fernseher saß.

Es war ziemlich viel los im Laden, als Lady Sherwood hereinkam. Sie trug einen eleganten Lodenmantel, einen passenden grünen Hut und lächelte Marigold an. Obwohl die beiden Frauen gleich alt waren, sah Lady Sherwood zehn Jahre jünger aus. Ihre Haut war glatt, ihr Make-up sorgfältig aufgelegt, und in ihrem schulterlangen blonden Haar war keine Spur von Grau. Für Marigold war offensichtlich, dass sie es färbte, trotzdem wirkte die Farbe natürlich. Und sie fragte sich, ob diese unangestrengte Eleganz von Lady Sherwood damit zusammenhing, dass sie Kanadierin war. Vielleicht waren die Frauen dort alle von Natur aus glamourös wie Filmstars. Marigold hatte den Atlantik nie überquert, und Lady Sherwoods kanadischer Akzent kam ihr aufregend exotisch vor.

»Guten Morgen, Marigold«, sagte Lady Sherwood liebenswürdig. Doch so freundlich sie sich auch gab, gelang es ihr stets, eine gewisse Distanz zu wahren, immerhin war sie die Frau eines Gutsbesitzers und Marigold die eines Tischlers.

»Guten Morgen, Lady Sherwood«, sagte Marigold, die hinter dem Tresen stand. »Was kann ich für Sie tun?«

»Machen Sie dieses Jahr wieder Christmas Pudding?«

»Ja, mache ich. Möchten Sie einen?«

»Gerne zwei, bitte. Mein Sohn kommt aus Toronto, und wir werden recht viele sein. Letztes Jahr kam der Christmas Pudding sehr gut an.«

»Ah, schön, das freut mich.« Marigold malte sich das elegante Esszimmer der Sherwoods voller vornehmer Menschen aus, die ihren Christmas Pudding aßen, und es erfüllte sie mit Stolz.

»Und wenn ich schon mal hier bin, hätte ich gerne einige Hefte mit First-Class-Briefmarken, bitte.«

Marigold gab ihr die Briefmarken und notierte sich die Bestellung der Christmas Puddings in ihrem roten Büchlein. Sie bemerkte die edlen Lederhandschuhe von Lady Sherwood und wie anmutig sie ihre Hände bewegte. Ja, sie war die eleganteste Frau, der sie je begegnet war. Nachdem sie gegangen war, blieb noch ein wenig von ihrem teuren Parfüm in der Luft. Eileen lehnte sich über den Tresen und senkte die Stimme. »Du weißt ja, dass ich nicht tratsche, aber ich habe gehört, dass sich Vater und Sohn überhaupt nicht grün sind«, sagte sie. »Deshalb ist der Junge nach Kanada gegangen.«

Marigold legte ihr rotes Notizbuch unter den Tresen. »O nein, wie traurig. Nichts ist wichtiger als die Familie«, sagte sie, und wieder wurde ihr warm ums Herz bei dem

Gedanken, dass Daisy kam. Sie müsste jetzt auf dem Weg zum Flughafen sein.

»Ich weiß nicht, was mit dem Anwesen passiert, wenn Sir Owen nicht mehr ist«, fuhr Eileen fort. »Wie ich gehört habe, macht Taran eine Menge Geld in Kanada.«

»Wenn Sir Owen so alt wird wie du, Eileen, erbt Taran frühestens in fünfzig Jahren!«

»Er ist das einzige Kind. Es wird seine Pflicht sein, zurückzukommen und das Anwesen zu übernehmen. Sir Owen versteht was vom Leben hier, so wie sein Vater Hector auch. Also, der war ein guter und anständiger Mann, hat meinen Vater mietfrei in einem der Cottages wohnen lassen, als er seine Arbeit verloren hatte und Monate brauchte, um eine neue Stellung zu finden. Ich glaube nicht, dass Taran wie die ist. Ich glaube, dass es ihm nur ums Geldverdienen geht.«

»Wie kommst du darauf, Eileen?«

»Sylvia tratscht nicht, aber sie hat die eine oder andere Bemerkung gemacht«, sagte Eileen. Gemeint war die Haushälterin der Sherwoods, eine gutmütige Fünfzigjährige, die seit über zehn Jahren für die Familie arbeitete. »Wenn Sir Owen stirbt, gibt es Ärger.« Bei dem Gedanken an die Aufregung leckte Eileen sich genüsslich die Unterlippe.

Marigold versuchte, weiter Leute zu bedienen, während Eileen mehr Dorfklatsch erzählte. Sie hatte zu jedem, der in den Laden kam, etwas zu sagen. John Porter hatte sich mit seinem Nachbarn Pete Dickens wegen einer Magnolie in den Haaren, die zu groß geworden war. Mary Hansons Bernhardiner hatte Dolly Nesbits Katze totgebissen, was dazu führte, dass Dolly mitten auf dem Dorfanger in Ohnmacht fiel. »Sie ist immer noch im Bett und erholt sich von dem Schock«, sagte Eileen. »Mary hat angeboten, ihr eine neue Katze zu besorgen, aber Dolly sagt, ihre Precious ist nicht zu ersetzen. Wenn du mich fragst, sollte der Hund eingeschläfert werden. Niemand dürfte einen Hund, so groß wie ein Pferd, frei im Dorf herumlaufen lassen.« Jean Miller, die seit Kurzem verwitwet war, tat sich schwer mit dem Alleinsein. »Armes Ding. Ich kann ihr sagen, dass man sich nach einer Weile dran gewöhnt, und es gibt ja das Fernsehen. Ich mag *Bake Off* besonders und *Strictly Come Dancing*, aber man kann heute ja alles Mögliche sehen. Dieser nette Cedric Weatherby, du weißt schon, der vor Kurzem in Glorias früheres Haus gezogen ist, hat ihr einen Kuchen gebacken und vorbeigebracht. Da war genug Brandy drin, um sie für eine ganze Woche betrunken zu machen!« Dann kam sie auf den Commodore zu sprechen, der mit seiner Frau Phyllida in einem allseits bewunderten georgianischen Haus wohnte und von seinem Schlafzimmerfenster aus auf Maulwürfe schießen wollte. »Er hat versucht, sie mit Autoabgasen zu ersticken, und einen Schlauch an seinen Auspuff angeschlossen. Das ist nach hinten losgegangen, und beinahe hätte er sich selbst vergast«, sagte Eileen schadenfroh. »Er sagt, die sind eine Plage und machen ihm überall Hügel auf seinen Rasen, aber seit ich als Kind Beatrix Potter gelesen habe, mag ich die kleinen Tierchen.«

Wenig später kam Nan herein, die sich über die Kälte beschwerte. »Das ist sibirisch!«, schimpfte sie, als sie zur Tür hereineilte und Schnee an ihren Stiefeln nach drinnen schleppte. »Ah, hier ist es schön warm.« Sie wartete, bis Marigold zu Ende bedient hatte, und erinnerte sie an ihre Vollkornkekse.

»Oh, entschuldige, Mum, die habe ich vergessen. Eileen hat mich abgelenkt.«

»Unsere Daisy kommt heute nach Hause«, sagte Nan lächelnd. »Suze ist nicht froh darüber, weil die beiden sich ein Zimmer teilen müssen.«

»Ist das nicht ein bisschen früh für einen Weihnachtsbesuch?«, fragte Eileen.

Bevor Marigold sich etwas ausdenken konnte, hatte Nan schon dem größten Klatschmaul im Dorf von Daisys und Lucas Trennung erzählt.

»Sicher versöhnen sie sich wieder«, sagte Marigold, um Schadensbegrenzung bemüht.

Aber Nan schüttelte den Kopf. »Nein, vorbei ist vorbei, Marigold. Man trennt sich nicht nach sechs Jahren und kommt dann wieder zusammen. Glaub mir, das war's.«

Suze kam am frühen Nachmittag mit einem Stapel Pakete. Um ständig neue Kleider und neues Make-up kaufen zu können, musste sie die Sachen verkaufen, die sie nicht mehr haben wollte. Sie hatte eine Website, über die sie Sachen secondhand verkaufte, und machte ein kleines Geschäft daraus, auch wenn es nie Gewinne abwerfen würde. Nach wie vor war sie wütend, weil ihre Schwester kam, und hatte bisher nichts aus ihrem Zimmer geräumt, um Daisy Platz zu machen. »Wie gesagt, sie kann auf dem Sofa schlafen«, wiederholte sie. Marigold war froh, dass Eileen endlich nach Hause gegangen war und den drohenden Streit nicht mitbekam.

»Das klärst du mit Daisy. Ich halte mich raus«, sagte sie. »Obwohl ich finde, dass ein wenig Freundlichkeit in dieser Situation nicht verkehrt wäre.«

»Wer hat wen abserviert?«, fragte Suze.

»Weiß ich nicht. Das hat sie nicht gesagt, nur dass sie unterschiedliche Dinge wollen.«

Suze grinste. »Luca will nicht heiraten, Daisy aber

schon.« Dann ergänzte sie provozierend: »Heiraten ist so altmodisch!«

»Ich bin froh, dass deine Großmutter das nicht hört.«

»Oh, das sage ich ihr gerne persönlich. Die Zeiten haben sich geändert.« Mit diesen Worten warf sie ihr Haar nach hinten und tänzelte aus dem Laden. Ihrer Mutter blieb es überlassen, die Pakete zu wiegen und zu frankieren.

Tasha war gegangen, und es war still. Marigold blickte nach draußen. Es wurde früh dunkel. Sie saß auf dem Hocker hinterm Tresen und holte tief Luft. Sie war müde. *Es muss am Wetter liegen*, dachte sie. Diese dunklen Morgen und Abende sogen einem die Kraft aus. Den ganzen Tag war die Sonne nicht rausgekommen, und obwohl der Schnee liegen geblieben war, gab es keine glitzernden Diamanten.

Als sie abends die Tür abschließen wollte, sah sie, dass Suzes Pakete noch darauf warteten, versandfertig gemacht zu werden. Stirnrunzelnd blickte Marigold hin, als sähe sie die Kartons zum ersten Mal. Sie war sicher, dass sie sie schon gewogen und frankiert hatte. Aber nein, da waren sie, und es waren nicht einmal Briefmarken drauf. Ein seltsames Kribbeln kroch über Marigolds Haut, und sie brauchte ein bisschen, bis sie erkannte, was es war. Sie empfand Angst, tief im Innern, kalt und unmissverständlich: Etwas stimmte nicht. Gestern hatte sie ihre Handtasche in der Kirche gelassen, jetzt hatte sie Suzes Pakete vergessen. Sie war nicht fahrig, ganz im Gegenteil. Auf sie konnte man sich verlassen, alles gut zu organisieren. Ihr Leben lang hatte sie ein sehr gutes Gedächtnis gehabt. Den Laden und den Postschalter zu betreiben, mit allem, was dazugehörte, hatte schnelles Denken und ein hervorragendes Erinnerungsvermögen verlangt. Und bisher hatte Marigold sich auf beides verlassen können.

Sie trat hinaus in die Dunkelheit und schloss die Tür hinter sich zu. Vorsichtig ging sie über den vereisten Hof zum Haus, wobei sie sich merkwürdig unsicher fühlte. Aus dem Fenster schien goldenes Licht, und sie konnte ihre Mutter und Suze am Küchentisch sitzen sehen. Neben Nan lag eine offene Packung Vollkornkekse. Marigold wurde noch bedrückter, als ihr einfiel, dass sie die auch vergessen hatte. *Ich verliere den Verstand*, dachte sie unglücklich. Sie beschloss, ihr Gehirn zu trainieren, wie es Eileen vorgeschlagen hatte.

Nan war mitten in einer Geschichte, als Marigold zur Hintertür hereinkam, und Suze, die zu entkommen versuchte, stand an der Tür zum Flur. Marigold schaute aus dem Fenster. Im Schuppen brannte noch Licht. Dennis war schon den ganzen Tag dort. Sie wusste, dass er an ihrem Weihnachtsgeschenk arbeitete, und fragte sich, was für ein Bild es sein würde. Bei dem Gedanken musste sie lächeln und fühlte sich schon besser. Sie war müde und, so ungern sie es zugab, wurde alt. Es war vollkommen normal, in ihrem Alter Dinge zu vergessen. Sie musste sich einfach mehr Mühe geben, sich zu erinnern.

Um sieben Uhr flog die Haustür auf, und Daisy kam herein, ganz zerzaustes braunes Haar und großer Steppmantel. Sie zog einen riesigen Koffer hinter sich her. Marigold ließ den Holzlöffel fallen, mit dem sie gerade die Soße umrührte, und eilte hin, um ihre Tochter zu umarmen.

»Schatz, was für eine Überraschung! Du hättest anrufen sollen. Dad hätte dich am Bahnhof abgeholt.«

»Ich habe ein Taxi genommen«, sagte Daisy.

»Du siehst erschöpft aus!«, rief Marigold, deren Mutterinstinkt beim Anblick ihrer blassen Tochter mit Wucht einsetzte. »Komm schnell rein ins Warme.«

Dennis, der eben seinen Schuppen abgeschlossen hatte, strahlte. »Lass mich den nehmen.« Er nahm Daisy den Koffer ab. »Was hast du da drin? Die Kronjuwelen?«

»Mein Leben«, antwortete Daisy mit einem matten Lächeln. Sie schlang die Arme um ihren Vater und begann zu weinen.

»Jetzt bist du ja zu Hause, Kleines«, sagte er und klopfte ihr auf den Rücken. »Wo du hingehörst.«

»Wir kümmern uns um dich«, stimmte Marigold ein, die das ungekämmte Haar ihrer Tochter und die tiefen Ringe unter den schmerzerfüllten Augen wahrnahm. Sie sehnte sich danach, Daisy ein warmes Bad einzulassen, ihr ein gutes Essen zu servieren und sie wieder gesund zu pflegen.

Suze erschien unten an der Treppe und wirkte verlegen. »Hi«, sagte sie, ohne Anstalten zu machen, sich Daisy zu nähern. »Das mit Luca tut mir leid.«

»Danke«, antwortete Daisy, doch sie wurde von Nan abgelenkt, die durch den Flur auf sie zukam.

»Du bist zu gut für ihn«, sagte sie und umarmte ihre Enkelin. »Italienern kann man nicht trauen. Wir müssen dir einen netten Engländer suchen.«

Trotz ihres Kummers lachte Daisy. »Im Moment will ich gar keinen, Nan.«

»Natürlich nicht«, pflichtete Dennis ihr bei.

»Was du brauchst, ist eine schöne Tasse Tee«, sagte Marigold.

»Bis Ende der Woche seid ihr wieder zusammen«, kam es von Suze.

Daisy reckte das Kinn. »Ich will ihn nicht zurück«, erwiderte sie entschlossen. »Es ist vorbei. Ich bin zu Hause.« Sie sah ihre Mutter an und lächelte ein wenig. »Also, wo ist der Tee?«

3

»Ich habe einen Plan«, erklärte Daisy. Sie saß zwischen
ihrem Vater und Nan am Küchentisch, Suze gegenüber, die
sie unter ihrem langen Pony hervor beobachtete und vergeblich versuchte, Interesse zu heucheln. Ihre talentierte
Schwester mit ihrer vernünftigen Art und dem unabhängi-
gen Leben hatte ihr immer schon das Gefühl gegeben, eine
Versagerin zu sein.

Marigold stand am Herd. Wie typisch für Daisy, alles
schon parat zu haben, dachte sie stolz. Sie war von jeher
eigenständig gewesen. »Und was für einen?«, fragte sie.

»Ich habe genug Geld gespart, um zu tun, was ich immer
schon wollte«, antwortete Daisy, und ein scheues Lächeln
trat auf ihre Züge.

»Und was ist das, Schatz?«, fragte Marigold.

»Ich will zeichnen und malen. Ich meine, nicht als
Hobby – das mache ich schon seit Jahren –, sondern be-
ruflich.«

»Wurde aber auch Zeit«, sagte Dennis begeistert. Er hatte immer gewollt, dass Daisy Künstlerin wurde. Darin war
sie gut. Dazu war sie geboren. Seiner Meinung nach war
es Verschwendung, dass sie in einem Museum arbeitete,
anstatt ihre Kreativität auszuleben.

»Ja«, sagte sie und atmete tief durch. Das Risiko schien sie nervös zu machen. »Ich probiere es mal.«

Nan schürzte die Lippen. »Ich glaube nicht, dass man mit Malen viel Geld verdienen kann.«

»Da würde dir Hockney vermutlich widersprechen, Nan«, sagte Daisy.

»Oder Peter Doig oder Damien Hirst«, ergänzte Dennis grinsend.

»Wer ist Peter Doig?«, fragte Suze und rümpfte die Nase.

»Aber denkt an die vielen Tausend Maler da draußen, von denen keiner je gehört hat«, fuhr Nan fort. »Verarmt und auf Kosten der Familie lebend.« Sie warf Marigold einen bedeutungsschwangeren Blick zu, doch die tat, als würde sie ihn nicht sehen.

»Wir alle müssen irgendwo anfangen, Nan«, sagte Daisy. »Und ich werde es nie wissen, wenn ich es nicht versuche.«

»Was willst du malen?«, fragte Suze, die beunruhigte, dass ihre Schwester offenbar nicht vorhatte, zurück nach Mailand zu gehen.

»Tiere«, antwortete Daisy. »Ich werde Tierporträts malen. Die kann ich gut. Und sobald ich das nötige Selbstvertrauen habe, werde ich auch Menschen malen.«

»Das ist eine großartige Idee«, sagte Marigold begeistert.

»Danke, Mum.«

»Dann hast du deinen Job gekündigt?«, fragte Suze.

»Ja.«

»Und die haben dich einfach so gehen lassen?«

»Ja.«

Suze zog die Augenbrauen hoch. »Geht der Laden nicht vor die Hunde ohne dich?«

Daisy lachte. »Ich habe in einem Museum gearbeitet, Suze, nicht das Land regiert!«

Ihre Schwester ließ die Schultern hängen. »Also bist du jetzt für immer hier?«

»Ja, ich gehe nicht wieder zurück.«

»Das freut uns, stimmt's, Goldie?«, sagte Dennis munter.

»Sehr«, beteuerte Marigold, der das Herz überging vor Glück, sodass kein Platz mehr blieb für Sorgen oder Zweifel. Sie nahm ihre Schürze ab und hielt den Kochlöffel in die Höhe. »Das Essen ist fertig. Und ich finde, wir sollten eine Flasche Wein aufmachen, meinst du nicht, Dennis? Um Daisys Heimkehr zu feiern.«

»Auf die stoße ich an!«, antwortete Dennis und stand auf.

»Und ich darauf, dass wir Luca los sind«, sagte Nan, die eine Grimasse schnitt. »Den habe ich nie gemocht.«

Nach dem Abendessen hievte Dennis den schweren Koffer nach oben und stellte ihn in Suzes Zimmer, womit er die Diskussion stumm, aber entschieden für beendet erklärte. Suze musste eben in den sauren Apfel beißen und hinnehmen, dass ihre Schwester wieder zu Hause einzog – fürs Erste. Es bestand immer noch die Chance, dass Daisy und Luca ihre Differenzen beilegten oder Daisy ihre Wohnsituation so beengt fand, dass sie sich etwas zur Miete suchte.

Suze hatte sich eindeutig nicht vorgestellt, dass sie ihr Zimmer über längere Zeit mit ihrer Schwester teilen müsste. Allerdings machte ihr die Tatsache Hoffnung, dass Daisy nicht mal versuchte, ihre Sachen auszupacken. Sie beobachtete, wie Daisy in dem großen Koffer nach ihrem Pyjama wühlte, und bot nicht an, auf ein paar Regalen Platz zu machen. Hier war ja kaum genug Platz für sie selbst!

Später, als beide Mädchen zu Bett gingen und das Licht

löschten, wurde Suzes Herz ein wenig weicher, denn sie hörte Daisy leise in ihr Kissen weinen. Dass Suze von Natur aus egoistisch war, hieß nicht, dass sie keine Gefühle hatte. »Ich räume morgen mal ein paar Sachen um und mache dir Platz«, flüsterte sie, auch wenn sie wusste, dass sie es am nächsten Morgen bereuen würde.

»Tut mir leid. Du hast nicht damit gerechnet, dass du dein Zimmer teilen musst, oder?«

»Alles gut. Wir kriegen das schon eine Weile lang hin. Ist ja nicht für immer«, sagte Suze hoffnungsvoll.

»Wie läuft es mit Batty?«

»Gut. Sehr gut. Was ist mit Luca passiert?«

»Er will nicht heiraten und …« Daisy holte zittrig Luft. »Er will keine Kinder.«

»Oh.« Damit hatte Suze nicht gerechnet. »Ihr habt wirklich unterschiedliche Vorstellungen.«

»Ja.«

»Ich weiß genau das richtige Tier für dich als Motiv«, sagte Suze munter. »Ein Hund. Ein riesiger, so groß wie ein Pferd, und er hat gerade eine Katze gekillt, also hat er diesen fiesen, geiernden Ausdruck, der es witziger für dich macht.«

»Hat er wirklich eine Katze getötet?«

»Ja, Dolly Nesbits Katze, um genau zu sein.«

»Oh, das ist übel. Wie hieß die noch? Precious? Dolly muss am Boden zerstört sein.«

»Sie ist umgekippt. Ja, sie könnte sogar sterben.«

»Oh, Suze, das darfst du nicht sagen!«

»Na ja, sie ist alt, oder? Und alte Leute verkraften so einen Schock oft nicht.« Suze kicherte. »Sie sah vorher schon halb tot aus, und jetzt würde ich sagen, sie ist es zu drei Vierteln.«

Daisy lachte mit. »Du bist echt witzig.«

»Weiß ich.« Suze seufzte. »Ich sollte Comedian werden.«

»So weit würde ich nicht gehen.«

»Alles wäre besser als das, was ich jetzt mache«, sagte Suze. »Mum, Dad und Nan finden, ich soll mir eine richtige Arbeit suchen.«

»Aber sie würden Comedian nicht für eine richtige Arbeit halten.«

»Immer noch besser als das, was ich jetzt mache.«

»Du solltest ein Buch schreiben. Früher hast du dauernd Geschichten geschrieben. Du kannst gut mit Sprache umgehen, und du bist begabt. Dir fehlt einfach nur der Glaube an dich.«

Suze kicherte. »Ich wüsste gar nicht, worüber ich schreiben soll.«

»Bedien dich aus deiner Erfahrung. Machen das nicht alle Schriftsteller?«

»Ich habe nicht viel Erfahrung, Daisy. Im Gegensatz zu dir habe ich mein ganzes Leben in einem kleinen Küstendorf verbracht, und mir ist noch nie etwas Aufregendes passiert.«

»Dann schreib über das, was dich interessiert.«

»Die Sachen, die mich interessieren, würden kein gutes Buch ergeben. Mode und Make-up passen eher zu Zeitschriften – und meinem Instagram-Account.«

»Wie läuft der eigentlich?«

»Schleppend.«

»Verdienst du damit Geld?«

»Werde ich irgendwann. Wenn ich genug Follower habe, bezahlen mich Firmen, um Sachen zu posten.«

»Und wie viele Follower brauchst du dafür?«

»Ein paar Hunderttausend.«

»Und wie viele hast du?«

»Fast dreißigtausend.«

Es entstand eine kurze Pause, als Daisy überlegte, was sie Aufmunterndes sagen könnte. »Okay, also hast du noch eine Strecke vor dir, aber du schaffst das schon.«

»Ich arbeite dran. Manchmal denke ich, ich kann die Welt erobern, aber meistens bezweifle ich, dass ich irgendwas erobern kann.«

Daisy lachte leise. »Wir sind mal ein Paar!«

»Ja, sind wir«, bestätigte Suze und war erstaunt, wie warm ihr bei diesem Gedanken wurde. »Gute Nacht, Daisy.«

»Gute Nacht, Suze.«

Und sie schliefen zum vertrauten, ruhigen Atmen der jeweils anderen ein.

Am nächsten Tag war der Himmel aufgeklart, und die Sonne schien hell auf den Schnee. Marigold stand hinterm Ladentresen, als Mary Hanson hereinkam, um Bier für die Handwerker zu kaufen, die ihr Haus strichen. Bernie, ihren Bernhardiner, hatte sie an einen Pfosten gebunden, und der Hund legte sich in den Schnee, um dessen Kälte bestmöglich zu nutzen, ehe er wieder schmolz. Bernie hechelte, sodass Wolken aus seinem Maul aufstiegen. Eileen lehnte am Tresen, und Tasha war hinten, um die Baked-Beans-Lieferung auszupacken. Marigold hoffte, dass Eileen nichts von Dollys Katze sagte.

»Guten Morgen, Mary«, sagte Marigold.

»Guten Morgen. Ist es nicht ein schöner Morgen? Endlich kommt die Sonne raus.«

»Ja, eine schöne Abwechslung, nicht?«

»Und ob!«

»Ähm, Mary, ich wollte dich fragen, ob du mir einen Gefallen tun kannst.«

»Ja, sicher, Marigold. Welchen?« Mary sah sie fragend an und hoffte, dass es keine Zumutung sein würde. Außerdem musste sie schnell zurück zu ihren Handwerkern.

»Meine Tochter ist zurück aus Italien, und sie möchte sich gerne als Malerin versuchen. Sie ist sehr gut, war sie immer schon, nur hatte sie nie das Selbstvertrauen. Jetzt fragt sie sich, ob du erlaubst, dass sie ein Porträt von deinem Hund malt.«

Mary strahlte. »Bernie? Sie will Bernie malen? Ja, natürlich darf sie das! Das wird ihm sicher gefallen.«

»Oh, schön. Ich sage es ihr. Sie ist kurz weg, kommt aber nachher wieder.«

»Ich gebe dir meine Handynummer, dann kann sie mich anrufen.«

Einen Moment später kam Mary mit zwölf Bierdosen zum Tresen. »Ich warte dann auf Daisys Anruf.« Sie nahm ihr Portemonnaie aus der Handtasche. »Und ich erzähle Bernie die gute Nachricht, da freut er sich sicher schon. Er ist noch nie gemalt worden.«

»Wenn es gut wird, stellt sie das Bild vielleicht im Gemeindesaal aus«, sagte Marigold. »Sie hofft nämlich, dass sie es zu ihrem Beruf machen kann.«

»Was für eine gute Idee! Und ein prima Ort für Werbung. Die Engländer sind ja nun mal hundeverrückt.« Mary grinste. »Ich würde eher Bernie malen lassen als meine Kinder, aber verrat es Brian nicht!«

Marigold lachte. »Nein, tue ich nicht.«

Als die Tür hinter Mary zufiel, schüttelte Eileen den Kopf. »Und ich verrate es Dolly nicht. Dass der Mörder ih-

rer Katze in Ölfarbe verewigt wird, könnte ihr endgültiges
Ende sein.«

Daisy ging den Weg oben an den Klippen entlang. Hier
war sie ewig nicht mehr gewesen. Obwohl sie ein paarmal
im Jahr nach Hause gekommen war, zu Weihnachten und
gewöhnlich einmal im Sommer, hatte sie nie Zeit für Spaziergänge gehabt. Sie erinnerte sich, diesen Weg als kleines Mädchen hinaufgehüpft zu sein; die Rufe ihrer Mutter
hatte der Wind fortgeweht. Nichts hatte sich verändert.
Alles war genauso wie immer. Doch sie hatte sich verändert. Und jetzt sehnte sie sich nach ihrer Kindheit. Wie
unkompliziert das Leben damals gewesen war. Sorgenfrei,
zumindest schien es jetzt so. Ihre sechs Jahre in Italien,
die gut gewesen waren, fühlten sich nun wie verlorene,
vergeudete Jahre an, die sie investiert hatte, ohne etwas
herauszubekommen. Und sie fürchtete, dass ihr Herz sich
nicht mehr davon erholte. Es war ein bleiernes Gewicht
auf ihrer Brust. Sie trauerte um den Tod einer Beziehung,
doch ihre Liebe lebte weiter und hatte nichts mehr, worauf
sie sich richten konnte.

Die Wahrheit war, dass Luca von Anfang an ehrlich gewesen war. Er wollte weder heiraten noch Kinder haben.
Sie war es, die so dumm gewesen war zu glauben, sie
könnte ihn umstimmen. Sie hatte gedacht, er würde sie so
sehr lieben, um ihr zu geben, was sie sich wünschte, dass
sie nur durchhalten müsste, bis er letztlich nachgab. Dann
kam der Punkt, an dem ihr klar wurde, dass er es nicht
würde. Das war letzte Woche gewesen.

Nicht Luca hatte sie verraten, sondern sie ihn. Schließlich hatten sie so vieles gemeinsam. Sie war eine Künstlerin, genau wie er, ein unabhängiger Freigeist. Beide

liebten sie Kunst, Musik und Kultur. Keiner von ihnen war besonders materialistisch. Sie hatten einfach, aber gut gelebt und die sinnliche Fülle Italiens genossen: das Essen, den Sonnenschein, die Kunst und Architektur und vor allem das schöne Land. Er hatte geglaubt, dass sie dasselbe wollten, während sie sich insgeheim immer mehr gewünscht hatte. Es war nicht er, der die Ziele verrückte, sondern sie. Wenn sie sechs Jahre ihres Lebens gespielt und verloren hatte, war es ganz allein ihre Schuld.

Jetzt war sie zu Hause und musste von vorn anfangen. Eine neue Karriere und ein neues Leben – dennoch fühlte es sich eher an, als würde sie das alte wieder aufnehmen. Sie wollte nicht wie Suze bei ihren Eltern wohnen. Eigentlich wollte sie auch nicht in diesem kleinen Dorf wohnen. Sie war an das Leben im Ausland gewöhnt, in einer Großstadt. Sie war es gewohnt, unabhängig zu sein, nur hatte sie jetzt keine Wahl. Ihr fehlte das Geld, sich ein eigenes Haus zu kaufen, und sie wollte ihre Ersparnisse nicht für eine Miete drangeben, wenn sie mietfrei zu Hause wohnen konnte. Sie musste sparsam sein, wenn sie es ernsthaft als Malerin versuchen wollte. Fürs Erste würde sie keine Käufer finden, und falls irgendwann doch, könnte sie keine hohen Preise verlangen, weil sie noch neu war. Nan hatte recht, sie würde nicht viel verdienen, aber was machte das, solange sie glücklich war? War es nicht wichtiger, das zu tun, was man liebte, als sich in einem öden Job abzuplagen, bloß um Geld zu verdienen? Falls sie sich als Künstlerin etablierte und damit ihren Lebensunterhalt verdiente, konnte sie immer noch entscheiden, wo sie Wurzeln schlagen wollte. Das Problem war, dass sie sich ein Leben in Mailand aufgebaut hatte und sich nichts sonst wie zu Hause anfühlte, nicht einmal dieses Dorf.

Der Spaziergang in der Sonne war erfrischend. Noch lag Schnee auf den Hügeln und die Luft war kalt. Der Wind, der die Klippen heraufblies, biss Daisy in die Wangen. Möwen segelten am eisblauen Himmel, und auf dem Wasser wippten kleine Boote, von denen die Fischer ihre Netze auswarfen. Alles war so hübsch, und Daisy seufzte, als sich ihr Kummer ein wenig lichtete. Es war schön, wieder hier zu sein, nur traurig, dass es mit einem gebrochenen Herzen einherging. Ihr war klar, dass sie Italien und ihre Freunde dort vermissen würde, doch sie musste lernen, wieder in England zu leben. Versuchen, neue Freunde zu finden. Es war ein Furcht einflößender Gedanke, neu anzufangen. Daisy fragte sich, ob sie sich jemals wieder verlieben würde. Sie ging zurück in Richtung Dorf. Ohne Italien und Luca, die sie definierten, musste sie herausfinden, wer sie war, und lernen, diese Person zu mögen, bevor sie auch nur in Erwägung ziehen konnte, jemandem ihr Herz zu öffnen. Momentan war es für sie unvorstellbar, jemals jemand anderen zu lieben als Luca.

Zu Hause ging sie in den Laden ihrer Mutter. Marigold bediente gerade den Commodore, den Daisy schon seit ihrer Kindheit kannte. Commodore Wilfrid Braithwaite, wie er richtig hieß, war ein Freund ihres Großvaters gewesen. Als er sie sah, leuchteten seine Augen, und bei seinem Lächeln gruben sich noch mehr Falten in sein Gesicht. »Na, das ist mal eine Augenweide«, rief er aus. »Bist du schon wegen Weihnachten zurück, Daisy?«

Daisy erwiderte sein Lächeln. In seinem Dreiteiler mit Krawatte und Filzhut sah der Commodore ganz nach einem Landadligen aus. »Genau genommen bin ich für immer zurück«, antwortete sie.

Er zog die buschigen weißen Brauen zusammen. »Ach du liebe Güte, hast du deinen Italiener dortgelassen?«

»Ja, habe ich.«

»Tut mir leid, das zu hören.«

»Es ist aber schön, wieder zu Hause zu sein«, sagte sie und spürte, dass eine peinliche Pause drohte.

»Ich nehme an, in Italien schneit es nicht oft.«

»Na ja, ich habe in Mailand gelebt, wo es mehr schneit als hier.«

»Stimmt, das tut es.« Er bezahlte seine Vollkorn-Schokoladenkekse. Marigold starrte sie an und runzelte die Stirn. Die hatte sie kürzlich auf einem Tisch gesehen, aber sie erinnerte sich nicht mehr, wo. »Ich tunke sie gern in meinen Tee«, sagte der Commodore. *Jemand anders auch*, dachte Marigold, wusste jedoch beim besten Willen nicht mehr, wer.

Der Commodore verließ den Laden, und Marigold ging zum Zeitschriftenständer, um nach einem Sudoku-Heft zu suchen. Sie musste wirklich anfangen, ihr Gehirn zu trainieren.

Tasha ging an die Kasse. »Schön, dass du wieder da bist«, sagte sie zu Daisy. »Nur schade, dass es … du weißt schon.« Sie lächelte unsicher, weil sie keine Ahnung hatte, wie sie ihr Mitgefühl ausdrücken sollte. »Mary Hanson war vorhin hier und hat deiner Mum ihre Nummer gegeben. Sie hat gesagt, du darfst ihren Hund malen.«

»Wirklich? Das ist super. Es ist dieser große, nicht?«

»Ja, ein Bernhardiner. Du weißt schon, diese Schweizer Hunde mit den Schnapsfässern um den Hals, allerdings hat Bernie keines. Tja, er wäre wohl ein bisschen beliebter, hätte er es.« Tasha rümpfte die Nase.

Marigold erschien mit einem Sudoku-Heft. »Das ist Gehirntraining«, sagte sie lächelnd. »Ich werde neuerdings vergesslich.«

»Gehirntraining können wir alle gebrauchen«, entgegnete Tasha grinsend.

»Hoffentlich funktioniert es«, sagte Marigold. »Ich bin noch nicht bereit, gaga zu werden.«

Sie lachten. »Tasha sagt, dass du Mary Hansons Nummer für mich hast?«, fragte Daisy.

»O ja, habe ich.« Marigold griff in ihre Taschen. »Wo ist sie denn nur?« Ihr wurde kalt, als sie feststellte, dass sie sich nicht erinnerte, wo sie den Zettel gelassen hatte. Sie wusste noch, dass Mary die Nummer irgendwo notiert hatte, entsann sich aber nicht, dass sie die genommen hatte. »Ich glaube nicht, dass sie mir die gegeben hat«, sagte sie. Jetzt war sie sicher, dass sie keinen Zettel bekommen hatte.

»Hier ist er«, sagte Tasha und nahm ihn vom Tresen. »Leicht zu übersehen, weil er halb unter deinem Notizbuch lag.«

»Ja, natürlich, jetzt weiß ich es wieder.« Marigold sah, wie Tasha den Zettel Daisy gab.

»Fang lieber mit deinem Sudoku an«, sagte Daisy.

»Ja, mache ich.« Marigold verbarg ihre Angst hinter einem Schmunzeln. Plötzlich war ihr ziemlich unwohl. »Ich glaube, ich brauche einen Tee«, sagte sie. »Tasha, übernimmst du den Laden für eine Minute? Ja, ich muss einen Tee trinken.« Dann eilte sie über den Hof zur Küche; ihr Gesicht angespannt vor Sorge.

Nachdem sie den Laden abends geschlossen hatte, musste Marigold direkt zur Sitzung des Weihnachtsmarktkomitees. Der Markt sollte Anfang Dezember sein, und den Vorsitz hatte Julia Cobbold, die Vikarsfrau, weshalb das Treffen in ihrem alten Pfarrhaus stattfand. Es handelte sich um einen strengen Bau, dem es an Wärme und Charme mangelte, doch er war beeindruckend groß und geschichtsträchtig, zur Zeit Heinrichs VIII. erbaut, und verfügte über ein Priesterloch, durch das verfolgte Geistliche über eine Geheimtreppe in einen unterirdischen Tunnel fliehen konnten. Julia war sehr stolz auf ihr Haus, auch wenn Marigold lieber einen Schal mitnahm, denn sogar mit großen Kaminfeuern war es dort immer kalt.

Sie ging die Straße hinauf. Das Eis war geschmolzen, und der Asphalt glänzte vor Schneematsch, der jedoch nicht mehr gefährlich war. Nan war nicht ausgerutscht und hatte sich nicht den Hals gebrochen, zum Glück. Dafür behauptete sie jetzt, Glatteis würde sie umbringen, weil das, anders als Schnee, nicht zu sehen war. Es war ein langer Tag gewesen, und am liebsten hätte Marigold die Füße hochgelegt. Aber niemals würde sie ein Treffen versäumen, und abgesehen von ihrer Müdigkeit gab es keinen Grund, weshalb sie es sollte.

In der Einfahrt der Cobbolds hörte sie den Schrei einer Eule ganz in der Nähe. Sie blieb stehen und spitzte die Ohren, um zu erkennen, woher er kam. Dann sah sie die Schleiereule. Obwohl es dunkel war, schien der Mond hell, sodass Marigold das weiße Eulengesicht in einer Astgabel deutlich ausmachen konnte. Einen Moment später kamen zwei weitere Vögel. Drei kleine Eulen sahen sie mit großen, neugierigen Augen an, während sie warteten, dass ihre Mutter sie füttern kam. Marigold war verzaubert. Eine lange Weile stand sie unter dem Baum und freute sich über ihr Glück, solch eine herzerwärmende Szene betrachten zu dürfen. Sie verlieh ihr frische Kraft, und als sie schließlich vor der Tür des Pfarrhauses ankam, fühlte sie sich wieder wie sie selbst: zuversichtlich, lebendig und bereit, jede Herausforderung anzunehmen.

»Ah, Marigold«, sagte Julia, als sie öffnete und Marigold dort stehen sah, die Nase gerötet vor Kälte. Wie immer war Julia schick in einer olivgrünen Tuchhose und einem passenden Pullover. Marigold fielen die Goldschnallen an ihren Pumps auf, die mit den goldenen Ohrringen und der Kette Ton in Ton waren und ihr etwas Kultiviertes verliehen. Unwillkürlich dachte Marigold, wie viel einfacher es war, elegant auszusehen, wenn man so groß und schlank wie Julia war. »Dann sind wir ja vollständig«, ergänzte Julia ein wenig pikiert.

»Entschuldige die Verspätung. Ich musste stehen bleiben und diese niedlichen kleinen Schleiereulen beobachten.«

»Schleiereulen?« Julia runzelte die Stirn. »Sind sie wieder da?«

»Hast du sie nicht gesehen?« Marigold konnte sich nicht vorstellen, eine Eulenfamilie auf ihrem Grundstück zu haben und nichts davon zu wissen.

»Sie waren letztes Jahr hier. Wie nett. Komm rein. Wir müssen uns beeilen. Ich habe ein Dinner um acht und muss mich noch fertig machen.«

Marigold folgte ihr ins Wohnzimmer, das groß und quadratisch war. Ein kleines Feuer glomm im Kamin vor sich hin, auf dessen Sims sich weiße Einladungskarten mit schnörkeliger Goldschrift reihten. Geblümte Sofas und Sessel umstanden einen mit großen Hochglanzkunstbänden beladenen Couchtisch, und auf den ungemütlichen Möbeln hockten die übrigen vier Mitglieder des Komitees, merklich bemüht, die Zierkissen hinter sich nicht einzudrücken.

Marigold lächelte den Frauen zu, die sie alle sehr gut kannte. Unter ihnen war Beryl Bailey, ihre engste Freundin. Beryl war eine füllige Frau mit drahtigem rotbraunem Haar und einem erstaunlich jungen Gesicht für ihre fast siebzig Jahre. Sie trug ein gemustertes Midikleid, und ihre Wollstrumpfhose formte kleine Wülste an ihren dicken Knöcheln. Sie hatte klobige Schnürschuhe an, die wegen ihrer Hühneraugen die einzigen Schuhe waren, die sie anziehen konnte, und der Gehstock an der Sofalehne erinnerte an ihre kürzliche Hüftoperation. »Komm und setz dich zu mir«, sagte Beryl und klopfte auf den Platz neben sich.

»Ich bin ein bisschen spät.«

»Das passt gar nicht zu dir.«

»In letzter Zeit bin ich nicht ich selbst«, gestand Marigold leise.

Beryl sah sie besorgt an. »Ist alles in Ordnung?«

»Ich werde so vergesslich.« Sie holte ihr Notizbuch aus der Handtasche und tippte drauf. »Neuerdings muss ich mir alles aufschreiben.«

»Oh, das ist bei mir auch furchtbar!«, sagte Beryl mit gesenkter Stimme. »Dauernd vergesse ich Namen! Ich mache den Kühlschrank auf und weiß nicht mehr, wonach ich sehen wollte, lasse überall Sachen liegen. Weißt du, was das ist, Marigold?«

Marigold schluckte und blickte ihre Freundin ängstlich an. »Was?«

»Das Alter.«

Pure Erleichterung überkam Marigold. »Wirklich? Das ist alles?« Sie lachte, um ihre Nervosität zu überspielen. »Ich habe schon gedacht, dass ich dement werde.«

»Unsinn! Wenn es das wäre, würden wir alle dement.

Schreib dir eben alles auf. Das ist normal. Ich fürchte, es ist einer der Nachteile des Alterns. Darauf dürfen wir uns freuen: Vergesslichkeit, schlaffe Haut, Sehschwäche und Gelenkschmerzen.«

»Und die Vorteile?«

»Die Familie«, antwortete Beryl, und Marigold lächelte. »Kinder, Enkelkinder und Freunde. Die machen das Leben lebenswert.«

Und Marigold wusste, dass Beryl recht hatte. Sie würde versuchen, sich nicht mehr zu sorgen.

4

Daisy war Auge in Auge mit Bernie. Seine Nase war nur Zentimeter von ihrer entfernt, ebenso wie seine glänzenden Lefzen und seine scharfen weißen Zähne. Sie hoffte, er würde nicht beschließen zu schnappen. Sie hielt seine enormen Pranken in den Händen, denn er war in dem Moment an ihr hochgesprungen, in dem er ihr vorgestellt worden war. Nun stand er auf den Hinterbeinen, genauso groß wie sie, und starrte sie mit seinen schimmernden kastanienbraunen Augen an.

»Er mag dich«, sagte Mary.

»Freut mich, das zu hören«, antwortete Daisy, die unweigerlich überlegte, was wäre, würde er sie nicht mögen.

»Das macht er nur bei Leuten, die er mag. Es stört dich doch nicht, oder? Wenigstens hast du nichts Schickes an.«

Tatsächlich hatte Daisy ihre Sachen bisher immer für schick gehalten, aber offensichtlich waren es ihre Jeans und der Kaschmirpullover in Marys Augen nicht. Sie war lediglich zu Besuch gekommen, um ihr Motiv kennenzulernen und einige Fotos zu machen, doch wahrscheinlich nahm Mary an, dass sie in Arbeitskleidung war. »Ich wette, er frisst eine Menge«, sagte Daisy und ließ die Hundepfoten los.

»Nicht so viel, wie man meinen würde. Er braucht genauso viel wie ein Labrador. Aber er ist sehr verfressen, und ich neige dazu, ihn zu verwöhnen. Du weißt schon, mal ein Stück Bacon oder Würstchen. Was so übrig ist.« Sie blickte in Bernies großes Gesicht und lächelte entzückt.

Daisy nahm ihr Handy hervor und begann, Fotos zu machen. »Er ist ein schönes Tier«, sagte sie und beobachtete, wie Mary strahlte. »Ich glaube nicht, dass ich schon mal solch eine Schönheit gesehen habe.«

»Er kann aber auch ziemlich Furcht einflößend sein.«

Daisy beschloss, Mary nicht zu sagen, dass sie wusste, wie furchterregend Bernie sein konnte. »Bernie sicher nicht! Der ist doch ganz lieb«, sagte sie stattdessen.

»Er mag die Paketboten in den leuchtend gelben Jacken nicht, und kleine Kläffer auch nicht«, erklärte Mary. Daisy biss sich auf die Zunge, auf der das Wort »Katze« brannte. »Er liebt Kaninchen und Fasane, und ab und zu fängt er mal welche in Sir Owens Wald. Gewiss würde es schrecklichen Ärger geben, sollte der Wildhüter ihn erwischen. Wildhüter stellen sich immer so an mit ihren Vögeln. Sie ziehen die bloß auf, um auf sie zu schießen, aber wenn ein Hund wie Bernie mal einen frisst, drehen sie gleich durch. Für mich ist das unlogisch.«

»Er kommt mir gar nicht wie ein Jagdhund vor.«

»Oh, er würde zu gern mit auf die Jagd gehen. So wie diese kleinen Spaniels, die die Vögel apportieren. Von denen wäre er gerne einer. Aber er ist ja nicht ausgebildet. Er kommt nicht, wenn man ihn ruft, hat seinen eigenen Kopf. Und mit einem Hund von seiner Größe kann man nicht diskutieren. Man muss ihn so nehmen, wie er ist. Einmal habe ich versucht, ihn zu halten, und am Ende hat er mich hundert Meter übers Feld gezerrt. Da habe ich meine Lektion gelernt: Bernie hat das Sagen, ganz einfach.«

Daisy freute sich darauf, hauptberuflich zu malen, war jedoch ein wenig nervös. Es war eine Weile her, seit sie zuletzt ein Porträt gemacht hatte. Könnte sie vergessen haben, wie es ging? Würden ihre Bilder etwas taugen? Zumindest bezahlte Mary sie nicht, trotzdem wäre sie sehr enttäuscht, sollte das Ergebnis nicht wie Bernie aussehen.

An diesem Nachmittag lieh Daisy sich den Wagen ihrer Mutter und fuhr in die Stadt, um Material zu besorgen. Ihre Mutter hatte gesagt, dass es einen guten Laden für Künstlerbedarf in der Einkaufsstraße gab, doch als Daisy hinkam, fand sie ihn nicht. Sie ging mehrmals die Straße auf und ab, hing gelegentlich schönen Erinnerungen nach, die einige Läden hier wachriefen, und schließlich sprach sie jemanden an. »Oh, das Geschäft gibt es schon seit zwanzig Jahren nicht mehr«, sagte der Passant. »Ich weiß, welches Sie meinen. Die haben richtige Sachen für Künstler verkauft. An Ihrer Stelle würde ich online bestellen. In dieser Gegend gibt es keinen Laden mehr, der solche Qualität anbietet.«

Daisy war baff. Ihre Mutter fuhr regelmäßig in die Stadt und müsste die Straße in- und auswendig kennen. Lang war sie ja nicht. Wie konnte ihr nicht aufgefallen sein, dass das Geschäft vor zwanzig Jahren geschlossen hatte? Andererseits malte Marigold nicht, also warum hätte es ihr auffallen sollen? Wahrscheinlich hatte sie dort einige Materialien gekauft, als Daisy noch klein war und leidenschaftlich gemalt hatte, und danach hatte sie nicht mitbekommen, dass es den Laden nicht mehr gab. Daisy würde es ihr erzählen, wenn sie wieder zu Hause war, und sie würden beide darüber lachen.

Später traf sie ihre Mutter im Laden an, wo sie mit Eileen redete. Eileen lehnte am Tresen und sprach über den Commodore. »Er will das Grundstück bei Frost mit Wasser fluten, damit das Eis die Maulwurfsgänge blockiert. Das kommt mir ein bisschen grausam vor, aber ich will ja nicht schlecht über andere reden. Ich meine, diese Maulwürfe wissen ja nicht, wie sehr sie stören, oder? Ich wette, es gibt eine humane Art, sie zu fangen. Das sollte er mal im Internet nachsehen. Heutzutage bekommt man alles online, weißt du?«

Marigold wandte sich zu Daisy. »Hallo, Schatz. Hast du etwas vor?«

Daisy wollte ihr von dem Künstlerbedarfsladen erzählen, doch etwas hielt sie ab; ein seltsames Gefühl in ihrer Brust. Intuition. Sie bemerkte, dass ihre Mutter müde aussah. Jetzt war vielleicht nicht der richtige Zeitpunkt. Wenn Marigold vergesslich wurde, wäre es nicht sehr nett, sie damit aufzuziehen. Also ließ sie es. »Nein«, antwortete sie munter. »Ich wollte nur mal vorbeischauen.«

Ihr komisches Gefühl wurde am Abend bestätigt, als ihre Mutter mit ihrem Sudoku-Heft am Küchentisch saß. »Das ist ganz schön schwierig«, sagte sie zu Nan, die gut im Sudoku war. »Ich merke richtig, wie mir das Gehirn wehtut.«

»Es tut ihm gut«, entgegnete Nan. »Auch wenn nichts das Altern aufhalten kann. So ist das Leben nun mal, und wir müssen es akzeptieren.«

Daisy setzte sich zu ihnen. »Mum, machst du dir ernsthaft Sorgen?«

»Nein«, antwortete Marigold zu schnell. »Überhaupt nicht. Ich werde bloß alt, wie Nan schon sagt.«

»Gut, denn du musst dich nicht sorgen. Du bist noch

voll da.« Sie lächelte aufmunternd. »Und sechsundsechzig ist übrigens nicht alt.«

»Warte ab, bis du sechsundachtzig bist. Das ist alt. Ich stehe mit einem Fuß im Grab, mit dem anderen auf der Seife«, sagte Nan. »Eine falsche Bewegung, und das war's.«

Suze saß im Café in der Stadt. Es war ruhig und warm, und sie hatte einen großen Soja-Latte neben sich, was ihren Job angenehmer machte. Einmal hatte sie ein Interview mit einer Autorin gelesen, die meinte, der Trick, wenn man ein Buch schreiben wolle, sei der, sein Arbeitsumfeld so angenehm wie möglich zu gestalten, damit man immer wieder dahin zurückwolle. Suze blickte zum Schmalzgebäck auf dem Tresen und wusste, eines der Teile würde dieses Arbeitsumfeld definitiv noch reizvoller für sie machen, wäre allerdings nicht gut für ihre Figur, also beherrschte sie sich. Zu Hause war mit Nan und Daisy zu viel Unruhe, um dort zu schreiben. Bevor Nan eingezogen war, hatte Suze die Küche für sich gehabt, ein ideales Ambiente. Jetzt musste sie die teilen, und Nan war eine echte Quasselstrippe. Das war das Problem mit alten Leuten, dachte sie; die erzählten immer wieder dieselben endlosen Geschichten. Unwichtige Details, langes, langweiliges Mäandern. Das machte Suze richtig kribbelig. So gern sie auch bei sich zu Hause säße, war sie froh, weder Nans Erinnerungen aus ihrer Jugend noch ihre wenig subtilen Anspielungen hören zu müssen, dass Suze ja wohl Besseres mit ihrer Zeit anfangen könne. Von ihrer Nörgelei wegen der langen Telefonate mit Batty (dessen Namen sie ebenfalls nicht leiden konnte) ganz zu schweigen. Nein, es war besser, hier im Café zu sitzen, wo sie so lange mit Batty reden konnte, wie sie wollte.

Heute Vormittag hatte sie elf neue Follower auf Instagram gewonnen. Der Post von den fünf kleinen Diamantringen in ihrem Ohr, den sie gestern Abend eingestellt hatte, war der Bringer gewesen. Mit ihm hatte sie fünftausend Likes und jede Menge Kommentare geerntet. Sie hatte dafür gesorgt, dass der Laden, in dem sie die Dinger gekauft hatte, es sah, weil sie ihr einen Rabatt gegeben hatten. Jetzt schrieb sie einen Artikel für das *Red Magazine*, dass der klassische Ohrring nie sterben würde. Ob man ihn aufmotzte oder nicht, er war immer schick. Ein leichter Artikel. Solche Sachen verfasste Suze aus dem Stand, mitsamt einigen Verweisen auf Promis, die online rasch gefunden waren.

Suze genoss ihren Job, obwohl er seicht war und sie nicht forderte. Aber was war falsch daran, wenn er sie glücklich machte? Sie liebte Mode und schöne Dinge, und über sie zu schreiben war simpel. Es kostete sie sehr wenig Mühe, was ihr recht war, denn sie war von Natur aus faul. Ihr gefiel es, etwas Vertrautes zu tun und zu wissen, dass sie es gut machte. Gern wäre sie Model geworden, doch obwohl ihr Gesicht hübsch und fotogen war, hatte sie nicht die Figur dafür. Sie war klein und birnenförmig wie ihre Mutter. Ihr war bewusst, dass ihr Haar und ihre großen Mandelaugen von der Farbe eines Topases und mit langen, schwarzen Wimpern, klasse aussahen, und sie wusste, dass sie Sex-Appeal und Charisma besaß. Männer flogen auf sie, und seit ihrer Schulzeit kopierten andere Mädchen sie. Womit sie alle Voraussetzungen mitbrachte, eine erfolgreiche Influencerin zu sein, dachte sie. Sie brauchte bloß mehr Follower. Ein paar Hunderttausend mehr. Aber Rom wurde auch nicht an einem Tag erbaut, und sie war erst seit anderthalb Jahren dabei. Der Punkt bei den sozialen Medien war, dass man immerzu etwas posten musste, und die Bilder mussten so sein, dass die Leute haben wollten, was man hatte. Und Fakt war, dass keiner von ihnen in einem kleinen Cottage in einem unbedeutenden kleinen Dorf mitten in der Pampa leben wollte – mit Dennis, Marigold, Nan und jetzt auch noch Daisy. Aber man zeigte sowieso nur, was die Leute sehen sollten.

Ihr Blick wanderte zum Fenster, wo er in halber Distanz verharrte, ohne sich auf etwas Bestimmtes zu richten. In diesem Moment des Nichts kam ihr Daisys Vorschlag in den Sinn, ein Buch zu schreiben. Suze bildete sich gern ein, Autorin zu sein. Sie sah sogar schon ihr imaginäres Buch in den Schaufenstern vor sich. Doch ehe ihre Fantasie sie noch weiter abdriften ließ, erinnerte sie sich, dass es nichts gab, worüber sie schreiben könnte. Gar nichts. Seufzend sah sie wieder zu ihrem Computermonitor mit dem fast fertigen Artikel über Ohrringe. Es war sinnlos, von einer Schriftstellerkarriere zu träumen, wenn sie keine Ideen hatte.

Am darauffolgenden Samstag fuhr Marigold mit Suze und Daisy in die Stadt, um Weihnachtseinkäufe zu erledigen. Es nieselte. Eine dichte Wolkendecke hing tief über den nassen Dächern und Schornsteinen, und Möwen kreischten verdrossen, als sie sich um alte Brotkanten aus den Abfalleimern zankten. Es war viel los. Anscheinend hatten alle beschlossen, heute ihre Einkäufe zu erledigen. Die glänzenden Gehwege waren voller Menschen. Marigold fand, dass die Weihnachtsbeleuchtung, die wie bunte Weingummis in den Schaufenstern leuchtete, hübsch aussah. Und sie lächelte, als sie sich an die Süßigkeiten aus ihrer Kindheit erinnerte. An jene Weingummis hatte sie seit sechzig Jahren nicht mehr gedacht!

Sie entschieden, sich zu trennen und sich mittags am Auto wiederzutreffen, weil sie auch Geschenke für die Familie kaufen wollten. Marigold wanderte die Straße hinauf, vorbei am Rathaus und dem Bear Hotel, und betrachtete die Schaufenster. Schließlich kaufte sie einen Pullover für Nan und einen Schal für Dennis. Sie genoss die festliche Stimmung in der Stadt. Auf dem Marktplatz stand ein gigantischer Weihnachtsbaum, ein Geschenk von irgendeiner Stadt in Frankreich, doch Marigold erinnerte sich nicht, warum. Er war mit großen bunten Kugeln und Lametta geschmückt. Sie liebte Lametta, wie sie alles mochte, was glitzerte. Der Weihnachtsmann saß in einem rot-weiß gestreiften Zelt, vor dem Kinder Schlange standen, während ihre Eltern hinter ihnen warteten, dass sie drankamen. Jemand hatte zwei Esel so hergerichtet, dass sie wie Rentiere aussahen, und sie vor einen Schlitten gespannt. Wie sich die kleinen Dinge über die Jahre änderten, dachte Marigold. Hier war sie mit ihren Mädchen gewesen, als sie klein waren. Lächelnd betrachtete sie die Szenerie. Diese Stadt war voller Erinnerungen, und alle waren sie schön. Keine einzige schlechte. Jede Ecke rief eine wach, und Marigold kostete das warme Gefühl aus, das sie ihr bescherte. Das Leben war gut. Sie hatte Glück gehabt.

Es war beinahe Mittag, als Marigold die Kirchturmuhr bemerkte. Wie schnell der Vormittag vergangen war. Und sie brauchte noch ein Geschenk für Tasha. Etwas Kleines, aber Persönliches. Sie blickte auf ihre Uhr und hoffte, dass die am Kirchturm falsch ging, nur zeigte sie dieselbe Zeit an. Sie musste ein anderes Mal wieder herkommen. Jetzt musste sie schnell zum Parkplatz. Doch sie erinnerte sich nicht, wo der war.

Sie blieb stehen und schaute sich um, versuchte sich zu

konzentrieren, aber es war, als wollte sie eine Gestalt in dichtem Nebel ausmachen. Nichts kam. Überhaupt nichts. Kalte Furcht kroch über ihre Haut. Sie wusste nicht, wo der Parkplatz war, nicht einmal, wie er aussah. Als wäre er verschwunden – oder nie da gewesen. Je mehr sie sich anstrengte, ihn sich ins Gedächtnis zu rufen, desto weiter schien er wegzurücken. Sie stand mitten auf dem Gehweg, wo Leute mit Einkaufstaschen an ihr vorbeieilten, und fühlte sich schrecklich allein.

»Mum?« Marigold blinzelte, als Daisys Gesicht vor ihr auftauchte. »Mum, geht es dir gut? Du bist ganz blass.«

Die Freude, ihre Tochter zu sehen, gab ihr einen Schubs, und der Nebel lichtete sich. Weil Daisy so besorgt wirkte, lächelte sie. »Ja, alles gut. Mir ist nur ein bisschen flau geworden. Muss niedriger Blutzucker sein oder so.«

Daisy betrachtete ihre Mutter. Marigold sah plötzlich kleiner und gebrechlich aus. Vielleicht wurde sie wirklich alt. Der Gedanke erfüllte Daisy mit Reue, weil sie so lange im Ausland gewesen war und es nicht mitbekommen hatte. »Gib mir deine Taschen. Ich linse auch nicht rein, versprochen.« Sie hakte ihre Mutter unter, und sie gingen die Straße hinunter. Dabei bewegten sie sich langsam, als bräuchte Marigold Zeit, wieder Schritt zu fassen. Daisy bemerkte, dass Marigolds Hand zu einer festen Faust geballt war. Etwas daran beunruhigte sie.

So schnell, wie es verschwunden war, tauchte das Bild des Parkplatzes wieder auf. Marigold war unsagbar erleichtert. Sie wusste genau, wo sie war, sah alles klar vor sich, wie immer. Ihr war schleierhaft, wie das hier einfach weg gewesen sein konnte.

»Hast du alles bekommen, Schatz?«, fragte sie deutlich munterer.

»Ja, außer einem Geschenk für Suze.«

»Oh, ich habe ihr eine Kosmetiktasche mit lauter hübschen Sachen gekauft. Die gab es als Set, und ich hoffe, sie gefällt ihr.«

Daisy lachte. »Das wird sie garantiert. Sie liebt Make-up.«

»Ich habe noch nichts für Tasha, also muss ich noch mal herkommen.«

»Dann fahre ich mit dir«, sagte Daisy, und Marigold wollte heulen vor Erleichterung. Was, wenn ihr das eben wieder passierte? Wenn der Parkplatz verschwand und nicht zurückkam? Was dann?

Marigold machte einen Termin beim Arzt. Sie musste ein paar Wochen warten, weil gerade Erkältungszeit war. Ihrer Familie erzählte sie nichts, weil sie sich keine Sorgen machen sollten – obwohl es so oder so nicht alle von ihnen täten. Nan würde sagen, dass sie albern sei und die Zeit des Arztes nicht damit verplempern solle, dass sie vergesslich war. Alte Menschen waren nun mal vergesslich, würde sie sagen und die Male aufzählen, die sie etwas vergessen hatte. Dennis wäre in Sorge, nicht wegen ihrer Vergesslichkeit, sondern weil sie sich sorgte. Er hasste es, sie traurig zu sehen, und er würde darauf bestehen, mit ihr zu kommen, was sie nicht wollte. Sie wollte allein hin, damit sie sich nicht blöd vorkam, falls sich herausstellte, dass nichts war.

Als es so weit war, saß Marigold im Wartezimmer, blätterte in Zeitschriften, nahm aber nichts wahr. Der Arzt war sehr beschäftigt, und es hatte Notfälle gegeben, sodass sie über eine Stunde warten musste.

»Tut mir leid, dass es so lange gedauert hat«, sagte der

Arzt, der sehr jung war, wie Marigold fand. Sie kannte ihn nicht, denn es war Jahre her, seit sie bei einem Arzt gewesen war. Bisher war sie sehr gesund. »Ich bin Dr. Farah. Was kann ich für Sie tun?«

Marigold spürte, dass sie rot wurde. Schon jetzt kam sie sich lächerlich vor. Der arme Mann hatte so viel zu tun, und sie kam mit solch einer albernen Sache zu ihm. Sie holte tief Luft. »Vor ein paar Wochen war ich in der Stadt, und da gab es einen angsteinflößenden Moment, als ich vergessen hatte, wo ich war.« Der Arzt neigte den Kopf zur Seite und hörte aufmerksam zu. »Ich konnte mich nicht erinnern, wo ich den Wagen geparkt hatte oder wo der Parkplatz war. Wusste nicht mehr, wie er aussieht, dabei lebe ich schon immer hier.«

»Waren da andere Symptome?«, fragte er. »Übelkeit, Schwindel, Kurzatmigkeit, Schmerzen?«

Marigold schüttelte den Kopf. »Nein, es war bloß in meinem Kopf. Totale Leere.«

»Wie lange hat es angedauert?«

»Einige Sekunden, schätze ich, aber es hat sich viel länger angefühlt.«

Er lächelte. Es war ein freundliches Lächeln, dachte Marigold und fühlte sich besser. »Schreckliche Momente fühlen sich immer länger an. Wie alt sind Sie, Marigold?« Er blickte in seine Unterlagen, doch sie antwortete trotzdem.

»Sechsundsechzig. Ich werde auch sehr vergesslich. Es sind dumme Sachen, wo ich was hingelegt habe und so.«

Dr. Farah maß ihren Blutdruck und stellte ihr Fragen zu ihrer Krankengeschichte und der ihrer Eltern. Dann lehnte er sich auf seinem Stuhl zurück, nahm seine Brille ab und sah sie mit seinen dunkelbraunen Augen verständnisvoll an. »Ich würde vermuten, dass Sie einfach alt werden, Marigold.«

Ihr war nicht bewusst gewesen, wie angespannt sie war, bis ihre Schultern vor Erleichterung einsackten. »Das ist alles, meinen Sie?«

»Ja. Leider wird alles langsamer, wenn wir altern. Und jeder altert in einem anderen Tempo. Manche haben großes Glück und bleiben vollkommen klar, bei anderen vernebelt das Denken ein wenig. Aber es besteht kein Grund zur Sorge. Treiben Sie Sport?«

»Eher nicht«, gestand sie.

»Ich würde vorschlagen, dass Sie damit anfangen. Ein flotter Spaziergang über Land wird Ihnen guttun. Trinken Sie viel Wasser. Und halten Sie Ihren Geist auf Trab.«

»Ich habe mit Sudoku angefangen«, erzählte sie ihm stolz.

»Das ist gut, Marigold. Sehr gut.« Er stand auf, was ihr Signal war, dass der Termin beendet war. »Wenn es schlimmer wird und Sie mehr beängstigende Episoden haben, kommen Sie wieder her. Bis dahin hoffe ich, dass Sie ein schönes Weihnachtsfest feiern.«

»Werde ich jetzt«, sagte sie glücklich und verließ beschwingt die Praxis.

»Hey, Suze, schläfst du?«

»Tja, selbst wenn, jetzt nicht mehr.«

»Ich muss dir was erzählen.«

»Das anscheinend nicht bis morgen warten kann.«

»Weißt du noch, als wir in der Stadt waren, um Weihnachtsgeschenke zu kaufen?«

»Was ist damit?«

»Mum hatte einen komischen Aussetzer.«

»Hatte sie?«

»Ja. Ich habe es dir nicht erzählt, weil ich dich nicht beunruhigen wollte, aber ich muss mit jemandem darüber reden.«

»Na, jetzt beunruhigst du mich wirklich, vielen Dank.«

Daisy konnte Suzes Gesicht im Dunkeln erkennen und sah, dass sie grinste. »Sicher ist es nichts weiter, aber mir geht es nicht aus dem Kopf. Sie wird sehr vergesslich.«

»Sie ist alt, Daisy!«

»Nicht alt. Sie ist nicht mal siebzig! Nan ist fast neunzig und ist geistig noch völlig klar.«

»Nan macht nichts außer rumsitzen und Tee trinken, Kreuzworträtsel lösen und Bridge mit den wenigen Leuten spielen, die sie leiden kann. Mum ist müde. Sie arbeitet viel und bürdet sich zu viel auf. Sie braucht eine Pause.«

»Wann hat sie zuletzt Urlaub gemacht?«

»Weiß ich nicht. Ist lange her, würde ich sagen. Falls du vorschlagen willst, dass wir sie in die Karibik schicken, musst du das bezahlen, denn ich habe kein Geld.«

»Und ich habe nicht viel«, sagte Daisy. »Aber wir könnten vorschlagen, dass sie und Dad mal über ein Wochenende wegfahren. In ein Landhotel irgendwo, wo es ruhig ist, damit sie sich ausruhen kann.«

»Keine schlechte Idee.«

»Dafür habe ich genug Geld.«

»Cool, dann haben wir schon mal ein Weihnachtsgeschenk für sie.«

»Hast du nicht gesagt, du hast schon alle Weihnachtsgeschenke?«

Bei Suzes Grinsen schimmerten ihre weißen Zähne in der Dunkelheit. »Jetzt habe ich alle! Danke, Daisy.«

5

Als Weihnachten nahte, schmolz der Schnee und hinter-
ließ durchweichte, rutschige Erde. Trotzdem stand Marigold eine Stunde früher als sonst auf, um einen Spaziergang oben an den Klippen zu machen. Sie glaubte fest,
dass sie es in der Hand hatte, die zersetzende Wirkung der
Zeit aufzuhalten, wenn sie tat, was der Arzt vorgeschlagen
hatte. Bewegung und Sudoku wären ihre Waffen gegen
Gedächtnisverlust. Gegen die Zeit; die einzigen Waffen,
die sie hatte.

Es war dunkel und kalt, wenn sie aufbrach, und sie war
immer allein. Bis sie oben am Hügel angekommen war,
war sie kurzatmig und erhitzt, und dort war die Sonne zu
sehen, die wie glühende Kohle am Horizont aufging. Hätte
Marigold geahnt, wie magisch diese Zeit hier oben ganz
allein war, hätte sie schon viel früher diese Spaziergänge
gemacht. Die Luft war kühl und rein, der salzige Geruch
des Meeres satt und wohltuend, und der Klang der er-
wachenden Meeresvögel bezaubernd. Es war, als schliche
sie hinter die Kulissen und bestaunte, wie die Welt sich für
ihre Tagesaufführung bereit machte. Trotz der Wellenbe-
wegungen, der Möwen, des Winds und der aufgehenden
Sonne lag über allem eine tiefe, ewige Stille, die Marigold

in diesen Momenten das Gefühl gab, sie wäre ganz bei sich. Sie holte tief Luft, füllte ihre Lunge, spürte, wie sich ihre Brust weitete, dankbar für ihr Leben. Denn das bewirkte Schönheit bei Marigold: Sie war dankbar.

Zügig wanderte sie über den Klippenpfad, den sie im Laufe der Jahre so oft gegangen war. Wehmütig rief sie sich die Male ins Gedächtnis, wenn die Morgendämmerung einsetzte, das Meer und die Wolkenränder pink färbte wie Zuckerwatte. Die wiederum rief Erinnerungen an die Jahrmärkte im Sommer wach, die ihre Eltern mit ihr und ihrem kleinen Bruder Patrick besucht hatten. Wie süß die Zuckerwatte auf ihrer Zunge geschmolzen war. Marigold durchlebte jene glücklichen Kindheitserlebnisse in Gedanken aufs Neue, nahm sich Zeit, jedem einzelnen nachzuhängen, weil sie hier oben auf den Klippen so viel Zeit hatte, wie sie wollte.

Sie genoss diese Stunde allein, in der niemand etwas von ihr wollte. Sie liebte es, für ihre Familie zu sorgen, und dennoch war dieses Gefühl des Alleinseins kostbar, das die Natur ihr schenkte. Sie lauschte dem Wind und den Möwenschreien, dem Meeresrauschen und ihrem eigenen Atem, und wenn sie nach Hause zurückkehrte, war sie erfrischt, sprudelte über vor Kraft und Begeisterung. Sie hatte sogar ihre Vergesslichkeit vergessen.

Eine Woche vor Weihnachten war sie im Laden und hörte sich Eileens neuesten Tratsch an, als ein auf raue Art gut aussehender Mann hereinkam. Marigold wusste, dass sie ihn schon mal gesehen hatte, konnte ihn aber nicht einordnen. Eileen verstummte mitten im Satz und starrte ihn an. Der junge Mann trat lächelnd an den Tresen. Unwillkürlich dachte Marigold an Marlowes *Doktor Faustus* und »das Gesicht, das tausend Schiffe ins Leben gerufen«, obwohl ihr diese Mode von längerem Haar und Dreitagebart nicht gefiel.

Eileen strahlte den Mann mit all ihrem Charme an. Sie reichte ihm kaum bis zur Taille. »Taran Sherwood«, sagte sie. »Sind Sie aber groß geworden. Ich erinnere mich daran, wie Sie ein kleiner Junge waren. Ich bin Eileen Utley. Und das ist Marigold.«

Jetzt erinnerte sich Marigold auch an ihn. Und sie wusste wieder, was für ein rotzfrecher Bengel er gewesen war. »Sind Sie über Weihnachten zu Hause?«, fragte sie.

»Ja, es ist fast ein Jahr her, seit ich hier war«, antwortete Taran. Seine Augen waren so grün wie Aventurinquarz, und Marigold fand es prompt peinlich, dass eine Frau ihres Alters einen solch jungen Mann attraktiv finden konnte.

»Ihre Eltern müssen froh sein, Sie zu sehen«, sagte Eileen, und ihr Blick wurde schärfer, weil sie nach Anzeichen von Zwist suchte.

»Ich glaube schon«, antwortete er. Marigold hatte den Eindruck, dass er nicht ausgefragt werden wollte. »Was kann ich für Sie tun?«, fragte sie.

»Ich wollte die Christmas Puddings für meine Mutter abholen.«

Marigold überlegte, erinnerte sich aber nicht an Christmas Puddings. Nichts. Eine große, klaffende Leere.

Die Tür ging auf, und die kleine Glocke bimmelte, sodass sie von Daisy abgelenkt wurden, die in einem roten Mantel und einer lila Pudelmütze hereinkam, ein glückliches Lächeln auf dem Gesicht. Sie bemerkte Taran sofort, doch weil sie in Italien gelebt hatte, war sie an gut aussehende Männer gewöhnt und sagte nur gänzlich unbeeindruckt »Hallo«.

Taran wandte sich wieder Marigold zu. Daisy spürte,

dass ihre Mutter nervös war. »Mum, kann ich helfen?«, fragte sie.

»Ich versuche nur, mich an ein paar Christmas Puddings zu erinnern, die bestellt waren«, sagte sie und fing an, mit zittrigen Fingern unter dem Tresen Papiere durchzusehen.

»Du hattest sie in dein rotes Notizbuch geschrieben«, kam es von der allzeit hilfreichen Eileen.

»Habe ich?«, fragte Marigold. Sie merkte, wie ihr der Boden unter den Füßen weggerissen wurde, und hörte aus der Ferne, wie ungeduldige Finger auf den Tresen trommelten.

»Ah, ich weiß Bescheid«, sagte Daisy, die ihren Mantel auszog, die Mütze abnahm und zu ihrer Mutter ging. »Überlass das mir. Mum hatte so viele Bestellungen, dass sie ein bisschen überlastet ist. Ich bringe sie heute Nachmittag rüber. Wie viele waren das noch mal?«

»Zwei«, sagte Taran, der offensichtlich gern gehen wollte.

»Und die Adresse?«

»Er ist Sir Owens Sohn, Taran«, soufflierte Eileen mit einem Kopfnicken.

Daisy blickte auf und sah ihn an. »Wie witzig! Wir sind zusammen zur Schule gegangen. Ich bin Daisy Fane.«

Taran erinnerte sich nicht an Daisy, was sie ihm an der Art ansah, wie er die Augen verengte und ähnlich ratlos in seiner Erinnerung kramte wie ihre Mutter in ihren Bestellungen. »Waren wir im selben Jahrgang?«

»Wir waren in einer Klasse«, antwortete sie. »Aber das ist lange her. Ich weiß, wo ihr wohnt, und bringe die Christmas Puddings nachher vorbei.«

»Danke«, sagte er. »Mum zählt auf sie.«

»Natürlich.« Daisy lächelte. »Es sind ja die besten.«

Er verließ den Laden, und Marigold sackte auf den Hocker.

»Das hattest du dir aufgeschrieben. Ich habe es selbst gesehen«, beharrte Eileen.

Daisy fand das rote Notizbuch mit der Bestellung. »Schon gut, Mum. Wir alle vergessen mal was«, sagte sie.

Marigolds Augen glänzten vor Tränen. »Was machen wir jetzt? Ich kann keine zwei Christmas Puddings bis heute Nachmittag um fünf machen! Es dauert zwei Wochen, einen richtig guten zu machen.«

»Ich kaufe welche und gebe sie als unsere aus«, antwortete Daisy.

»Ich habe eine bessere Idee«, sagte Eileen. »Cedric Weatherby hat einen ganzen Berg gemacht. Sicher verkauft er euch zwei, wenn ihr ihn nett fragt.«

»Ich gehe gleich zu ihm.« Daisy zog ihren Mantel wieder an und setzte ihre Mütze auf.

»Danke.« Marigold klang sehr kleinlaut.

»Taran sieht sehr gut aus«, sagte Eileen grinsend. »Was meinst du, Daisy?«

»Nicht mein Typ«, antwortete Daisy schroff und verließ den Laden.

»Ich weiß nicht«, sagte Marigold seufzend. »Ich glaube nicht, dass sie im Moment auf der Suche nach jemandem ist. Sie hat noch ein gebrochenes Herz.«

Eileen grinste immer noch. »Wenn du mich fragst, kann Taran Sherwood jedes ach so gebrochene Herz wieder flicken!« Sie schüttelte betrübt den Kopf. »Ich glaube nicht, dass er und sein Vater sich verstehen. Wie ich gehört habe, haben sie gar kein gutes Verhältnis. Sie sind so verschieden, weißt du? Sir Owen ist ein Mann für alle Jahreszeiten, der die Natur liebt. Taran ist ein Materialist. Das merkt man gleich.« Sie atmete tief ein. »Aber er ist ein hübscher Teufel, nicht?«

Daisy klopfte an Cedric Weatherbys lila Haustür mit dem extravaganten Tannenkranz. Von drinnen hörte sie erst ein Rascheln, dann einen Riegel, der zurückgeschoben wurde. Die Tür ging einen Spalt weit auf, in dem Cedrics Gesicht erschien. »Hallo, Mr Weatherby, ich bin Daisy Fane, die Tochter von Marigold und Dennis.«

Cedrics Züge entspannten sich, und er machte die Tür weiter auf. »Ah, Marigolds Tochter! Die, die in Italien lebt? Wie wunderbar. Kommen Sie rein.«

Daisy betrat die Diele und bemerkte sofort eine wuschelige, honigfarbene Katze, die sie von der Mitte der Treppe aus beäugte. Sie wandte sich wieder zu Cedric. Er war groß und ein wenig gebeugt mit dichtem blondem Haar und Schnauzbart. Sein grün-weißes Hemd verhüllte einen beachtlichen Bauch, und er verströmte einen starken Duft von zitronigem Eau de Cologne, das wohl den Geruch nach Zigaretten und Katze übertünchen sollte, denn im Haus roch es sehr intensiv nach Katze.

»Wie heißt Ihre Katze?«, fragte Daisy.

»Ich habe fünf Damen«, antwortete Cedric stolz. »Die hier ist eine Ragdoll und heißt Jade. Ihre Schwester heißt Sapphire, und dann habe ich noch drei Siamesinnen, Topaz, Ruby und Angel.«

»Angel? Verdirbt das nicht das Thema?«

Cedric schürzte übertrieben die Lippen. »Angel verdient nicht, nach einem Edelstein benannt zu werden. Ich hoffe eher, dass sie sich bemüht, ihrem Namen gerecht zu werden. Zurzeit müsste sie eher Queenie heißen, aber wir können nicht zwei von denen im selben Haus haben.« Er lachte, und Daisy stimmte ein. »Und ich wünsche keine Konkurrenz.«

»Ich finde, Jade sieht majestätisch aus.«

»Das tun sie alle, meine Liebe. Wissen Sie, was man sagt? Dass Hunde Besitzer haben, Katzen Personal? Es stimmt genau. Ich bin der Diener, der für fünf sehr fordernde Damen springt. Aber was kann ich für Sie tun, Daisy?«

»Ich habe eine merkwürdige Bitte. Meine Mutter hat zwei Christmas Puddings vergessen, die Lady Sherwood bestellt hat, und jetzt ist sie ganz erschüttert. Sie glaubt, dass sie den Verstand verliert …«

»Tun wir alle, meine Liebe. Sobald man die sechzig hinter sich hat, schwindet er. Ich vergesse dauernd Sachen, bin furchtbar mit Namen. Deshalb nenne ich jeden ›meine Liebe‹ oder ›mein Lieber‹, um das Problem zu umgehen.«

»Tja, meine Mutter ist da sehr empfindlich. Deshalb hat Eileen vorgeschlagen, dass ich Sie frage, ob wir Ihnen welche abkaufen können. Anscheinend machen Sie sehr gute.«

Cedric stemmte die Hände in die Hüften. »Ich stelle mein Licht nicht unter den Scheffel, und ich nehme kein Lob von anderen an, wenn ich meine Talente selbst zur Schau stellen kann. Ja, ich bin ein begabter Bäcker, und ich schenke Ihnen gerne ein paar Christmas Puddings.«

»Sie müssen uns die nicht schenken, denn Lady Sherwood wird sie ja bezahlen.«

»Na gut. Lady Sherwood kann sich meine Preise leisten. Kommen Sie.«

Daisy folgte ihm in die Küche, von der aus man in den winterlichen Garten blickte. Amüsiert stellte sie fest, dass auch Cedric die Vögel fütterte, so wie ihre Mutter. Seine

Futterspender hingen an langen Metallstäben mit Haken, die wie altmodische Schäferlaternen aussahen und im Rasen steckten. Kleine Vögel umflatterten sie und verstreuten Samen auf dem Boden.

Die Küche war blitzsauber, in einem hellen Blau gestrichen und hatte weiße Marmorarbeitsplatten. Eine Vase mit roten Tulpen stand in der Mitte des runden Tisches, was im Dezember ungewöhnlich anmutete. Es roch nach frisch gebackenem Brot und Zimt. »Ich habe Rosinenbrötchen gebacken«, sagte Cedric und zeigte auf zwölf Brötchen, die auf der Anrichte abkühlten. »Möchten Sie eines?«

»Ich verbinde Rosinenbrötchen immer mit Ostern.«

»In meinem Haus richtet sich nichts nach der Jahreszeit, meine Liebe, mit Ausnahme der Christmas Puddings, versteht sich. Ich stelle im Winter Tulpen hin und im Sommer Ilex, je nachdem, was mir gefällt. Konventionen sind mir egal.«

»In dem Fall sehr gern, danke.«

Er nahm ein Brötchen vom Kuchengitter und legte es auf einen Teller. Es war noch warm. Daisy biss hinein, und das süße, buttrige Aroma schmolz auf ihrer Zunge. »Oh, die sind köstlich! Sie sind wirklich ein wunderbarer Bäcker!«

»Vielen Dank.« Cedric legte eine Hand auf sein Herz. »Sie verschönern mir den Tag!«

Daisy lachte. »Wenn Ihre Christmas Puddings so gut sind wie die hier, wird Lady Sherwood hin und weg sein.«

»Oh, sind sie. Sie sind meine Spezialität. Monatelange sorgfältige Hege – und über Wochen kleine Portionen Brandy alle paar Tage.« Er verschwand in der Speisekammer und kam einen Moment später mit zwei in Zeitungspapier gewickelten Puddings zurück.

»Wie viele haben Sie gebacken?«, fragte Daisy, die wünschte, sie hätte ihr Rosinenbrötchen nicht so schnell aufgegessen, denn jetzt war es weg.

»Acht«, sagte Cedric.

»Und was machen Sie mit den restlichen?«

»Die verschenke ich an Freunde. Ich habe der armen Dolly schon einen gebracht, weil sie so niedergeschlagen ist wegen ihrer Katze, und Jean, die ganz allein ist, arme Seele.«

»Ja, von der Katze habe ich gehört.«

»Dolly ist am Boden zerstört, vollkommen verzweifelt.«

»Das ist Mary gewiss auch«, sagte Daisy.

»Nicht so verzweifelt, wie sie sein sollte. Dieser Hund ist eine Gefahr.«

»Eigentlich ist er ganz niedlich. Ich will ihn malen.«

Cedric merkte auf. »Malen Sie Tiere?«

»Ja, aber ich habe seit Jahren keine Porträts mehr gemacht, also wird Bernie für mich der Probelauf.«

»Na, falls Sie feststellen, dass es Ihnen liegt, dürfen Sie gern kommen und meine Damen malen. Sie bekämen so viele Rosinenbrötchen, wie Sie wollen.«

Daisy lächelte bei dem Gedanken an einen Auftrag. »Das würde ich mit Freuden, Mr Weatherby.«

»Für Sie doch nicht Mr Weatherby! Sagen Sie Cedric.«

»Okay, Cedric. Danke für die Puddings und das Brötchen. Ich stehe tief in Ihrer Schuld.«

»Nicht doch, meine Liebe.« Er grinste. »Daisy. Sehen Sie, manchmal erinnere ich mich an einen Namen. Ihrer ist übrigens sehr hübsch, genau wie Sie. Ich hoffe, ein entzückender junger Mann macht Sie glücklich.«

Daisy wurde rot. »Mich hat ein entzückender Mann glücklich gemacht, aber leider tut er es nicht mehr.«

»Dieser Unhold!«, rief Cedric theatralisch aus. »Was für ein dummer Mann! Jeder hätte Glück, Sie zu haben. Sie haben ein schönes Lächeln. Richten Sie Ihrer Mutter aus, sie soll sich nicht sorgen, weil sie Dinge vergisst. Es geht nicht nur ihr allein so. Ich würde sagen, das halbe Dorf ist vergesslicher als sie.«

»Das sage ich ihr. Sie wird froh sein, es zu hören.«

Cedric begleitete sie zur Tür. Inzwischen hatten sich alle Katzen in der Diele eingefunden und beobachteten Daisy so misstrauisch, wie es Katzen nun mal tun. »Und vergessen Sie nicht, dass ich ganz oben auf Ihrer Liste bin, sollten Sie sich als Cassius Marcellus Coolidge entpuppen«, sagte er. »Ich habe fünf wunderschöne Damen, die bereit sind, sich Ihnen von ihrer Schokoladenseite zu präsentieren.«

Als Daisy mit den Christmas Puddings nach Hause zurückkehrte, war ihre Mutter im Laden und bediente lächelnd und plaudernd Kunden. Doch das Leuchten in ihren Augen war erloschen. Sobald es ruhig wurde, fragte Daisy sie, ob es ihr gut gehe. »Ich verstehe immer noch nicht, wie ich das vergessen konnte«, antwortete Marigold. »Das passt gar nicht zu mir.«

»Mum, es sind nur ein paar Christmas Puddings.«

»Wenn es doch so wäre! Aber es ist mehr. Ich vergesse täglich Dinge. Es kommt mir vor, als würde ich durch einen Nebel wandern.«

»Nebel? Was für ein Nebel?«

»Weiß ich nicht. An manchen Tagen ist er dicht, an anderen klarer, und dann denke ich, ich bin wieder ich selbst. Heute fühle ich mich ganz gut. Aber gestern wollte ich einfach ins Bett und mich verstecken.« Sie sah ihre

Tochter ängstlich an. »Sag deinem Vater nichts, ja? Ich will nicht, dass er sich sorgt.«

»Nein, ich erzähle es keinem. Aber Cedric sagt, er vergisst dauernd Sachen.«

»Weiß ich, das sagen alle. Vielleicht kann ich bloß nicht so gut damit umgehen.«

»Er hat uns zwei Christmas Puddings gegeben, und ich bringe sie heute Nachmittag hin. Alles geregelt. Lady Sherwood wird begeistert sein. Sicher sind seine genauso gut wie deine.«

»Du musst sie nicht hinbringen. Ich kann das erledigen, wenn ich hier zumache.«

»Nein, dann legst du mal die Füße hoch.« Daisy blickte sich um. »Wo ist Tasha?«

Marigold seufzte, denn Tasha stellte ihre Geduld auf die Probe. »Sie musste mit ihrer Tochter zum Arzt.«

»Okay, du machst eine Pause, und ich übernehme hier. Ach, übrigens hat Mary eine Pose für Bernie von den Fotos ausgesucht, die ich aufgenommen hatte, und ich denke, ich kenne ihn jetzt gut genug, um anzufangen.«

»Das ist wunderbar, Schatz«, sagte Marigold.

»Ich muss meine Staffelei im Wohnzimmer am Fenster aufstellen, weil ich sehr viel Licht brauche.«

»Es tut mir leid, dass wir kein Zimmer für dich haben.«

»Macht nichts. Ich kann da arbeiten. Vielleicht kann ich, wenn ich eines Tages reich und berühmt bin, ein Atelier mieten.«

»Wenn du reich und berühmt bist, kannst du dir ein Atelier kaufen.«

Daisy lachte. »Bis dahin ist es entweder das Wohnzimmer oder das Bad.«

»Dann stimme ich für das Wohnzimmer. Suze wird ungnädig, wenn sie jetzt auch noch ihren ganzen Kram aus dem Bad räumen muss.«

Später am Nachmittag fuhr Daisy mit den Christmas Puddings zu Lady Sherwood. Es war bereits dunkel, und Dunstschwaden rollten vom Meer herbei, um sich über die Felder zu legen. Unwillkürlich musste Daisy an den Nebel denken, von dem ihre Mutter gesprochen hatte, und fragte sich, ob Marigold mal zu einem Arzt gehen sollte.

Das Sherwood-Anwesen war von einem simplen Maschendrahtzaun zwischen braunen Holzpfosten und einem elektrisch betriebenen Tor an der Einfahrt geschützt. Daisy rollte das Fenster herunter und drückte den Knopf der Gegensprechanlage. Als sie schon aufgeben und umkehren wollte, meldete sich eine gereizte Männerstimme. Sie nannte ihren Namen, und das Tor ging auf, sodass sie auf den Kiesweg fahren und vor dem großen weißen Haus parken konnte.

Sir Owen und Lady Sherwood prahlten nicht. Sir Owen hatte seinen Titel in Anerkennung seiner wohltätigen Arbeit bekommen. Ihm lag viel an der Gemeinschaft in der Gegend, und er engagierte sich für die Menschen hier. Er hatte sich sogar bemüht, den Bau des Supermarkts zu verhindern, weil er fürchtete, dass er das Aus für kleine, unabhängige Geschäfte wie Marigolds wäre. Und er wies jeden Bauunternehmer ab, der sein Land bebauen wollte. Sir Owen gierte nicht nach mehr Vermögen. Ein materialistischer gesinnter Mann würde zweifellos für das viele Geld verkaufen, das ihm angeboten wurde, doch Sir Owen lebte bescheiden, aber gut, und war zufrieden mit dem, was er besaß.

Das Haus und das Anwesen waren eindrucksvoll. Hector Sherwood, Sir Owens Vater, hatte es kurz nach dem Zweiten Weltkrieg für fünfhundert Pfund gekauft. Mit dreitausend Morgen, einschließlich Wald, war es reichlich Land, auf dem Hector und seine fünf Töchter ausreiten konnten. Owen hatte sich nicht sehr für Pferde interessiert, deshalb vererbte sein Vater ihm das Anwesen, nachdem seine Töchter erfolgreich verheiratet und die Pferde verkauft waren. Taran wuchs damit auf, Hunde über das Grundstück zu führen, nicht mit ihnen auszureiten. Owen hatte gehofft, sein Sohn würde dieses Land so lieben wie er, doch Taran wollte Architekt werden, kein Landwirt, und nach Kanada, wo seine Mutter herkam. Owen verstand nicht, warum er so weit weg von zu Hause leben wollte. Was sprach dagegen, in England Architekt zu sein? Aber Taran ging zum Studieren nach Kanada und landete in einer prestigeträchtigen Firma in Toronto. Entsprechend war Owen nicht wohl dabei, das Anwesen seinem Sohn zu vermachen, und er erwog, sein Testament zu ändern und stattdessen alles seinem ältesten Neffen zu vererben. Ihm war überaus wichtig, dass es in der Familie blieb, und Taran schien es nichts zu bedeuten.

Daisy stieg aus und ging zur Haustür. Noch ehe sie klingeln konnte, öffnete Taran ihr und sah mit einer leicht verärgerten Note auf sie herab. »Ich bringe die Christmas Puddings«, sagte sie und lächelte in der Hoffnung, seine Stimmung zu heben.

»Danke.« Taran nahm sie entgegen. Ein paar Spaniels und ein schwarzer Labrador rannten an ihm vorbei und fingen an, den Wagen anzubellen. »Blöde Hunde!«, rief Taran. »Die machen mich irre! Sie wollen raus, aber es ist zu neblig. Ich kann ja kaum meine Nase sehen.« Er runzelte die Stirn und fragte Daisy: »Und wie war die Fahrt?«

»Ich bin einfach langsam gefahren«, antwortete sie und beobachtete, wie die Hunde ihre Reifen beschnüffelten und ihre Beine daran hoben. »Und zurück halte ich es genauso.« Wieder lächelte sie flüchtig, sodass Taran neugierig wurde. Etwas an ihrem Lächeln sagte ihm, dass sie nicht sonderlich an ihm interessiert war.

»An deiner Stelle würde ich nicht zurückfahren«, sagte er. »Jedenfalls nicht jetzt gleich. Der Nebel wird dichter, und diese Landstraße ist schon bei klarem Wetter heikel.«

»Ach, es geht schon. Ich bin jahrelang in Italien gefahren, da ist das hier nichts.« Sie ging auf den Wagen zu.

Taran blickte ihr nach. »Oh, ich erinnere mich doch aus der Schule an dich«, sagte er und lachte. »Hattest du nicht Rattenschwänze?«

Daisy drehte sich um. »Die hatte ich ganz sicher nicht.«

»Oder Zöpfe. Es können auch Zöpfe gewesen sein.«

Jetzt musste sie lachen. »Ich glaube, mir war es lieber, als du dich gar nicht an mich erinnert hast!«

Er zuckte mit den Schultern. »Tut mir leid. Es ist mir erst später eingefallen.« Er pfiff nach den Hunden, die entschieden, ihn nicht zu hören, und im nebligen Garten verschwanden. »Warum wartest du nicht ein bisschen? Komm rein und trink einen Kaffee. Ich würde es mir nie verzeihen, wenn du wegen Mutters Christmas Puddings verunglückst.« Er schenkte ihr ein strahlendes Lächeln.

Daisy lachte auf ihre unbekümmerte Art, als hätte sie es nicht bemerkt. »Ich hoffe, ihr genießt sie«, sagte sie und stieg ins Auto. Dann rollte sie das Fenster runter und winkte. »Fröhliche Weihnachten.«

Taran beobachtete, wie sie wegfuhr. Er war schon den ganzen Tag allein im Haus und wünschte, er wäre in Toronto. Die Gesellschaft von jemand Gleichaltrigem wäre nett gewesen. Weihnachten mit der riesigen Verwandtschaft seines Vaters würde anstrengend, und Taran zählte die Tage, bis er wieder abreisen konnte. Daisy wäre eine willkommene Abwechslung gewesen, und er war ein bisschen beleidigt, dass sie seine Einladung ausgeschlagen hatte. Er machte sehr guten Kaffee.

Tatsächlich hatte er sich nicht an sie erinnert. Er hatte seine alten Klassenfotos im Album seiner Eltern nachgeschlagen und sie sofort in der ersten Reihe entdeckt. Rundes Gesicht, grinsend, mit Zöpfen oder Rattenschwänzen. Sie waren in derselben Klasse gewesen, bis er mit acht Jahren aufs Internat wechselte. Dennoch hatte sie sich an ihn erinnert, und dieser Gedanke munterte ihn auf.

Wieder pfiff er nach den Hunden, und als sie schließlich aufkreuzten, kehrte er zurück nach drinnen. Er verstand nicht, warum sie seinen Kaffee abgelehnt hatte.

6

Marigold trug ihr kleines Notizbuch stets in ihrer Tasche bei sich und schrieb alles auf, sogar Dinge, von denen sie glaubte, sie würde sie niemals vergessen, wie ihr Versteck für die Weihnachtsgeschenke. Sie notierte jede Bestellung, die sie im Laden aufnahm, Tashas Bitten um freie Zeit, Nans Kekswünsche, Dennis' Tee am Vormittag, den sie ihm gern in den Schuppen brachte, und all die kleinen Forderungen, die Suze an sie stellte, ohne sich bewusst zu sein, was sie alles verlangte. Daisy verlangte nichts, doch Marigold notierte sich, auch ihr vormittags einen Tee ins Wohnzimmer zu bringen, damit sie sich nicht übergangen fühlte. Ihr Notizbuch war ihre Rettungsleine in dem Nebel, der allzu oft in ihrem Kopf waberte. Die Rettungsleine, von der niemand wissen musste.

Es fühlte sich gut an, alles im Griff zu haben, sicher zu sein, dass sie die zunehmende Vergesslichkeit mit dieser schlichten Methode vor ihrer Familie verbergen konnte. Jedes Mal wenn sie zur Toilette ging, sah sie in ihrem Büchlein nach, ob alles drinstand, was sie sich merken musste. Sie hängte einen großen Kalender an den Kühlschrank und trug auch dort alles ein: *Suze abends mit Batty zum Essen. Batty bei uns zum Abendessen. Cottage-Pie aus dem Tiefkühler holen.* Das Gute daran, gleich neben dem Laden zu wohnen, war, dass sie, hatte sie vergessen, etwas wie Sahne zum Apfelkuchen zu kaufen, rasch nach nebenan gehen und welche holen konnte. Ihre Hauptsorge war, dass ihre Familie ihre Ängste bemerkte. Sie wollte nicht, dass sie sich sorgten.

Marigolds Familie war unterdessen sehr beschäftigt. Daisy arbeitete fleißig an ihrer Staffelei im Wohnzimmer. Marigold hatte die ersten Kohleskizzen von Bernie gesehen und war beeindruckt. Sie hatte immer gewusst, dass ihre Tochter begabt war, und es freute sie zu sehen, dass Daisy etwas tat, was sie nicht nur gut konnte, sondern auch liebte. Sie spürte, dass es ihr über ihren Liebeskummer hinweghalf. Daisy sprach nicht über Luca, und sie spielte anderen sehr gekonnt die Gefasste vor, doch Marigold kannte sie gut genug, um zu wissen, wie sehr sie litt, und es linderte ihren Schmerz, wenn sie malte. In traurigen Zeiten zog Dennis sich ebenfalls in seinen Schuppen zurück und suchte Trost in der Kreativität, so wie Daisy es jetzt tat. Obwohl Dennis sich dazu Rockmusik anhörte und Daisy eher Hans Zimmer oder Ähnliches, war beides heilsam für das Herz.

Dennis war noch mit Marigolds Weihnachtsgeschenk befasst. Er war eindeutig zufrieden damit, denn abends kam er mit einem breiten Lächeln ins Haus. Er küsste sie liebevoll auf die Stirn, wie er es immer tat, doch direkt vor Weihnachten hielt er sie ein wenig länger im Arm, und es bedeutete Marigold eine Menge. Vielleicht spürte er ihre Angst, oder sie schätzten einander einfach mehr. Sie wusste es nicht. Jedenfalls freute sie sich auf ihr Puzzle. In diesem Jahr bedeutete es ihr besonders viel, weil es ihr Gehirn trainieren würde.

Suze arbeitete im Café vor sich hin, schrieb für Zeitschriften und Lokalzeitungen über Mode und verbrachte Stunden in der Stadt damit, Fotos für ihren Instagram-Account @Suze_ontrend zu machen. Batty schien tagsüber genug Zeit zu haben, endlos mit ihr zu telefonieren, und wenn sie sich abends trafen, fanden sie trotzdem noch Gesprächsstoff.

Nan hielt nichts davon, dass Daisy so lange an ihrer Staffelei stand, weil sie später Krampfadern bekäme. Sie fand, dass Suze etwas Interessanteres tun sollte, als Ringe an ihren Fingern oder ihre Kaffeetasse für ihre Internetseite zu knipsen. Und sie meinte, Dennis würde zu viel arbeiten und wahrscheinlich von einem Herzinfarkt dahingerafft, wenn er nicht langsamer machte. Sie sagte, Tasha sei faul und habe keine Arbeitsmoral und Eileen sei ein Klatschmaul, auch wenn sie jeden Satz mit »Ich rede ja nicht schlecht über andere« anfing. Nicht mal ihr Sohn Patrick, der mit seiner Familie in Australien lebte, blieb verschont, denn er kam nie nach England, nicht einmal an Weihnachten, wo dieses doch ihr letztes sein könnte. Nan saß in der Küche, tunkte Schokoladenkekse in ihren Tee und fand an allem etwas auszusetzen. Außer an Marigold. Ihr war nicht klar, wie sehr ihre Tochter sich abmühte, ihre Vergesslichkeit und ihre Angst zu verheimlichen.

Schließlich war Weihnachten da. Der Regen wurde wieder zu Schnee, die Pfützen vereisten, und Nan verkündete, sie würde nur mit in die Kirche kommen, wenn Dennis sie bis vor die Tür fuhr, denn sonst würde sie sich wirklich den Hals brechen. Also fuhr Dennis sie und Marigold bis zur Kirchentür, während Suze und Daisy lieber zu Fuß gingen.

Die Lichter der Kirche schienen durch die fallenden Schneeflocken, als sich die beiden jungen Frauen näherten. Sie konnten Eileens Orgelspiel hören und den vertrauten Duft von Kerzenwachs und Weihnachten riechen. Daisy hatte Weihnachten immer gemocht, weil es jedes Jahr gleich war. Marigold hängte ihnen beiden einen schweren Strumpf ans Fußende des Bettes, wie sie es schon in ihrer Kindheit getan hatte. Sie frühstückten gemeinsam in der Küche, die Marigold mit Lametta und glänzenden Kugeln geschmückt hatte, und packten verzückt ihre Strümpfe aus. In diesem Jahr hatten sie zu dritt mit demselben Weihnachtsschmuck wie immer dekoriert, den sie aus einem Karton vom Dachboden geholt hatten, und beim Auspacken sprachen sie darüber, welches Teil woher stammte. Nan sagte, die Kugeln sähen ein bisschen stumpf aus, ob sie nicht neue kaufen sollten, doch Suze und Daisy bestanden darauf, dass es so blieb wie immer.

Suze liebte Weihnachten wegen der Geschenke. Geschenke mochte sie lieber als alles andere auf der Welt. Und die große Bescherung fand stets nach dem Mittagessen am Weihnachtstag statt, für das Marigold wunderbar kochte. Sie war sehr gut im Zubereiten des Festessens. Der Truthahn war immer saftig, die Röstkartoffeln knusprig, die Brot- und die Bratensoße köstlich und der Christmas Pudding fruchtig und voller Fünf-Pence-Münzen, die sie als Kinder eifrig gesucht hatten. Nan fand, die Münzen sollten größer sein, weil man sich an den kleinen leicht verschlucken und ersticken könne, doch abermals beharrten die Mädchen auf den alten Ritualen. Weihnachten drehte sich ganz um Tradition, und ihre Weihnachtstraditionen waren die wichtigsten.

Suze und Daisy betraten die Kirche, in der sich nicht

nur Einheimische, sondern auch deren Verwandte und Freunde drängten, die über Weihnachten zu Besuch gekommen waren. Kerzen flackerten, die goldenen Schalen und Leuchter auf dem Altar blinkten, der Weihnachtsbaum glitzerte vor Schmuck, den die Grundschulkinder gefertigt hatten, und Girlanden und Gestecke aus Ilex, roten Beeren und Tannengrün in sämtlichen Fenstern wurden von batteriebetriebenen Teelichtern beleuchtet. Draußen schneite es weiter. Drinnen war die Atmosphäre feierlich und aufgekratzt, alle waren davon begeistert, dass es eine weiße Weihnacht war.

Dennis stand im Mittelgang und unterhielt sich mit Sir Owen. Daisy und Suze gingen an ihnen vorbei, wobei sie Sir Owen höflich grüßten und ihm fröhliche Weihnachten wünschten. Suze strebte weiter zur Kirchenbank, doch Daisy wurde von einer Hand auf ihrer Schulter zurückgehalten. Sie drehte sich um und sah Taran in einem dicken Mantel und einem Kaschmirschal, das Haar nach hinten gestrichen und das Gesicht von dunklen Stoppeln überschattet. »Hi«, sagte er lächelnd. »Ich nehme an, du bist neulich gut nach Hause gekommen?«

»Bin ich, danke. Zum Glück war kein Gegenverkehr.«

»Mutter war bei Freunden geblieben, bis sich der Nebel gelichtet hatte. Das war erst gegen acht.«

»Freut mich, das zu hören. Ich hätte wirklich nicht auf der Landstraße mit ihr zusammenkrachen wollen. Das wäre zu peinlich gewesen.«

Sein Lachen war tief, wie seine Stimme, und ihr fiel auf, wie grün seine Augen waren. »Na ja, der Schnee ist übler. Es wäre vernünftiger gewesen, auf Skiern herzukommen.«

»Schon, aber auf Skiern kommst du nicht zurück nach oben.«

»Stimmt, andererseits genießt man die Abfahrt umso mehr, wenn der Aufstieg eine Herausforderung war.«

Daisy wollte erwidern, dass sie es nicht beurteilen könne, weil sie noch nie Ski gelaufen sei, doch sie bemerkte, dass die Leute sich setzten und Stille einkehrte. Es wurde Zeit, zu ihrer Familie zu gehen. Sie spürte, dass Taran es ein wenig bedauerte, das Gespräch zu beenden, und fühlte sich geschmeichelt. Sie entsann sich, dass er als Junge ziemlich von sich überzeugt gewesen war, und nahm an, dass er es heute auch noch war. Gut aussehende Männer zeichneten sich ihrer Erfahrung nach durch ein gewisses Anspruchsdenken aus. Sollte sie jemals über Luca hinwegkommen, würde sie aufpassen, sich nicht in einen solchen Mann zu verlieben.

Bei den Weihnachtsliedern traten Marigold Tränen in die Augen, und Dennis nahm ihre Hand. Seine war rau und rissig, die Hand eines Tischlers eben. Ihre fühlte sich in deren vertrauter Wärme sehr wohl. Marigold war froh, dass er hier war, um auf sie zu achten. In diesem Jahr bewirkten die Weihnachtslieder, dass sie wehmütiger denn je an die Vergangenheit dachte, an die Zeit, bevor die Angst gekommen war, die einen Schatten auf ihre Gegenwart und einen noch dunkleren auf ihre Zukunft warf. Umso dankbarer war sie für ihre Familie und ihr Leben. Für heute, Weihnachten und all die schönen Dinge, die Gott ihr geschenkt hatte.

Um sie herum waren Leute, die sie seit Jahren kannte. Da war ihre Freundin Beryl, die zu ihr sah und lächelte. Eileen an der Orgel. Die unlängst verwitwete Jean Miller winkte Marigold verhalten zu. Sie sah Cedric Weatherby, der sie gleichfalls bemerkte und ihr zuzwinkerte. Sie lächelte ihm dankbar für die Christmas Puddings zu, die er ihr überlassen hatte, und er erwiderte das Lächeln. Er trug eine gelbe Fliege zu einer orangenen Weste. Marigold sah ihre Nachbarn, John und Susan Glenn, und die arme Dolly Nesbit. Und so viele andere Freunde. Für sie alle war Marigold dankbar an diesem Weihnachtstag, der sich irgendwie nicht wie andere anfühlte. Als würde sie ihn aus der Ferne betrachten. Einzig Dennis' Hand gab ihr das Gefühl, ganz präsent zu sein. Sie verankerte sie im Moment, während der Nebel in ihrem Kopf dichter wurde.

Nach dem Gottesdienst gingen sie noch mit in den Gemeindesaal. Gewöhnlich ließ Marigold Dennis losziehen und mit anderen plaudern, doch heute blieb sie neben ihm. Sie klopfte auf ihre Handtasche, froh, dass sie die nicht in der Kirchenbank gelassen hatte. So schlimm war es mit ihr nicht, sagte sie sich. Gewiss war sie bloß panisch.

Mary Hanson bahnte sich ihren Weg durch die Menge, um mit Marigold zu reden. Sie hatte einen Becher Glühwein in der Hand und eine Strickmütze auf dem Kopf, die wie ein Plumpudding aussehen sollte. Mary strahlte. »Da bist du ja, Marigold! Meine Güte, kann Daisy gut zeichnen! Sie hat mir ihre ersten Skizzen gezeigt, und auf denen ist mein süßer Bernie perfekt eingefangen. Sie ist wirklich sehr begabt.«

»Schön zu hören. Sie hat auch viel gearbeitet«, sagte Marigold. »Im Haus ist kaum genug Platz für uns alle, aber sie hat es irgendwie geschafft, eine kleine Ecke für sich zu finden.«

Ein Mann erschien und stellte sich neben Mary. »Fröhliche Weihnachten«, sagte er zu Marigold.

Marigold streckte ihre Hand aus. »Fröhliche Weihnachten.«

Der Mann sah erst ihre Hand, dann Mary an, und beide lachten. »Das ist aber sehr förmlich, Marigold«, sagte er. Marigold hatte das Gefühl, der Boden unter den Füßen entgleite ihr. So wie er ihren Namen sagte, kannte er sie, doch sie erinnerte sich nicht, wer er war.

»Dumm von mir«, murmelte sie. »Gewohnheit, schätze ich. Meine Gedanken sind wohl schon beim Truthahn.«

»Natürlich«, stimmte der Mann ihr zu. »Mary hat unseren heute Morgen um acht in den Ofen geschoben.«

»Der muss ja sehr groß sein«, sagte Marigold.

»Riesig«, bestätigte Mary. »Brians Schwester kommt mit ihrer Familie zum Essen.«

Ah, dachte Marigold. *Brian. Natürlich. Brian ist Marys Mann.* Wie konnte sie das vergessen? Vor Scham wurde sie rot, weil sie ihm die Hand hatte reichen wollen, als wären sie sich noch nie begegnet. Dann stellte sich das kalte Kribbeln auf ihrer Haut wieder ein. Die eisige Angst. Die Benommenheit. Die Hilflosigkeit. »Entschuldigt mich«, sagte sie. »Ich glaube, ich muss mich setzen.«

Dennis fühlte, dass es seiner Frau nicht gut ging, und nahm ihre Hand. »Alles in Ordnung, Goldie?«

»Ja, mir ist nur ein wenig schwindlig.«

»Doch nicht zu viel Glühwein, oder?«

»Ich hatte gar keinen.«

»Komm, wir suchen dir einen Stuhl, und ich hole dir welchen. Wahrscheinlich hast du bloß Hunger.« Er führte sie zu einem Stuhl am Rand des Saals. Stöhnend sackte sie darauf. Dann verließ er sie für einen Moment, um ihr etwas zu trinken zu holen.

»Geht es dir gut, Marigold?«, fragte Beryl. Sie zog sich einen freien Stuhl heran und setzte sich. Ihren Gehstock lehnte sie an die Wand. »So, das ist besser. Meine Beine tun weh nach dem langen Stehen während der Lieder. Einige von denen sind viel zu lang, findest du nicht? Leute in unserem Alter wollen nicht mehr stundenlang auf den Füßen sein.«

»Stimmt«, sagte Marigold, der es eigentlich nichts ausmachte.

»Ich habe das Haus voller Leute, aber das habe ich Martin überlassen. Wie du weißt, mag er die Kirche nicht.«

»Wie praktisch, dass Martin zu Hause nach dem Essen sieht.«

»Man kann sich nicht wirklich auf ihn verlassen, in der Küche ist er ein hoffnungsloser Fall. Aber mit meiner Hüfte kann ich nicht alles machen.« Beryl redete weiter, erzählte Marigold von ihrem Sohn, der zu helfen versprochen hatte, und ihren Enkelkindern, von denen sie hoffte, dass sie ihr nicht das Haus verwüsteten. Und während Beryl plapperte, versuchte Marigold, ihr pochendes Herz zu beruhigen. All ihre Freude über den Zauber der Weihnacht war verflogen, und zurück blieb nichts als blanke Angst. Wie konnte sie vergessen, wer Brian war? Brian, den sie seit zwanzig Jahren kannte.

»So, Goldie«, sagte Dennis und reichte ihr einen Becher Glühwein. Marigold trank einen großen Schluck und wartete ungeduldig, dass er in ihrem Bauch ankam. Sie nahm noch einen. Dennis sah sie besorgt an. »Bleib hier. Ich bin gleich wieder zurück.«

»Ich weiß, wie du dich fühlst«, sagte Beryl.

»Ach ja?«, fragte Marigold verwundert. Wusste irgendwer, wie sie sich fühlte?

»Weihnachten ist anstrengend. Der ganze Aufwand für ein paar Tage.«

Dennis war auf der Suche nach Daisy und Suze und entdeckte Daisy im Gespräch mit Taran. »Hallo, Taran, dürfte ich kurz mit Daisy sprechen?«

Das Licht in Tarans Augen trübte sich ein wenig ein vor Enttäuschung. »Selbstverständlich«, antwortete er und ging weg.

»Daisy, ich möchte, dass du und Suze heute Mum mit dem Mittagessen helft«, sagte Dennis. »Ich glaube, ihr geht es nicht so gut.«

»Ich glaube, ihr geht es schon eine ganze Weile nicht gut«, antwortete Daisy. »Sie braucht eine Pause, Dad. Sie arbeitet zu viel.«

»Du hast recht, braucht sie. Ich frage mich, ob sie einverstanden wäre, eine andere Hilfe für den Laden zu bekommen.«

»Das müsste man sehr vorsichtig formulieren. Sie ist sehr stolz und denkt, dass sie alles schafft. Aber sie wird nicht jünger.«

»Und Tasha ist sehr unzuverlässig.«

Suze erschien. »Wollen wir nach Hause? Mir ist langweilig.«

»Ja, Zeit zu gehen. Ich hole eure Mutter«, sagte Dennis.

»Wo ist der Grinch?«, fragte Suze grinsend.

Daisy lachte und zeigte hin. »Da drüben.« Nan war in ein Gespräch mit einer Gruppe von Leuten vertieft, die sie beide nicht kannten.

»Wieder ganz die Heitere, wie ich sehe. Sie wünscht garantiert jedem ein elendes Weihnachten. Nan würde noch an einem Engel etwas auszusetzen haben«, sagte Suze. »Zu gut. Zu heilig. Nicht genug Sinn für Humor.«

»Willst du sie loseisen oder soll ich?«, fragte Daisy.

Suze senkte die Stimme. »Ich glaube, da ist jemand, der mit dir reden will.«

Daisy blickte auf und sah Taran in der Nähe stehen. Sie fand es eigenartig, dass er noch mal mit ihr reden wollte; andererseits waren nur sehr wenige Leute ihres Alters im Gemeindesaal. Suze ging und rettete die armen Besucher, bevor Nan ihnen ihre Weihnachtslaune vermieste, und Daisy zögerte einen Moment, unsicher, ob sie ihr folgen oder auf Taran warten sollte. Sie beschloss, weder noch zu tun und zu gehen. Sie würde ihre Eltern, Suze und Nan am Ausgang treffen.

»Hey, Daisy«, sagte Taran.

»Ich muss los.«

»Klar. Ach, fröhliche Weihnachten.«

»Danke, dir auch.«

»Werden wir sicher haben. Die Christmas Puddings sehen köstlich aus.«

»Verschluck dich nicht an den Münzen.« Er stutzte. »Meine Großmutter sorgt sich immer, dass wir an den Fünf-Pence-Stücken ersticken«, erklärte Daisy. »Mum tut sie in den Teig.«

»Verstehe. Ich sage allen Bescheid.«

Sie wandte sich zum Gehen.

»Hey, Daisy, gibst du mir vielleicht deine Nummer? Du weißt schon, um in Kontakt zu bleiben. Ich weiß, es ist – wie viel? – über zwanzig Jahre her seit der Schule, aber es wäre nett, eine Freundin zu sehen, wenn ich hier zu Besuch bin. Normalerweise sitze ich nur bei meinen Eltern fest, und das ist sehr langweilig.« Er verzog das Gesicht.

»Gib mir dein Handy«, antwortete Daisy lachend. »Ich tippe sie dir ein.«

Er reichte es ihr, und sie trug ihren Namen und ihre Nummer ein, ehe sie es ihm zurückgab. »Lass mich wissen, dass niemand an einer Münze erstickt ist, ja?«

Er hielt sein Handy in die Höhe. »Geht klar.«

Lächelnd bahnte sie sich ihren Weg durch die Menge zur Tür, wo bereits Suze auf sie wartete. »Dad ist schon mit Mum und Nan im Wagen los.«

»Ging es Mum gut?«

Suze schien verwundert. »Ja, warum? Stimmt etwas nicht?«

»Nein, nichts. Ich denke, sie ist bloß müde.«

»Tja, dann wird sie unser Weihnachtsgeschenk sehr freuen, nicht?«

Daisy seufzte. »Unser Weihnachtsgeschenk, das ich bezahle.«

»Ich habe kein Geld!«, entgegnete Suze. »Ich bin arm wie eine Kirchenmaus.«

»Die es schafft, sich laufend neue Klamotten zu kaufen.«

»Weil ich die alten verkaufe. Das ist mein Job.«

»Sicher doch. Komm, gehen wir schnell nach Hause. Dad möchte, dass wir Mum mit dem Essen helfen.«

»Uuuh, Essen!«, frohlockte Suze. »Und danach Geschenke. Ich liebe Geschenke!«

Marigold staunte, als Daisy und Suze anfingen, in der Küche umherzuwuseln und zu helfen. Suze deckte den Tisch, während Daisy das Gemüse kochte. Dennis sorgte dafür, dass jeder ein Glas Wein hatte, während Nan im Wohnzimmer am Feuer saß und ihr Kreuzworträtsel löste.

»Stumme Zustimmung, sechs Buchstaben«, rief sie in die Küche.

»Nicken«, antwortete Marigold prompt.

»Ach so, das habe ich gewusst«, murmelte Nan.

Marigold tat es gut, die Antwort zu wissen, noch dazu so schnell. Und deshalb beschloss sie, Weihnachten mit ihrer Familie wie immer zu genießen. Dies war keine Zeit, um an sich zu denken. Sie war nicht krank, ermahnte sie sich streng. Sie wurde bloß alt, wie der Arzt gesagt hatte.

Dank ihres kleinen Notizbuchs hatte sie nichts vergessen. Der Truthahn war so lecker wie immer, der Christmas Pudding, den sie in einem Hofladen am Ort gekauft hatte (denn sie hatte nicht bloß die zwei für Lady Sherwood vergessen, sondern auch den für sie), war sehr gut, obwohl keine Münzen drin waren. Worüber Nan froh war, die ihnen zum hundertsten Mal erklärte, dass jemand sich an denen verschlucken und ersticken könnte! Es war eine enorme Erleichterung, dass Marigold nichts Wichtiges vergessen hatte. Sie durfte den Nebel in ihrem Kopf als Müdigkeit abtun, und abgesehen von dem Lapsus im Gemeindesaal war heute alles ausgesprochen gut gelaufen.

Nach dem Mittagessen rief Patrick aus Australien an. Er sprach lange mit Nan, und als sie auflegte, hatte sie den glückseligen Gesichtsausdruck von jemandem, der eben die heilige Kommunion empfangen hatte. »Was für ein lieber Junge, seine Mutter zu Weihnachten anzurufen«, sagte sie. »Monate vergehen ohne einen Pieps, und dann ruft er zu Weihnachten an!« Sie strahlte. »Stellt euch vor, die haben beim Mittagessen auf uns angestoßen, alle, ist das nicht nett? Typisch Patrick, so aufmerksam zu sein.«

Marigold und Dennis wechselten einen Blick. Patrick war alles andere als aufmerksam. Aber er hatte von jeher einen teuflischen Charme gehabt. Ein einziger Anruf, und ihre Mutter vergaß, wie sehr es sie verletzte, dass er sich das ganze Jahr nicht gemeldet hatte. Wie dem verlorenen Sohn wurde auch ihm sofort vergeben und sogar applaudiert.

Sie gingen ins Wohnzimmer, um ihre Geschenke auszupacken. Am Baum funkelten lauter bunte kleine Lichter und Lametta, und darunter waren die Geschenke in buntem Papier mit Schleifen arrangiert wie auf einer Weihnachtskarte. Marigold setzte sich neben ihre Mutter aufs Sofa, ein Weinglas in der Hand und den gelben Papierhut aus ihrem Knallbonbon auf dem Kopf, und ließ sich von dem wohligen Glücksgefühl einnehmen, das sie durchströmte. *Dies könnte nicht vollkommener sein,* dachte sie und blickte zu den geröteten Gesichtern ihrer beiden Töchter, ihres Mannes und ihrer Mutter. »Ich bin so froh, dass du nach Hause gekommen bist«, sagte sie zu Daisy. »Ich meine, nicht nur über Weihnachten, sondern für immer. Wir sind wieder eine Familie, nicht?«

»Sind wir, Mum«, bestätigte Daisy. »Ich bin auch froh, zu Hause zu sein. Und ich bin sehr dankbar, dass du und Dad hier seid, um mich aufzufangen.«

Dennis klopfte ihr auf die Schulter und setzte sich in den Sessel. »Wir werden immer hier sein.«

»Wollen wir jetzt die Geschenke auspacken?«, fragte Suze, die bereits den Baum ansteuerte. »Daisy, das ist von mir für dich.« Sie überreichte Daisy ein kleines Päckchen.

»Danke, Suze.« Daisy wickelte ein paar Ohrringe aus. »Oh, die sind sehr hübsch, danke!« Sie lächelte ihre Schwester an. »Du hast einen tollen Geschmack, Suze.«

»Warte!«, rief Suze, als Daisy aufstand, um nach einem Geschenk für Nan zu suchen. »Ich muss dich mit den Ohrringen fotografieren.«

»Ach, im Ernst? Muss das jetzt sein?«, fragte Daisy, die ein bisschen genervt war, dass Suze jede Minute ihres Tages umgehend online posten musste.

»Ja, muss es«, antwortete Suze.

Nan war zufrieden mit dem Pullover von Marigold und Suze mit ihrem Make-up. Dennis hatte für Daisy einen

Kasten Sakura-Pastellölkreiden gekauft. »Oh, Dad, die sind perfekt!«, sagte sie begeistert und strich mit den Fingern über die Reihe von vierundzwanzig Ölkreidestiften.

»Nur das Beste für unsere Künstlerin«, antwortete er. »Diese Pastellfarben sind sehr gut.« Für Suze hatte er eine Schreibtischablage aus Holz mitsamt Halter für ihr iPad gebaut.

»Du denkst an alles, Dad«, rief sie freudig aus und kehrte zum Baum zurück, um mehr Geschenke zu suchen.

Dennis stand auf und schenkte Wein nach. Nan hatte schon zu viel gehabt. »Na, Dennis, und dein Geschenk für Marigold?«, fragte sie lallend. »Wir warten alle, nicht, Marigold?«

Strahlend ging Dennis zum Baum und zog einen Karton in rot-goldenem Papier mit einer goldenen Schleife hervor. »Hier, Goldie«, sagte er und reichte ihn ihr mit einem breiten Lächeln.

»Oh, Dennis, du enttäuschst mich nie, was?«, fragte Marigold glücklich.

»Ich denke, das wird dir gefallen.«

»Wird es ganz sicher.« Vorsichtig löste sie die Schleife und wickelte das Papier ab, damit sie es im nächsten Jahr wiederverwenden konnten. Dann hob sie einen Holzkasten heraus. »Hier ist kein Bild«, stellte sie fest und ließ ihre Finger über den Deckel gleiten.

»Über hundert Teile, Goldie, und kein Bild.«

Marigold grinste. »Also eine große Herausforderung!«

»Die größte bisher.«

Sie öffnete den Deckel. »Sind das kleine Teile«, murmelte sie, nahm eines auf und betrachtete es näher. »Es muss dich Wochen gekostet haben. Und es ist wunderbar, Dennis. Danke!«

Dennis bückte sich und küsste sie auf die Stirn. »Frohe Weihnachten, Goldie.«

Suze hielt ihnen einen Umschlag hin. »Und dies ist von Daisy und mir.«

»Was ist das?«, fragte Dennis, der seine Töchter anschaute.

»Macht auf«, sagte Suze, die zappelig vor Aufregung war. »Ihr werdet es klasse finden!«

Marigold sah Daisy stirnrunzelnd an. »Was habt ihr zwei ausgeheckt?«

»Mach du auf, Goldie«, sagte Dennis.

Marigold öffnete den Umschlag und zog einen Brief heraus. Beide lasen ihn gemeinsam. »Ein Wochenende in Cornwall?«, fragte Marigold überrascht.

»Nur wir zwei?« Dennis legte eine Hand auf Marigolds Schulter. »Nur wir zwei, was? Wie Flitterwochen!«

»Und wer ist im Laden?«, fragte Marigold unsicher.

»Daisy«, antwortete Suze. »Wir haben alles geplant. Ihr müsst euch bloß ein Wochenende aussuchen. Wir haben ein fantastisches Hotel am Meer gefunden. Im Frühjahr wäre es am schönsten. Mai vielleicht? Wir fanden, dass du mal eine Pause vertragen kannst, Mum.«

Marigold kamen die Tränen. »Oh, ihr beide seid aber auch so süß!«

Daisy stand auf, um sie zu umarmen. »Wir lieben dich, Mum.« Sie hielt ihre Mutter lange in den Armen und fühlte, wie zerbrechlich sie war.

»Ja, tun wir«, stimmte Suze zu. »Wir lieben euch beide. Dich auch, Dad.«

Es entstand eine Pause, in der die vier auf die unvermeidliche trockene Bemerkung von Nan warteten. Doch die kam nicht. Sie drehten sich verwundert um. Die alte

Dame war auf dem Sofa eingeschlafen, in ihrem neuen Pullover.

»Hoffentlich ist sie nicht tot«, sagte Suze grinsend.

»Oh, Suze, du bist furchtbar!«, erwiderte Daisy entsetzt.

Marigold lachte, und dicke Tränen kullerten über ihre Wangen. »Dies ist das schönste Weihnachten aller Zeiten«, sagte sie. »Wir sind alle zusammen, und es ist auch noch weiße Weihnacht. Mehr könnte ich mir gar nicht wünschen.« Sie stellte ihr Weinglas hin und lehnte sich auf dem Sofa zurück. »Ich denke, ich mache mal für einen Moment die Augen zu«, sagte sie. »Mit dem Puzzle fange ich morgen an. Es wird ein gutes Training für mein Gehirn sein. Danke, Dennis. Danke, Mädchen. Das beste Weihnachten von allen.« Und sie schlief ein.

7

Daisy vermisste Luca so sehr, dass der Schmerz manchmal nicht auszuhalten war. Jeden Morgen beim Aufwachen dachte sie an ihn und jeden Abend beim Schlafengehen. Ihr fehlten sein Kopf mit dem zotteligen Haar auf dem Kissen neben ihrem und sein ruhiger Schlafatem. Sie vermisste sein Chaos, weil er nie irgendwas wegräumte und überall auf den Möbeln Bücher, Zeitschriften und Zeitungen liegen ließ, sodass kaum noch ein Platz zum Hinsetzen blieb. Ihr fehlte sogar der Geruch seiner Zigaretten, denn trotz ihres dauernden Nörgelns hatte er das Rauchen nie aufzugeben versucht. Über die Weihnachtstage dachte sie oft an ihn und fragte sich, ob er sie auch vermisste. Ob er überhaupt an sie dachte. Oder vielleicht bereute, sie gefragt zu haben: »Ist meine Liebe nicht genug für dich?« Eventuell bedauerte er, nicht begriffen zu haben, dass seine Liebe unmöglich genug für eine Frau sein konnte, die sich nach einem Kind sehnte. Mutter zu werden war kein absurder Wunsch, und dennoch hatte er ihr vorgeworfen, selbstsüchtig zu sein. Im Grunde waren sie beide selbstsüchtig, und keiner wollte nachgeben. Luca hatte auch nie heiraten wollen. Das hatte er von Anfang an klargestellt, als sie sich kennenlernten. Seine Eltern waren geschieden, und seine Kindheit war sehr unglücklich gewesen. Er wünschte das keinem Kind, weshalb er keines in die Welt setzen wollte. Und er wollte die Verpflichtung nicht eingehen. Heirat und Kinder, hatte er zu ihr gesagt, würden ihn festlegen und einschränken, nicht bereichern. Daisy war wütend auf sich, weil sie sich nicht früher dem gestellt hatte, was sie tief im Innern seit Langem wusste. Warum hatte sie Jahre an die Hoffnung verschwendet, sie würden am Ende doch eine Familie gründen wie jeder andere? Warum hatte ihr romantisches Herz ihren Verstand übertönt, der sehr wohl wusste, wie die Dinge in Wahrheit standen?

Und immer noch sehnte sich ihr romantisches Herz mit jeder schmerzenden Faser nach ihm. Anstatt sich auf die Auseinandersetzungen zu konzentrieren, von denen es viele gegeben hatte. Luca war ein eigenwilliger, leidenschaftlicher Mann, der sich immerzu im Recht und dank seines Geschlechts befugt glaubte, stets das letzte Wort zu haben. Statt an all die unschönen Szenen erinnerte sie sich an das Lachen. An ihre privaten Scherze, an den Spaß. Absichtlich überging sie seine besitzergreifende Art, wie wütend er wurde, wenn sie harmlos mit anderen Männern flirtete, obwohl er es mit jeder Frau in Sichtweite tat, die er interessant fand. Sie erinnerte sich nur an die Liebe.

Die Vorstellung, wieder zu lieben, war beängstigend. Sie war nicht sicher, ob sie je wieder so für einen anderen Mann empfinden könnte wie für Luca. Nicht mal sicher, ob sie überhaupt wieder Liebe in sich finden könnte. All ihre Energie war in ihn geflossen, und jetzt fühlte sie sich ausgeblutet und verbraucht. Auch ihr Körper war wie betäubt. Sie konnte sich nicht vorstellen, mit jemand anderem zu schlafen. Von einem anderen Mann gehalten, anderen Lippen geküsst zu werden, nein, das war unvorstellbar. War es ein Fehler gewesen, Luca zu verlassen? Würde sie als alte Jungfer enden, die von niemandem geliebt wurde? Würde sie niemals Kinder haben und sich wünschen, ihr hätte die Liebe zu Luca allein genügt? Sie wusste es nicht, aber klar war, dass sie versuchen musste, ihn hinter sich zu lassen.

Am Tag nach Weihnachten schrieb Taran ihr und teilte ihr mit, dass niemand an den Münzen in den Christmas Puddings erstickt war – weil keine drin gewesen seien. Allerdings waren in beiden kleine Plastikweihnachtsmänner und fünf Elfen gewesen, und die waren angeblich zum Brüllen. Daisy rang nach Luft vor Scham, musste aber auch lachen. Sie würde ihrer Mutter kein Wort sagen, denn die würde im Boden versinken. Lady Sherwood fand es womöglich weniger amüsant als ihr Sohn. Plastikweihnachtsmänner waren unglaublich kitschig. Es folgte ein lustiger Austausch von SMS, und dann lud Taran sie auf einen Drink im Pub ein. Sie lehnte mit dem Argument ab, sie sei mit ihrer Familie beschäftigt. Danach hörten die Nachrichten auf. Daisy spürte, dass er gekränkt war, aber es war besser, ehrlich zu sein und keine Missverständnisse aufkommen zu lassen.

Nach Neujahr stürzte sie sich ganz in ihre Arbeit. Sie band sich ihr wildes Haar zum Pferdeschwanz, krempelte die Ärmel eines alten Hemds von ihrem Vater hoch und stellte sich eine Playlist an, die sie eigens hierfür zusammengesucht hatte. Sie wollte es mit den Pastellölkreiden versuchen, die ihr Vater ihr zu Weihnachten geschenkt hatte. Mit solchen Farben hatte sie schon lange nicht mehr gemalt, doch kaum fing sie an, entdeckte sie aufs Neue, wie weich und leicht sie aufzutragen waren. Es dauerte

103

nicht lange, bis sie sehr zufrieden feststellte, dass es ihr gelungen war, Bernies Wesen abzubilden. Es schien förmlich aus seinen Augen. Da war ein Leben in ihnen, wie man es auf Fotografien nie fand, weil es jenseits von dem war, was eine Kamera einfangen konnte. Er schaute sie richtig an und folgte ihren Bewegungen mit seinem Blick. Sie hatte die Fotos oben an die Staffelei gesteckt, doch in ihrer Erinnerung war er lebendiger, nicht nur in seinem Aussehen. Sie hatte seine Essenz kennengelernt und sie sehr schön auf das graue Papier gebannt. Nun trat sie einen Schritt zurück und bewunderte ihre Arbeit. Sie hatte es wirklich geschafft. Bernie war in Pastellfarben zum Leben erwacht. Und nach den Augen ging der Rest leicht und schnell.

Mary war begeistert. »Meine Güte, Sie können malen, was?«, rief sie aus, als Daisy sie einlud, um es sich anzusehen. Sie staunte, dass Daisy so begabt war, und war entzückt, ein wunderschönes Porträt ihres geliebten Hundes zu bekommen – noch dazu gratis.

Dennis und Marigold waren ebenfalls beeindruckt. »Ich habe immer gewusst, dass du eine Künstlerin bist«, sagte Dennis, dessen Augen vor Stolz leuchteten.

»Ich bin so froh, dass du es versuchst«, sagte Marigold. »Es ist wichtig, im Leben das zu tun, was man liebt. Das hätte dein Grandad auch gesagt.«

Nan schürzte die Lippen. »Das zu tun, was man liebt, ist ja gut und schön, aber du kannst nicht von Luft leben, Daisy. Die wenigsten haben das Glück, etwas zu tun, was sie lieben, und noch Essen auf den Tisch zu bringen. Grandad wäre überall zufrieden gewesen, so war er eben. Er hat aus allem das Beste gemacht. Eine hübsche Einstellung. Schneid dir davon eine Scheibe ab, und du wirst feststellen, dass ein anständiger Job kein Weltuntergang ist.«

Daisy brachte das Bild zum Rahmen in die Stadt, weil es nicht vom falschen Rahmen verschandelt werden sollte. Sie wählten einen teuren, doch er war das Geld wert. Das Porträt sah atemberaubend aus. Andere Leute würden es sehen und sie vielleicht beauftragen, ihre Tiere zu porträtieren. Sie fragte sich, wie viel sie verlangen sollte. Da sie Amateurin war, konnte sie höchstens einige Hundert Pfund nehmen.

Mary war so glücklich mit dem Bild, dass sie Daisy erlaubte, es im Gemeindesaal aufzuhängen, damit alle es bewundern konnten, wobei Daisy wusste, wer es schon mal nicht täte. Allerdings hatte sie nicht erwartet, dass Lady Sherwood es sehen würde. Als Vorsitzende des Gemeinderats leitete sie dort eine monatliche Sitzung, und bei der im Januar, während sich die anderen Tee und Kaffee holten, entdeckte sie das Bild an der Wand über dem Klavier.

»Was für ein schönes Gemälde«, sagte sie und stand mit ihrer Teetasse und der Untertasse in der Hand auf, um es sich genauer anzusehen.

»Das ist Mary Hansons Hund Bernie«, erklärte Julia Cobbold, allzeit bemüht, hilfreich zu sein. »Und es ist mit Ölkreide gemalt, keiner richtigen Ölfarbe.«

»Es ist sehr gut. Wer hat das gemacht?«

»Daisy Fane.«

»Marigolds Tochter?«

»Ja, genau die. Sie hat in Italien gelebt, aber jetzt ist sie wieder zurück. Eine Liebesgeschichte, die nicht gut ausging, glaube ich. Ich könnte mir vorstellen, dass sie sehr traurig ist. Aber sie ist eine wunderbare Künstlerin, nicht wahr?«

»Ja, was für eine Überraschung. Sie ist wirklich unglaublich gut.« Lady Sherwood überlegte eine Weile, wobei sie vor Konzentration die Augenbrauen zusammenzog. »Ich frage mich, ob sie meine Hunde malen würde«, sagte sie schließlich.

»Das wird sie gewiss«, antwortete Julia und dachte, wenn Daisy Fane gut genug für Lady Sherwood war, würde sie vielleicht auch ein Porträt von ihrem Terrier in Auftrag geben.

Marigold saß im Wohnzimmer an dem langen Tisch, den sie eigens für ihr Puzzle aufgestellt hatten. Er war zu groß für das Zimmer, seit nun Daisys Staffelei vor dem anderen Fenster stand, und natürlich beschwerte Nan sich, dass sie nirgends außer in ihrem Schlafzimmer mehr ihre Ruhe hätte, doch es gab einfach keine andere Ecke im Haus, die groß genug für ein hundertteiliges Puzzle war.

Es war Sonntagmorgen und ungewöhnlich still. Marigold hatte ihren Morgenspaziergang gemacht, und Dennis war mit Nan in der Kirche. Suze verbrachte das Wochenende mit Batty bei dessen Eltern, und Daisy war zu den Sherwoods eingeladen, um die Hunde kennenzulernen, die Lady Sherwood von ihr porträtieren lassen wollte.

Es war ein klarer Wintertag. Der Himmel war wasserfarbenblass, und die Sonne stand tief, schien durch die Äste und schuf eine hübsche Silhouette. Marigold war für einen Moment von den Vögeln im Garten abgelenkt. Es waren hauptsächlich Drosseln und Lerchen, aber auch das muntere kleine Rotkehlchen war da, das sich von den größeren Vögeln nicht einschüchtern ließ. Lächelnd beobachtete Marigold sie und wusste, dass sie den ganzen Tag hier am Fenster bleiben könnte, sie kommen und wegfliegen sehen und nicht merken, wie die Zeit verging.

Nach einer Weile wandte sie sich wieder dem Puzzle

zu. Sie war gut im Puzzeln, und sie freute sich auf die Herausforderung. Zunächst sortierte sie die Randstücke aus. Das dauerte eine Weile. Sie musste ihre Brille aufsetzen, um die Farben und Bildausschnitte zu erkennen, und probieren, welche zusammenpassten. Dabei war sie sehr konzentriert und sich bewusst, dass sie ihr Gehirn trainierte. Mit jedem Stück, das sie richtig an ein anderes fügte, sagte sie sich, dass sie in ihrem Kopf Verbindungen wiederherstellte, den Verfall aufhielt, der Zeit trotzte. Ein Triumphgefühl erfüllte sie, als nach und nach der Bildrand Gestalt annahm. Oben war Himmel, unten Schnee. Es war auf jeden Fall eine Winterszene. Dennis wusste, wie sehr sie Schnee mochte, und sie war entzückt, dass ihr Mann sich so viel Mühe mit ihrem Geschenk gemacht hatte.

Bald wurde sie durstig. Sie ging in die Küche und stellte den Wasserkocher an. Draußen war es kalt, da war eine Tasse Tee besonders wohltuend. Der erste Schluck war immer der beste. Sie schloss kurz die Augen und kostete ihn aus. Dann setzte sie sich an den Tisch, nahm ihre Brille wieder auf und begann, die Zeitung zu lesen.

Dennis und Nan brauchten einen Schwall kalte Luft mit ins Haus, als sie in die Diele kamen. Sie blies den Flur hinunter in die Küche, wo Marigold bei der Zeitung saß, und ließ sie frösteln. »Es ist bitterkalt draußen«, sagte Nan, die in die Küche eilte. »Ich gehe heute nicht noch mal raus. In meinem Alter will ich mir keine Erkältung einfangen. Die wird ganz schnell zu einer Lungenentzündung. Mein guter Freund Teddy Hope ist an einer Lungenentzündung gestorben, weil er unbedingt bei kaltem Wetter zum Eckladen gehen und sich Zigaretten holen wollte.«

»Es könnte auch an den Zigaretten gelegen haben«, sagte Dennis.

Marigold blickte von der Zeitung auf.

»Wie kommst du mit dem Puzzle voran?«, fragte Dennis.

Sie runzelte die Stirn. *Das Puzzle!* Sie hatte vollkommen vergessen, dass sie daran gesessen hatte. Jetzt erinnerte sie sich, wie sie vom Wohnzimmer in die Küche gegangen war, um sich einen Tee zu machen, und sich dann an den Tisch gesetzt und die Zeitung gelesen hatte. »Ich habe angefangen«, antwortete sie und überspielte ihre Sorge mit einem Lächeln. »Es ist eine Winterszene«, ergänzte sie, nur um sich selbst zu versichern, dass sie es noch wusste. »Und dann hat mich die Zeitung abgelenkt.« Was leicht passierte. Jeder war mal abgelenkt, nicht? Das hieß gar nichts.

Daisy folgte Lady Sherwood ins Haus. Letztere trug eine mattgrüne Moleskin-Hose und einen Fair-Isle-Pullover, aus dem oben ein steifer weißer Blusenkragen ragte. Sie wirkte sehr gefasst, strahlte Ruhe aus, als könnte sie nichts aus der Bahn werfen und als würde sie vollkommen gelassen durchs Leben gleiten. Die Hunde sprangen um Daisy herum, wedelten mit dem Schwanz vor Freude über den Besuch und ignorierten Lady Sherwoods geduldige Worte. »Jetzt mal ruhig, ihr. Daisy ist ja nicht der erste Gast hier im Haus, nicht? Also sind wir höflich und blamieren uns nicht, ja?«

»Es sind wunderschöne Hunde«, sagte Daisy.

»Ja, finde ich auch«, stimmte Lady Sherwood ihr zu. »Obwohl Mordy ein Chaot ist und bei jeder Gelegenheit ins Dorf wegrennt. Er ist der Labrador. Sehr lustgesteuert, fürchte ich.«

Daisy lachte. Einer eleganten Frau wie Lady Sherwood hätte sie solch eine Bemerkung nicht zugetraut.

Das Wohnzimmer war groß mit hohen, von schweren Vorhängen gerahmten Fenstern. An den mit verblichener Seide verkleideten Wänden hingen Gemälde. Die Polsterbezüge der Sofas und Sessel waren ebenfalls ausgeblichen vom Sonnenschein, der den Raum flutete, und zweifellos auch vom Alter. Es sah wie ein Zimmer aus, das nicht in einem Schwung eingerichtet worden war, sondern in dem über die Jahre gerahmte Fotos, Coffee-Table-Books und Perserteppiche ergänzt wurden. In der Ecke stand ein kleiner Flügel, dessen Deckel voller Familienfotos war, und eine Stehlampe mit Troddeln am Schirm verbreitete warmes Licht. Lady Sherwood hatte eindeutig Geschmack, schien aber auch sparsam zu sein, denn nichts hier war sonderlich kostbar oder gekünstelt; eher mutete alles ein wenig abgelebt an. Im Kamin brannte ein Feuer, und Lady Sherwood bot Daisy einen Sessel an.

»Danke, dass Sie gekommen sind«, sagte sie und setzte sich auf das Sofa gegenüber. Die Hunde verteilten sich um sie herum. Der Labrador machte es sich auf einem Fußschemel bequem, als stünde der eigens für ihn dort. »Ihr Bild von Marys Hund hat mich sehr beeindruckt. Sie haben ihn wunderbar eingefangen, und ich hätte gern, dass Sie meine Hunde malen. Alle drei. Meinen Sie, Sie können das?«

Daisy fiel auf, dass Lady Sherwood die gleichen grünen Augen hatte wie ihr Sohn. Es war ein seltenes Blaugrün und sehr ausdrucksstark. »Ich würde sie gern in Pastellkreide zeichnen, so wie Bernie«, antwortete sie.

»Ah, Pastellkreide war das? Sehr wirkungsvoll.«

»Danke. Ich arbeite gern mit Kreide, fange mit Kohle an und gehe dann zu den Farben über.«

»Nun, wie immer Sie es anstellen, Sie machen es extrem gut. Wie gehen wir vor?«

»Ich mache Fotos von den Hunden und verbringe ein wenig Zeit mit ihnen. Es ist wichtig, dass ich ihre Persönlichkeiten kennenlerne. Sie sind alle so individuell, und ich möchte, dass man auf dem Papier ihren Charakter sieht.«

Nun lächelte Lady Sherwood beinahe mädchenhaft. »Oh, das ist wunderbar! Sie sind wirklich alle sehr individuell. Mordy ist ein Spitzbube, obwohl er inzwischen elf Jahre alt ist. Archie ist ein bisschen scheu, und Bendico, Archies Bruder, ist sehr stark, entschlossen und ein bisschen überdreht. Ich finde es schön, wenn Sie die drei gut kennenlernen, und sie werden es auch gut finden.« Sie streichelte einen der Spaniels zu ihren Füßen. »Stimmt's, Archie? Du möchtest Daisy gerne kennenlernen. Die drei tun alles für ein wenig Aufmerksamkeit«, fügte sie grinsend hinzu.

Daisy bemerkte, dass Lady Sherwood lässiger wurde, als sie über ihre Hunde sprach, und entschied, mehr Fragen zu stellen. Lady Sherwood stand auf und nahm ein großes Album aus einem Bücherschrank mit Glastüren. »Sie müssen unbedingt Bilder von ihnen als Welpen sehen«, sagte sie. »Sie waren unglaublich süß. Kommen Sie, setzen Sie sich zu mir, dann sehen wir sie uns zusammen an.«

Daisy wechselte auf den Platz neben Lady Sherwood, die sich das Album auf die Knie legte und es Seite für Seite durchblätterte. Es waren jede Menge Fotos von den Hunden und auch dem jüngeren Taran. »Sie kennen meinen Sohn, nicht?«, fragte sie.

»Kennen wäre zu viel gesagt. Wir sind als Kinder zusammen zur Schule gegangen, aber eigentlich habe ich ihn erst an Weihnachten flüchtig kennengelernt.«

»Er lebt in Toronto. Ich komme von dort, also ist es verständlich, dass er von jeher einen Bezug zu Kanada hat. Ich habe noch Verwandte dort, und er steht seinen Cousins und Cousinen sehr nahe. Ich glaube, er findet England langweilig.« Sie schüttelte den Kopf. »Im Grunde hat er diesem Land nie eine Chance gegeben, das ist das Problem. Aber solange er glücklich ist, ist es wohl in Ordnung. Hier! Ist das nicht ein herrliches Foto von Mordy?« Sie verharrte eine Weile bei dem Bild. »Was für ein süßer Welpe er war«, sagte sie leise, und Daisy fragte sich, ob die Hunde für sie Taran ersetzten.

Sie waren fast am Ende des zweiten Albums, als Sir Owen hereinkam. Sein Gesicht hatte die rötliche Tönung von jemandem, der die meiste Zeit draußen verbrachte – oder viel Portwein trank –, und sein Bauch rundete sich leicht unter dem orangenen Pullover. »Ah, Daisy«, sagte er freundlich.

Lady Sherwood hob das Album hoch, damit Daisy aufstehen und ihm die Hand schütteln konnte. »Langweilt Celia Sie mit Hundefotos?«

Seine Frau lächelte nachsichtig.

»Überhaupt nicht, Sir Owen«, antwortete Daisy. »Es sind schöne Fotos. Und es sind reizende Hunde. Ich freue mich darauf, sie zu zeichnen.«

Er blickte sich im Raum um. »Dann müssen wir einen passenden Platz finden, wo wir sie aufhängen.«

»Wäre es nicht wundervoll, ein Porträt von den Hunden zu haben?«, fragte Lady Sherwood.

Sir Owen verzog das Gesicht. »Taran oder mich wollte sie nie porträtieren lassen, aber die Hunde. Tja, ist wohl etwas anderes.«

»Taran hätte niemals still gesessen, und außerdem hat er nie irgendwas gemacht, was wir wollten. Und du hast weder die Zeit noch die Geduld, Owen.«

»Ich habe schon sehr lange keine Menschen mehr gemalt«, sagte Daisy.

»Ist wohl besser so. Ich bin nicht sicher, ob ich möchte, dass mir der vorwurfsvolle Blick meines Sohnes von seinem Porträt aus durchs Zimmer folgt. Darf ich Ihnen etwas zu trinken anbieten?«, fragte Sir Owen.

»Nein, vielen Dank, ich fahre lieber nach Hause. Meine Mutter wird sicher schon beim Kochen sein, und ich möchte ihr helfen.«

Lady Sherwood sah sie verwundert an. »Sie sind ja eine Traumtochter!«

»Na ja, ich bin nicht sicher, ob ich genug tue. Ich bin gerade erst nach sechs Jahren in Italien wieder zurück, und alles, was ich mache, ist, das Wohnzimmer mit meiner Staffelei zu blockieren.«

»Sie brauchen ein Atelier«, konstatierte Sir Owen.

»Vielleicht miete ich mir eines, wenn ich genug Geld gespart habe.«

»Apropos Geld«, sagte Lady Sherwood. »Ich habe gar nicht gefragt, wie viel Sie nehmen.«

Vor dieser Frage hatte Daisy sich gefürchtet. Sie hasste es, über Geld zu reden, denn es war unangenehm, und sie konnte ihren Wert überhaupt nicht einschätzen. »Tja, ich würde sagen, fünfhundert.«

»Pro Hund?«, fragte Lady Sherwood.

»Nein, insgesamt«, korrigierte Daisy.

Lady Sherwood wirkte überrascht, und Daisy hielt die Luft an. Lady Sherwood sah zu ihrem Mann. Sir Owen zögerte eine Sekunde, bevor er lächelnd nickte.

»Abgemacht. Und wenn Sie ein Atelier brauchen, überlassen wir Ihnen gern die Scheune.«

»Ja, sehr gern«, stimmte Lady Sherwood ihm zu. »Ich

zeige sie Ihnen, wenn Sie wiederkommen und mit den Hunden spielen.«

»Passt es morgen?«

»Natürlich. Ich werde hier sein, und sollte ich gerade nicht im Haus sein, kümmert meine Haushälterin sich um Sie. Sie heißt Sylvia.«

»Sie haben ein sehr schönes Haus«, sagte Daisy und streichelte die Hunde, die mit ihr aufgestanden waren.

»Vielen Dank.« Lady Sherwood freute sich über das Kompliment. »Es ist alles ein wenig zusammengestückelt, aber für uns ist es gut.«

»Spielen Sie Klavier?«, fragte Daisy, als sie an dem Flügel vorbeigingen.

»Habe ich früher, aber nicht mehr. Es ist zu lange her. Taran hatte als Kind Klavierunterricht, und er war recht gut, aber ich glaube, er hat auch seit Jahren nicht gespielt.«

»Ein verschwendeter Flügel«, brummelte Sir Owen. »Nimmt eine Menge Platz weg für nichts.«

»Ich finde, er sieht hübsch aus«, sagte Daisy.

»Spielen Sie zufällig?«, fragte er hoffnungsvoll.

»Leider nein.«

»Dann wird er weiterhin nutzlose Dekoration bleiben.«

Die Hunde folgten Daisy hinaus auf die Einfahrt. Sir Owen und Lady Sherwood winkten ihr von der Tür aus und riefen die Hunde zurück, die Anstalten machten, Daisys Wagen hinterherzulaufen. Daisy blickte in den Rückspiegel. Die beiden waren nett und hatten ihr das Gefühl gegeben, willkommen zu sein, was sie nicht erwartet hatte. Sie hoffte nur, dass sie nicht zu viel Geld verlangt hatte.

»Fünfhundert Pfund?«, rief Sir Owen aus.

»Ich weiß, es ist lächerlich«, sagte seine Frau.

»Sie wird das Fünffache verlangen, wenn ihr klar wird, wie gut sie ist.«

»Ja, wird sie wohl. Ist es nicht ein Glück, dass wir sie entdeckt haben, bevor sie berühmt wird?«

Sir Owen lachte. »Und was für ein Glück!« Er ging zurück ins Haus und schloss die Tür hinter ihnen. »Ihr die Scheune anzubieten war das Mindeste, was wir tun konnten.«

»Ja, es ist ein Jammer, dass sie nicht genutzt wird, nach all der Arbeit, die ich hineingesteckt habe. Es wird schön, wenn jemand darin ist. Ein wundervoller großer Raum, jede Menge Licht, perfekt für eine Künstlerin, und sie kann die Hunde kennenlernen, während sie zeichnet.« Sie ging in die Küche, um das Mittagessen zu kochen. »Ein nettes Mädchen. Sie mochte die Hunde wirklich. Und die mochten sie. Ich finde es sehr aufregend, Liebling.«

Sir Owen schenkte sich ein großes Glas Rotwein ein und setzte sich an den Küchentisch. Lady Sherwood holte etwas Räucherlachs und einige neue Kartoffeln aus dem Kühlschrank. »Ich habe ein gutes Gefühl bei ihr«, ergänzte sie. »Ich weiß nicht, warum, aber sie ist wie ein frischer Lufthauch, und genau den braucht dieses Haus.«

Sir Owen hörte ihr nicht zu, er las die Sonntagszeitung. Lady Sherwood stellte sich Daisy zeichnend in ihrer Scheune vor, wie sie dort vorbeischaute, um mit ihr zu plaudern. Der Gedanke wärmte ihr das Herz. Sie war einsam in diesem großen Haus, wenn Owen draußen unterwegs war oder, was häufiger vorkam, mit seinen Freunden Tennis oder Badminton spielte. Angenehme Gesellschaft in der Scheune zu haben war exakt das, was sie brauchte.

8

Am nächsten Morgen ging Marigold über den Hof und durch die Hintertür in den Laden, wo sie die Lichter einschaltete. Reihen sortierter Waren schienen auf. Sie stand einen Moment im grellen Licht und war unsicher, was sie als Nächstes tun sollte. Sie wusste, dass es etwas gab, was sie machen wollte, außer den Laden zu öffnen. Sie versuchte sich zu erinnern. Es kam nichts. Inzwischen gewöhnte sie sich an die Leere in ihrem Kopf und lernte schrittweise, mit ihr umzugehen. Der Trick bestand darin, ruhig Luft zu holen und zu warten, bis sich der Nebel lichtete, was er immer irgendwann tat.

Ein hektisches Klopfen am Fenster lenkte sie ab. Blinzelnd fokussierte sie und erkannte Eileens gerötetes Gesicht, umrahmt von einer Wollmütze und einem Schal. Ihr Atem bildete Wolken in der Kälte, und sie rieb ihre verhüllten Hände, um sie zu wärmen. Marigold schloss die Ladentür auf und öffnete ihr.

»Oooh, ist das kalt heute Morgen!«, sagte Eileen und schlurfte rasch in die Wärme.

Marigold war schon auf den Klippen spazieren gewesen, wo sie die Sturmböen fast umgeworfen hatten. »Und sehr windig. Ich denke, es gibt wieder Schnee.«

»Wäre das nicht wunderbar?«, fragte Eileen. »Ich liebe es, wenn das Dorf weiß wird.«

»Wie wäre es, wenn du in die Küche gehst und dir einen Tee machst?«, schlug Marigold vor. »Suze sitzt dort und schreibt, aber du störst sie nicht.«

»Eine gute Idee! Möchtest du auch einen?«

»Danke, im Moment nicht.«

Eileen verließ den Laden durch die Hintertür, und Marigold blickte auf ihre Uhr. Sie fragte sich, wo Tasha blieb. Ihre Aufmerksamkeit wurde vom Bimmeln der Türglocke abgelenkt. Der Commodore erschien in seinem Dreiteiler und mit dem Filzhut auf dem Kopf. Sein einziges Zugeständnis an die Kälte draußen waren der Schal um seinen Hals und die schweren Stiefel an seinen Füßen.

»Guten Morgen, Marigold«, sagte er. »Ein schöner Tag, nicht wahr?«

»Sehr schön«, bejahte Marigold.

»Ich habe letzte Nacht einen Maulwurf gefangen«, verkündete er triumphierend.

»Wie haben Sie das gemacht?«, fragte sie.

»Ah, eine sehr gute Frage. Zuerst hatte ich versucht, sie erfrieren zu lassen, aber das hat nicht geklappt. Die sind schlau, müssen Sie wissen, richtig verschlagen, diese Maulwürfe. Dann wollte ich sie ausräuchern, ohne Erfolg. Ich habe es sogar mit Desinfektionsmittel probiert, und als letztes Mittel wollte ich sie vom Schlafzimmerfenster aus erschießen. Phyllida hat es mir verboten, weil meine Augen nicht mehr so gut sind und sie dachte, ich könnte aus Versehen einen Hund erschießen.« Er beugte sich über den Tresen. »Also habe ich eine Falle gekauft. Eine von denen, die man in den Maulwurfsgang steckt. Ich weiß auch nicht, warum ich da nicht früher draufgekommen bin. Vermutlich dachte ich, die kann ich notfalls auch selbst bauen. Ich werkle ja gern ein bisschen. Es liegt an meiner Ausbildung bei der Navy, müssen Sie wissen. Warum jemand anderen etwas für einen tun lassen, wenn man es selbst machen kann?«

»Sie haben eine Falle gekauft und einen Maulwurf gefangen?« Marigold rümpfte die Nase. »Ist er tot?«

»Mausetot«, antwortete er zufrieden und erklärte ihr, wie solche Fallen funktionierten.

Kurz darauf kam Eileen mit ihrem Tee zurück.

»Der Commodore hat einen Maulwurf gefangen, Eileen«, sagte Marigold. »Er hat ihn getötet.«

»Ein Jammer. Es ist unfair, ein Geschöpf zu töten, nur weil es unbequem ist. Maulwürfe waren schon lange vor Ihnen in dem Garten, würde ich schätzen.«

»Na, diese nicht«, sagte Marigold.

»Ihre Vorfahren, meine ich. Ich finde, Sie sollten eine humane Art finden, sie zu fangen.«

»Warum fragen Sie nicht Dennis?«, schlug Marigold vor. »Er könnte Ihnen gewiss etwas aus Holz bauen. Dennis kann alles bauen.«

Der Commodore kratzte sich nachdenklich am Kinn. »Das ist gar keine schlechte Idee, die Damen. Meine Enkelkinder wären sehr glücklich. Sie regen sich schrecklich auf, weil ich die Biester umbringen will.«

»Dann würde ich diesen kleinen Erfolg für mich behalten«, sagte Eileen.

»Also, warum war ich hergekommen?« Der Commodore blickte sich im Laden um. »Phyllida hat mir einen klaren Auftrag gegeben, und jetzt haben Sie mich abgelenkt.«

Marigold tröstete es sehr, dass auch der Commodore vergesslich war.

»Ah, jetzt weiß ich es wieder! Sie braucht Spülmaschinensalz und Dijonsenf.«

»Das hole ich Ihnen«, sagte Marigold und kam hinter dem Tresen vor. »Wo bleibt nur Tasha? Sie ist heute Morgen sehr spät.« Seufzend blickte sie wieder auf ihre Uhr und fand, wenn Tasha sich schon verspätete, könnte sie ihr wenigstens Bescheid geben.

Die kleine Glocke bimmelte erneut, und Carole Porter kam herein. »Guten Morgen«, grüßte sie und lächelte Eileen und dem Commodore zu. Sie war eine forsche Frau Anfang vierzig und strebte direkt durch den Gang, um sich zu holen, was sie brauchte.

»Ihr Mann John zankt sich immer noch mit Pete Dickens wegen seiner Magnolie. Das wird ziemlich hässlich«, sagte Eileen leise. »Ich würde ihm zutrauen, dass er sich nachts in Petes Garten schleicht und sie absägt.«

»Du lieber Himmel, so schlimm?«, fragte der Commodore.

»John und Carole sind sehr eigen mit ihrem Garten, und sie sagen, der Baum wirft so viel Schatten, dass bei ihnen nichts wächst.« Eileen grinste. »Ich denke, Sie sollten Ihre Maulwürfe da aussetzen, wenn Dennis Ihnen eine Falle gebaut hat und Sie welche lebend fangen. Dann hätten sie mal einen echten Grund, sich aufzuregen.«

Der Commodore lachte verlegen. Solch subversives Verhalten war er nicht gewohnt und wusste nicht, ob er es gutheißen sollte. »Ich würde sie auf dem Land freilassen«, sagte er, als Carole zur Kasse kam und ihren Einkaufskorb auf den Tresen stellte. Sie schaute sich nach Marigold um.

»Entschuldige, dass du warten musstest, Carole«, sagte Marigold, die mit dem Spülmaschinensalz und dem Senf für den Commodore zurückkam. »Ich weiß nicht, wo Tasha heute Morgen steckt. Ehrlich, ich bin ein bisschen verärgert.«

Nachdem der Commodore und Carole Porter den Laden verlassen hatten, sah sie kopfschüttelnd Eileen an.

»Du brauchst jemanden, auf den du dich verlassen kannst«, sagte Eileen, als die Tür aufging und Cedric Weatherby mit Dolly Nesbit hereinkam, die bei ihm eingehakt war. Dolly sah blass und hinfällig aus, doch Cedric war so munter wie ein Papagei in seinem lila Jackett und der orangenen Hose.

»Hallo, Cedric, hallo, Dolly«, sagte Marigold und lächelte ihr mitfühlend zu. »Wie geht es dir?«

»Wir kommen zurecht, nicht wahr, Dolly?«, antwortete Cedric und drückte Dollys Hand.

»Es geht schon«, sagte Dolly so leise, dass Marigold sie kaum verstand. »Es ist sehr still im Haus ohne sie.«

»Ja, das ist es sicher. Aber die Zeit heilt alle Wunden«, tröstete Marigold sie.

»Darauf warten wir noch«, sagte Cedric. »Bisher tut sie es nicht.« Langsam gingen sie den Gang hinunter.

Marigold blickte abermals auf ihre Uhr. »Wo ist Tasha? Das ist sehr ungewöhnlich.«

Eileen runzelte die Stirn. »Bist du sicher, dass sie sich nicht den Vormittag freigenommen hat?«

»Nein, hat sie nicht. Das würde ich wissen.«

»Warum siehst du nicht in deinem roten Büchlein nach? Du wirst in letzter Zeit sehr vergesslich, Marigold.«

Ein klein wenig lichtete sich der Nebel, und sie erinnerte sich, dass sie bisher nicht in ihr rotes Notizbuch gesehen hatte. »Wie seltsam. Ich schaue immer gleich morgens hinein, bevor ich den Laden aufmache.«

Sie zog es aus ihrer Tasche. Als sie den Eintrag *Tasha morgens frei, Zahnarzt* sah, wurde sie blass. Sie konnte sich nicht erinnern, es aufgeschrieben zu haben, überhaupt nicht. Genauso wenig entsann sie sich, dass Tasha sie um den freien Vormittag gebeten hatte. Als sie das Notizbuch wieder zuschlug, zitterte ihre Hand. Die kalte, klamme Furcht, mittlerweile ein vertrauter Feind, kroch über ihre Haut. »Ich denke, jetzt nehme ich eine Tasse Tee«, sagte sie zu Eileen. »Macht es dir etwas aus, mir eine zu holen?«

Daisy und Lady Sherwood standen in der Scheune, die direkt ans Haupthaus anschloss. Früher war sie ein Getreidespeicher gewesen, und die Holzfassade war geschwärzt. Sie hatte riesige Fenster, eine hohe Decke und einen beheizten Eichenboden. Lady Sherwood hatte sie schlicht, aber sehr schön eingerichtet. Es gab gemütliche Sofas und Sessel, in denen man glatt einschlafen könnte, und bunte Läufer lagen auf dem Boden. Alles duftete nach neuem Holz und neuen Möbeln. Hier hatte eindeutig noch nie jemand gelebt.

»Ich hatte gehofft, dass Taran dies hier als Wochenend- und Ferienunterkunft nutzen würde, weil ich ja nicht gedacht habe, dass er ganz nach Toronto geht. Es sollte das perfekte Haus für ihn und seine Familie sein, nahe genug bei uns, aber nicht zu nahe. Aber wie sich herausstellt, wird er sich im Alter nicht um uns kümmern oder uns überhaupt Gesellschaft leisten.«

»Es ist ein wundervoller Raum, Lady Sherwood.«

Sie lächelte, und Daisy erkannte Taran in ihren Zügen wieder. »Gefällt er Ihnen? Meinen Sie, er geht zum Arbeiten für Sie?«

»Es ist ideal. Sehr viel Licht, was das Wichtigste ist. Sie

sind ausgesprochen großzügig, Lady Sherwood. Sind Sie sicher, dass Sie hierfür keine Miete wollen?«

»Nein, es wird nett sein, jemanden hier zu haben, der die Scheune nutzt. Vielleicht können wir verhandeln, wenn Sie richtig viel Geld verdienen. Aber fürs Erste genießen Sie es einfach.«

Lady Sherwood führte Daisy herum. Sie war froh, dass es ihr gefiel. Es gab zwei Schlafzimmer und ein Bad im Erdgeschoss, nebst einer geräumigen Küche und einer Waschküche, und im Obergeschoss war ein großes Schlafzimmer mit angeschlossenem Bad und einem himmlischen Blick übers Land. Es war ein perfektes Zuhause, dachte Daisy und wünschte, sie hätte das Geld, so etwas zu mieten, damit sie nicht bei ihren Eltern wohnen müsste, als wäre sie wieder ein Kind.

Voller Enthusiasmus fuhr Daisy nach Hause und lud ihre Staffelei und ihre Tasche mit allen Materialien hinten ins Auto, weil sie es nicht erwarten konnte anzufangen. Suze saß am Küchentisch, telefonierte und wickelte eine Locke mit ihren Fingern auf. Nan war vom Bridge zurück, hockte auf ihrem üblichen Platz und tunkte einen Keks in ihren Tee, während sie Suze neugierig lauschte.

»Wie ist es da oben so?«, fragte Nan, als Daisy wieder loswollte.

»Es ist wirklich schön«, antwortete Daisy von der Tür aus.

»Ich weiß, wie das ist, wenn man einen Sohn hat, der lieber am anderen Ende der Welt lebt.« Nan schüttelte den Kopf und kniff die Lippen zusammen. »Sie ahnen nicht, wie weh sie uns tun.«

»Immerhin hast du noch Mum, Nan«, erwiderte Daisy. »Lady Sherwood hat keine anderen Kinder.«

»Aber Söhne sind was Besonderes«, sagte Nan taktlos, und Daisy wurde bewusst, wie sehr ihre Großmutter Marigold für selbstverständlich nahm.

»Ich finde, Mum ist etwas Besonderes, so wie sie für uns alle sorgt.« *Und vor allem für dich.*

»Oh, versteh mich nicht falsch, sie ist eine gute Tochter, sicher. Aber Patrick kann einen Raum zum Leuchten bringen, wenn er will. Als er gesagt hat, dass er nach Australien zieht, hat es mir das Herz gebrochen. Dein Großvater hat es hingenommen, wie er immer alles hingenommen hat. Er hat gesagt, das ist der Schlüssel zum Glück. Sicher hat er recht gehabt, auch wenn ich denke, dass es noch andere gibt. Aber Patrick hat seine Umgebung zum Leuchten gebracht. Meine ist trübe ohne ihn, doch ich darf nicht klagen, sonst hältst du mich für undankbar. Und das bin ich nicht. Dein Großvater hat auch gesagt, dass unsere Kinder durch uns auf die Welt kommen, aber sie gehören uns nicht. Er hat aus *Der Prophet* vorgelesen, du weißt schon, dieses kluge Buch, aus dem Leute auf Hochzeiten und Beerdigungen lesen. Ein bisschen abgedroschen, aber die Worte sind zeitlos.« Daisy wollte nicht unhöflich sein, aber sie musste wirklich los. »Habe ich dir jemals erzählt, wie Patrick …«

Suze legte auf. Da sie ahnte, dass ihre Großmutter zu einer sehr langen Geschichte ausholte, unterbrach sie lieber gleich. »Nan, was hat Mum zum Mittagessen gemacht?«

»Weiß ich nicht, Kind. Hat sie nicht gesagt.«

Suze stand auf und öffnete den Kühlschrank. Normalerweise war dort etwas drin, Quiche oder Pizza, aber heute nicht. Sie machte die Kühlschranktür wieder zu und sah auf die Liste. Dort stand: *Cottage-Pie fürs Mittagessen aus dem Tiefkühler nehmen.* »Gott, Mum wird so vergesslich!«, jammerte sie. »Ich sage es ihr.«

Daisy bremste sie. »Nicht, Suze.«

»Jemand muss etwas sagen. Seit Weihnachten wird es immer schlimmer.«

»Das ist nicht ihre Schuld.«

»Sie muss sich zusammenreißen. Sie ist nicht mal siebzig, also hat sie keine Ausrede!«

Nan nickte. »Wenn sie schon Listen schreibt, muss sie zumindest draufsehen.«

»Du hast Beine. Geh und hol eine Pizza aus dem Laden«, sagte Daisy verärgert. »Und mach Mum keine Angst.«

Suze stemmte die Hände in die Hüften. »Du wärst auch genervt, hättest du die ganze Zeit hier gewohnt.«

»Nein, wäre ich nicht«, widersprach Daisy streng. »Ich bilde mir gerne ein, dass ich etwas sensibler wäre.«

»Warten wir ab, wie du es im Sommer siehst. Wenn Mum sich zum zigsten Mal wiederholt.«

Daisy sah sie besorgt an. »Das ist dir auch schon aufgefallen?«

»Es ist uns allen aufgefallen«, sagte Nan. »Und wir versuchen, sensibel zu sein.«

»Hat Dad irgendwas gesagt?«

»Ich weiß nicht, ob er es merkt«, antwortete Suze. »Jedenfalls fahren sie im Frühling in diesen Wochenendurlaub, den wir ihnen zu Weihnachten geschenkt haben. Der wird helfen, ganz sicher. Sie ist bloß sehr müde, und sie wird natürlich alt.«

»Ich bin fast neunzig und vergesse nie was«, warf Nan ein.

»Jeder ist anders«, sagte Daisy.

»Marigold kommt nach ihrem Vater. Patrick kommt nach

mir.« Wieder schüttelte Nan den Kopf. »Patrick kann einen Raum zum Leuchten bringen. Meiner ist dieser Tage sehr dunkel.« Suze und Daisy wechselten einen Blick. Marigold war nicht die Einzige, die sich wiederholte.

Daisy sah im Wohnzimmer nach, ob sie auch nichts vergessen hatte, da fiel ihr Blick auf das Puzzle ihrer Mutter. Sie ging hin, um nachzuschauen, wie Marigold vorankam. Vielleicht konnte sie erkennen, was es für ein Bild würde. Es erstaunte sie, dass noch nicht viel gelegt war. Marigold schaffte Dennis' Puzzles sonst innerhalb von Tagen, aber dieses war offensichtlich eine Herausforderung. Vielleicht weil ihr Vater kein Foto dazugelegt hatte, an dem sie sich orientieren konnte. Daisy starrte es eine ganze Weile an, und ein ungutes Gefühl regte sich in ihrem Bauch. Etwas an diesem verlassenen Puzzle beunruhigte sie, doch sie konnte nicht sagen, was es war. Sie nahm sich vor, mit ihrem Vater zu reden. Er sollte ihr sagen, dass es keinen Grund zur Sorge gab.

Dennis arbeitete in seinem Schuppen an einem Barschrank für Carole Porter, und Mac der Kater sah ihm von einem Bett aus Sägespänen aus zu. Solche Aufträge genoss Dennis. Von null anzufangen verlangte sorgfältiges Planen und handwerkliches Können. Am Ende würde der Holzkorpus scharlachrot angemalt und innen strahlen wie die *Queen Mary*, mit Spiegeln an der Rückwand und Glasböden für die Flaschen. Er war bei Carole gewesen, um sich die Barschränke anzusehen, die sie online gefunden hatte, und Maß zu nehmen. Da hatte sie ihm von Johns Fehde mit Pete Dickens erzählt, ihn sogar in den Garten gebeten, damit er sich ansah, wie schlimm die Lage war. Die Äste der Magnolie ragten nicht mal über die Mauer, doch der Baum war so hoch, dass er einiges Licht nahm, ohne Frage. Nur wollte Dennis sich nicht einmischen. Er war ein friedliebender Mann, der gern in Harmonie mit allen lebte.

Dennis gefiel es, allein zu arbeiten. Er hörte Radio und konzentrierte sich auf seine Aufträge. Nun stand er an seiner Werkbank, die aus einigen alten Küchenschränken mit einer glatten Holzplatte oben bestand. Vor ihm war der Werkzeugkasten, den er sich als Lehrling vor fast fünfzig Jahren gebaut hatte. Jeder machte sich selbst einen, jedenfalls zu seiner Zeit. Und darin waren sein Klauenhammer, das Maßband, die Beitel, die Laubsäge, die Schraubenzieher. Der Kasten begleitete ihn zu jedem Auftrag. Dennis streckte seinen Rücken, ächzte vor Schmerz, als sich seine Muskeln ein wenig entspannten, und griff nach der Schachtel Paracetamol, die er in der Nähe seiner Werkbank hatte.

Er war damit beschäftigt, ein Stück Eiche mit der Handsäge zu bearbeiten, als das Telefon klingelte. Es war der Commodore, der ihm von seinem Maulwurfsproblem erzählen wollte und der Falle, die Dennis für ihn entwerfen sollte. Dennis liebte Herausforderungen wie diese. Die brachten ihn ins Grübeln, und er benutzte seinen Verstand genauso gern wie seine Hände. Er sagte zu, sich mal den Garten des Commodore und die bisherige Maulwurfsfalle anzusehen, die in der letzten Nacht das arme Tier umgebracht hatte. Und er machte einige vorläufige Zeichnungen. Er wusste, dass Marigold sehr für eine Falle wäre, die Tiere lebend fing, anstatt sie zu töten. Und er wollte Marigold eine Freude machen.

Es klopfte an der Tür, und Daisy kam herein. »Entschuldige die Störung, Dad.«

125

Dennis lächelte. »Du störst mich nicht. Hast du alles gepackt?«

»Ja, und ich freue mich. Es ist ein toller Raum.«

»Ich würde dir ja meine Werkstatt anbieten, aber hier wird es sehr staubig.«

»Ist okay. Die Scheune der Sherwoods ist ideal … und still.«

Er zog eine Augenbraue hoch. »Keine Nan oder Suze, die dich ablenken.«

»Genau.« Sie zögerte, weil sie nicht wusste, wie sie Marigolds zunehmende Vergesslichkeit ansprechen sollte, ohne ihn in Angst und Schrecken zu versetzen. »Dad, geht es Mum gut? Sie ist ein bisschen fahrig.«

Dennis' Lächeln erlosch. »Sie ist schon länger fahrig, Daisy. Wir kommen klar.«

»Aber Nan ist nicht so.«

»Sie wiederholt sich dauernd. Das Alter wirkt sich auf jeden anders aus.«

»Ich schätze, Mum hat auch eine Menge zu tun, wo Nan jetzt bei euch wohnt und ich auch noch dazukomme.«

Dennis legte seine Säge ab. »Sie sorgt für uns alle und hat auch noch den Laden und die Poststelle. Tasha ist nicht sehr verlässlich. Marigold braucht wirklich jemanden, der ihr einen Teil ihrer Last abnimmt, aber davon will sie nichts hören. Sie besteht darauf, dass sich nichts geändert hat. Und sie will nicht zugeben, dass sie langsamer wird. Jetzt geht sie jeden Morgen spazieren, als hinge ihr Leben davon ab. Und dann sind da natürlich all diese Sitzungen, zu denen sie immer muss.« Er kratzte sich am Kopf. »Aber sie hört nicht auf mich.«

»Dann wird sie auf mich noch viel weniger hören«, sagte Daisy. Sie beschloss, das angefangene Puzzle nicht zu

126

erwähnen. Es schien ihr übertrieben, deshalb Alarm zu schlagen. »Solange du dir keine Sorgen machst.«

»Tue ich nicht, und du solltest es auch nicht. Du warst so lange weg, dass es dir schwerfällt, die Dinge im richtigen Verhältnis zu sehen.« Er grinste. »Der Commodore will, dass ich ihm eine Maulwurfsfalle entwerfe, um die Tiere lebend zu fangen. Das wird ein interessantes Projekt.«

»Und was will er mit denen machen, die er fängt?«

»Weiß ich nicht. Das überlasse ich ihm.«

Daisy nickte. »Er wird es schon wissen. Schließlich war er in der Navy«, sagte sie, wobei sie seine Stimme imitierte. Beide lachten. »Erstaunlich, auf was einen die Navy alles vorbereitet.«

Beruhigt fuhr Daisy zum Sherwood-Anwesen. Ihr Vater hatte recht. Nach den Jahren im Ausland hatte sie Mühe, die Dinge im richtigen Licht zu sehen. Vielleicht war ihre Mutter in der Zeit schrittweise vergesslicher geworden. Woher sollte Daisy es wissen, wenn sie nie lange genug hier gewesen war, um es zu bemerken?

Sie parkte vor der Scheune und packte ihre Sachen aus. Als ihre Staffelei vor den riesigen Fenstern aufgestellt war, empfand sie einen Anflug von Freude. In diesem Raum würde sie wunderbar zeichnen können.

Lady Sherwood brachte die Hunde rüber, und Daisy begann, Fotos zu machen. In der Küche waren Tee und Kaffee und Milch im Kühlschrank. Lady Sherwood hatte an alles gedacht. Die Sonne kam heraus und flutete den Raum mit Licht. Der Aussicht war selbst im Winter mit den kahlen Bäumen und dem stumpfen Grün sehr schön. Daisy wusste, dass sie den Weg hierher bald zu Fuß würde absolvieren müssen, denn ihre Eltern bräuchten das Auto.

Und sie wollte ihre Ersparnisse nicht für ein neues ausgeben. Allzu weit war es nicht, falls Sir Owen ihr erlaubte,
querfeldein zu gehen. Doch jetzt gerade war sie zufrieden
und stellte fest, dass sie etwas weniger an Luca dachte.

9

Als der Winter verging und die Tage mit dem Frühling länger und wärmer wurden, erwachte die Natur aus ihrem langen Schlaf. Narzissen öffneten ihre gelben Blüten, Vergissmeinnicht sprossen im Gras, und der Wald begann zu grünen. Sir Owen erlaubte Daisy, die Farmwege zu benutzen, wodurch die Strecke zum Anwesen halbiert wurde, und anstelle von Mütze und Schal reichte eine leichte Jeansjacke. Die Sonne stand hoch am Himmel und wärmte ihr Gesicht, und das Vogelzwitschern in den Hecken war eine wohltuende Bestätigung, dass die dunkle Jahreszeit endlich vorbei war.

Es dauerte nicht lange, bis sie die Zeichnung für Lady Sherwood fertig hatte, auch wenn sie mehr Zeit als geplant brauchte, weil sie drei Hunde porträtierte, nicht nur einen. Sie hatten sich auf eine Komposition aus den Fotos geeinigt, die Daisy gemacht hatte, bei der Mordy und Archie auf der Fußbank in der Wohnzimmermitte lagen und Bendico sie vom Boden aus beobachtete. Es hatte gut funktioniert, und Daisy war froh, sie so eingefangen zu haben, ohne sie künstlich arrangieren zu müssen. Sir Owen und Lady Sherwood staunten über das Ergebnis. Lady Sherwood hatte den ganzen Prozess begleitet, war hin und wieder in die Scheune gekommen, um zu plaudern und einen Blick auf das Bild zu werfen. Doch in den letzten Tagen hatte sie nicht mehr hingesehen, um sich die große Enthüllung nicht zu verderben. Sir Owen hatte »Gütiger Gott!« ausgerufen, als er es zum ersten Mal sah, und sein Gesicht hatte sich tiefrot gefärbt beim Anblick der verblüffend lebendigen Augen seiner Haustiere. »Was für eine talentierte junge Frau Sie sind.«

Lady Sherwood hatte in die Hände geklatscht vor Begeisterung und Daisy gelobt, weil sie ihre Lieblinge so schön porträtiert hatte. »Wie anders es ist als ein Foto!«, hatte sie geschwärmt, und Daisy war entzückt, denn genau das wollte sie hören.

Sie entschieden, das Gemälde über dem Kamin in ihrer Diele aufzuhängen, was eine unerwartete Ehre für Daisy war. Abermals hatte sie viel Geld für den Rahmen ausgegeben, und er wirkte wunderbar dort, wo ihn jeder sehen würde, der das Haus betrat. Lady Sherwood hatte sie in bar bezahlt und ihr gesagt, künftig solle sie ein bisschen mehr verlangen, zumal sie jetzt ja ein paar Werke vorweisen könne. Daisy beschloss, es zu tun, wenn auch nicht viel mehr; sie wollte niemanden verschrecken, denn sie brauchte mehr Aufträge.

Gegenwärtig arbeitete sie an Carole Porters Pekinesen, allen dreien, was ziemlich schwierig war, weil die Hunde nervös und sehr auf ihre Halterin fixiert waren. Sie hätten sich kaum weniger für Daisy interessieren können.

Dennis stellte seine Maulwurfsfalle fertig. Er hatte ein paar Entwürfe ausprobiert, die nicht funktionierten, und der Beweis, dass der Maulwurf da gewesen und davongekommen war, hatte den ungeduldigen Commodore wütend gemacht. Doch mit ein wenig Nachbessern war die

Falle erfolgreich, und der Commodore fing seinen ersten Maulwurf. Sein Jubel war so groß, dass man meinen sollte, ihm wäre soeben das Victoria Cross verliehen worden. Mitsamt dem winzigen Maulwurf in der Falle kam er in den Laden gestürmt.

»Was haben Sie da drin?«, fragte Eileen und spähte hinein. »Ist das tot?«

»Es ist ein Maulwurf, und er lebt«, antwortete der Commodore triumphierend.

Die tierliebe Marigold sorgte sich sofort um die arme, in der Kiste gefangene Kreatur. »Sie müssen ihn freilassen!«, rief sie aus.

»Wollen Sie ihn sehen?«, bot der Commodore an.

»Beißt er?«, fragte Eileen.

»Nein, Sie müssen ihn jetzt gleich irgendwo hinbringen, wo er in Sicherheit ist, und ihn freilassen«, wiederholte Marigold streng.

Die Tür ging auf, und Dolly erschien mit Cedric. »Guten Morgen allerseits«, sagte Dolly. Der Frühling hatte ihrem Gesicht wieder ein bisschen Farbe verliehen.

»Was haben Sie da, Commodore?«, fragte Cedric.

»Einen Maulwurf«, antwortete der Commodore mit leuchtenden Augen. »Heute Morgen in der Falle gefangen, die Dennis mir gebaut hat. Möchten Sie ihn sehen? Er ist nicht tot. Ich will ihn an einer sicheren Stelle aussetzen.«

»Hoffentlich nicht in meinem Garten«, sagte Cedric, der offenbar an seinen makellosen Rasen dachte.

»Oder meinem«, ergänzte Dolly.

»Wo wollen Sie ihn hinbringen?«, fragte Eileen.

Der Commodore öffnete den Deckel, und alle linsten hinein, mit Ausnahme von Marigold, die kein gefangenes

Tier sehen wollte, ob Schädling oder nicht. »Ich lasse ihn auf dem Land frei«, sagte der Commodore.

»Oh, der ist bezaubernd!«, sagte Dolly und ließ Cedrics Arm los. »Darf ich ihn mal halten?«

»Er beißt«, warnte Eileen. »Du weißt nicht, was für Krankheiten er haben könnte.«

Dolly streckte einen Finger in den Kasten und streichelte den Rücken des Maulwurfs. »Die sind viel kleiner, als man denkt«, sagte sie leise und seufzte.

»Gehen wir das Kakaopulver suchen«, schlug Cedric vor und zog sie weg.

Die kleine Glocke bimmelte, und Mary Hanson kam herein. Der Commodore schloss rasch den Deckel und blickte zu Marys Beinen. Zum Glück hatte sie ihren Hund nicht mitgebracht. Dolly sah Mary an, und Mary, die es bemerkte, wandte sich ab. Cedric schnaubte laut, reckte sein Kinn und schob Dolly durch den Gang. Eileen beobachtete alles aufmerksam und murmelte Marigold zu: »Die Messer sind gezückt.«

»Erzählen Sie Dennis von meinem Erfolg?«, fragte der Commodore.

»Mache ich«, versprach Marigold. »Er wird sich freuen. Und jetzt gehen Sie und setzen das Tier irgendwo aus, wo es nach Herzenslust graben kann, ohne sich vor Fallen fürchten zu müssen.« Sie drehte sich zu Mary. »Guten Morgen, Mary«, sagte sie, wobei ihr bewusst war, dass Dolly und Cedric absichtlich am anderen Ende des Ladens blieben. »Was kann ich für dich tun?«

»Schon gut«, antwortete Mary und wurde rot. »Ich komme später wieder.«

»Lass dich nicht verscheuchen«, sagte Eileen mitfühlend. »Man muss sich gegen Schikane wehren, Mary.«

Mary seufzte. »Ich brauche nur Teebeutel. Meine sind alle.«

»Bleib hier, ich hole sie dir«, sagte Marigold.

Sie ging zum Ende des Ganges und fing an zu suchen. Nur konnte sie sich nicht erinnern, was Mary wollte. Sie wusste, dass es irgendwas hier war, weil sie sofort nach Marys Bitte hergegangen war. Hätte sie Zahnräder im Kopf, könnte sie die jetzt drehen oder vielmehr quietschen hören vor Anstrengung. Inzwischen war sie an diese Aussetzer gewöhnt, genauso wie an die mit ihnen einhergehende Angst, den Schwindel und das komische Gefühl, meilenweit weg zu sein und sich aus der Ferne scheitern zu sehen. Sie holte tief Luft. Ihr entging nicht, dass Dolly und Cedric noch beim Zucker standen, und sie wusste, dass sie sich beeilen musste, weil Dolly und Cedric nicht gehen konnten, solange Mary vorn stand, und die bliebe dort, bis Marigold ihr brachte, was sie wollte. Was war es noch? Ihr fiel es nicht ein.

Sie ließ den Blick über die Regale schweifen und hoffte, dass irgendwas hier ihrem Gedächtnis auf die Sprünge half. Ihr war sehr warm, und sie fragte sich, ob es Zeit wurde, die Heizung abzustellen. Schließlich war März und das Wetter mild. Sie sah die Schachtel mit den Tetley-Teebeuteln und wünschte, sie könnte nach Hause und sich eine Tasse machen. Allein der Anblick der Teebeutel tat ihr gut. Und dann verschwand das schwarze Loch plötzlich, und sie erinnerte sich. Tee! Zitternd nahm sie eine Packung und ging zur Kasse zurück. Mary und Eileen unterhielten sich, und Mary reagierte nicht, als Marigold die Teebeutel in die Kasse eintippte. Es fühlte sich an, als wäre sie sehr lange dort hinten im Gang gewesen, trotzdem schien es niemand sonst bemerkt zu haben.

Mary bezahlte ihre Teebeutel und verließ den Laden. Tasha kam lächelnd aus ihrer Teepause zurück. Dolly und Cedric kauften das Kakaopulver und verabschiedeten sich. Marigold sah auf ihre Uhr. Es war Zeit, Dennis seinen Tee zu bringen.

Er war in seinem Schuppen und arbeitete an einem Bücherregal für das Arbeitszimmer des Vikars. »Hallo, Goldie«, sagte er, als er sie kommen sah. »Du bist ein Schatz.«

Sie stellte den Becher auf seine Werkbank. »Der Commodore hat einen Maulwurf gefangen.« Sie war stolz, dass sie sich daran erinnerte, obwohl sie es nicht in ihr kleines Buch geschrieben hatte.

»Hat er? Lebend?«

»Lebend und gesund, glaube ich.«

»Das ist gut. Ich bin froh, dass die Falle funktioniert. Wo will er ihn aussetzen?«

»Daran erinnere ich mich nicht, aber hoffentlich irgendwo, wo es sicher ist.« Dennis blickte ihr nach, als sie ging, und machte sich wieder an die Arbeit.

Marigold ging durch den Garten und atmete genüsslich die duftende Luft ein. Der Frühling roch ganz anders als der Sommer. Sie nahm das süße Gras wahr, den Seidelbast, das satte Aroma der Erde, die sich im milderen Wetter erwärmte. Nach wie vor fütterte sie die Vögel, obwohl es eigentlich nicht mehr nötig war, denn es gab Würmer und Insekten. Aber sie genoss es so, sie um den Futterspender flattern zu sehen.

Als sie in die Küche kam, saß Nan bei ihrem Kreuzworträtsel am Tisch. »Temperamentsausbruch, neun Buchstaben«, sagte sie.

»Wutanfall«, antwortete Marigold.

»Das war leicht. Aber was ist mit ›sich auflösen (Technik)‹, elf Buchstaben?«

»Oh, das ist schwierig.«

»Schwinden? Nein, zu kurz. Vergehen?«

»Ah, ich weiß …«

Nan sah sie erwartungsvoll an.

»Es liegt mir auf der Zunge.«

»Und was ist es? Der vierte Buchstabe ist ein s, weil drei senkrecht ›fies‹ war für ›gemein‹. Das habe ich schon.«

Marigold *fühlte* das Wort wie eine Kartoffel in ihrem Mund, als besäße es eine Textur. Doch sie konnte es nicht aussprechen. »Gib mir eine Minute, dann fällt es mir ein.« Es war so nahe.

Nan seufzte. »Na gut, dann mache ich weiter.«

Es machte Marigold so kribbelig, dass sie lieber nach nebenan zu ihrem Puzzle ging. Sie hatte es keinem gesagt, doch dieses Puzzle fand sie sehr schwierig. Die Ränder hatte sie hinbekommen, hatte jedoch Mühe mit dem Rest. Als müssten sich die Rädchen in ihrem Kopf durch Haferbrei arbeiten. Sie waren schlicht nicht mehr so effizient wie früher, als müssten sie geschmiert werden, um sich wieder rund zu bewegen. Sie setzte ihre Brille auf und ging die Teile durch, sortierte sie nach Farben und Mustern. Dann fand sie zwei, die zusammenpassten, und wollte juchzen. Ihr war nicht bewusst, wie die Zeit verging. Plötzlich lenkte sie eine Taube vorm Fenster ab, und sie sah auf die Uhr. *Du meine Güte*, dachte sie. *Ich muss zurück in den Laden. Und ich muss Dennis seinen Tee machen.* Sie eilte in die Küche und stellte den Wasserkocher an. Als sie gerade gehen wollte, fiel ihr das Wort ein. »Dissipieren«, sagte sie zu ihrer Mutter.

»Natürlich! Das hätten wir wissen müssen, nicht?«

Marigold fühlte sich besser, weil ihr das Wort in den Sinn gekommen war. Sie ging durch den Garten zum Schuppen. Dennis schaute überrascht auf. »Hi, Goldie.«

»Dein Tee. Ich bin heute Morgen ein bisschen spät, weil ich am Puzzle gesessen habe.« Sie stellte den Becher auf seine Werkbank und blickte stirnrunzelnd zu dem anderen Becher, der dort bereits stand. »Ich muss zurück in den Laden.« Sie bemerkte weder Dennis' verwunderte Miene noch die Zweifel in seinen Augen.

Als sie durch den Garten zurückging, war sie ein wenig gekränkt, dass er sich selbst einen Tee gemacht hatte. Das war noch nie vorgekommen.

Wenige Tage später vergaß Marigold, dass Batty zum Abendessen kommen sollte, und war verblüfft, ihn um sieben in die Küche marschieren zu sehen. Doch sie wurde gut darin, ihre Erinnerungslücken zu verbergen. Das kleine Buch half (wenn sie daran dachte hineinzuschauen). Und das rote Büchlein im Laden war ebenfalls eine Rettungsleine. Niemand sprach an, wie viel sie dort eintrug, weil es ihr Job war, Dinge aufzuschreiben. Die Liste am Kühlschrank zwinkerte ihr zu, wann immer sie ihn öffnete. Nur hatte Suze ihr morgens im Garten gesagt, dass Batty zum Abendessen käme, und da hatte Marigold die Vögel gefüttert. Bis sie wieder in die Küche kam, hatte sie es vergessen. Wirklich, ihr Gedächtnis war wie ein Sieb. Was sie nicht sofort aufschrieb, war weg. Verdampft. Doch sie lächelte Batty zu und sagte ihm, er solle sich ein Bier nehmen. Unterdessen legte sie ein weiteres Gedeck auf und hoffte, dass Batty es nicht mitbekam.

Die Familie machte sich über ihr Brathühnchen her, und Batty und Suze, die nebeneinandersaßen, grinsten sich wie verliebte Teenager an. Marigold sah, dass auch Daisy glücklich wirkte. Sie genoss ihre neue Arbeit oben bei den Sherwoods und hatte reichlich Aufträge. Sogar mehr, als sie abarbeiten konnte. Nan behauptete, es läge daran, dass sie so billig war. »Würdest du mehr verlangen, wärst du nicht so beliebt«, hatte sie gesagt, aber Daisy ignorierte sie.

Sie hatten fast aufgegessen, da flüsterte Suze Batty etwas zu, und er stand auf, als wollte er eine Rede halten. Batty war nicht sehr groß, doch mit seinem wie gemeißelten Gesicht, den braunen Locken und den sanften braunen Augen, die durch die Hornbrille noch betont wurden, sah er zweifellos gut aus.

Alle am Tisch verstummten. Dennis sah zu Marigold. Sie erkannte das Lächeln in seinen Augen und erwiderte es.

»Ich habe etwas bekannt zu geben«, sagte Batty und grinste, als alle ihn erwartungsvoll ansahen. »Gestern Abend habe ich Suze gebeten, mich zu heiraten, und sie hat Ja gesagt.«

Suze sprang auf und gab ihm einen lauten Schmatzer auf die Wange. »Genau genommen habe ich gesagt: ja *bitte*!«

»Na, Glückwunsch euch beiden. Ich denke, das schreit nach einer Flasche Wein«, sagte Dennis und erhob sich.

»O ja, wie nett«, sagte Nan. An einem Glas Wein war für sie so gar nichts Negatives.

Marigold kamen die Tränen. »Ich freue mich so für dich, Schatz«, sagte sie, als Suze sie umarmte. Sie legte die Arme um ihre Tochter und hielt sie für einen Moment sehr fest. »Ich bin froh, dass du jemanden gefunden hast, mit dem du dein Leben teilen willst.« Sie dachte an Dennis und ihre wundervollen gemeinsamen Jahre.

»Das Leben ist ein langer Weg«, sagte Nan. »Der einfacher ist, wenn man ihn mit jemandem gemeinsam geht. Das hat euer Großvater früher immer gesagt. Natürlich hatte er recht, und dann ist er gestorben und hat mich allein gelassen. Einer von euch muss wohl als Erster gehen. Nur die Glücklichsten gehen gemeinsam.«

Dennis kam mit einer gekühlten Weißweinflasche zurück, und Daisy lenkte das Gespräch weg von Tod und Nan. »Gibt es einen Ring?«

»Der Ring!«, rief Suze, als Batty eine graue Samtschatulle aus seiner Tasche zog.

»Wir wollten die Überraschung nicht verderben«, sagte er, öffnete das Kästchen und steckte den Ring an Suzes ausgestreckten Finger. Der erstaunlich große Solitär funkelte und sah sehr teuer aus.

»Er hat Battys Großmutter gehört. Wie sich herausstellt, hatte sein Großvater einen extrem guten Geschmack, was Schmuck angeht«, sagte Suze glücklich. »Ist er nicht wunderschön? Funkelt wie ein Stern.«

»Hier gibt es nur einen funkelnden Stern«, kam es von Batty.

»Und der bin ich!«, kicherte Suze.

Batty legte den Arm um sie. »Der bist du, Süße.«

»Wenn wir verheiratet sind, mieten wir eine Wohnung in der Stadt, doch bis wir eine gefunden haben, werde ich bei Battys Eltern wohnen. Die haben mehr Platz.«

»Wir werden dich vermissen, Suze«, sagte Marigold, die auf einmal Angst bekam, weil ihre Jüngste endlich flügge wurde.

»Aber dies ist der Beginn vom Rest eures Lebens.« Daisy erhob das Glas, das ihr Vater ihr eben gegeben hatte.

»Ein Toast«, sagte Dennis, stellte die Flasche hin und

hob sein Glas. »Auf Batty, Suze und viele glückliche gemeinsame Jahre.«

Alle erhoben ihre Gläser.

»Eine Sommerhochzeit wäre schön«, sagte Nan. »Wartet nicht zu lange, ja? Ich bin fast neunzig, wisst ihr? Und der Sensenmann wetzt schon seine Klinge. Ich will aber noch dabei sein.«

»Eine Sommerhochzeit wäre wunderbar«, pflichtete Marigold ihr bei. Sie dachte an all die Listen, die sie schreiben müsste, um Suze an ihrem großen Tag nicht zu enttäuschen.

Daisy nippte an ihrem Wein und versuchte, den Neid abzuwehren, der sich wie ein Wurm in ihr Herz fraß. Sie wollte ihrer kleinen Schwester nicht übel nehmen, dass sie vor ihr heiratete, dennoch konnte sie nicht umhin, ein wenig traurig zu sein. Hätte sie nicht sechs Jahre an einen Mann verschwendet, der nie vorgehabt hatte, sie zu heiraten, wäre sie inzwischen vielleicht auch verheiratet. Vielleicht wäre sie sogar Mutter. Wieder einmal fragte sie sich, ob sie richtig gehandelt hatte. Hätte sie bei Luca bleiben und einen Kompromiss eingehen sollen? Oder gab es da draußen jemand anderen für sie?

10

Für Suzes Hochzeit war eine Menge zu organisieren, und Marigold überforderte allein schon der Gedanke. Als Erstes mussten die Kirche und der Gemeindesaal gebucht werden. Das Essen und der Champagner, das Kleid, die Torte, die Kleider für die Brautjungfern und die Blumenkinder, die Einladungen – das waren bloß einige der vielen Dinge, die geplant und erledigt werden mussten. Als Marigold jünger gewesen war, hätte sie es genossen. Da war sie gut gewesen, was Logistik anging. Nichts hatte sie erschüttern können. Jetzt konnte sie vor lauter Nebel in ihrem Kopf kaum erkennen, was zu tun war. Sie fragte sich, wie sie es hinbekommen sollte. Natürlich wäre es erheblich einfacher, würde sie um Hilfe bitten, aber das hieße, dass sie ihre Angst aussprechen müsste. Was sie nicht wollte. Ihre Familie sollte nicht dieselbe Angst bekommen, nein, gar nicht erst wissen, dass sie welche hatte.

Und sie wollte auch kein Theater um etwas machen, das eventuell nichtig war. Wenn alle älteren Leute mit Vergesslichkeit kämpften, konnte ihre doch nicht schlimmer sein als die der anderen, oder? Weshalb sollte ihre besondere Aufmerksamkeit bekommen? Das Letzte, was Marigold wollte, war, egoistisch zu wirken.

Tatsache war, dass einige Tage in Ordnung waren, andere sehr viel schwieriger. An manchen fühlte Marigold sich klar und voller Tatkraft, an anderen vernebelt, lethargisch und geradezu verzweifelt. Sie beschloss, alle Planung für den großen Tag auf die lichten Tage zu legen. Die Hochzeit und den Laden parallel im Griff zu behalten würde nicht einfach werden, aber sie war entschlossen, es für Suze ganz besonders zu machen und ihr keinen Grund zur Sorge zu geben. Ihr kleines Problem durfte den ersten Tag vom Rest von Suzes Leben nicht beeinträchtigen.

Suze und Batty legten für den Termin das erste Juniwochenende fest, das nur noch drei Monate entfernt war, und hofften auf gutes Wetter. Nan sagte, es brächte Glück, wenn es am Hochzeitstag regnete. »Schließlich hat es an meinem geregnet, und ich habe einundfünfzig Jahre Glück mit eurem Großvater gehabt.« Was keiner glaubte, weil Nan sich so sehr bemühte, nicht glücklich zu sein.

Marigold buchte die Kirche und den Gemeindesaal und hakte beides auf ihrer Liste ab.

Als es an die Planung für Suzes Kleid ging, hatte ihre Tochter sehr klare Vorstellungen. Sie erklärte eines Sonntagmorgens beim Frühstück, dass sie nicht in Weiß heiraten wolle. »Ich trage Pink.«

Nan war entsetzt. »Dann siehst du wie ein Marshmallow aus.«

»Willst du damit andeuten, dass ich fett bin, Nan?«

»Nein, ich will andeuten, dass du lächerlich aussiehst, wenn du in Pink zum Altar gehst. Du musst Weiß tragen, stimmt's nicht, Marigold?«

Marigold hatte keinen guten Tag. Sie wünschte, sie wäre im Bett geblieben, aber sie musste aufstehen, um Frühstück für alle zu machen. Für sie war es unvorstellbar,

Dennis und Nan nicht das besondere Sonntagsfrühstück zuzubereiten. Suze und Daisy konnten sich ohne Weiteres selbst versorgen, aber Marigold liebte es, sie zu verwöhnen. Das hatte sie immer getan und wollte es jetzt nicht ändern.

»Ist Pink eine gute Idee, Suze?«, fragte sie taktvoll.

»Es ist meine Hochzeit, und ich ziehe an, was ich will«, antwortete Suze spitz und warf ihr Haar über die Schulter.

Dennis, der Auseinandersetzungen nicht leiden konnte, stimmte Suze zu, um den Sonntag zu retten. »Was immer du willst, Schatz. Es ist dein Tag.«

Marigold war geneigt, ihrem Mann zuzustimmen, aber Nan sah sie finster an. »Es geht nicht nur darum, jungfräulich zu sein, Suze, sondern Achtung vor Gott zu zeigen«, sagte Nan. »Nicht wahr, Marigold?«

»Habt ihr gewusst, dass nur wegen Queen Victoria Hochzeitskleider weiß sind?«, fragte Daisy. »Vor ihr haben Frauen in allen möglichen Farben geheiratet. Ich finde, du solltest Rot tragen, Suze.«

»Wenn ihr mich ins Grab bringen wollt, stellt ihr es richtig an«, murmelte Nan entsetzt. »Ich habe gesagt, dass ich die Hochzeit gern miterleben würde, aber wenn du in Rot, Pink oder irgendwas anderem als Weiß heiratest, lebe ich bis dahin nicht mehr. Da werde ich unter der Erde sein und mich im Grab umdrehen.«

»Vielleicht nicht Rot, Daisy«, sagte Dennis, der versuchte, für Frieden zu sorgen. »Ein blasses Rosa würde Nan sicher auch nicht schlimm finden. Obwohl ich vermute, Nan ist schwerer zufriedenzustellen als Gott.«

Nan sah keineswegs beschwichtigt aus.

»Gott hat die Blumen erschaffen, und die gibt es in allen Farben«, antwortete Suze. »Ich hätte gerne ein Kleid, so pink wie eine Pfingstrose. Das kann ihn nicht stören, denn immerhin hat er die Pfingstrose erschaffen, nicht?«

»Apropos Blumen«, sagte Marigold, die dringend das Thema wechseln wollte. »Wir müssen noch einen guten Floristen finden.«

»Na, das ist einfach.« Suze lachte. »Batty ist Gärtner, also können wir es ihm überlassen.«

»Wenigstens wird er in der Kirche Atticus Buckley sein«, sagte Nan verschnupft. »Wenn man schon das Glück hat, nach einer Figur aus einem der berühmtesten Romane aller Zeiten benannt zu werden, ist man dumm, den nicht immer zu benutzen.«

Wieder lachte Suze. »Falls du meinen Verlobten als dumm bezeichnest, Nan, werde ich in einem fuchsiaroten Kleid zum Altar gehen, nur um dich zu ärgern.«

Marigold stellte Dennis sein Sonntagsfrühstück hin. »Danke, Goldie«, sagte er, nahm sein Besteck auf und strahlte sie an. »Du bist die Beste.«

So fühlte sie sich heute nicht. Sie ging ins Bad und öffnete ihr kleines Buch. Dort standen derart viele Dinge, die sie erledigen musste, dass ihr schwindlig wurde. Normalerweise hätte sie solch einen Tag genossen, doch jetzt schien sie in einem niedrigeren Gang zu laufen, und jede Kleinigkeit war mühsam. Sie wusste, dass sie in die Kirche gehen sollte, aber sie musste Mittagessen kochen, was immer ein wenig schwieriger wurde, wenn der Großteil des Vormittags von den langen Predigten des Reverends verschlungen wurde. Nachmittags hatte sie sich mit Beryl zum Tee verabredet, worauf sie sich schon freute, doch sie wollte auch Zeit für ihr Puzzle haben. Zum Glück ließen sich die Sachen, die ihre Mutter brauchte, wie mehr Shampoo und Zahnpasta, leicht aus dem Laden holen. Sie seufzte dankbar, dass der Laden da war. Ohne wüsste sie nicht, wie sie klarkommen sollte.

Doch es zeichnete sich ein neues Problem ab. Sie hatte ihr kleines Notizbuch in der Tasche, das rote im Laden unter dem Tresen und die Liste am Kühlschrank, die sie an Dinge wie Mahlzeiten und Kochen erinnerte; allerdings hatte sie auch überall im Haus Post-its und einen Block neben ihrem Bett, um sich Sachen zu notieren. Es waren so viele Stellen, an denen sie sich etwas aufschrieb, dass sie zu vergessen begann, wo sie was notiert hatte. Natürlich wäre es klug, alle Erinnerungen an einem Ort zu haben, nur war ihr kleines Buch nicht immer da, wo sie gerade war. Sie zog sich um und vergaß, es aus der Tasche zu nehmen, und manchmal vergaß sie es völlig. An guten Tagen glaubte sie, es nicht zu brauchen, und am nächsten Tag versagte ihr Gedächtnis komplett, und sie wusste nicht mehr, wo sie es hingelegt hatte.

Alles war neuerdings anstrengend. Mittagessen zu kochen war eine Angstpartie, weil sie nicht vergessen durfte, den Ofen einzuschalten, oder etwas anderes Wichtiges, das ihre Familie auf ihre zunehmende Vergesslichkeit aufmerksam machte. Sie musste sich sehr konzentrieren, und das allein machte sie schon nervös. Und sehr müde.

Trotzdem begleitete sie Nan und Dennis in die Kirche. Dennis ließ die beiden vor dem Eingang raus, bevor er den Wagen parkte. Sie gingen in die Kirche. Normalerweise suchte Nan sich einen Platz, während Marigold noch ein wenig mit anderen sprach, doch heute war ihr nicht danach. Mit gesenktem Haupt folgte sie ihrer Mutter in eine Kirchenbank. Dann schlug sie das Gesangbuch auf, um nachzuschauen, welche Lieder sie heute singen würden. Sie sah sich um, ob Dennis kam, da bemerkte sie eine Frau, die ihr lächelnd zuwinkte. Marigold erwiderte das Lächeln, obwohl sie keine Ahnung hatte, wer die Frau war. Vielleicht hatte sie Marigold mit jemandem verwechselt. Doch die Frau kam den Mittelgang entlang, und Marigold tippte ihrer Mutter an den Arm. »Die Frau da hat mir gerade zugewunken.«

Nan sah hin und dann ihre Tochter an. »Das ist Mandy Bradshaw.«

Marigold blickte sie verständnislos an.

»Mandy Bradshaw! Du kennst sie, Marigold! Sie ist neu im Dorf und hat einen kleinen Terrier, Toby. Schrecklicher Hund. Ich hasse Terrier.«

»Du hasst alle Hunde, Mum«, korrigierte Marigold. Ihr wurde klar, dass sie, wenn sie jemanden nicht zuordnen konnte, improvisieren musste. So einfach war das. Doch als Dennis sich neben sie setzte, war ihr, als würde der Kirchenboden unter ihren Füßen weggleiten. Sie nahm Dennis' Hand, und er drückte ihre. »Alles in Ordnung, Schatz?«, fragte er. Sie nickte. Dabei war nichts in Ordnung. Gar nichts.

Nach dem Mittagessen ging sie an ihr Puzzle. Sie wusste, dass es ihr Gehirn trainierte, weil sie merkte, wie es arbeitete. Es war mühsam, aber sie würde nicht aufgeben, weil sie das nun mal nicht tat. Stattdessen behielt sie ihre Angst und ihren Frust für sich und lächelte wie immer, maskierte ihre wachsende Verzweiflung.

Dennis bemerkte, dass Marigold mit seinem Puzzle kämpfte. Vielleicht war es zu groß und die Teile waren zu klein. Er fragte sich, ob er ihr lieber ein Bild hätte geben sollen. Doch jetzt war es zu spät, denn er hatte es nicht fotografiert. Er war sicher gewesen, dass sie es so schnell fertig bekommen würde wie alle anderen, und war gar nicht auf die Idee gekommen, eine Kopie zu machen. Jetzt fühlte er sich schlecht. Was er für sein bisher bestes Puzzle gehalten hatte, erwies sich als Enttäuschung. Das Schlimmste war, dass es ihr keinen Spaß zu machen schien. Er wusste, dass sie es schaffen wollte, keine Frage. Er beobachtete, wie sie mit der Brille am Tisch saß und herauszufinden versuchte, welche Teile wohin gehörten. Allerdings schien es eher um ihren Stolz zu gehen, nicht um ihr Vergnügen. Sie wollte ihr Versagen nicht eingestehen, nicht einmal sich selbst.

Als das Telefon klingelte, nahm Daisy ab. Nach einem Moment rief sie ihre Mutter: »Das ist Beryl. Sie sagt, du wolltest heute zum Tee zu ihr kommen.«

Marigold wurde bleich, und Daisy sah sie besorgt an. Ihre Mutter wirkte nicht erschrocken, sondern ängstlich. Daisy erkannte es an ihrem Blick, und das machte wiederum ihr Angst.

»Es tut mir so leid«, sagte Marigold ruhig ins Telefon. »Ich bin ganz mit Dennis' Puzzle beschäftigt gewesen. Soll ich jetzt rüberkommen?«

»Ich habe Kekse gebacken«, antwortete Beryl. »Ein neues Rezept aus einem Backbuch, das ich zu Weihnachten bekommen habe. Die sind sehr gut. Du wirst sie mögen. Ja, komm, aber hetz dich nicht. Es hat keine Eile.«

Dennis bestand darauf, Marigold zu fahren, obgleich es nicht weit war. Als er zurückkam, wartete Daisy in der Diele auf ihn. »Wir müssen reden«, sagte sie, und Dennis sah ihr an, dass es um Marigold ging.

»Komm mit in meinen Schuppen«, bat er sie leise. Auf dem Weg durch den Garten stellte Daisy fest, dass der Futterspender für die Vögel aufgefüllt war. Wenigstens das hatte ihre Mutter nicht vergessen.

Dennis schloss die Schuppentür hinter ihnen. Einen Moment lang sahen Vater und Tochter einander an, als wüssten sie nicht, wie sie das heikle Thema angehen sollten. Schließlich sagte Daisy: »Sie vergisst alles, Dad. Und das geht schon so, seit ich wieder hier bin. Ich nehme an, dass es lange vorher angefangen hat. Und ich finde, dass sie zum Arzt gehen sollte.«

Dennis runzelte die Stirn. »Sie wird nicht hören wollen, dass wir es merken. Wo sie sich solche Mühe gibt, es zu verbergen. Und sie will nicht zugeben, dass sie langsamer wird.« Er lächelte. »Du kennst Mum. Sie hat gern alles im Griff und mag es, für uns alle zu sorgen.«

»Wenn es bloß das Alter ist, kann der Arzt ihr zumindest sagen, dass sie langsamer machen soll. Sie bürdet sich zu viel auf. Wenn ihr ein Arzt erklärt, dass sie kürzertreten muss, würde sie es doch tun, nicht? Ich sage ja nicht, dass sie einen Hirntumor hat, aber wir sollten es untersuchen lassen, damit wir beruhigt sind.«

Dennis war nicht überzeugt. Er wusste, wie Marigold reagieren würde. Sie wäre tieftraurig, und er wollte sie nicht traurig machen. Dann fiel ihm der zweite Teebecher ein, den sie ihm gebracht hatte. Das war noch nie passiert. »Wie wäre es, wenn wir alle mit anpacken und ihr helfen?«

»Ja, einverstanden. Wir könnten sehr viel selbst übernehmen.«

»Ich meine, ihr richtig helfen. Wenn sie vorhat, zu Beryl zum Tee zu gehen, können wir sie zum Beispiel behutsam daran erinnern. Also so, dass sie es möglichst nicht merkt.«

Daisy seufzte. »Ich weiß nicht, wie einfach das ist, Dad. Wir arbeiten und sind nicht immer bei ihr. Im Laden können wir ihr schon mal nicht helfen.«

»Versuchen wir es, ja?«

»Ich möchte trotzdem, dass sie zum Arzt geht.«

»Dann musst du es vorschlagen.«

Daisy lächelte verständnisvoll. »Werde ich, Dad, keine Sorge. Ich weiß, dass dir bei solchen Dingen nicht wohl ist.«

Beryl bot Marigold einen Keks an. Sie nahm ihn und biss hinein. Dann nickte sie. »Lecker.«

»Ja, nicht? Ich sage dir, wie das Backbuch heißt. Die Rezepte sind simpel, aber köstlich.« Beryl sah Marigold an und bemerkte, dass sie ungewöhnlich blass war. »Dennis hat dir wieder ein Puzzle gemacht?«

»Ja, tut er jedes Jahr, aber bei diesem hat er sich selbst übertroffen. Mich allerdings auch, denn ich kämpfe ziemlich damit. Dir kann ich es ja verraten, Beryl, doch Dennis darf ich das nicht sagen. Er hat sich so viel Mühe gemacht.«

»Dein Mann ist sehr begabt.«

»Ja, ist er.«

»Alle reden über die Maulwurfsfalle, die er für den Commodore gebaut hat. Er hat inzwischen fünfundzwanzig gefangen, hast du das gewusst?«

»Du meine Güte, das sind aber viele Maulwürfe!«

»Er lässt sie auf dem Land frei.« Beryl grinste. »Ich hoffe, die kommen nicht wieder zurück und richten sich in meinem Garten häuslich ein.«

»In meinem hoffentlich auch nicht«, sagte Marigold. »Es wäre ja pure Ironie, wenn Dennis eine Falle baut und sie dann zurückkommen und in seinem Garten einziehen.« Sie begann sich besser zu fühlen. Es war gut, aus dem Haus zu kommen und bei einer Tasse Tee und köstlichen Keksen in Beryls Küche zu sitzen.

148

»Wie ich höre, wird Daisy hier zu einer Art Lokalberühmtheit«, sagte Beryl bewundernd. »Ihre Tierporträts sind sehr beliebt.«

»Ja, und Daisy ist begeistert. Das Arbeiten oben bei den Sherwoods gefällt ihr, mit dem vielen Licht und der schönen Aussicht.«

»Ich war am Samstag bei Rosie Price im Pflegeheim. Dort hat sie auch eine hübsche Aussicht.«

»Rosie ist in einem Pflegeheim?«, fragte Marigold verwundert. Rosie war eine alte Schulfreundin von ihnen beiden.

»Das habe ich dir erzählt, Marigold, aber du hast es vergessen. Egal. Sie hat Alzheimer. Sehr traurig. Sie erinnert sich an gar nichts mehr. Mich erkennt sie noch, aber nur weil ich eine sehr alte Freundin bin.« Marigold wurde eiskalt. »Jedenfalls ist sie dort gut aufgehoben, und es ist so nett, wie solche Heime eben sein können, schätze ich. Früher muss es mal ein großes Herrenhaus gewesen sein, nicht weit von hier und mit Blick aufs Meer. Es hat einen dieser Allerweltsnamen wie Seaside Manor oder Seaview House. Das arme Ding hat in dem großen Salon unten gesessen, als ich ankam, und sie hat mir so leidgetan. Ich habe ihr gesagt, wer ich bin, und sie hat sich erinnert. Da strahlte sie richtig und hat sich gefreut, mich zu sehen. Wir haben über alte Zeiten geredet. Was ihre Kindheit betrifft, ist sie erstaunlich klar. Sie wusste noch die Namen all ihrer Hunde, stell dir das vor. Und auch unsere Schulzeit war noch ganz da.«

»Und ihre Kinder? Erinnert sie sich an die?«, fragte Marigold ängstlich.

»Angeblich bringt sie die durcheinander. Weil sie ganz in ihrer Jugend lebt, hält sie die Kinder für Onkel und Tanten. Wahrscheinlich kann sie sich gar nicht mehr vorstellen, dass sie überhaupt Kinder hat. Sie spricht von ihren Eltern, die vor Jahren gestorben sind, beschwert sich über das Heim und will nach Hause gebracht werden. Aber das ist für sie nicht bei ihrem Mann Ian, sondern bei ihren Eltern, und das Haus, in dem sie aufgewachsen ist, gibt es nicht mehr. Ihr Ältester, Julian, hatte mir vorher explizit gesagt, dass ich ihr nicht widersprechen oder ihr Fragen stellen soll. Das war viel schwieriger, als man meinen sollte. Aber solange ich mich an die Regel gehalten habe, blieb sie ruhig und regte sich nicht auf. Julian war auch da und war ganz wundervoll mit ihr. Als sie gesagt hat, dass sie nach Hause will, hat er ihr gesagt, dass sie gleich erst mal schön zu Mittag essen, danach mit den Hunden spazieren gehen, und dann würden sie nach Hause fahren. Damit war sie sehr glücklich. Natürlich hatte sie die Unterhaltung wenige Minuten später wieder vergessen. Der Trick ist, ihr den gegenwärtigen Moment so angenehm wie möglich zu machen, weil sie nur noch den hat.«

»Also wird sie auch nicht mehr wissen, dass du bei ihr gewesen bist?«, fragte Marigold.

»Nein. Hinterher hat Julian mir erzählt, ginge ich jetzt wieder rein, würde sie mich genauso begrüßen wie bei meiner Ankunft. Sie würde nicht mehr wissen, dass ich vor Minuten bei ihr war. Es ist erstaunlich. Und viele Leute bekommen Alzheimer.« Beryl seufzte.

Marigold zuckte mit den Schultern. »Irgendwie müssen wir alle enden.«

»Ich würde gern im Schlaf sterben.«

»Ich auch«, sagte Marigold. »Einfach davonziehen wie eine Wolke.«

11

Einige Tage später brachte Daisy den Mut auf, ihrer Mutter zu einem Arztbesuch zu raten. Es war ein kalter grauer Morgen, doch die Narzissen leuchteten im Nieselregen. Marigold war draußen, fütterte die Vögel, sprach mit dem Rotkehlchen und genoss den Anblick ihrer gefiederten Freunde mit kindlichem Staunen.

Daisy kam über den Rasen. »Sie wissen, dass Frühstückszeit ist, was?«

»O ja. Obwohl sie nicht mehr so schnell futtern wie in den Wintermonaten. Ich höre bald auf, ihnen was zu geben, nur noch, bis sie ihre Jungen hatten.«

Daisy entging nicht, wie glücklich ihre Mutter hier im Garten war. Wahrscheinlich mehr als irgendwo sonst.

»Mum, ich habe überlegt, ob du vielleicht mal zum Arzt gehen solltest.« Daisy hielt die Luft an.

»Zum Arzt?« Marigold hängte den Futterspender auf. »Warum?« Aber sie kannte den Grund und wurde rot. Offenbar hatte sie doch nicht alle getäuscht.

»Du bist in letzter Zeit so vergesslich. Sicher ist es nichts, aber ich wäre beruhigt, wenn du dich mal untersuchen lässt. Jeder sollte das in deinem Alter hin und wieder machen. Du weißt schon, wie eine Wartung.«

Marigold holte tief Luft und fragte sich, wie viel sie erzählen sollte. »Da war ich schon«, gestand sie, schob die Hände in die Taschen und sah ihre Tochter an.

Daisy war überrascht. »Ja? Wann?«

»Kurz vor Weihnachten. Ich habe mir auch Sorgen gemacht. Aber er hat gesagt, in meinem Alter ist es normal, Sachen zu vergessen. Deshalb habe ich angefangen, morgens spazieren zu gehen. Er hat gesagt, ich brauche Bewegung und soll auch mein Gehirn auf Trab halten.«

Daisy nickte. »Deshalb das Sudoku.«

»Deshalb das Sudoku«, bestätigte Marigold.

»Verstehe. Also ist sonst alles in Ordnung? Das ist beruhigend.«

»Ja, ist es. Ich hatte schon gedacht, dass ich dement werde oder so.« Allein beim Aussprechen des Wortes erschauderte Marigold. »Danke, Schatz, dass du dich um mich sorgst. Aber es ist wirklich nicht nötig. Mir geht es gut.«

Vor Erleichterung umarmte Daisy ihre Mutter. Dennoch blieb ein Schatten von Furcht, der nicht weggehen wollte, ganz gleich wie viel Marigold und sie auf die Meinung des Arztes gaben. Wusste er alles? Daisy erinnerte sich an den Vorfall in der Stadt. Hatte ihre Mutter dem Arzt davon erzählt?

Aber sie konnte sie schlecht bitten, noch einmal hinzugehen.

Also müsste sie Marigold einfach mehr im Haus helfen und versuchen, ihr Gedächtnis zu stützen. Sie war sich mit ihrem Vater einig, dass sie Nan und Suze nichts sagten, erst recht nicht vor Suzes Hochzeit. Keiner von ihnen wollte Suze beunruhigen oder riskieren, dass sie das Vertrauen in die Person verlor, die ihren großen Tag plante.

Dennis fand, dass Daisy überreagierte. Wenn der Arzt gesagt hatte, dass Marigold sich nicht sorgen musste, gab es keinen Grund zur Sorge. Dennis vertraute Ärzten, die seiner Erfahrung nach immer recht hatten.

In den darauffolgenden Wochen half Daisy ihrer Mutter auf die Sprünge, so gut sie konnte, und das taktvoll, damit Marigold es nicht merkte. Hatte sie ein Komiteetreffen für die Kirche, schlug Daisy vor, dass sie einen Schirm mitnahm, weil es nach Regen aussah. »Es ist zwar nicht weit zum Gemeindesaal, aber du willst ja nicht durchnässt werden«, sagte sie. Marigold, die das Treffen vergessen hatte, erinnerte sich plötzlich wieder und war pünktlich dort, ohne zu begreifen, was passiert war. In der Küche bot Daisy an, den Cottage-Pie fürs Abendessen schon mal aus dem Tiefkühler zu nehmen, weil sie sowieso dort vorbeikam, oder den Ofen einzuschalten oder zu kochen, weil sie in Italien viel gekocht hatte und es ihr fehlte. Einfach war es nicht, weil Daisy nicht immer zu Hause war, vom Laden ganz zu schweigen, doch da die meisten sozialen Anlässe auf die Wochenenden fielen, konnte sie wenigstens für diese Marigolds Gedächtnis sein. Sie ging sogar wieder regelmäßig sonntags in die Kirche, was sie seit Jahren nicht getan hatte, um ihre Mutter zu begleiten und ihr zu helfen, sollte sie jemanden nicht erkennen. Nan und Suze bekamen nichts mit, Dennis stellte sich blind, und einzig Daisy begriff, wie viel ihre Mutter vergaß und wie müde sie war. Doch ehe Marigold nicht erkannte, dass sie ein Problem hatte, konnte Daisy wenig tun.

Sie sagte ihrer Mutter, dass sie bei den Hochzeitsvorbereitungen helfen wollte. »Es wird Spaß machen, das zusammen zu organisieren«, sagte sie, und Marigold stimmte erleichtert zu. Suze war so sehr damit beschäftigt, Sachen bei Instagram zu posten und Artikel über Hochzeitsplanung zu schreiben – wovon sie nichts verstand.

»Warum schreibst du nicht mal etwas mit mehr Substanz?«, fragte Daisy eines Abends beim Essen, als Suze ihnen von dem Blog erzählte, den sie über die Tradition des »Etwas Altes, etwas Neues, etwas Geborgtes und etwas Blaues« schrieb.

»Wie bitte?« Suze sah sie verärgert an. »Soll das heißen, was ich schreibe, ist oberflächlich?«

»Nein, natürlich nicht, und die Leute interessieren sich ja auch für Mode und so. Aber du kannst so gut schreiben, bist intelligent und aufmerksam. Ich finde, dass du dich unter Wert verkaufst.«

Suze schaute sich am Tisch um wie ein in die Enge getriebenes Tier. »Denkt ihr das alle? Redet ihr darüber hinter meinem Rücken?«

Dennis lächelte. »Ich habe nichts an dem auszusetzen, was du tust, Schatz, solange du glücklich bist.«

»Bin ich«, sagte Suze beleidigt. »Ich heirate, wie kann ich also nicht glücklich sein?« Sie sah wieder ihre Schwester an. »Du magst der nächste Leonardo da Vinci sein, aber ich bin sehr zufrieden mit dem, was ich tue. Inzwischen habe ich über vierzigtausend Follower auf Instagram, und Tausende lesen meinen Blog. Denkst du, Aimee Song und Samantha Maria finden, dass sie Artikel mit mehr Substanz schreiben müssten? Es gibt genug Leute da draußen, die polemische Sachen über Politik, das Gesundheitssystem, die Erderwärmung und den Ärger im Nahen Osten raushauen, da muss ich das nicht auch tun.« Keiner hatte eine Ahnung, wer Aimee Song und Samantha Maria waren, aber sie wagten nicht zu fragen.

»Ich meine ja nicht, dass du darüber schreiben sollst«,

entgegnete Daisy, die bereute, überhaupt etwas gesagt zu haben. »Aber wie ich dir schon mal gesagt habe, müsstest du einen Roman schreiben. Du hast früher Geschichten geschrieben. Warum hast du damit aufgehört? Als Autorin könntest du eine Menge Geld verdienen.«

»Man braucht kein Geld, um glücklich zu sein, Daisy. Gerade du solltest das wissen.«

»Es geht nicht bloß ums Geld, auch wenn wohl niemand es schnöde ablehnen würde. Du würdest etwas wirklich Befriedigendes tun, dein Potenzial ausschöpfen. Ich glaube, du hast sehr großes Potenzial und nur Angst, es zu probieren.«

»Habe ich nicht«, widersprach Suze. »Ich würde es versuchen, hätte ich eine Idee. Außerdem habe ich zu viel zu tun, um ein Buch zu schreiben.« Trotzig verschränkte sie die Arme vor der Brust.

»Suze, ich kritisiere dich doch nicht. Ganz im Gegenteil! Ich glaube fest an dich.«

»Du hast eine komische Art, das zu zeigen.«

Nan sah zu Marigold und wechselte das Thema. »Moira Barnes hat einen Verehrer«, sagte sie. Als alle verdutzt zu ihr schauten, fuhr sie fort: »Er ist sechsundachtzig, und sie ist zweiundneunzig. Das ist eine richtige Affäre. Sie sagt, dass sie Teile von ihrem Körper entdeckt, von denen sie vergessen hatte, dass sie da sind.«

»Nan, das sind eindeutig zu viele Informationen!«, rief Suze und prustete los.

An dem Abend klingelte Daisys Telefon nach dem Abendessen. Sie sah Lucas Namen auf dem Display, und ihr Herz blieb stehen. Unsicher, ob sie rangehen sollte, zögerte sie. Es fühlte sich seltsam an, dass er in diesem Augenblick irgendwo in Italien war, an sie dachte und mit ihr reden wollte. Sie bräuchte bloß auf das Symbol zu tippen, dann würde sie die Stimme hören, die ihr so fehlte. Doch sie war nervös. Was wollte er? War er zu einem Kompromiss bereit? Und falls ja, wollte sie das? Sie begann sich in ihrem neuen Leben einzurichten, und allmählich gefiel es ihr. Endlich, nach einer gefühlten Ewigkeit, legte sie das Handy hin und ging weg. Sie war nicht zu einem Kompromiss bereit, ehe sie ihrem Leben hier eine echte Chance gegeben hatte.

Als sie das Handy später wieder aufnahm, war eine Nachricht da. *Ich vermisse Dich*, stand dort. Sie starrte die drei Worte an und war sich nun gewiss, richtig gehandelt zu haben, den Anruf nicht anzunehmen. Denn die Worte, nach denen sie sich von ihm sehnte, fehlten. *Ich gebe Dir, was immer Du willst, Daisy. Heirat, Kinder, ein Zuhause. Weil ich Dich liebe.*

»Wie sich herausstellt, setzt der Commodore die Maulwürfe auf Sir Owens Farm aus«, sagte Eileen am nächsten Morgen im Laden.

»Woher weißt du das?«, fragte Marigold.

»Sylvia hat es mir erzählt. Sie war mit den Hunden draußen und hat ihn mit einem Holzkasten gesehen.«

»Warum sollte er das tun?«

»Weil es dort oben sicher ist, schätze ich. Und er kann sie ja schlecht in irgendeinem Garten freilassen.«

»Meinst du, Sir Owen weiß davon?«

»Eher nicht. Sylvia ist mit Phyllida befreundet und wird ihn nicht in Schwierigkeiten bringen wollen.«

»Tja, ich hoffe, die Maulwürfe richten keinen Schaden auf der Farm an.«

Eileen blickte sie finster an. »Ich fürchte, das machen sie überall, wo sie sind. Sie können gar nicht anders.«

Marigold brach zu ihrem Spaziergang auf. Morgens war es jetzt heller, die Luft wärmer und vom Zwitschern der Vögel erfüllt. Nichts bereitete Marigold mehr Freude, als diesem Morgenchor zu lauschen. Er war laut, fröhlich und voller Zuversicht, versprach Wiedergeburt, das Ende des Winters und den Beginn des Frühlings. Unwillkürlich dachte sie an das Leben und die Möglichkeit eines Lebens danach. Ja, sie war sicher, dass der Himmel gleich jenseits der Wolken war. Irgendwo im weiten Blau. Und dass er ein Ort von Schönheit und Ruhe war, an dem sie mit allen wiedervereint würde, die sie geliebt und verloren hatte. Zügig schritt sie den Weg entlang, während der Tag in einem Farbenspiel von Rot und Gold erwachte, und war sicher, dass Gott hinter dieser Magie steckte, denn kein irdisches Geschöpf konnte ihr Herz so berühren wie er.

Und dann fiel sie.

Ihr war nicht bewusst, wie es geschah, nicht einmal hinterher, als sie bäuchlings im Gras lag. Ihr Wangenknochen pochte, und Schmerz schoss durch ihre linke Schulter. Blinzelnd lag sie da. Ihr Stolz war genauso verletzt wie ihr Körper. Tränen brannten in ihren Augen und quollen zusammen mit dem Blut hervor, das nun aus ihrer Wunde sickerte. Ihre Euphorie war ihr grausam geraubt und von Verzweiflung ersetzt worden.

Regungslos blieb sie im Gras liegen und versuchte sich zu erinnern. Wenn sie gestolpert war, worüber? Oder hatten ihre Beine schlicht nachgegeben? Sie wollte sich nicht bewegen, lieber noch eine Weile hier liegen und ihre Gedanken sammeln. Sie fühlte, wie Nässe durch ihre Hose drang. Dann fing sie vor Kälte zu zittern an.

Plötzlich stupste ein pelziges Gesicht ihre Nase an, und eine warme, schleimige Zunge leckte über ihre Wange. Einen Moment später erklang Mary Hansons besorgte Stimme: »Marigold? Bist du das? Ist alles in Ordnung? Bernie, komm her. Bernie!«

Marigold musste aufstehen, sonst würde Mary erzählen, dass sie hier gelegen und sich nicht gerührt hätte, und es würde Dennis unnötig beunruhigen. Sie erlaubte Mary, ihr aufzuhelfen. Ein wenig wacklig stand sie da, während das Blut in ihrem Kopf rauschte und ihr schwindlig wurde. »Du liebe Güte«, murmelte sie und rang sich ein Lächeln ab. »Ich muss gestolpert sein. Ich war wohl zu schnell unterwegs.«

Marys Gesicht unter der dicken Mütze hatte sich vor Sorge in lauter Falten gelegt. Sie musterte Marigold prüfend. »Du hast eine üble Wunde im Gesicht, Marigold.« Sie griff in ihre Tasche und holte ein zerknülltes Papiertaschentuch hervor, mit dem sie das Blut abtupfte. »Du Arme«, sagte sie freundlich. »Eine hässliche Platzwunde. Meinst du, du kannst gehen?«

»O ja«, sagte Marigold und hoffte inständig, dass Mary ihr glaubte. »Es geht mir gut, ehrlich.«

»Bernie und ich begleiten dich nach Hause. Komm, wir gehen ganz langsam.«

Marigold blickte sich auf dem Boden um, worüber sie gestolpert sein könnte, konnte jedoch nichts entdecken. »Das wird mir eine Lehre sein, die Füße ordentlich anzuheben.«

Als sie das Dorf erreichten, dankte sie Mary. »Es ist sehr nett von dir, mich zu begleiten. Jetzt komme ich klar. Ich gehe nur rasch rein und mache mich sauber, bevor ich den Laden öffne.«

»Kannst du denn jetzt im Laden stehen? Vielleicht legst du dich lieber ein bisschen hin. Das war ein schrecklicher Schock. Sieh nur, wie du zitterst. Tasha kommt doch auch allein klar, oder?« Dann grinste Mary. »Ich meine, es ist an der Zeit, dass sie ein wenig Verantwortung übernimmt.«

»Danke, Mary, aber es geht. Ich trinke einen Tee. Eine Tasse Tee macht alles besser.«

Mary lachte. »Wie recht du hast! Geh nur, und ruf mich an, falls ich irgendwas tun kann. Ich helfe gern im Laden aus, wenn Bernie mitkommen darf.«

Marigold hoffte, sich nach oben ins Bad schleichen und ihr Gesicht waschen zu können, doch Nan kam die Treppe herunter. »Ich hatte letzte Nacht einen sehr seltsamen Traum«, sagte sie. »Dad war am Leben und hat mir gesagt, dass ich auf dich aufpassen soll. Ist das nicht eigenartig? Aber er hatte ja immer eine Vorliebe für dich, nicht? Es heißt ja, Töchter sind ihren Vätern näher, Söhne ihren Müttern.« Sie seufzte, als sie unten an der Treppe war. »Obwohl ich nicht behaupten kann, dass dein Bruder sich sehr für mich interessiert …« Ihr Blick fiel auf Marigolds Gesicht. »Guter Gott, Marigold! Was hast du denn gemacht?«

»Ich bin auf dem Weg gestolpert.«

»Na, dann hatte dein Vater ja recht, nicht? Komm in die Küche, damit ich dich richtig ansehen kann.«

Einen Moment später saß Marigold am Tisch und wurde von ihrer Mutter gemustert, als wäre sie wieder ein Kind. »Das ist eine hässliche Platzwunde«, sagte Nan. »Tut irgendwas weh? Du zitterst.«

»Meine Schulter«, antwortete Marigold und hielt sich die Schulter mit einer Hand.

»Hoffentlich ist die nicht gebrochen.« Nan schüttelte den Kopf. »Knochen heilen nicht gut, wenn man alt ist. Willst du nicht lieber zum Arzt?«

»Nein, mir geht es gut«, sagte Marigold zum zigsten Mal heute Morgen. »Wirklich, es ist nur eine Prellung. Ich kann die Schulter bewegen.« Und das tat sie, um es zu beweisen.

Als Dennis in die Küche kam, bemerkte er sofort, wie bleich und verängstigt Marigold war, obwohl sie tapfer lächelte. »Was ist passiert, Schatz?«, fragte er entsetzt und kam näher.

»Sie ist auf dem Weg gestolpert, dummes Ding. Wahrscheinlich war sie mal wieder mit den Gedanken woanders«, sagte Nan, die an der Spüle Wunddesinfektionsmittel mit Wasser mischte.

»Ich mache Tee«, sagte Dennis, der wusste, dass nichts seiner Frau so guttat wie eine Tasse Tee.

»Das ist lieb«, sagte Marigold. Auf einmal war ihr zum Heulen. Dennis war so stark und so wunderbar verlässlich. »Mary war oben auf dem Weg und hat mich nach Hause begleitet. Sehr nett von ihr.«

»Mit diesem schrecklichen Hund?«, fragte Nan. »Dann hast du Glück, dass er dich nicht gefressen hat.«

»Er hat mir übers Gesicht geleckt.«

»Das ist ekelhaft! Hunde lecken sich am Hintern. Überlegt mal, was er in deinem Gesicht verteilt hat. Widerlich!« Nan drückte einen getränkten Wattebausch auf Marigolds Wunde. Es brannte. »Bist du sicher, dass das nicht genäht werden muss?«

»So schlimm ist es bestimmt nicht«, antwortete Marigold. Sie wollte wirklich nicht in die Ambulanz.

»Hast du es gesehen?«, fragte Nan. »Geh mal in den Spiegel gucken.«

Marigold ging zum Spiegel in der Diele. Als sie die Platzwunde sah, erschrak sie. Wahrscheinlich musste sie doch zum Arzt.

Dennis gab ihr eine Tasse Tee, genau wie sie ihn mochte, mit einem Spritzer Milch. Der erste Schluck stellte sie ein klein wenig wieder her. Daisy kam herein, und abermals musste Marigold erklären, was geschehen war. »Ehe wir zur Notaufnahme fahren, fragen wir mal hier in der Praxis, ob sie noch einen Termin haben«, sagte Daisy.

»Aber was ist mit dem Laden?«, fragte Marigold.

»Tasha kann sich um den kümmern«, antwortete Nan. »Wird gut für sie sein. Und wenn sie Hilfe braucht, soll sie Suze holen. Dann hat die auch mal was Anständiges zu tun.«

Kurz darauf saßen Daisy und Marigold in Dr. Farahs Praxis. Er rief sich ihre Krankenakte auf dem Computer auf, untersuchte die Wunde, maß ihren Blutdruck und überprüfte, ob sie ihren Arm bewegen konnte. Derweil stellte er ihr unzählige Fragen, nicht nur zu dem Sturz, sondern zu ihrem Gedächtnis allgemein. Und er wirkte ernst und nachdenklich. Anschließend setzte er sich an seinen Schreibtisch und faltete die Hände vor sich. »Die Wunde muss nicht genäht werden, aber ich werde sie verbinden, damit sie sauber bleibt. Es sind keine Knochen gebrochen, allerdings haben Sie sich Ihre Schulter kräftig geprellt, Marigold.« Er atmete tief ein. »Ich würde gerne einige Tests machen. Nichts Besorgniserregendes, aber da Sie sagen, dass Ihre Vergesslichkeit seit dem letzten Besuch hier zugenommen hat, möchte ich es mir näher ansehen.«

Dann nahm er ihr Blut ab und sagte, die Praxis würde sich bei ihr melden, wenn die Ergebnisse vorlagen. Marigold hatte gehofft, er würde einen Hirnscan vorschlagen, ob irgendwas in ihrem Kopf nicht stimmte, aber das tat er nicht, und sie war zu schüchtern, um zu fragen. Außerdem war es anmaßend, Dr. Farah vorzuschreiben, wie er seine Arbeit machen sollte. Also sagte sie nichts und entschied, dass nichts mit ihrem Gehirn sein konnte, wenn der Arzt keinen Scan machen wollte. Das allein war irgendwie beruhigend.

Als sie die Praxis verließen, hatte Marigold einen dicken Pflasterverband auf der Wange. Daisy fragte sich, ob ihre Mutter oben auf den Klippen einen kleinen Schlaganfall gehabt haben könnte, und war erstaunt, dass der Arzt es nicht in Betracht gezogen hatte. Es war keine Rede von einem MRT gewesen, und Daisy vermutete wie ihre Mutter, wenn der Arzt die geringste Sorge hätte, würde er sie in die Klinik schicken. Marigold war sicher, dass die Bluttests nicht Neues ergäben. Sie war fit – immerhin marschierte sie jeden Morgen den Hügel hinauf – und gesund. Dies war das erste Mal gewesen, dass sie gestolpert war, und gewiss wäre es auch das letzte Mal. Sie hatte eben Pech gehabt.

Ihr war nicht wohl dabei, dass Tasha allein den Laden führte, und obwohl sie sich immer noch ein wenig angeschlagen fühlte, überwog ihr Pflichtgefühl. Nan und Daisy wollten unbedingt, dass sie sich den Tag freinahm, aber Marigold ignorierte ihr Flehen und eilte über den kleinen Hof.

Niemand war so begeistert wie Eileen, sie hinter dem Ladentresen zu sehen. »Ich war um neun hier, und du warst nicht da«, sagte sie ein bisschen vorwurfsvoll. »Wie ich gehört habe, bist du gestürzt. Mary hat es mir erzählt. Sie hat gesagt, dass ihr Hund dich im hohen Gras gefunden hat, so wie Bernhardiner Leute in den Bergen finden. Du hast Glück, dass du noch am Leben bist.«

»Mir geht es gut«, antwortete Marigold und holte ihr rotes Buch hervor, um nachzusehen, was sie heute zu tun hatte. »Es sieht schlimmer aus, als es ist.«

»Freut mich. Denn ich habe schreckliche Neuigkeiten.«

Marigold blickte von ihrem Buch auf. »Was für Neuigkeiten?«

Eileen schüttelte den Kopf. »Ganz furchtbare.« Sie holte tief Luft. »Sir Owen ist tot.«

Marigolds Mund ging auf, ehe ein Ton herauskam. »Was? Tot? Wie?«

»Heute Morgen«, sagte Eileen unheilschwanger. »Er hat gesehen, dass der Commodore die Maulwürfe auf seiner Farm freigelassen hat, und ist einfach, *peng*, tot umgefallen. Ein Herzinfarkt.«

»Das kann nicht wahr sein!«

»Ist es. Sylvia hat mich angerufen, in Tränen aufgelöst, das arme Ding.«

»Bist du sicher, dass es wegen der Maulwürfe war?«, fragte Marigold, die Eileens Hang zur Übertreibung kannte.

»Selbstverständlich waren es die Maulwürfe! Was soll es denn sonst gewesen sein? Sylvia sagt, er war oben auf den Feldern mit seinen Hunden, als er umfiel und tot war. Der Wildhüter hat ihn gefunden. Ich wette, er hat einen Herzinfarkt gekriegt, als er die Maulwurfshügel auf seinen Feldern gesehen hat. Für den Commodore hoffe ich mal, dass keiner der Polizei was sagt.«

»Weiß der Commodore davon?«

»Inzwischen dürfte es jeder wissen. Ich habe auf dem Weg hierher Cedric getroffen und es ihm erzählt. Cedric und ich werden dafür sorgen, dass es bis zur Teezeit jeder weiß.«

»Das ist schrecklich. Die arme Lady Sherwood. Armer Taran. Sir Owen war doch noch so jung.«

»Na ja, zu jung zum Sterben, so viel steht fest. Sich vorzustellen, dass die arme Lady Sherwood jetzt ganz allein oben in dem großen alten Haus wohnt. Vielleicht zieht Sylvia erst mal bei ihr ein, um ihr Gesellschaft zu leisten. Er war ein reizender Mann, Sir Owen, genau wie sein Vater. Ein reizender Mann.«

Marigold dachte an Daisy mitten in diesem Drama und hoffte, dass es ihr gut ging. Auch für sie musste es ein furchtbarer Schock sein.

Seufzend schüttelte Eileen den Kopf. »Sich vorzustellen, dass Sir Owen wegen eines Maulwurfs gestorben sein könnte. Wäre es der Commodore gewesen, hätte ich es Karma genannt.«

12

Sir Owens plötzlicher Tod lenkte Marigold von ihrem Sturz und ihrem Gedächtnisverlust ab. Als Daisy abends nach Hause kam, nahmen Nan, Dennis und Marigold ihren Tee mit ins Wohnzimmer, um sich ihren Bericht anzuhören.

»Die arme Lady Sherwood ist am Boden zerstört«, sagte Daisy betrübt. »Sie hat mich gebeten, bei ihr zu bleiben, solange die Polizei dort war. Offensichtlich mussten sie ausschließen, dass es nicht mit rechten Dingen zugegangen war. Dann kam der Krankenwagen und hat die Leiche abgeholt. Lady Sherwood, oder Celia, wie ich sie jetzt nennen soll, hat Taran angerufen. Er sitzt im Flugzeug hierher. Der Arme, am Telefon vom Tod seines Vaters zu erfahren. Was für ein Schock.«

»Weißt du, wie er gestorben ist?«, fragte Dennis.

»Eileen denkt, dass er einen der Maulwürfe vom Commodore gesehen und einen Herzinfarkt bekommen hat«, erzählte Marigold.

Daisy sah sie ungläubig an. »Na ja, sie glauben, dass er einen Herzinfarkt hatte, aber keiner hat irgendwas von Maulwürfen gesagt.« Tränen stiegen ihr in die Augen, und sie ließ die Schultern hängen. »Mir tut Celia leid. Sie steht so unter Schock, dass sie nicht mal weinen kann.«

»Das kenne ich«, sagte Nan. »Als Grandad starb, waren meine Augen trocken wie die Sahara. Die Tränen kamen später, als die Gefühle den Körper eingeholt haben. Dann waren sie wie die Niagarafälle. Es war solch ein Schreck, neben einem Toten aufzuwachen. Wie eine Statue lag er da, kalt, klamm und steif. Gar nicht wie Grandad.«

»Oh, Mum!« Marigold legte eine Hand auf ihr Herz. Sie wollte sich ihren Vater so nicht vorstellen. Er war ein warmherziger, lebensbejahender Mann gewesen, und auch nach all den Jahren war schwer hinzunehmen, dass er nicht mehr da war.

An dem Abend ging Marigold erschöpft nach oben ins Bett, als trüge sie Bleischuhe an den Füßen. Sie bemerkte gar nicht, dass Dennis hinter ihr war, bis er fragte: »Ist alles in Ordnung, Goldie?«

Sie blieb stehen und drehte sich zu ihm um. Mac hockte auf seiner Schulter. »Ich werde nur alt«, antwortete sie mit einem leisen Lachen.

»Wir werden beide alt«, sagte Dennis, der an seine schlimmen Knie und den schmerzenden Rücken dachte. »Ein heißes Bad wird dir guttun.«

»Ich denke, ich lege mich einfach hin.« Sie stieg weiter die Treppe hinauf. »Ein Bad wäre mir schon zu anstrengend.«

Im Schlafzimmer sank sie direkt aufs Bett, und Dennis setzte sich neben sie. Mac sprang auf den Überwurf und machte es sich auf den Kissen bequem. »Du hast einen schlimmen Tag gehabt«, sagte Dennis sanft. »Lass mich dir ein Bad einlassen und einen Brandy bringen. Danach fühlst du dich besser.«

»Das musst du nicht, Dennis.«

»Ich weiß, Goldie, aber ich möchte.« Marigold kamen

die Tränen, und Dennis sah sie besorgt an. »Hey, was ist denn, Schatz?«

Sie wollte nicht, dass er sich sorgte, aber sie musste reden. Seit über vierzig Jahren waren sie verheiratet, und sie hatte ihm immer alles gesagt. Er legte seinen Arm um sie und zog sie an sich. »Was ist?«

»Ich glaube nicht, dass ich heute gestolpert bin. Ich denke, meine Beine haben einfach nachgegeben. Dann lag ich im Gras und konnte nicht wieder aufstehen. Es war, als hätte ich für einen Moment meinen Körper verloren. Das hat mir Angst gemacht.« Sie flüsterte, traute sich nicht, ihre Furcht laut auszusprechen.

»Was hat der Arzt gesagt?«

»Eigentlich nur, dass ich alt werde. Aber ich scheine es schwieriger zu finden als jeder sonst. Kämpfst du damit, die Welt durch einen Nebel zu sehen?«

»Nein«, antwortete Dennis.

»Vergisst du alles? Namen? Gesichter? Dinge, an die du dich normalerweise erinnern würdest? Verschwinden sie einfach?«

Dennis überlegte kurz, denn wie bei allen alternden Menschen setzte auch bei ihm das Gedächtnis hin und wieder aus. »Nein, solche Dinge vergesse ich nicht.«

»Der Arzt hat mir Blut abgenommen.«

»Sicher wird alles okay sein.«

»Ich weiß nicht mal, was sie untersuchen wollen.«

»Hat er einen Hirnscan vorgeschlagen? Um mal nachzuschauen, was in deinem Kopf los ist?«

»Nein, hat er nicht.« Sie runzelte die Stirn. »Findest du, er hätte sollen?«

»Nicht unbedingt. Wenn er denken würde, dass es ein Problem mit deinem Gehirn gibt, hätte er dich zu einem

Scan geschickt, nicht? Dr. Farah weiß es am besten.« Dennis küsste sie auf die Schläfe. »Ich bin hier, Goldie. Du bist nicht allein. Wir haben alles zusammen gemacht, und das werden wir auch weiterhin. Jetzt musst du aufhören, dir Sorgen zu machen, denn das hilft nicht. Es macht dich bloß unglücklich. Erinnerst du dich, was dein Vater immer gesagt hat?«

Sie lächelte versonnen. »Was ist falsch am Jetzt?«

»Ganz genau. Und, Goldie, was ist falsch am Jetzt?«

»Nichts«, antwortete sie dankbar.

»Eben. Wir sind hier, zusammen. Ich lasse dir ein Bad ein und bringe dir einen Brandy. Nur einen kleinen. Danach gehst du ins Bett und schläfst. Suze heiratet, Daisy genießt ihre neue Arbeit, und Nan, tja, die ist so zufrieden unzufrieden wie immer schon. Wir machen uns gut, du und ich. Und wenn die Ergebnisse von deiner Blutuntersuchung zurückkommen und nicht alles in Ordnung ist, nehmen wir das gemeinsam in Angriff, und es wird trotzdem noch gut sein.«

Seufzend lehnte Marigold den Kopf an seine Schulter. »Ach, Dennis, war ich nicht das glücklichste Mädchen der Welt, als ich dich geheiratet habe?«

»Und ich der glücklichste Mann.«

Dennis ließ ihr Badewasser ein und ging nach unten, den Brandy holen. Marigold setzte sich an ihre Frisierkommode und nahm ihre Kette ab, die sie in die kleine Schublade ihres Schmuckkästchens legte. Dennis hatte es ihr gebaut, als sie sich kennenlernten, und Marigold bewunderte es wieder einmal. Das Kästchen war aus Esche und Walnuss und sah wie ein Miniaturkleiderschrank aus. Auf einer Seite hatte es ein offenes Fach mit Häkchen, auf der anderen fünf mit Samt ausgelegte Schübe. Und die unterste Schublade hatte eine besondere Fütterung mit schmalen Vertiefungen für Ringe. Sie strich mit den Fingern darüber, und wieder kamen ihr die Tränen. Dennis war immer so aufmerksam. Er war freundlich und, anders als die meisten Männer, selbstlos. Marigold dachte an ihren Bruder in Australien. Seit ungefähr acht Jahren hatte sie ihn nicht mehr gesehen, und er rief selten bei ihrer Mutter an. Nicht weil sie ihm unwichtig wäre, doch war er selbst sich wichtiger. So war Dennis nicht. Sie wusste, dass er für sie Berge versetzen würde.

Als sie in die Wanne stieg, fühlte sie sich ein wenig besser. Mit dem Brandy erst recht. Und hinterher im Bett übermannte sie der Schlaf.

Beim Spaziergang am nächsten Morgen achtete sie sehr darauf, wohin sie trat. Sie ging langsamer und hob die Füße bewusster an. Zwischendurch blieb sie stehen, um sich auf den schönen Sonnenaufgang zu konzentrieren. Auf das weiche, goldene Licht, das auf den Wellen tanzte, und die rosa Wolken, die wie Zuckerwatte über den Himmel zogen. Und sie fragte sich: *Was ist falsch am Jetzt?* Die Antwort war, dass nichts daran falsch war.

Als sie wieder Mary und Bernie traf, lächelte sie und machte eine Bemerkung zum Wetter. »Ich bin auf Marigold-Patrouille«, sagte Mary strahlend und betrachtete das dicke Pflaster auf Marigolds Wange. »Das war ein übler Sturz, was?«

»So was kommt sicher nicht wieder vor«, versicherte Marigold ihr und sich selbst.

»Bernie und ich riskieren nichts. Solange du hier jeden Morgen spazieren gehst, haben wir ein Auge auf dich. Es gibt Bernie das Gefühl, eine Aufgabe zu haben, was gut für sein Selbstwertgefühl ist. Das hat in letzter Zeit einige Dämpfer bekommen.« Mary sah sie an, sagte jedoch nichts mehr.

»Das ist wirklich nett von dir, Mary. Danke.«

»Ach was, dafür hat man doch Freunde.« Und als Marigold weiterging, war ihr innerlich warm, denn sie wusste, dass sie nicht allein war.

Daisy nahm die Abkürzung über die Felder zum Sherwood-Anwesen. Sie dachte an Sir Owen. Es war schwer zu glauben, dass er gestern noch auf diesen Feldern gewesen war. Der kornblumenblaue Himmel und der strahlende Sonnenschein vertrugen sich nicht mit dem Nachhall der Tragödie. Glockenblumen begannen ihre Blüten zu öffnen, und Farne rollten ihre Blätter aus. Schmetterlinge hielten ihre farbenprächtigen Flügel in die Sonne. Es würde nicht mehr lange dauern, bis die Bäume vollständig belaubt waren und die Glockenblumen einen blauen Teppich auf dem Waldboden bildeten. Umgeben von solcher Schönheit, konnte man sich unmöglich vorstellen, dass es Hässliches auf der Welt gab.

Als sie beim Haus ankam, ging Daisy nicht direkt in die Scheune wie sonst, sondern zunächst ins Haus, um nach Lady Sherwood zu sehen. Diese saß auf einem Hocker an der Kücheninsel und starrte blind in eine Tasse Kaffee. »Guten Morgen, Celia. Ich störe hoffentlich nicht«, sagte Daisy leise von der Tür aus.

Celia Sherwood blickte mit blutunterlaufenen Augen auf und lächelte matt. Sie war ungeschminkt und ihr Haar ungekämmt, was sie älter wirken ließ. »Natürlich nicht, Daisy. Ich warte schon auf dich. Komm und trink einen Kaffee. Ich bin froh, dass du hier bist.«

Daisy zog ihre Jacke aus und ging zur Maschine, um sich einen Espresso zu machen.

»Ich rechne dauernd damit, ihn zu sehen«, sagte Lady Sherwood traurig. »Die ganze Zeit denke ich, dass ich ihn in seinem Ankleidezimmer oder auf dem Flur höre. In diesem alten Haus knarrt es ja immer irgendwo.«

»Du stehst unter Schock«, sagte Daisy und wärmte Milch auf dem AGA. Celia hatte eine sehr elegante Küche, ganz in Hellgrau und Weiß mit glänzenden Marmorarbeitsflächen und einem gebleichten Eichenboden. Nirgends stand irgendwas herum wie in Marigolds Küche. »Es wird gewiss Zeit brauchen, bis du akzeptieren kannst, dass er nicht mehr da ist.«

»Na ja, ich hatte gedacht, dass wir gemeinsam alt werden. Ich dachte, wir hätten beide noch Jahre vor uns. Nie hätte ich damit gerechnet, dass ein gesunder, athletischer Mann wie Owen so früh sterben würde. Es kommt mir so furchtbar unfair vor.« Sie seufzte. »Jetzt habe ich nur noch Taran, und er lebt am anderen Ende der Welt.«

»Wann kommt er?«

»Er landet heute Morgen. Ich nehme an, dass er irgendwann heute Nachmittag hier sein wird.« Sie zögerte einen Moment. »Er und Owen haben sich nicht gut verstanden. Sie waren sehr unterschiedlich. Owen hat das Land geliebt. Sein ganzes Leben drehte sich um das Anwesen. Owen hat dieses Land wirklich geliebt. Doch Taran ist eher ein Stadtmensch. Er schätzt die Natur nicht so, wie sein Vater es tat.« Sie legte eine Hand an ihren Mund und unterdrückte ein Schluchzen. »Gott, es ist so verflucht schrecklich, in der Vergangenheitsform über Owen zu reden!«

Daisy nahm ihren Kaffee mit zur Kücheninsel und setzte sich auf den Hocker neben Celia. »Ich weiß, es ist entsetzlich. Und es tut mir so leid.«

»Owen war ein wunderbarer Mann und ein guter Vater,

aber er hat erwartet, dass Taran wie er wäre, und war enttäuscht, weil er es nicht war. Schon als Taran noch klein war, versuchte Owen, ihn zu formen. Er verstand nicht, wie sein Kind so anders als er selbst sein konnte.«

»Ist Taran vielleicht mehr wie du?«, fragte Daisy.

»Ja, stimmt, er ist eher wie ich. Armer Taran. Als Kind bekam er endlos Tennis- und Golfunterricht, weil Owen wollte, dass er an der Schule genau so ein erfolgreicher Sportler wird, wie er es war, aber Taran wollte nur zeichnen und Sachen bauen. Er hat die wunderschönsten Häusermodelle aus Holz gebaut. Das hat er richtig gern gemacht.«

Daisy dachte an ihren Vater und wie gern er Dinge aus Holz baute. »Kreativ zu sein ist eine Gabe«, sagte sie.

»Richtig. Owen hätte stolz sein müssen. Tarans Talent war schon sehr früh zu erkennen. Aber für Owen gab es nur die Farm, und alles, was Taran tat und was eine andere Zukunft für ihn verheißen könnte, machte ihn panisch. Er wollte, dass Taran hier übernimmt, wenn er …« Sie begann zu weinen.

Daisy legte eine Hand auf ihren Arm. »Sicher wird er den Wunsch seines Vaters respektieren«, sagte sie, obwohl sie sich dessen gar nicht sicher war. Sie kannte Taran ja kaum. »Ich kann mir nicht vorstellen, dieses Anwesen nicht zu lieben. Es ist so schön.«

Celia lächelte sie dankbar an. »Ich bin so froh, dass du hier bist, Daisy. Ist es nicht ein Glück, dass wir dir die Scheune geliehen haben? Schicksal, schätze ich, denn so bin ich nicht allein. Natürlich habe ich Sylvia, und sie ist eine nette Hilfe hier im Haus. Aber du bist anders, eine Freundin. Und ich bin sehr froh, dass du hier bist.«

»Sehr gern. Wenn ich irgendwas tun kann …«

»Deine Gesellschaft ist alles, was ich brauche.« Celia

nahm einen Schluck von ihrem Kaffee und verzog das Gesicht, weil er kalt war.

»Ich mache dir einen frischen«, bot Daisy an, und Celia widersprach nicht.

Sie seufzte. »Ich muss die Beerdigung arrangieren. Er würde eingeäschert werden wollen. Owen hat so eine große Familie mit seinen vielen Schwestern, da wird es eine große Trauerfeier sein. Ich weiß nicht, ob ich das verkrafte. Und dann das Testament. Ein Glück, dass Taran kommt. Ich kann das nicht alles allein regeln und verstehe nichts von dem Anwesen oder der Landwirtschaft.«

»Mach dir deshalb keine Sorgen. Sicher kümmert Taran sich um das Geschäftliche. Was die Beerdigung angeht, helfe ich dir gern. Wir können alles zusammen planen und organisieren, wenn du willst.«

»Dich schickt der Himmel, Daisy. Es wäre wirklich sehr schön, wenn es dir nichts ausmacht. Ich weiß nicht mal, wo ich anfangen soll.« Celia lächelte verlegen. »Ich bin so verwöhnt, weil Owen sich immer um alles gekümmert hat.«

»Als Erstes buchen wir das Krematorium, dann sehen wir weiter.« Daisy brachte ihr ihren Kaffee und setzte sich wieder zu ihr.

»Bei der Einäscherung möchte ich nur die engste Familie dabeihaben. Ich finde nicht, dass wir den Moment mit anderen Leuten teilen sollten.«

»Das verstehe ich.«

Celia berührte Daisys Arm. »Ich halte dich von deiner Arbeit ab.«

»Ach, keine Sorge, ich kann noch den ganzen Tag zeichnen, und Bridget Williams wird zur Not ein bisschen auf ihre Bulldogge warten müssen.«

»Ich muss eine Trauerfeier in der Kirche für Owens Freunde und die Leute hier im Ort arrangieren. Er war sehr beliebt.«

»Ja, war er wirklich. Meine Eltern und meine Großmutter sprechen in den höchsten Tönen von ihm.«

»Das ist schön zu hören.« Es entstand eine längere Pause. Wieder starrte Celia in ihren Kaffee, und Daisy fragte sich, ob sie auch den kalt werden ließ. »Was meinst du, wo Owen jetzt ist? Glaubst du, dass es einen Ort für uns gibt, wenn wir tot sind?«

Prompt dachte Daisy an ihren Grandad. »Mein Großvater hat fest an ein Leben nach dem Tod geglaubt. Er hat immer gesagt, dies hier wäre der Traum und der Himmel die Realität. Dort wären die, die wir geliebt und verloren haben, für immer bei uns. Und ich würde das auch gerne glauben.«

»Ich bin religiös erzogen worden, aber es ist schwer, nicht zu zweifeln. An etwas zu glauben, das man nicht sehen kann, ist schwierig.«

»Mein Großvater meinte, man müsse nur einen Blick auf die Natur werfen, um zu wissen, dass es eine höhere Macht gibt. Zum Beispiel der Moment, wenn man einen Sonnenuntergang sieht und sich die Brust zu weiten scheint.« Sie hoffte, dass sie nicht zu weit ging.

Celia lächelte. »Das gefällt mir. Dein Großvater klingt wie ein sehr weiser Mann.«

Daisy nickte erleichtert. »Das war er.«

Daisy war im Atelier, als Taran überraschend hereinkam. Er sah ernst aus, hatte dunkle Ringe unter den Augen und den Mund zu einer schmalen Linie verkniffen. Ganz anders als der unbekümmerte Mann, den sie an Weihnachten kennengelernt hatte. Sie vermutete, dass er auf dem Flug nicht geschlafen hatte. »Hi«, sagte er und schloss die Tür hinter sich.

»Hi.« Sie legte ihre Pastellkreide ab und blickte um die Staffelei herum. Ihr wollte nichts einfallen, was sie sagen konnte, also beschränkte sie sich auf: »Das mit deinem Vater tut mir sehr leid.«

»Danke.« Sein blaugrüner Kaschmirpullover brachte das Grün seiner Augen zur Geltung, oder lag es an den dunklen Schatten darunter, dass sie so leuchtend wirkten? Was es auch war, er sah ziemlich umwerfend aus. »Meine Mutter sagt, dass du ihr eine echte Stütze bist, dafür möchte ich dir danken.«

»Ich bin froh, dass ich hier war, als es passiert ist.«

Er kam weiter in den Raum und schob die Hände in die Hosentaschen. »Sie glauben, dass es ein Herzinfarkt war. Meine Mutter sagt, dass er gut in Form war, allerdings zu viel getrunken hat, Bluthochdruck und einen hohen Cholesterinspiegel hatte. Und von einer Ernährungsumstellung wollte er nichts wissen. Dazu schätzte er seine Süßspeisen und seinen Portwein zu sehr. Sein Vater ist achtundachtzig geworden, und ich bin sicher, dass er geglaubt hat, genauso alt zu werden.«

»Jedenfalls hat deine Mutter gehofft, er würde es.«

»Ja, ohne ihn ist sie aufgeschmissen.« Er nahm eine Hand aus der Tasche und kratzte sich am Kopf. »Ich gehe lieber rein. Ich wollte dir nur danken.« Sein Blick wanderte an ihr vorbei zur Staffelei. »Wie läuft es eigentlich mit den Tierporträts? Darf ich mal sehen? Meine Mutter sagt, du bist sehr gut. Ich habe das von ihren Hunden noch nicht gesehen, aber sie hat erzählt, dass es der Hingucker in der Diele ist.«

»Im Moment male ich Bridget Williams' Bulldogge Baz, doch es fällt mir schwer, einen Bezug zu dem Hund zu bekommen. Er ist eher distanziert und arrogant. Ich habe versucht, ihn mit Hundesnacks zu bestechen, aber es hat nicht funktioniert.«

Taran ging um die Staffelei herum. »Wow, du bist wirklich gut.« Er betrachtete das Bild und rieb sich nachdenklich das Kinn. »Ernsthaft. Ich bin beeindruckt. Es ist sagenhaft.«

Daisy merkte, wie sich seine Stimmung durch die Ablenkung hob. »Vielen Dank.«

»Nein, ich meine richtig gut! Ich weiß zwar nicht, ob er aussieht wie Baz, aber auf jeden Fall sieht er wie ein echter Hund aus, und wie ein arroganter noch dazu.« Er bewegte den Kopf von einer Seite zur anderen. »Und er blickt aus dem Bild heraus, nicht? Du bist talentiert, Daisy.« Er sah grinsend zu ihr. »Konntest du in der Schule auch schon so gut malen, abgesehen davon, dass du die niedlichsten Rattenschwänze der Klasse hattest?«

Sie lachte. »Ich habe den Kunstunterricht immer geliebt, obwohl ich nicht sicher bin, ob ich in der Grundschule schon gut war. Eigentlich habe ich es erst später entdeckt, als ich in einem Sommer Drüsenfieber hatte. Da musste ich zu Hause bleiben, wo ich mir die Zeit mit Zeichnen vertrieb. Ich lerne mein Handwerk noch.«

»Es ist kein Handwerk, sondern eine Begabung, eine große. Hätte ich einen Hund, würde ich dich sofort bitten, ihn zu malen.«

»Da müsstest du warten. Ich glaube, jeder Tierhalter im Dorf will seinen Hund oder seine Katze malen lassen, und ich weiß nicht, was ich mache, wenn die alle durch sind. Dann habe ich nichts mehr zu tun.«

»Ich werde mir einen Hund zulegen, damit du ihn malen kannst.«

»Danke.«

Sie sahen einander an. Tarans Augen waren voller Wärme, und Daisy fragte sich, warum sie an Weihnachten seine Einladung ausgeschlagen hatte. Jetzt kam es ihr fast unverschämt vor. Und er würde sie wohl kaum noch einmal fragen.

»Na, ich gehe mal lieber zu meiner Mutter. Sie sagt, dass du ihr bei der Planung für die Beerdigung hilfst.«

»Ja, das tue ich sehr gern. Ich glaube nicht, dass sie es alleine schafft.«

»Garantiert nicht. Mein Vater hat immer alles für sie geregelt.«

»Wie lange bleibst du?«

»Weiß ich noch nicht. Für eine Weile kann ich von hier aus arbeiten, zumindest bis nach der Beisetzung.«

Sie blickte ihm nach, als er ging, und versuchte, wieder weiterzumachen. Aus irgendeinem Grund konnte sie sich nicht konzentrieren. Sie dachte an Celia allein in dem großen Haus und hatte Mitleid mit ihr. Es schien gefühllos von Taran, wieder zurück nach Toronto zu wollen, doch was sollte er sonst tun? Er hatte dort sein Leben.

Da sie zu abgelenkt war, beschloss sie, mit Celias Hunden spazieren zu gehen. Draußen auf den Wiesen, wo sie durch das hohe Gras lief, fühlte sie sich besser. Sie ließ den Frühling auf sich wirken und begann an Luca zu denken. Bisher hatte sie nicht auf seine SMS geantwortet, was ihr nun ein bisschen fies vorkam. Sir Owens Tod machte ihr bewusst, was sie gehabt hatte, und sie fragte sich erneut, ob es übereilt von ihr gewesen war, Luca und Italien zu verlassen. Liebe war schließlich Liebe, und sie hatte sie weggeworfen. Hätte sie sich mit dem abfinden sollen, was er ihr zu geben bereit war? Vielleicht war ihr nicht bestimmt, alles zu haben.

Marigold war mit Tasha im Laden und packte Kartons mit Schreibwaren aus, als die Türglocke bimmelte und der Commodore mit Cedric Weatherby hereinkam. Der Commodore wirkte sehr nervös. Cedric hingegen schien verzückt von dem Drama, das glücklicherweise nichts mit ihm zu tun hatte.

»Haben Sie die entsetzlichen Neuigkeiten gehört?«, fragte der Commodore, der sich kerzengerade hielt und das Kinn reckte. Er trug einen marineblauen Zweireiher über einer roten Hose und einen Hut.

Marigold ging nach vorn zu ihnen. »Habe ich«, antwortete sie und rang die Hände. »Es ist ein Schock. Sir Owen war ein wunderbarer Mann.«

»Haben Sie das mit den Maulwürfen gehört?«, fragte Cedric mit gesenkter Stimme.

Der Commodore blickte sich misstrauisch um. »Ich hatte sie auf Sir Owens Land ausgesetzt, weil ich dachte, es macht ihm nichts. Eigentlich sind sie ja harmlos, die Maulwürfe.«

»Keiner hat irgendwas von Maulwürfen gesagt«, beruhigte Marigold ihn. »Man weiß noch nicht, was den Herzinfarkt ausgelöst hat, falls es denn tatsächlich ein Herzinfarkt war. Was wir auch noch nicht wissen.«

»Aber sollte er wegen der Maulwürfe einen Herzinfarkt bekommen haben, würde ich mich furchtbar schuldig fühlen.« Der Commodore zog eine Märtyrermiene. »Ich werde alles gestehen, denn ich möchte nicht mit befleckter Seele vor meinen Schöpfer treten.«

»Maulwürfe sind sicher kein solch großes Problem, dass sie einen Herzinfarkt auslösen«, sagte Marigold.

»Sir Owen hat sein Land geliebt«, mischte sich Cedric ein.

»Ich dachte nur, die Tiere würden sich dort auf den Weiden wohlfühlen. An den Farmer habe ich gar nicht gedacht. Jetzt fühle ich mich furchtbar.« Der Commodore legte eine Hand an seine Brust. »Phyllida denkt, dass ich meine Sorgen für mich behalten sollte.«

»Und ich finde, da hat sie recht«, sagte Marigold.

»Aber ich darf nicht mit dieser Last auf meinem Gewissen sterben.« Auf einmal wirkte der Commodore verlegen, gar nicht wie der Marineoffizier, der einst Schiffe befehligt hatte. »Ich muss es Lady Sherwood gestehen.«

»Halten Sie das wirklich für klug?«, fragte Marigold. »Sie wird jetzt sehr viel zu erledigen haben, könnte ich mir vorstellen.«

»Nein, er hat recht«, sagte Cedric. »Er kann nicht mit befleckter Seele vor seinen Schöpfer treten.«

Der Commodore holte tief Luft. »Ich hätte gerne eine Flasche Whisky, Marigold.«

»Natürlich.« Sie ging eine vom Regal holen.

»Ehe ich hinfahre, brauche ich einen kleinen Schluck. Zur Stärkung, wissen Sie? Und Cedric, Sie kommen doch mit mir, nicht wahr, mein Guter?«

Cedric plusterte sich auf. »Selbstverständlich komme ich mit Ihnen.« Er sah zu der Flasche, die Marigold über den Tresen schob. »Und ich denke, ich nehme auch einen kleinen Schluck.«

Marigold gab den Whisky in die Kasse ein und nahm sich vor, mehr zu bestellen, denn es war ihre letzte Flasche.

Als der Commodore und Cedric Weatherby den Laden verließen, blickte Marigold ihnen nach. Dann versuchte sie, sich zu erinnern, was sie noch gleich tun wollte. Doch es war weg. Verschwunden. Seufzend zuckte sie mit den Schultern. Es ließ sich nicht ändern. Sie hoffte bloß, dass es nicht wichtig war.

Und vor allem hoffte sie, dass Sir Owen nicht wegen der Maulwürfe gestorben war.

13

Daisy kam von ihrem Spaziergang mit den Hunden zurück, als Cedric Weatherbys Oldtimer-Volvo vor Celia Sherwoods Haus einparkte.

Mit lautem Gebell flitzten die Hunde auf den Wagen zu. Mordys Rückenfell stellte sich auf, während die Spaniels weniger revierfixiert waren und sofort das Bein an den Reifen hoben.

Daisy näherte sich dem Wagen, da ging die Vordertür des Hauses auf, und Taran kam heraus. Er sah fragend zu Daisy. Sie blickte in den Wagen und erkannte den Commodore und Cedric, der den Motor ausstellte, ausstieg und geradewegs auf Taran zuging.

»Hallo, ich bin Cedric Weatherby«, sagte er und streckte seine Hand aus. »Wir sind hier, um Lady Sherwood zu sprechen. Sie müssen Taran sein.«

Der Commodore kam um den Wagen herum und schüttelte Taran fest die Hand. »Commodore Wilfrid Braithwaite. Verzeihen Sie die Störung in dieser schwierigen Zeit, aber ich muss mit Lady Sherwood reden. Es ist eine sensible, aber wichtige Angelegenheit.«

Wieder schaute Taran zu Daisy, die jedoch keine Ahnung hatte, was die beiden hier wollten.

»Es wäre eventuell klug gewesen, vorher anzurufen«, sagte Taran. »Meiner Mutter geht es nicht gut.«

»Natürlich«, antwortete Cedric ernst. »Deshalb sind wir hier.« Er zog ein Gesicht, das vermutlich Taktgefühl signalisieren sollte, aber leider eine gewisse Selbstgerechtigkeit ausdrückte.

»Dürfte ich nur um eine Minute ihrer Zeit bitten?«, fragte der Commodore. »Es geht um den Tod Ihres Vaters.«

Taran musterte den alten Offizier in der roten Hose und dem Blazer mit den Goldknöpfen und nickte. »Na gut. Ich sage ihr, dass Sie hier sind.«

Daisy war nicht sicher, was sie mit sich anfangen sollte, folgte aber den drei Männern und den Hunden ins Haus.

Als Taran ging, um seiner Mutter Bescheid zu sagen, blieb Daisy mit Cedric und dem Commodore in der Diele. Die schmutzigen Hunde liefen in die Küche. »Was ist los?«, fragte Daisy die beiden Männer.

Cedric schüttelte ernst den Kopf. Der Commodore schwieg. »Wir sind sehr erschüttert«, erklärte Cedric, und sein Kinn bebte. Daisy fand das alles sehr seltsam und rätselte, warum der Commodore und Cedric Weatherby die trauernde Witwe am Tag nach dem Tod ihres Mannes sehen mussten. Was konnte so wichtig sein?

»Kommen Sie«, sagte Taran vom Wohnzimmer aus. »Aber fassen Sie sich bitte kurz. Meine Mutter ist sehr angegriffen, wie Sie sich denken können.«

Cedric blickte zum Commodore und nickte. Der erwiderte es. Gestärkt von Whisky und ihrem Pflichtgefühl, gingen sie ins Wohnzimmer. Einen Moment später kam Taran heraus und schloss die Tür hinter sich. Er hielt ein Ohr an die Tür. Daisy zögerte einen Moment. Ihr war bewusst, dass sie gehen sollte, doch Taran bedeutete ihr, zu ihm zu kommen, und schüttelte den Kopf. »Weiß der Himmel, worum es geht«, flüsterte er.

Daisy zuckte mit den Schultern. Sie sahen einander an, als der Commodore drinnen zu sprechen begann.

»Ihr Verlust tut mir furchtbar leid, Lady Sherwood«, begann er so altmodisch und förmlich, wie es sich für einen Ex-Soldaten ziemte.

»Danke«, antwortete Lady Sherwood.

»Mir tut es auch leid«, ergänzte Cedric. »Es ist ein grausamer Gott, der einen solch guten Mann wie Sir Owen vorzeitig aus dem Leben reißt.«

»Was kann ich für Sie tun?«, fragte Lady Sherwood.

Es entstand eine längere Pause. Daisy und Taran wechselten einen fragenden Blick.

»Lady Sherwood, leider muss ich ein entsetzliches Geständnis machen«, antwortete der Commodore.

Lady Sherwood war ihre Verwunderung deutlich anzuhören. »Ach ja?«

Wieder blieb es zunächst still. »Lady Sherwood«, wiederholte er dann.

»Ja?«

»Ich hatte eine Maulwurfsplage in meinem Garten …«

Tarans Gesichtsausdruck war so komisch, dass Daisy beinahe loslachte. Sie hielt sich eine Hand vor den Mund, während Taran den Kopf schüttelte. Offenbar konnte er nicht glauben, dass es noch bizarrer würde.

»Dennis Fane hat mir eine Falle gebaut, um die Maulwürfe lebend zu fangen. Es ist nämlich so, dass meine Frau und die Kinder es schrecklich fanden, dass ich versucht habe, sie zu töten. Sie lieben Tiere, besonders welche mit Fell, und für sie ist ein Maulwurf vergleichbar mit

183

einem Kaninchen oder, sagen wir, einem Meerschwein-chen. Die Sache ist die, Lady Sherwood, dass ich sie also lebend fing, und ich war sehr froh, dass Dennis' Falle so gut funktionierte, genau richtig für Maulwürfe ...«

Daisys Entsetzen spiegelte sich auf ihrem Gesicht, und nun musste Taran ein Lachen unterdrücken.

»Ich beschloss, sie an einem schönen Ort auszusetzen«, fuhr der Commodore fort. »Irgendwo, wo es für einen Maulwurf hübsch ist. Man kann ja schlecht einen leben-den Maulwurf fangen und ihn dann, sagen wir, an einer Hauptstraße freilassen oder, Gott bewahre, im Garten von jemand anderem. Der nächste und günstigste Ort, ja der attraktivste für einen Maulwurf, dachte ich, wäre auf Sir Owens Farm.«

»Verstehe«, sagte Lady Sherwood, die anscheinend gar nichts verstand.

»Es waren mehrere Maulwürfe«, sagte der Commodore, der förmlich spürte, wie seine Seele reingewaschen wurde. »Um es kurz zu machen, Lady Sherwood ...«

»Ja?« Mittlerweile verlor Lady Sherwood die Geduld mit dem Mann, und ihr Unterton entging Taran nicht, der be-reits eine Hand an den Türknauf legte.

»Ich glaube, Sir Owens Herzinfarkt wurde ausgelöst durch ...« Er zögerte und wappnete sich für die Beichte. »Maulwurfshügel.«

»Maulwurfshügel?«, wiederholte Lady Sherwood.

»Maulwurfshügel«, bestätigte Cedric, der dringend be-teiligt sein wollte und bislang noch nichts sagen durfte. »Der Commodore glaubt, dass Sir Owen wegen seiner Maulwürfe eine Herzattacke erlitten hat und gestorben ist.«

Stille.

Taran verdrehte die Augen. Dann öffnete er die Tür weit und ging ins Wohnzimmer.

»Ich bezweifle sehr, dass mein Vater wegen Ihrer Maulwürfe gestorben ist«, sagte er, sehr zur Erleichterung seiner Mutter.

»Aber wie können Sie sich da sicher sein?«, fragte der Commodore. Er hoffte auf einen kleinen Lichtblick, der ihn von seiner Schuld befreite.

»Erstens, weil es keine Maulwurfshügel auf der Farm gibt. Zumindest keine, die aufgefallen wären, sonst hätte es der Verwalter gemeldet. Und zweitens, wenn irgendwas einen Herzinfarkt bei meinem Vater hätte auslösen können, wären es Nacktschnecken gewesen.«

Cedric und der Commodore starrten einander an. Keiner hatte irgendwas von Nacktschnecken gesagt.

»Doch selbst die Tatsache, dass sich Nacktschnecken durch einen Großteil der Rapsernte gefressen hatten, hätte ihn nicht hinreichend erschüttert, um einen Herzinfarkt zu bekommen. Seien Sie versichert, dass Ihre Maulwürfe nichts mit seinem Tod zu tun hatten.«

»Nun, das ist eine große Erleichterung«, sagte der Commodore strahlend. »Das heißt, ich bin sehr froh, dass mein Handeln nicht zu dieser Tragödie geführt hat. Ihr Verlust, Taran, Lady Sherwood, tut mir sehr leid, und ich bin dankbar, dass ich in keiner Form dazu beigetragen habe. Komm, Cedric, lassen wir Lady Sherwood und Taran in Ruhe. Entschuldigen Sie vielmals die Störung.«

»Danke, dass Sie gekommen sind«, antwortete Lady Sherwood höflich.

»Ich begleite Sie hinaus«, kam es weniger höflich von Taran.

Daisy eilte in die Küche, als Taran die beiden Männer

zur Haustür brachte, und wartete, bis sie in den Wagen gestiegen waren. Der alte Volvo rumpelte in Richtung Tor, und Taran schloss die Tür.

Nun kam Daisy aus ihrem Versteck. »Ging es wirklich um Maulwürfe oder habe ich mich verhört?«

»Es ging wirklich um Maulwürfe«, sagte Taran, der Mühe hatte, ernst zu bleiben.

Celia erschien an der Wohnzimmertür. »Habe ich es geträumt oder ist das eben tatsächlich passiert?«, fragte sie und blickte verwirrt von Taran zu Daisy.

»Es ist tatsächlich passiert, Mum«, antwortete Taran.

Celia schüttelte den Kopf. »Sie haben nach Whisky gerochen«, ergänzte sie tadelnd.

Taran fing an zu lachen, und Daisy stimmte ein. Kurz darauf lachte auch Celia. »Maulwürfe, also wirklich! Jetzt habe ich wahrlich alles gehört! Hätte Owen das doch noch miterlebt. Darüber hätte er sich wochenlang amüsiert. Maulwürfe! Ich wünschte, er wäre wegen Maulwürfen auf seinen Feldern gestorben. Dann hätte er dabei wenigstens gelacht.«

»Oh, Mum«, sagte Taran und nahm sie in die Arme.

»Ist schon gut«, sagte sie und blinzelte ihre Tränen weg. »Ich bin froh, dass die beiden hier waren, denn ich hätte nicht gedacht, dass ich je wieder lachen würde. Aber diese zwei Männer haben mich daran erinnert, dass ich trotz allem noch Sinn für Humor habe.«

Daisy fiel auf, wie klein sie in Tarans Umarmung wirkte. Da sie es für den richtigen Moment hielt zu gehen, schlüpfte sie zur Vordertür hinaus und zog sie leise hinter sich zu. Taran und seine Mutter brauchten Zeit allein, und wenigstens die konnte sie ihnen geben, wenn auch sonst nicht viel.

186

Als sie sich in die Scheune zurückzog, eilte sie zu ihrer Staffelei. Etwas an der Umarmung, die sie gerade gesehen hatte, inspirierte sie zum Zeichnen. Sie nahm ihre Kreide auf und spürte, wie die Kreativität sie durchströmte. Die gemeinsame Trauer von Mutter und Sohn hatte sie gerührt, und dieses Gefühl blieb, während sie endlich einen Bezug zu dem distanzierten, arroganten Hund herstellen konnte.

Eine Woche verging, in der Daisy mit dem Porträt von Cedrics Katzen begann und Celia half, die Einäscherung und die Trauerfeier zu organisieren, die ein paar Wochen vor Suzes Hochzeit in der Dorfkirche sein sollte. Daisy saß in Celias Arbeitszimmer, vor sich die lange Liste all der Dinge, die man sie zu tun gebeten hatte. Sie hatte die Todesanzeige, die Celia mit Tarans Hilfe entworfen hatte, im *Daily Telegraph* aufgegeben und Sir Owens engste Verwandte angerufen, um ihnen mitzuteilen, wann und wo die Beerdigung sein würde. Sie hatte einen Catering-Service für den Empfang nach der Trauerfeier gebucht und die Trauerfeier selbst weitestgehend geplant, was Celia allerdings noch absegnen musste. Für die Kirche hatte sie ein Foto von Sir Owen auf einem der Felder ausgewählt, die er so geliebt hatte, in einer alten Tweedjacke, mit einer Tweedmütze und auf einen langen Stock gelehnt. Der Anblick brachte Celia zum Weinen.

Insgesamt weinte sie viel. Taran zeigte kaum Gefühle, abgesehen von einer gewissen Anspannung seiner Züge. Bei Celia war es anders. Mal lachte sie über die guten alten Zeiten, dann wieder wollte und konnte sie nicht fassen, dass der Mann, mit dem sie den Großteil ihres Lebens verbracht hatte, nicht mehr da war. Taran wollte sich nicht in den Gefühlsstrudel seiner Mutter hineinziehen lassen und verließ diskret den Raum, wann immer sie in Verzweiflung verfiel. Er arbeitete vom Zimmer seines Vaters aus, das am anderen Ende des Hauses war, und verbrachte viel Zeit damit, telefonierend durch den Garten zu wandern. Mit Daisy sprach er nicht über seinen Vater. Ob er es mit seiner Mutter tat, wusste Daisy nicht.

Eines Nachmittags, als sie mit den Hunden von einem Spaziergang zurückkehrte, hörte sie zufällig seine Stimme hinter der von Kräutern bewachsenen Gartenmauer, wo einige Kirschbäume und eine Holzbank standen. Sie hätte nicht gelauscht, hätte ihr das Thema keine Sorge bereitet.

»… Ich denke, ich werde wohl verkaufen«, sagte er. »Ich meine, mein Vater hat mir alles vermacht, was ehrlich gesagt eine Überraschung ist. Ich dachte, das Anwesen würde automatisch an meine Mutter gehen und danach vielleicht an seinen Neffen. Er hat immer gewusst, dass ich mich weder für Landwirtschaft noch für diese Gegend interessiere. Wir haben ja oft genug deswegen gestritten. Jedenfalls ist dies hier nicht mein Leben, und es ist sinnlos, all das Land zu besitzen und nichts damit anzufangen.«

Daisy stand wie angewurzelt da. Es folgte eine kleine Pause, dann sagte er: »Für einen Bauunternehmer ist es ein Vermögen wert, und die Gemeinde wird dringend bauen wollen. Sie sind verzweifelt. Die Genehmigungen dürften kein Problem sein. Ich verstehe sowieso nicht, warum mein Vater nicht selbst gebaut hat.«

Da sie nicht beim Lauschen ertappt werden wollte, lief Daisy über den Rasen zum Haus. Ihr wurde übel. Wenn Taran die Farm an Bauunternehmer verkaufte, würden die direkt hinter ihrem Elternhaus bauen. Die Aussicht auf die Felder würde einer auf Backstein und Beton weichen. Daisy ertrug den Gedanken nicht, dass ihr altes Zuhause von so etwas Hässlichem ruiniert würde. Ihre Mutter brauchte die Ruhe in ihrem Garten. Daisy wusste nicht, wie sie mit Bulldozern und lauten Lastwagen fertigwürde, die gleich nebenan wüteten.

Sie war so beunruhigt, dass sie früh Feierabend machte und über die Felder nach Hause ging. Wie viel von Sir Owens Land würde wohl bebaut? Als sie über die Äcker und Weiden blickte, wurde ihr bewusst, wie sehr sie dies hier liebte. Sie schätzte ihre morgendlichen Wanderungen, mochte die Vögel, die Bäume und die Blumen ebenso sehr wie ihre Mutter. Es brach ihr das Herz, dass all das verschwinden würde. Und wenn Taran das Anwesen verkaufte, könnte sie nicht mehr in der Scheune arbeiten. Sie müsste sich etwas anderes suchen, und sie wollte nichts anderes. Es gefiel ihr dort, und sie mochte Celia. Sehr sogar.

Das Abendessen war eine Qual, denn ihre Eltern ahnten nichts von dem Albtraum, der eventuell auf sie zukam. Marigold hatte das Treffen im Pfarrhaus vergessen, und Julia hatte angerufen und sie recht schroff zurechtgewiesen, was alle wütend machte. Daisy hatte ihre Mutter zwar morgens noch erinnert, aber sie hatte es dennoch vergessen. Suze drohte, zu Julia zu gehen und sie zusammenzuschreien, und Dennis schlug vor, mal mit ihrem Mann, dem Vikar, zu sprechen. Nan sagte, sie hätte Julia noch nie gemocht. »Eine aufgeblasene Pute, die sich für was Besseres hält«, sagte sie. »Wenn man zu meiner Zeit jemanden nicht ausstehen konnte, versteckte man irgendwo in deren Haus ein Stück Fisch, wo sie nicht rankamen. Der Gestank wird binnen Tagen unerträglich.« Sie grinste. »Das hat immer gewirkt!«

Als Daisy sich abends hinlegte, vertraute sie ihre Sorge

der einzigen Person an, der sie es sagen konnte. »Suze, ich habe heute gehört, wie Taran telefoniert hat.«

»Uuuh, du hast gelauscht! Was hat er gesagt?«

»Sein Vater hat ihm das Anwesen vermacht.«

»Wie gemein für die arme Lady Sherwood. Was hat er vor? Sie aus dem Haus werfen?«

»Nein, er will verkaufen.«

»Ein Jammer. Gerade als du dich da so gemütlich in der Scheune eingerichtet hast.«

»Er will das Land an Bauunternehmer verkaufen.«

Jetzt wurde Suze der Ernst der Lage klar, und sie fluchte.

»Ich kann es Mum und Dad nicht erzählen. Sie wären verzweifelt«, sagte Daisy.

»Dad würde sich im Grab umdrehen!«, rief Suze aus.

»Na ja, er ist nicht tot, Suze.«

»Noch nicht. Fahr einen Bulldozer auf die andere Seite des Zauns, und er wird es sein und sich im Grab umdrehen.«

»Es ist furchtbar. Ich weiß nicht, was ich tun soll.«

»Das kann ich dir verraten.«

»Aha?«

»Du musst Taran überreden, nicht zu verkaufen.«

»Oh, ja genau! Wieso bin ich da nicht selbst draufgekommen?«

»Sei nicht sarkastisch. Es ist die einzige Möglichkeit.«

»Nein, es ist gar keine. Er will nach der Beerdigung zurück nach Toronto.«

»Dann musst du dich beeilen!«

»Ich kann ihn nicht innerhalb von zwei Wochen überzeugen, dass er das Anwesen behält.«

»Tja, du musst, es sei denn, dir fällt was Besseres ein.«

»Nein, mir fällt gar nichts ein«, sagte Daisy leise.

»Wenn er das Land an Bauunternehmer verkauft, schadet er nicht nur unseren Eltern, sondern dem ganzen Dorf. Jedem hier.« Suze drehte sich um und schloss die Augen. »Er ist ein schrecklicher, gieriger Mann. Da sieht man mal wieder, wie sehr der äußere Schein trügen kann.«

Daisy wollte ihn verteidigen, doch was wusste sie schon? Sie kannte ihn kaum. »Ja«, stimmte sie Suze zu. »Er ist ein schrecklicher, gieriger Mann.« Auch sie drehte sich um und starrte ängstlich in die Dunkelheit.

Marigold erhielt einen Brief vom Arzt. Es waren die Ergebnisse ihres Bluttests, der nichts Außergewöhnliches ergeben hatte. Ihre Blutwerte waren sehr gut. Einer Königin würdig, sagte Dennis. Es war beruhigend, dass sie keine unheimliche Krankheit hatte. Sie musste sich damit abfinden, dass ihre Vergesslichkeit normal war und ihr nichts fehlte. Altern war keine Krankheit, es war einfach so, wie es war.

Und dennoch wurde es schlimmer. Sie vergaß alles: Leute, die in den Laden kamen – von denen sie wusste, dass sie sie kannte, deren Namen ihr aber nicht einfielen –, Lieferanten, mit denen sie seit langer Zeit zusammenarbeitete, und Abläufe, die für sie mal so natürlich und automatisch gewesen waren wie atmen. Sie erkannte Stimmen am Telefon nicht, konnte dem Gesagten nicht folgen. Sie vergaß, wie man den Computer benutzte, starrte den Monitor an wie zum ersten Mal, und dabei hatte sie ihn seit Jahren. Und alles dauerte länger. Einfache Tätigkeiten wurden zu gewaltigen Herausforderungen. Sie konnte Dennis nicht sagen, dass sie mit seinem Puzzle kämpfte, doch es war zu einem unmöglichen, Furcht einflößenden Projekt geworden. Als hielte es ihrer Vergesslichkeit den Spiegel vor. Sie glaubte, dass sie ihre Ausfälle gut überspielte, und hoffte, dass es niemand bemerkte. Sie wollte nicht, dass die anderen sich Sorgen machten, und wenn sie es für sich behielt, ging es vielleicht wieder weg. Wenn ihr Blut in Ordnung war, bestand doch kein Grund zur Sorge, oder?

Dennis war an seiner Werkbank, als an die Schuppentür geklopft wurde. Marigold konnte es nicht sein, denn sie klopfte nicht. Wobei ihn heutzutage nichts mehr wundern würde. »Herein«, rief er über den Radiolärm hinweg. Die Tür ging auf, und Tasha kam verlegen herein. »Hallo, Tasha«, sagte Dennis und drehte die Musik leiser. Er glaubte nicht, dass sie Iron Maiden genauso schätzte wie er. Dann legte er das Holz beiseite, an dem er arbeitete, und wischte sich die staubigen Hände an seinem T-Shirt ab.

»Entschuldige die Störung, Dennis, aber ich muss mit dir reden.«

Dennis wurde mulmig. »Oh, okay«, murmelte er. Mac spürte sein Unbehagen und sprang auf die Werkbank, von wo aus er Tasha misstrauisch beäugte.

»Es geht um Marigold«, begann Tasha. »Sie vergisst alles, und es ist schwierig für mich, damit klarzukommen.« Sie zuckte mit den Schultern. »Zuerst wollte ich nichts sagen, denn es ist ja nichts dabei, wenn man alt wird, oder? Aber es ist mehr als das, und ich mache mir Sorgen. War sie mal beim Arzt?«

»Ja, und die haben ihr Blut untersucht. Das war normal.«

»Hm«, machte Tasha. »Aber es wird immer schlimmer im Laden. Ich habe mich gefragt, ob sie mir nicht erlauben kann, mehr Sachen zu regeln. Sie gibt nicht gerne Arbeit ab.« Sie lächelte scheu und strich sich ihr mausgraues Haar hinters Ohr. In dem Ohrläppchen funkelte ein kleiner Diamant. »Du weißt ja, wie sie ist. Sie denkt, dass sie alles selbst machen kann, aber sie müsste sich mehr auf mich verlassen.«

Dennis runzelte die Stirn. »Nimm es mir nicht übel, Tasha, aber ich glaube nicht, dass sie sich sehr auf dich verlassen kann. Du nimmst dir dauernd frei.«

Sie nickte. »Ich weiß, und das tut mir leid. Ich hatte nicht gedacht, dass sie mich wirklich braucht. Und anscheinend war sie immer froh, wenn ich ihr alles überlassen habe. Jetzt wird mir klar, dass sie wirklich nicht alleine zurechtkommt, und das ist nicht fair gegenüber den Kunden. Ich könnte dir eine lange Liste von Leuten geben, deren Post sie vergessen hat, und ich glaube, mit dem Computer kann sie auch nicht mehr richtig arbeiten ...« Sie holte Luft. »Ich mag Marigold sehr, und ich rede ungern hinter ihrem Rücken über sie, aber ich weiß nicht, was ich sonst tun soll.«

Seufzend schüttelte Dennis den Kopf. Er war genauso ratlos, aber er musste sich etwas überlegen. »Ich rede mit ihr, Tasha. Vielleicht kann ich sie überreden kürzerzutreten.«

»Anscheinend denkt sie, dass es keiner merkt, doch das halbe Dorf redet darüber.«

»Tut es?«, fragte Dennis.

»Ja, jedem fällt es auf. Sie denken ...« Tasha sah noch verlegener aus.

»Was denken sie?«

Tasha brachte es nicht übers Herz, es Dennis zu sagen, weil er so unglücklich schien. »Dass sie eben alt wird.«

Dennis blickte ihr nach, als sie durch den Garten zum

Haus ging, wo Nan in der Küche wartete, um sie durch die Vordertür rauszulassen. Was dachten die Leute? Dennis konnte es sich vorstellen, und das Wort war wie eine giftige Rauchwolke in seinen Gedanken.

14

Daisy legte ihre Kreide hin und blickte aus dem Fenster. Wieder war der Himmel strahlend blau. Es war ein idealer Tag, um Taran den Zauber der Landschaft zu vermitteln. Seit sie ihn am Telefon gehört hatte, dachte sie an nichts anderes als die drohende Gefahr, dass er verkaufte. Es hatte sogar Luca aus ihren Gedanken verbannt.

Normalerweise würde sie Taran nicht einfach bitten, mit ihr spazieren zu gehen, doch der Gedanke an Bulldozer hinter der Gartenmauer ihrer Eltern trieb sie dazu.

Sie ging ins Haus, um die Hunde zu holen. Sie waren immer bei ihrem Frauchen, so auch heute. Lady Sherwood saß in ihrem Arbeitszimmer und beantwortete die vielen Kondolenzbriefe, die seit Sir Owens Tod eingegangen waren. Zu ihren Füßen schliefen die drei Hunde. »Ich brauche frische Luft«, sagte Daisy von der Tür aus, worauf die Hunde aufsprangen.

»Ja, es ist ein schöner Tag. Owen hätte ihn genossen. Da wäre er beim Golf, im Garten oder im Wald gewesen. Er hat den Wald geliebt.«

»Vielleicht hat Taran Lust, mit mir zu kommen. Er arbeitet so viel und sieht nie, wie schön es hier ist.«

Celia verzog das Gesicht. »Viel Glück damit, Daisy. Ich

glaube, Taran war hier seit über zwanzig Jahren nicht mehr richtig spazieren, und schon damals interessierte ihn die Landschaft nicht.«

»Mal sehen, ob ich ihn überreden kann. Das Wetter ist schon mal auf meiner Seite.«

»Er ist in Owens Arbeitszimmer.«

»Danke, ich gehe hin.«

Mit den Hunden auf den Fersen machte Daisy sich auf den Weg durchs Haus. Sie mochte das Zuhause der Sherwoods. Es war geräumig, dank der hohen Fenster lichtdurchflutet und hatte wohlproportionierte Zimmer. Alles war in weichen Grau- und Grüntönen gehalten. Und ihr gefiel der Geruch. Das Haus musste an die hundert Jahre alt sein und duftete nach Holzrauch aus den offenen Kaminen, die über die Wintermonate alles heizten. An der Tür zu Sir Owens Arbeitszimmer blieb sie stehen. Drinnen war alles still.

Sie klopfte an.

»Komm rein, Daisy«, rief Taran. Als sie eintrat, saß er auf dem Sofa, die Füße auf einem Schemel, und las in einem Dokument. Grinsend blickte er auf. »Ich hielt es für unwahrscheinlich, dass es jemand anders sein könnte.«

»Sylvia?«, fragte Daisy.

»Sie klopft nicht an. Ebenso wenig wie Mutter. Du bist zu höflich.«

»Ich bin gut erzogen«, antwortete sie.

»Ja, bist du. Du könntest Mutter und Sylvia noch Manieren beibringen.«

»Oh, ich meinte nicht …«

»Es war ein Scherz. Was kann ich für dich tun?«

Sie sah ihn an und wollte schon einen Rückzieher machen. Aber ihr fiel kein anderer Grund ein, weshalb sie hergekommen sein könnte, und jetzt musste sie irgendwas sagen. Unsicher fragte sie ihn, ob er mit ihr spazieren gehen wolle. »Es ist ein schöner Tag, und du arbeitest zu viel. Wenn du immer nur drinnen hockst, siehst du bald aus wie eine Amöbe.«

Er betrachtete sie fragend. »Interessant. Ich bin nicht sicher, ob ich schon mal eine Amöbe gesehen habe. Du?«

»In der Schule, unterm Mikroskop. Durchsichtig, weißlich, hässlich.«

»Na, ich will auf gar keinen Fall durchsichtig, weißlich und hässlich aussehen.« Er legte das Dokument hin, stand auf und streckte sich. Dann klatschte er in die Hände. »Gehen wir.«

Sie gingen durch den Garten und durch eine kleine Pforte auf die Felder. »Ich nehme an, du kommst momentan nicht viel zum Arbeiten«, sagte Taran, der die Pforte hinter ihnen schloss. Die Hunde schossen mit der Begeisterung freigelassener Gefangener hinaus aufs Feld. »Du hast Mutter den kleinen Finger gereicht, und sie nimmt die ganze Hand, vermute ich.«

Daisy lachte. Ihr fiel auf, dass seine Augen in der Sonne sehr grün waren. »Ich helfe ihr gern. Sie tut mir leid. Wäre es mein Vater, würde meine Mutter nicht wissen, was sie mit sich anfangen soll. Sie wäre verloren. Ich könnte mir vorstellen, dass deine Mutter sich unglaublich verloren und einsam fühlt ohne den Mann, mit dem sie so viele Jahre geteilt hat. Und ich möchte, dass es ihr besser geht. Schließlich ist sie auch sehr großzügig zu mir.«

»Wo hast du vorher gemalt?«

»Zu Hause im Wohnzimmer.«

»Wohnst du noch bei deinen Eltern?«

»Ja, tragisch, nicht?«

»Überhaupt nicht. Wie ich höre, sind sie ziemlich besonders.«

Daisy staunte. Sie hätte nicht gedacht, dass er überhaupt wusste, wer ihre Eltern waren. »Sie sind besonders für die Leute in diesem Dorf. Und natürlich auch für mich.«

Er sah sie nachdenklich an. »Du hast Glück. Mein Verhältnis zu meinem Vater war schwierig.«

»Wart ihr sehr verschieden?«

»Ja, und wir hatten verschiedene Interessen.«

»*Stadtmaus und Landmaus*«, sagte Daisy. »Das Buch hat mir mein Vater vorgelesen, als ich ein Kind war.«

»Und wurde die Landmaus in der Stadt gefressen?«

»Nein, aber sie hat den Lärm gehasst, und die Stadtmaus fand, dass es auf dem Land langweilig war.«

»Tja, so dürften mein Vater und ich gewesen sein. Allerdings finde ich es auf dem Land nicht langweilig. Manchmal ist es angenehm, an einem Ort zu sein, wo nichts passiert.« Taran steckte die Hände in die Hosentaschen. »Es ist erholsam.«

Sie gingen in den Wald und folgten einem schmalen Weg. Das Unterholz war blau und grün von Glockenblumen und Farnen. Vögel zwitscherten in den Zweigen, und eine sanfte Brise wehte ihnen den üppigen Frühlingsduft herbei.

»Ich habe sechs Jahre in Mailand gelebt«, sagte Daisy. »Dort habe ich in einem muffigen Museum mitten in der Stadt gearbeitet. Wann immer wir konnten, sind wir in die Berge, an die Seen oder schlicht aufs Land geflohen. Das Herz braucht Schönheit, und wenn es die nicht bekommt, schrumpft es.«

Sie glaubte ein leicht spöttisches Lächeln wahrzunehmen. Doch das schreckte sie nicht. Ihr war gleich, wie lächerlich sie klang, solange er begriff, was diese Felder und Wiesen für die Leute im Dorf bedeuteten.

»Wer ist ›wir‹?«, fragte er.

»Ich war in einer Beziehung. Aber die ist vorbei.«

»Ah, deshalb wohnst du bei deinen Eltern!«

»Der Punkt ist«, fuhr sie entschlossen fort. »Ich brauche die Natur zum Überleben. Könnte ich nicht inmitten von Feldern und Wald wohnen und müsste jeden Tag auf Beton blicken, würde ich wohl meinen Lebenswillen verlieren.«

»Warst du sechs Jahre mit ihm zusammen?«, fragte er.

»Ja, war ich«, antwortete sie. Sie stellte sich Lucas Gesicht mit den großen Augen und dem Kinngrübchen vor und fühlte einen Stich in ihrer Brust.

»Das ist ja wie eine Ehe.«

»Nur dass es keine war.«

»Tut mir leid, dass es nicht gehalten hat. Sechs Jahre sind eine lange Zeit. Ich hoffe, er hat dir nicht wehgetan.«

Sie sah ihn an. »Hat er.« Doch ihr war bewusst, welchen Anteil sie an der Trennung hatte. »Wir haben uns gegenseitig wehgetan.«

»Er ist ein Idiot und hätte um dich kämpfen sollen.«

»Das ist kompliziert.«

»Trotzdem, Pech für ihn.«

Daisy zuckte mit den Schultern. »Für mich irgendwie auch.« Sie dachte an Lucas SMS, die sie nach wie vor nicht beantwortet hatte, und fragte sich, ob er es wieder versuchen würde.

Sie gingen durch den Wald und gelangten zu einem Weg, der an einem gelben Rapsfeld vorbeiführte. »Ich liebe diese Farbe«, sagte Daisy und seufzte zufrieden. »Manchmal wenn ich morgens zur Arbeit gehe, ist der

Himmel noch tiefrot, und die beiden Farben zusammen sind spektakulär.«

»Ja, es ist hübsch«, bestätigte Taran. Daisy dachte an ihren Großvater, der seinen Sohn mit zu seinen Kunden genommen hatte, um ihn zu inspirieren, ebenfalls Tischler zu werden. Hatte Taran jemals Sir Owen auf der Farm begleitet?

»Hast du dich nie von deinem Vater angeregt gefühlt, Farmer zu werden?«, fragte sie.

»Nein.«

»Es ist ein schönes Leben, jeden Morgen dafür aufzustehen.«

»Und ein sorgenvolles«, ergänzte er. »Für einen Farmer ist das Wetter nie richtig. Es ist entweder zu heiß oder zu kalt, zu nass oder zu trocken. Wenn man Regen braucht, kommt eine Dürreperiode. Wann man Trockenheit braucht, wird alles überflutet. Nacktschnecken und Kaninchen fressen die Ernten weg. Und viel Geld ist mit Landwirtschaft auch nicht zu machen.«

Das verblüffte Daisy, die Sir Owen immer für reich gehalten hatte. »Verdienst du als Architekt mehr?«

»Ja, und ich muss mir keine Gedanken über das Wetter machen.«

»Dein Vater schien vollkommen sorglos. Er war immer vergnügt.«

»Weil er genügsamer war als ich. Er hat die Dinge akzeptiert, wie sie waren, sich nicht vom Wetter ärgern lassen. Ich bin oberflächlicher als mein Vater, Daisy. Er hat die Natur geliebt, so wie du. Und er hat gern Menschen geholfen, deshalb hat er die Ernennung zum ›Sir‹ für sein wohltätiges Engagement erhalten. Er war freundlich, und jeder mochte ihn. Das einzige Manko war, dass er in seinem Enthusiasmus kontrollierend war. Er wollte, dass ich wie er bin, und das war erdrückend, denn ich bin ihm gar nicht ähnlich.«

»Ich schätze, er wollte, dass du die Farm übernimmst, wenn er zu alt wäre, um sie zu führen.«

»Das wäre nie geschehen. Ich habe in Kanada studiert und es zu meiner Wahlheimat gemacht. Für jemanden, der sonst alles akzeptierte, war er in dem Punkt erstaunlich unbeweglich.«

»Ich denke, Eltern müssen ihre Kinder sein lassen, wer sie sind. So viele versuchen, stellvertretend durch ihre Kinder zu leben oder sie um des eigenen Ruhms willen zum Erfolg zu peitschen. Ich habe Glück, dass meine Eltern nie so waren. Sie haben uns immer die freie Wahl gelassen, wer wir sein wollen.«

»Es war eine gute Wahl von dir, Künstlerin zu werden, Daisy. Wie macht sich die Bulldogge?«

»Sie ist fertig.«

»Und welches Tier ist jetzt dran?«

»Julia Cobbolds Terrier.«

»Ist sie nicht die Vikarsfrau?«, fragte er.

»Ja, und sozusagen die Schulsprecherin des Dorfes.«

Er grinste. »Es ist eine richtige Gemeinschaft, oder?«

»Ja, ist es wirklich. Und es ist schön, Teil von ihr zu sein.«

»Das fand mein Vater auch. Ich bin eher wie meine Mutter und halte Leute lieber auf Armeslänge Abstand.«

»Mich hält deine Mutter nicht auf Abstand«, sagte Daisy lächelnd.

»Nein, tue ich auch nicht. Ich bin mir nicht sicher, was es ist, aber vielleicht bist du irgendwie besonders …« Bei seinem Blick kribbelte es in ihrem Bauch, und Daisy lachte nervös. Flirtete Taran mit ihr?

Marigold war im Laden und bediente, als Suze anrief. Da sie die Stimme nicht erkannte, sagte sie höflich, sie möge einen Moment warten. Nachdem ihre Kundschaft gegangen war, nahm sie den Hörer auf. »Entschuldigen Sie, dass Sie warten mussten. Was kann ich für Sie tun?«

»Mum, ich bin's!«, antwortete Suze, die es sehr seltsam fand, dass ihre Mutter ihre Stimme nicht erkannte.

»Suze! Oh, ich Dumme. Entschuldige. Hier drin ist es laut«, redete Marigold sich heraus.

»Schon gut.«

»Und, was gibt's?«

»Ich habe gute Neuigkeiten!«

Marigold lächelte, denn die Stimme ihrer Tochter bebte. »Was für Neuigkeiten?«

»Das Kleid ist bereit zur Anprobe.«

»Oh, das sind sehr gute Neuigkeiten«, sagte Marigold.

»Und ich möchte, dass du die Erste bist, die es sieht.«

»Das möchte ich auf keinen Fall versäumen.«

»Heute Nachmittag um fünf. Schaffst du das?«

Marigold grauste vor der Fahrt in die Stadt. Sie fühlte sich hinterm Steuer nicht mehr sicher. »Ja, natürlich«, sagte sie. Ihr blieb keine andere Wahl, denn Suze bedeutete es so viel.

Als sie auflegte, erschien Cedric Weatherby mit leuchtend pinkem Gesicht in der Tür. »Ich musste kommen!«, verkündete er.

Marigold sah ihn fragend an.

Lächelnd trat er auf den Tresen zu. »Deine Tochter ist ein Genie! Ja, das ist sie. Sie steht auf einer Stufe mit den besten Porträtmalern unserer Zeit.«

»Ist das Bild fertig?«, fragte sie.

»Es ist endlich vom Rahmen zurück und sieht sagenhaft

aus! Sie hat jede meiner Damen genau eingefangen. Und ihre Augen sind fantastisch. Sie beobachten mich, wenn ich durchs Zimmer gehe, wie im richtigen Leben. Jetzt sind sie für die Ewigkeit in Pastell gebannt. Ich bin Daisy so dankbar. Und ich habe ihr einen kleinen Aufschlag gegeben, weil ich finde, dass sie nicht genug verlangt. Sie könnte mindestens das Doppelte fordern.«

»Das ist sehr großzügig von dir, Cedric.«

»Ihr müsst kommen und es euch ansehen. Morgen Abend lade ich einige Leute zur Enthüllung ein, und ich hoffe, ihr könnt. Nichts Großes, nur ein bisschen Wein und Knabberkram. Ich gehe jetzt nach Hause und bereite die Snacks vor. Aber ich habe kein Mehl mehr.« Er wandte sich zu Tasha um, die im Gang Kartons auspackte. »Sei ein Schatz und bring mir Mehl, ja?« Dann sagte er zu Marigold: »Vergiss nicht, es in dein Buch einzutragen.«

Er beobachtete, wie sie ihr Notizbuch unter dem Tresen hervorholte und aufschlug. »Morgen um sechs«, erinnerte er sie.

»Sechs«, wiederholte sie und schrieb es auf. Um sicherzugehen, dass sie es nicht vergaß, notierte sie es ebenfalls in dem kleinen Buch in ihrer Tasche, nachdem Cedric gegangen war. Jetzt stand es gleich an zwei Orten. Es konnte nichts passieren.

Susan Glenn kam kurz vor dem Mittagessen, um ein Paket aufzugeben, danach Dolly, die Briefmarken kaufte, Phyllida holte Brot, und Julia Cobbold schaute vorbei, um Marigold zu erzählen, dass Daisy jetzt ihren Terrier Toby malen würde und nachmittags käme, um ihn kennenzulernen. »Sie kann sehr gut mit Hunden«, sagte Julia. »Die meisten Leute bellt er an, besonders Männer in diesen hässlichen gelben Jacken. Du solltest sie mal sehen, diese großen, bulligen Kerle, die sich vor Toby fürchten! Aber Daisy bellt er nicht an.«

Wenig später kam ein Paar herein und begrüßte Marigold, als würden sie sich kennen, aber Marigold glaubte, dass sie sich irrten, denn sie hatte die Leute noch nie zuvor gesehen. Doch sie war sehr freundlich, falls ihr Gedächtnis mal wieder versagte. Da konnte sie dieser Tage nie sicher sein.

Eileen erschien, lehnte sich wie üblich an den Tresen und berichtete, dass Sylvia gehört hatte, wie sich Taran und seine Mutter unterhielten; anscheinend hatte Sir Owen alles seinem Sohn vermacht, nicht seiner Frau. »Was eigenartig ist, denn er hat ja gewusst, dass sein Sohn das Anwesen nicht übernehmen will. Arme Lady Sherwood! Sylvia sagt, sie ist viel zu erschüttert, um sich wegen ihrer Zukunft zu sorgen. Die Ärmste. Wahrscheinlich ist ihr noch gar nicht der Gedanke gekommen, dass er verkaufen könnte.«

»Verkaufen?«, hauchte Marigold. »Nein, das wird er sicher nicht. Gewiss wartet er, bis seine Mutter stirbt, ehe er das tut. Und sie ist jung und fit, hat noch mindestens zwanzig Jahre vor sich.«

»Taran lebt und arbeitet in Toronto. Lady Sherwood ist Kanadierin, also will sie vielleicht zurück. Es ist unsinnig, dass sie auf verschiedenen Kontinenten wohnen, wo sie jetzt verwitwet ist. Sie wird in seiner Nähe sein wollen, oder? Und Toronto ist schließlich ihre Heimat.«

»Dann könnte der Verwalter das Anwesen für ihn führen. David Pullman ist ein guter Verwalter.«

Eileen schüttelte den Kopf. »Ich weiß nicht, was passieren wird, Marigold. Aber wir wollen nicht, dass Taran verkauft. Man weiß nie, wer dann dort oben wohnen wird.

Bisher hatten wir Glück, weil Sir Owen uns erlaubt hat, seinen Grund zu betreten. Stell dir vor, da zieht jemand ein, der uns dort nicht haben will. Wir dürften die Wege nicht mehr benutzen. Das wäre traurig.«

Marigold dachte nach. Sie hoffte, dass Taran nicht an einen Bauunternehmer verkaufte. Andererseits wusste sie, dass Sir Owen oft gierige Leute hatte abwimmeln müssen, die grüne Felder nicht zu schätzen wussten, sondern nur für viel Geld bebauen wollten. »Er wirft seine Mutter bestimmt nicht aus ihrem Zuhause«, sagte sie. Dieser Gedanke heiterte sie ein wenig auf. Ihrer Ansicht nach konnte kein Sohn so abscheulich zu seiner Mutter sein. Toronto mochte Lady Sherwoods Zuhause gewesen sein, als sie eine junge Frau gewesen war, aber sie lebte schon seit Langem in England.

»Hmm«, murmelte Eileen. »Ich glaube nicht, dass Taran ein netter Mann ist.«

Tasha übernahm den Laden, solange Marigold etwas essen ging. Nan war in der Stadt beim Friseur. Einmal die Woche hatte sie einen Termin zum Waschen und Legen, und den hielt sie fest ein – seit den 1950ern hatte sich ihre Frisur nicht verändert. Marigold machte einen Salat mit Kochschinken und neuen, in Butter geschwenkten Kartoffeln und ging Dennis fragen, ob er mit ihr essen wolle. Er war entzückt, dass Essen auf dem Tisch stand, und folgte ihr durch den Garten ins Haus. »Du bist ein Engel, Goldie.«

Marigold war froh, gewürdigt zu werden. Sie deckte für ihn und stellte das Essen hin. Dann setzte sie sich. »Eileen sagt, dass Taran die Farm verkaufen will.«

Dennis zog die Augenbrauen zusammen. »Das halte ich für sehr unwahrscheinlich. Er wird seine Mutter nicht aus ihrem Zuhause werfen. Und Sir Owen würde sich im Grab umdrehen, wenn er es täte.«

»Das denke ich auch. Er hat alles Taran vererbt, weil er wohl gehofft hat, er würde sich der Verantwortung stellen und etwas aus der Farm machen.«

»Sir Owen war ein gerissener Mann, Goldie. Wenn er alles seinem Sohn hinterlassen hat, wusste er, dass Taran sich um seine Mutter kümmern würde. Taran ist kein Sohn, der schlecht zu seiner Mutter ist. Er ist ein guter Junge.«

»Da würde Eileen dir widersprechen.«

»Weil sie es gern dramatisch hat.«

Marigold lachte. »O ja, das stimmt.« Dann fiel ihr Cedrics Einladung wieder ein, obwohl sie nicht mal in ihr Buch gesehen hatte. »Cedric enthüllt morgen Daisys Bild. Er hat zu Drinks eingeladen, also muss es gegen sechs sein.«

Dennis kaute zufrieden auf seinem Kochschinken und nickte. »Wie nett.«

Marigold fühlte sich gut. Sie hatte Cedrics Einladung nicht vergessen. Normalerweise erinnerte sie sich nur an Sachen, die sie aufgeschrieben hatte.

Nachmittags war erstaunlich viel los im Laden. Leute kamen und gingen, und jeder wollte plaudern. Tasha half viel, erinnerte Marigold behutsam an Sachen, die sie vergessen hatte, und übernahm den Postschalter, weil Marigold den besonders anstrengend fand.

Um Viertel nach fünf klingelte das Telefon. Marigold nahm ab.

»Mum!«

Diesmal erkannte sie Suzes Stimme. »Oh, hallo, Schatz.«

»Mum, wieso bist du im Laden?«

Marigold war verwirrt. »Ich arbeite.«

»Du solltest hier sein!«

»Wo?«

»Hier, bei meiner Anprobe!«

»Du hast eine Anprobe?«

»Ja, und du solltest hier sein.«

»Warum hast du mir das denn nicht gesagt?«

»Habe ich. Ich habe heute Morgen angerufen. Bist du verrückt geworden?« Suzes Stimme zitterte vor Wut, und Marigold bekam Angst.

»Hast du?«

»Ja, das weißt du doch.«

»Aber ich erinnere mich nicht …«

»Weil du dich nie an irgendwas erinnerst!«

Nun war Marigold den Tränen nahe. »Es tut mir so leid, Schatz.«

»Tja, jetzt ist es sowieso zu spät. Bei dem Verkehr würdest du zu lange brauchen, und wahrscheinlich hast du den Weg auch vergessen!«

»Ich könnte Tasha bitten, mich zu fahren.«

»Sei nicht albern. Und es wäre auch kein Spaß mehr. Ich mache die Anprobe allein. Nur dass du es weißt: Du hast einen ganz besonderen Tag in meinem Leben ruiniert.« Suze legte auf.

Marigold presste das Telefon an ihr Ohr. »Suze? Suze?« Die Leitung war tot.

Tasha kam. »Alles in Ordnung?«, fragte sie leise.

Langsam legte Marigold auf. »Hat Suze heute Morgen angerufen?«, fragte sie zittrig.

Tasha nickte. »Ja, ich glaube. Kurz bevor Cedric gekommen ist.«

Marigold schluckte und stützte sich mit einer Hand auf den Tresen. »Ich muss mich setzen.«

»Schon okay. Komm, ich bringe dich in die Küche.«

»Nein, ich gehe ein bisschen raus«, sagte Marigold plötzlich. Sie nahm ihren Mantel vom Haken hinter der Tür. »Mir geht es gut, keine Sorge. Ich brauche nur frische Luft.«

Tasha blickte ihr nach. So mitgenommen hatte sie Marigold noch nie gesehen. Sie nagte an ihrem Daumennagel und fragte sich, ob sie Dennis Bescheid sagen sollte.

15

Vor lauter Tränen konnte Marigold kaum etwas sehen. Sie machten ihre Sicht verschwommen und strömten über ihre Wangen. Sie hielt den Kopf gesenkt und hoffte, dass ihr niemand begegnete. Dann wanderte sie den Hügel hinauf, dieselbe Strecke, die sie jeden Morgen ging, um ihrem Erinnerungsvermögen zu helfen. Na, das hatte ja eine Menge genützt!

Ihre Schuldgefühle, weil sie Suzes Anprobe versäumt hatte, waren wie ein Dolch in ihrem Herzen. Sie hasste sich, weil sie Suze im Stich gelassen hatte. Sie hasste ihr Gedächtnis, denn es hatte sie selbst im Stich gelassen. Mit ihrer Hingabe an ihre Familie stimmte alles; wenn überhaupt, hatte sie zu viel davon. Doch mit ihrem Gehirn war alles verkehrt. Wie könnte sie das Suze erklären, die jetzt wütend und verletzt war?

Sie marschierte den Weg hinauf und ließ ihrem Unglück in lauten Schluchzern freien Lauf. Der Arzt mochte ihr sagen, dass nichts war; ihre Freunde mochten ihr versichern, dass sie bloß alt wurde; Beryl mochte behaupten, es würde ihnen allen so gehen, sie würden alle vergesslich. Fakt war, dass etwas nicht stimmte, dass sie nicht nur alt wurde und es jedem so ging. Es ging ihr und nur ihr so. Und jetzt hatte sie ihre Tochter an einem der wichtigsten Tage ihres Lebens enttäuscht. Es hätte ein besonderer Mutter-Tochter-Moment sein sollen, den man für immer in Ehren hielt. Der erste Blick auf ihr kleines Mädchen im Brautkleid. Sie weinte noch bitterlicher. Wie konnte sie? Sie hatte sich an Cedrics Party erinnert!

Marigold ging an den Klippen entlang, die Hände in den Manteltaschen, und beobachtete die Möwen am frühabendlichen Himmel. Die Sonne sank als Feuerball gen Wasser, malte Funken auf die Wellenkämme und färbte die Spitzen der Möwenflügel golden. Es war so schön, dass Marigold eine Hand auf ihre Brust legte. *Oh Gott, was passiert mit mir?* Die Möwen schrien klagend nach einer Antwort, die nicht kam.

Das Meer war weit unten. Marigold stand am Klippenrand und beobachtete, wie sich die Gischt hob und senkte. Der Anblick war hypnotisierend. Er erinnerte sie an ihre Kindheit, als ihr Bruder und sie zusammen auf diesen Klippen gestanden und sich gefragt hatten, wie es wäre, einfach zu springen. Sie hatte Angst gehabt, dass er es tatsächlich versuchen könnte. So war Patrick gewesen: waghalsig, frech und mutig, nach Aufmerksamkeit gierend. Marigold hatte nie daran gedacht zu springen, fragte sich jetzt aber, wie es wäre, unten auf den Felsen aufzuschlagen. Ob es wehtun würde. Ob sie bei dem Aufprall stürbe oder zerschmettert dort unten liegen würde, während sie das Wasser nach und nach verschlang. Ihr war bewusst, dass sie morbide war und übertrieben reagierte. Sie hatte ja niemanden umgebracht, nur einen der Menschen verletzt, die sie am meisten liebte. Was nicht rechtfertigte, sich von der Klippe zu stürzen. Es war nichts, wofür man starb. Doch jetzt gerade wollte sie sterben. Sie starrte weiter nach unten, und Hoffnungslosigkeit überkam sie einem Schleier gleich, der sie vom Licht trennte.

Suze kam wütend nach Hause zurück. Sie hatte mit Batty gesprochen, der sofort alles stehen und liegen ließ, um sie bei der Schneiderin abzuholen. Da war sie drauf und dran gewesen, sämtliche Regeln zu brechen und ihm das Kleid zu zeigen, um ihre Mutter zu bestrafen, aber in letzter Minute war sie zur Vernunft gekommen und hatte ihn in Jeans und Bluse an der Tür abgefangen. Batty hatte sie in seinem grünen Van nach Hause gefahren, auf dessen Seiten *Atticus Buckley Garden Design* stand, und sich ihr Geschimpfe die ganze Strecke über angehört. »Ich hasse meine Mutter«, hatte Suze gemurrt. »Wie konnte sie das vergessen? Bin ich ihr nicht wichtig? Ist es ihr egal? Wie kann ihr der Laden wichtiger sein als ich? Seit Daisy wieder da ist, interessiert Mum sich nicht mehr für mich.« Dann hatte sie geweint, und Batty hatte angehalten, um sie zu trösten.

Er hatte sie in den Armen gehalten, sie auf den Kopf geküsst und ihr gesagt, sie müsse geduldig sein. »Alte Menschen vergessen dauernd Sachen. Es ist nicht ihre Schuld. Sei nett. Sie wird nicht ewig da sein.«

»Sie ist nicht alt genug, dass sie ihr Alter als Entschuldigung vorschieben kann.«

»Bestraf sie trotzdem nicht, weil sie es vergessen hat.« Er hatte gelächelt, um sie aus ihrem Wutausbruch zu holen. »Vergessen ist menschlich – vergeben ist göttlich.«

»Es ist meine Hochzeit. Ich bin die Erste, die heiratet. In diesem Jahr geht es um mich!«

»Geht es auch, Süße. Nur um dich. Und ich wette, sie fühlt sich furchtbar.«

»Hoffentlich! Glaub mir, wenn nicht, werde ich dafür sorgen, dass sie es tut!«

»Es passt gar nicht zu dir, Suze, so brutal zu sein. Du bläst das zu sehr auf. Komm schon.« Jetzt war er ernst und streng. »Es reicht jetzt.«

»Ich bin nur verletzt.«

»Sei nicht verletzt, sondern nachsichtig.« Dann lächelte er, aber Suze verschränkte die Arme vor der Brust und blickte mürrisch nach vorn.

Batty setzte sie vor dem Haus ihrer Eltern ab und kam nicht mit rein. Die unschöne Szene musste er wirklich nicht miterleben, und er wusste, wozu Suze fähig war, erst recht, wenn sie gekränkt war. Sie hatten sich einmal getrennt, und da hatte sie all seine Sachen aus dem Fenster auf die Straße geworfen. Seither hatte er gelernt, solche Szenen zu vermeiden.

Suze stampfte in die Küche, wo sie Nan am Tisch vorfand.

»Ach du meine Güte! Ist jemand gestorben?«, fragte Nan, die ihre Enkelin über den Rand ihrer Lesebrille hinweg ansah.

»Ich bin total sauer!«, rief Suze.

»Auf wen?«, fragte Nan.

»Auf Mum.«

»Was hat sie getan?«

Suze fing wieder an zu weinen. »Sie hat vergessen, zu meiner Anprobe zu kommen. Ich habe auf sie gewartet, und sie ist nicht gekommen. Sie hat mich einfach versetzt. Und als ich sie angerufen habe, konnte sie sich nicht mal erinnern, dass wir es abgemacht hatten. Sie wusste nicht mehr, dass ich sie angerufen hatte. Glaubt man das? Ich bin so sauer, ich könnte jemanden schlagen.«

»Mich aber bitte nicht«, sagte Nan. »Damit könntest du mich vor der Zeit ins Grab bringen.«

Suze knurrte und stellte den Wasserkocher an. »Wenn ich in den Laden gehe, zerschmettere ich da vielleicht alles.«

»Das wäre gar nicht gut. Warum redest du nicht einfach mit ihr, ohne irgendwas kaputt zu machen? Du bist kein Kind mehr, und Erwachsene hauen keine Sachen kaputt, wenn sie wütend sind. Sie sprechen vernünftig miteinander. Als ich einmal wütend auf deinen Großvater war …«

Suze ertrug es nicht, noch eine ewig lange Geschichte über einen Streit ihrer Großeltern zu hören. »Okay, ich rede mit ihr«, fiel sie ihrer Großmutter ins Wort. Genau darauf hatte Nan gehofft.

Suze lief über den Hof, ihr Gesicht grau vor Wut. Als sie den Laden betrat, stand Tasha hinterm Kassentresen und unterhielt sich mit Eileen. »Wo ist meine Mutter?«

»Die ist weg«, sagte Tasha.

Suze schnaubte. »Wohin?«

Tasha blickte zu Eileen, die nichts sagte. »Sie war sehr aufgewühlt und musste mal raus.«

»Sie hat meine Anprobe verpasst und mir den wichtigsten Tag meines Lebens versaut!«

»Ich glaube, deine Hochzeit wird der wichtigste Tag deines Lebens«, entgegnete Eileen.

»Sei ihr nicht böse, Suze. Sie ist wirklich erschüttert. So habe ich sie noch nie gesehen«, sagte Tasha sanft.

Eileen legte eine Hand auf Suzes Arm. »Ich glaube, es geht ihr nicht gut, Liebes. Du musst nett sein.«

Suze stutzte. »Nicht gut? Weshalb?«

Eileen sah sie mitfühlend an. »Ich denke, sie könnte dement sein, Liebes. Sie ist nicht die Erste. Ich habe eine

Freundin, die in einem Pflegeheim ist, und bei ihr fing es genauso an wie bei Marigold. Sie hat Sachen vergessen, war immer müde und grundlos kränklich. Ist hingefallen, hat Leute nicht erkannt. Es ist eine andere Art von Vergessen.«

Suzes Wut verpuffte mit einem Schlag. »Bist du sicher?«, fragte sie ängstlich. »Meinst du wirklich, sie wird dement?«

»Ich wollte ja nichts sagen, aber ich kann auch nicht stumm zusehen, wie du wütend auf sie bist, wenn sie gar nichts dafür kann.«

»Was soll ich tun?«

»Sie muss zum Arzt«, sagte Tasha. »Ich habe schon mit deinem Vater gesprochen, aber ich glaube, er will sich dem nicht stellen. Du und Daisy müsst das übernehmen. Wenn es Demenz ist, gibt es eine Menge Dinge, die helfen können. Zumindest könntet ihr verständnisvoller sein und nicht so schnell wütend werden.«

»Ich wäre ja wohl nicht wütend, wenn es ihr nicht gut geht, oder?«, verteidigte Suze sich trotzig. »Ich muss mit ihr reden.«

»Ich glaube, sie ist rauf zu den Klippen«, sagte Tasha. »Da geht sie jeden Morgen hin. Als sie gestürzt ist, hat Mary sie da gefunden.«

»Okay, ich versuch's.« Suze lief zur Tür.

»Sie war sehr aufgewühlt«, wiederholte Tasha.

»Sehr«, pflichtete Eileen ihr bei, obwohl sie Marigold gar nicht gesehen hatte.

Suze hatte ein schlechtes Gewissen, weil sie gemein gewesen war. Das wurde sie immer, wenn sie wütend war. Sie hatte furchtbare Dinge zu ihrer Mutter gesagt, und jetzt fühlte Marigold sich furchtbar, weil sie Suze enttäuscht hatte. Es war eigentlich nicht der wichtigste Tag ihres Lebens, nur eine Anprobe. Von denen gäbe es mehr. Und Suze wünschte, sie hätte nicht solch ein Drama draus gemacht.

Als sie den Hügel hinaufging, dachte Suze über das nach, was Eileen gesagt hatte. Sie wusste nicht viel über Demenz, außer dass es eine von diesen Krankheiten war, bei denen die Betroffenen immerzu alles vergaßen. In der Presse stand viel darüber, aber da es sie nicht betraf, hatte Suze die Artikel nie gelesen. Auch auf Radio 4, das Nan immer in der Küche hörte, wurde über Demenz gesprochen, doch da hatte Suze aus demselben Grund nicht hingehört. Natürlich könnte Eileen sich irren, dachte sie, denn sie dramatisierte alles gern. Es wäre typisch für sie, das Schlimmste anzunehmen und ihre Theorie im ganzen Dorf zu verbreiten. Andererseits war Marigold in letzter Zeit wirklich sehr vergesslich, und was sollten diese Post-its überall und die Listen auf dem Kühlschrank? Als müsste sie sich an die nichtigsten Kleinigkeiten erinnern. Dinge, die man sich normalerweise automatisch merkte. Suze nahm sich vor, Demenz zu googeln, wenn sie wieder zu Hause war. Jetzt musste sie ihre Mutter finden.

Der Wind hatte zugenommen und blies frisch vom Meer heran. Die Sonne war von einer dunklen Regenwolke verdeckt, die mit einem heftigen Guss drohte. Suze ertrug den Gedanken nicht, dass ihre Mutter verzweifelt war, und sorgte sich, dass sie ihretwegen wieder stürzen könnte. Das würde sie sich nie verzeihen.

Sie rannte den Pfad entlang und blickte suchend nach vorn, während die ersten kalten Tropfen fielen.

Wie sie bereits geahnt hatte, nahm der Regen rasch zu, ebenso wie Suzes Sorge. Sie hoffte, dass ihre Mutter einen

Mantel und eine Mütze trug. Vielleicht war sie auch auf einem anderen Weg nach Hause gegangen. Suze stellte sich vor, wie sie klatschnass in die Küche kam, wo ihre Mutter eine Tasse Tee machte und ihr sagte, sie solle sich sofort trockene Sachen anziehen, ehe sie sich verkühle. Suze malte sich aus, wie sie ihre Mutter umarmte und ihr sagte, dass es ihr leidtat. Tränen brannten in ihren Augen und machten es schwieriger, etwas zu erkennen.

Dann sah sie ihre Mutter am Klippenrand stehen und nach unten schauen. Suze wurde panisch. »Mum!«, schrie sie.

Ihre Mutter blickte sich um.

Marigold hatte keine Mütze auf, und ihr Mantel hatte keine Kapuze. Ihr Haar klebte nass an ihrem Kopf, und ihr Gesicht war bleich und seltsam ausdruckslos.

»Mum, komm von der Kante weg!«

Marigold war verwirrt. Sie wusste nicht, warum sie hier war. Genau genommen wusste sie gar nicht, wo sie war. Ihr war klar, dass sie ins Meer starrte, und sie erinnerte sich, dass ihr Bruder und sie als Kinder so ins Meer geblickt und sich gefragt hatten, wie es wäre zu springen. Aber sie hatte keine Ahnung, wie sie hergekommen war. Als sie erkannte, dass die Frau, die nach ihr rief, ihre Tochter war, fühlte sie sich ungemein erleichtert. Suze war wie ein Leuchtturm, der sie zum vertrauten Ufer führte. Marigold trat einen Schritt auf sie zu, doch ihre Beine waren so schwer, dass sie schwankte. Gefährlich nah am Klippenrand.

Suze packte ihren Arm. »Mum, was machst du denn?«, rief sie.

»Ich weiß es nicht, Schatz«, antwortete Marigold mit einer Stimme, die ihnen beiden fremd schien.

Suze sah sie entsetzt an. »Du weißt es nicht?«

Angst spiegelte sich in Marigolds Augen, und Suze hielt ihren Arm fester. »Ich bin mir nicht sicher, wie ich hergekommen bin ...«

»Du bist hergegangen, Mum.«

»Bin ich?«

»Ja. Wir haben uns gestritten. Ich habe schreckliche Sachen zu dir am Telefon gesagt. Es tut mir so leid!«

Marigold dachte angestrengt nach, aber ihr Hirn war voller Haferbrei, und sie konnte nichts finden. Kopfschüttelnd sah sie ihre Tochter an. Wie sollte sie ihr das Haferbreigefühl in ihrem Kopf erklären? Suze nahm sie in die Arme und drückte sie. »Oh, Mum, es tut mir so leid.«

Marigold wusste nicht, was Suze leidtat, aber sie vergab ihr so oder so, weil man das machte, wenn sich jemand entschuldigte.

»Gehen wir nach Hause«, sagte Suze, hakte sich bei Marigold ein und führte sie zurück auf den Weg. »Du bist durchnässt, und wir wollen nicht, dass du dich erkältest.«

Marigold lächelte zittrig. »Das habe ich früher immer zu dir gesagt. ›Raus aus den nassen Sachen, sonst erkältest du dich.‹ Du bist auch nass, Schatz.«

Suze begann zu weinen. »Du hast mir Angst eingejagt, Mum.«

»Habe ich?«

»Ich dachte, du springst.«

»Warum sollte ich so etwas Dummes tun?«

»Weil ich furchtbar zu dir gewesen bin.«

Marigold zuckte mit den Schultern. »Ich kann mich nicht erinnern.«

»Na, das ist das Gute daran, Sachen zu vergessen«, sagte Suze, und Marigold war froh, dass Suze etwas Positives sah, wo sie es nicht konnte.

Das Haferbreigefühl begann zu schwinden, und kleine Erinnerungsfetzen drangen durch. Marigold blickte sich um und erkannte den Weg, die Felsen, die Landschaft. Ihre Atmung wurde langsamer, und ihr Herzschlag beruhigte sich.

»Ich habe deine Anprobe vergessen, richtig?«, fragte sie und wunderte sich, dass es ihr jetzt einfiel.

»Ist schon gut, Mum. Es gibt ja noch eine.«

»Dann möchte ich dich wirklich gerne in deinem Kleid sehen, Suze.«

»Wirst du. Ich mache einen Termin und fahre selbst mit dir hin.«

Marigold tätschelte ihre Hand. »Oh, würdest du? Das wäre wunderbar!«

»Aber vorher musst du etwas für mich tun.«

»Natürlich. Was?«

»Du musst zum Arzt gehen.«

»Aber da war ich schon.«

»Dann musst du noch mal hingehen.«

Marigold seufzte. »Ich bezweifle, dass er irgendwas anderes sagen wird.«

»Ich komme mit dir.«

»Das musst du nicht.«

»Will ich aber.«

Und wie sich herausstellte, wollten Daisy und Dennis gleichfalls mitkommen.

Eine Woche später saßen die vier in der Praxis. Dr. Farah rief sich Marigolds Akte auf dem Computer auf und sah die Familie an. »Sind Sie wieder gestürzt?«, fragte er Marigold.

»Nein, aber neulich hat sie vergessen, wo sie war«, antwortete Suze. »Ich habe sie oben am Klippenrand gefunden, verwirrt und orientierungslos, und ich mag mir nicht vorstellen, was passiert wäre, hätte ich sie nicht entdeckt.«

Dr. Farah nickte und sah Marigold an. »Und das ist früher schon passiert, oder?« Er überflog seine Notizen.

Daisy antwortete: »Kurz vor Weihnachten. Da hatte sie vergessen, wo der Parkplatz in der Stadt ist, nicht wahr, Mum?«

Marigold nickte. »Es ist, als würde ein Nebel alles überdecken. Wenn ich warte und ruhig atme, lichtet er sich irgendwann, und dann ist alles wieder da.«

»Und wie fühlen Sie sich?«, fragte der Arzt.

»Einige Tage sind gut, andere schwierig. An manchen Tagen möchte ich nur im Bett bleiben, weil ich so müde bin und mein Gehirn so langsam ist.« Sie wandte sich zu Dennis. »Es tut mir leid, Schatz, aber dein Puzzle ist ein bisschen zu schwer.«

Dennis legte lächelnd seine Hand auf ihre. »Ist nicht schlimm. Es soll dir ja Spaß machen. Vielleicht können Daisy und Suze dir helfen.«

»Natürlich können wir«, sagte Daisy.

Der Arzt stellte weitere Fragen. Er maß Marigolds Blutdruck und nahm ihr wieder Blut ab. Schließlich lehnte er sich auf seinem Stuhl zurück. »Ich schicke Sie zu einem Hirnscan und überweise Sie an eine klinische Psychologin. Die Kollegin kann Ihr Erinnerungsvermögen prüfen.«

»Habe ich Demenz?«, fragte Marigold plötzlich. Eigentlich wollte sie es nicht fragen, weil sie zu große Angst davor hatte, aber nun beschloss sie, tapfer zu ein.

Dr. Farah schüttelte den Kopf. »Ich mutmaße ungern, ohne alle Fakten zu kennen. Fest steht, dass Ihr Erinnerungsvermögen beeinträchtigt ist, aber eine Diagnose zu stellen, ohne alle Resultate zu haben, wäre unprofessionell.«

»Selbstverständlich hast du keine Demenz!«, sagte Dennis.

»Es wird wieder gut, Mum«, beruhigte Daisy sie.

Suze erkannte an Daisys gezwungenem Lächeln, dass sie es nicht glaubte.

Als sie nach Hause kamen, setzten sich Marigold und Dennis zu Nan an den Küchentisch. »Sie schicken Marigold zu einem MRT und einer klinischen Psychologin«, berichtete Dennis.

»Ich weiß, was ein MRT ist, aber was ist eine klinische Psychologin?«

»Weiß ich nicht«, antwortete Dennis. »Doch die macht einige Tests und findet hoffentlich heraus, was los ist.«

»Du wirst bloß alt, Marigold«, sagte Nan in einem Tonfall, als fände sie die ganze Sache vollkommen absurd.

Marigold war es leid, das zu hören. Sie goss kochendes Wasser in die Teekanne und trug sie zum Tisch. »Ich will wissen, was mit mir nicht stimmt, und die richtige Medizin bekommen, damit es besser wird. Ich möchte mich wieder wie ich selbst fühlen.«

Nan verzog das Gesicht. »Mit deiner Angst machst du es nur schlimmer. Wenn du kein solches Theater machen würdest, ginge es wahrscheinlich von allein vorbei.«

»Du meinst, wenn ich es vergesse?«, fragte Marigold lächelnd. Dennis erwiderte ihr Lächeln, dann lachten sie beide. »Leider ist es das Einzige, was ich nicht vergessen kann«, sagte sie und setzte sich. »Und jetzt trinken wir eine schöne Tasse Tee und reden über etwas anderes.«

»Gute Idee, Goldie«, sagte Dennis.

Marigold schenkte ein. »Was ist falsch am Jetzt?«

Nans Züge wurden weicher, und sie lächelte versonnen beim Gedanken an ihren Mann. »Nichts ist daran falsch«, antwortete sie, und Marigold nickte zufrieden.

»Nichts ist daran falsch«, wiederholte sie.

An diesem Abend, während Nan vorm Fernseher döste und Dennis die Miniaturkirchenbänke für seine Kirche in der Küche baute, saßen Marigold, Daisy und Suze am Tisch im Wohnzimmer vor dem Puzzle. Sie setzten gemeinsam das Bild zusammen, das Dennis so liebevoll gearbeitet hatte. Instinktiv hatten Daisy und Suze ihrer Mutter unauffällig kleine Gruppen von Teilen hingeschoben, ohne dass sie merkte, was ihre Töchter taten. Marigold hatte die Teile betrachtet, Farben und Formen verglichen und sie freudig zusammengesteckt. Zu ihrer Überraschung bekam sie einen kleinen Abschnitt des Bilds ganz allein fertig. »Es ist eine Katze, die auf dem Eis schlittert«, sagte sie fasziniert. »Sie sieht genau wie Mac aus. Meint ihr, deshalb hat Dennis das Bild ausgesucht?«

Daisy wechselte einen Blick mit Suze, und beide lächelten. »Ich denke, Mac würde auf Eis genauso schlittern.«

Marigold lachte. »Wenn Mac auf dem Bild ist, kann Dennis nicht weit sein. Ich suche mal nach ihm.«

»Ja, die beiden sind unzertrennlich, nicht?« Daisy kicherte.

»O ja, wo der eine ist, ist der andere nicht weit weg«, ergänzte Marigold.

»Das macht Spaß, nicht, Mum?«, fragte Suze, die wieder ein paar zusammenpassende Teile in Richtung ihrer Mutter schob.

»Danke, dass ihr mir helft. Ohne euch könnte ich das nicht.«

»Wir sind eben ein gutes Team«, sagte Daisy.

»Ah, seht mal, was ich gefunden habe!« Marigold nahm die Teile vor sich auf und steckte sie zunehmend sicherer zusammen. »Ein Paar!«

»Du und Dad«, sagte Suze.

»Könnte sein, nicht?«, stimmte Marigold ihr zu.

»Sie halten sich bei den Händen, so wie ihr beide«, bestätigte Daisy.

Marigolds Lächeln wurde etwas zittrig. »Typisch Dennis, so ein wunderschönes Bild zu finden.« Sie strich mit den Fingern über die Teile. »Er ist wirklich ein Guter.«

»Ist er«, pflichtete Daisy ihr bei. »Er ist der Beste.«

»Jetzt müssen wir noch Daisy und mich finden«, sagte Suze.

»Und Nan«, fügte Daisy kichernd hinzu.

Sie blickten zur schlafenden Nan auf dem Sofa.

»Sie wird im Schnee liegen, hingeplumpst«, flüsterte Suze.

»Und schimpfend«, sagte Daisy.

Alle drei lachten, und Marigold fühlte sich wieder normal. Vielleicht hatte Nan recht. Wenn sie sich nicht mehr ängstigte, ging es vielleicht weg.

16

Die nächsten Tage war Daisy viel bei Julia Cobbold und spielte mit dem Terrier, den sie porträtieren sollte. Parallel half sie Celia Sherwood weiter mit den Begräbnisvorbereitungen. Sie machte den Sitzplan für die Kirche und druckte kleine Schilder für diejenigen aus, die reservierte Plätze brauchten. Und sie aktualisierte laufend die Liste derer, die kommen wollten. Obendrein ging sie mit Celias Hunden spazieren und konnte Taran überreden, mit ihr zu kommen – sogar bei Regen. Taran wollte nicht über die Farm, den Wald oder die Schönheit der Natur reden, also gab Daisy es auf und hoffte, er würde dies hier mit der Zeit genauso lieben lernen wie sie. Schließlich gehörte es jetzt ihm. Er sprach allerdings nie über sein Erbe oder was er damit vorhatte. Sie unterhielten sich über vieles, veralberten sich gegenseitig, doch bald wurde Daisy klar, dass sie Taran kaum besser kannte als bei ihrer ersten Begegnung. Er sprach einfach ungern über sich und seine Gefühle. Auch seinen Vater erwähnte er selten. Vielmehr umschiffte er das Thema so geübt, dass Daisy sich fragte, ob er es sich über Jahre angewöhnt hatte. Eine solche Reserviertheit hatte Daisy bisher noch nie erlebt. Taran war witzig, charmant und freundlich, aber auch distanziert.

Daisy verglich ihn mit dem leidenschaftlichen, emotionalen Luca, der einen Hang zur dramatischen Übertreibung hatte. Taran hingegen war eher ruhig mit einem trockenen Humor, und sie bezweifelte, dass er jemals übertrieb. Gemeinsam war beiden Männern ihre Intelligenz und Kreativität sowie ein klares Bewusstsein, wer sie waren und was sie wollten. Das hatte Daisy an Luca immer gemocht. Er schwamm nicht mit dem Strom, und ihn kümmerte nicht, was andere dachten. Er war ganz er selbst. Und Daisy hatte den Eindruck, Taran war genauso.

Sie blickte aus dem Atelierfenster und dachte daran, wie unergründlich Taran war, als ihr Handy läutete. Unlängst hatte sie Hundegebell als Klingelton eingestellt, und nun erschrak sie bei dem Klang. Für den Bruchteil einer Sekunde glaubte sie, ein Hund wäre im Raum. Erstaunt las sie Lucas Namen auf dem Display und zögerte nur kurz. Sie hatte nichts mehr zu verlieren.

»Ciao, Luca«, sagte sie und setzte sich.

»Ciao, Margherita«, antwortete er mit dem Namen, den er ihr bei ihrer ersten Begegnung gegeben hatte – das italienische Wort für Daisy, Gänseblümchen. »Danke, dass du meinen Anruf annimmst. Ich habe schon befürchtet, du würdest nie wieder mit mir reden.«

»Ich bin nicht mehr wütend«, erklärte sie und genoss es, wieder Italienisch zu sprechen. Es brachte ihr das Land und Luca zurück.

»Es ist schön, deine Stimme zu hören, Liebes.«

»Wie geht es dir?«, fragte sie.

»In meinem Leben oder meinem Herzen?«

Sie musste unwillkürlich lächeln, denn sie stellte ihn sich vor, wie er sie mit einem Welpenblick ansah und sich mit der Faust auf die Brust klopfte.

»Fangen wir mit deinem Leben an«, schlug sie vor.

Er seufzte. »Gut, schätze ich. Ich habe viel zu tun, wie immer. Erinnerst du dich an Carlo Bassani?«

»Ja.«

»Er will nach wie vor, dass ich die Fotos für sein Buch mache.«

»Das über Interieurs?«

»Ja, aber ich bin mir nicht sicher …«

»Du warst doch ganz begeistert von der Idee.«

»Stimmt, nur jetzt, wo du weg bist, fehlt mir der Enthusiasmus. Womit wir bei meinem Herzen wären.«

»Ich nehme an, du willst mir sagen, deines würde genauso schmerzen wie meines.«

»Du hast meines gebrochen, Margherita. Ich wollte nie, dass du gehst, vergiss das nicht. Und es liegt in deiner Macht, es zu heilen. Du musst bloß nach Hause kommen.«

»Das ist nicht ganz richtig, Luca, wie du sehr wohl weißt.«

»Wir könnten uns haben und gemeinsam die Welt erobern.«

»Ich will aber nicht die Welt, sondern eine Familie.«

Es folgte eine längere Pause.

»Ich würde alles geben, dich wieder in meinem Leben zu haben, aber das ist ein zu hoher Preis. Ich dachte, dass du mich vermisst hast.«

»Habe ich auch. Und ich vermisse dich noch, sehr.«

»Sehr, sehr! Was soll das heißen?«

»Dasselbe wie für dich, Luca. Ich vermisse dich, aber nicht genug, um Kompromisse einzugehen, tut mir leid.«

»Wir sind zwei Vollidioten«, sagte er. »Zwei Idioten, die nicht erkennen, wie gut sie zusammen sind.«

»Doch, ich erkenne es durchaus, Luca. Deshalb war ich

sechs Jahre mit dir zusammen. Aber ich fühle mich unvollständig, und zu dir zurückzukehren wird mich nicht ganz machen.«

Die Stille dauerte so lange, dass Daisy sich fragte, ob die Verbindung abgebrochen war.

»Dann gibt es nichts mehr zu sagen«, kam es schließlich von Luca.

»Wohl nicht.«

Er lachte verbittert. »Du bist wieder englisch geworden.«

»Ich war immer englisch.«

»Nein, du warst italienisch, aber jetzt bist du englisch.« Sie spürte, dass es kein Kompliment war. »Du klingst nicht mehr wie meine Margherita.«

»Weil ich die nicht bin, Luca. Ich bin meine Daisy.«

Er fragte nicht, was sie meinte. »Dann ist es also ein Lebewohl?«

»Ich denke, ja.«

Eine weitere Pause folgte, und Daisy wartete, dass er etwas sagte. Seine Verärgerung war deutlich zu spüren. Er hatte von jeher gern die Dinge kontrolliert, und das tat er jetzt nicht.

Schließlich sprach er sanfter und gefühlvoll: »Dass ich nicht heiraten und Kinder haben will, heißt nicht, dass ich nicht mit dir zusammen sein möchte oder dich nicht liebe. Verstehst du das?«

»Wie gesagt, Luca, wir wollen unterschiedliche Dinge.«

»Nein, du irrst dich. Wir wollen einander.«

»Ich muss Schluss machen, Luca.« Daisy war diesen Streit leid.

»Denk drüber nach, Margherita.«

»Mach's gut, Luca.«

Als sie auflegte, wurde ihr bewusst, dass er überhaupt

nicht nach ihr gefragt hatte. War er schon immer so selbstbezogen gewesen? *Ich bin meine Daisy*, wiederholte sie in Gedanken. Es stimmte. Sie brauchte niemanden, der sie vervollständigte.

Und doch war ihr Blick, als sie wieder zum großen Fenster blickte, von Tränen verschwommen.

Suze vergewisserte sich, dass alle Hochzeitsvorbereitungen reibungslos liefen. Sie überprüfte die Punkte, die ihre Mutter auf der Liste abgehakt hatte. Daisy hatte ihr anfangs geholfen, doch jetzt war sie mit Sir Owens Beisetzung beschäftigt und hatte keine Zeit mehr. Zu Suzes Entzücken hatte sie viel mehr Follower gewonnen, seit sie so viel über ihre Hochzeit postete. Sie hatte wunderschöne Fotos von Blumen, Einladungen, Unterwäsche und Schmuck eingestellt. Nichts davon waren ihre Sachen, sondern in Brautgeschäften und auf Messen aufgenommen. Die Firmen waren so dankbar, dass sie ihr Rabatte anboten.

Marigold stimmte zu, Tasha mehr Verantwortung zu übertragen, und stellte eine junge Frau, die gerade die Schule beendet hatte, in Teilzeit ein. Es fiel ihr schwer, Kontrolle abzugeben und auf eine Mitarbeiterin zu vertrauen, die bisher so unzuverlässig gewesen war. Aber Tasha versprach, sie nicht zu enttäuschen, und Marigold blieb keine andere Wahl, als ihr eine Chance zu geben.

Der Morgen von Sir Owens Trauerfeier war von einer lichten Schönheit, die ihm gefallen hätte. Der Frühling war beinahe zu Ende und legte sich noch einmal richtig ins Zeug, bevor er dem Sommer Platz machte. Die Kastanienbäume neben der Kirche standen in voller Blüte, das

Laub war fast neongrün, und die Kerzen genannten Blüten leuchteten. Zwischen ihnen verabschiedeten die Vögel vielstimmig das Frühjahr. Der Himmel war strahlend blau, und die Sonne tauchte das Dorf in einen goldenen Glanz. Schöner hätte es nicht sein können.

Nan klagte über Heuschnupfen und musste immer wieder niesen. »Ich sollte lieber nicht hingehen«, sagte sie beim Frühstück. »Aber Sir Owen wird nur einmal beerdigt, und das will ich nicht verpassen.«

»Nimm ein Antihistamin ein«, schlug Suze vor.

»O nein, von denen werde ich müde, und ich will nicht bei der Trauerfeier einnicken. Als euer Großvater beerdigt wurde, ist seine Tante Mabel eingenickt und hat während der Gebete geschnarcht wie ein Warzenschwein. Das werde ich nie vergessen. Und ich will nicht als diejenige in Erinnerung bleiben, die wie ein Warzenschwein schnarcht.«

»Das würde gewiss nicht passieren«, sagte Dennis. »An dich wird man sich wegen deines wunderbaren Humors erinnern, Nan.« Er grinste, und Marigold lächelte in ihre Teetasse.

Nan nickte. »Ja, ich kann einen Witz vertragen. Und hin und wieder mache ich einen.«

Suze fiel kein einziger Witz ein, den ihre Großmutter je gemacht hätte – zumindest nicht absichtlich. »Hast du überhaupt schon mal ein Warzenschwein gehört?«

»Die schnarchen«, antwortete Nan voller Inbrunst.

»Daisy ist früher los«, wechselte Suze das Thema. »Lady Sherwood hält sie auf Trab, was? Wenn man bedenkt, dass sie ihr nicht mal was bezahlt.«

»Sie lässt sie mietfrei die Scheune nutzen«, entgegnete Dennis.

»Und sie ist Lady Sherwood solch ein Trost«, ergänzte Marigold stolz.

»Das stimmt, Goldie. Sylvia war gestern im Laden und hat es dir erzählt.«

»Ja, hat sie«, bestätigte Marigold, die sich jedoch nicht an Sylvia erinnerte.

Den ganzen Weg zur Kirche jammerte Nan über ihren Heuschnupfen. »Die Kastanienblüte ist die schlimmste. Die Pollen jucken in meinen Augen und meinem Hals, aber wenn ich meine Augen reibe, verschmiert die Wimperntusche, und dann sehe ich aus, als hätte mich jemand geschlagen. Ich möchte nicht jedem erklären müssen, dass es bloß Heuschnupfen ist, keine häusliche Gewalt.«

»Vor allem wären sie so enttäuscht«, sagte Suze. »In diesem Dorf lieben sie Dramen.«

Marigold hatte sich bei Dennis eingehakt, und sie gingen langsam. Es war kein guter Tag, und Marigolds Kopf fühlte sich wie mit Watte gefüllt an. Sie brauchte länger, um sich zu konzentrieren, länger, um auf Fragen zu antworten, und länger, die Welt um sich herum zu erkennen. Dennis war geduldig und hetzte sie nicht. Sogar Suze, die gereizt sein konnte, war nett. Nan indes schien nichts zu bemerken.

Daisy stand an der Kirchentür, begrüßte alle, verteilte die Programme und zeigte den Angehörigen und engen Freunden, wo ihre reservierten Plätze waren. Sie war schon seit morgens hier, hatte die Namensschilder in den Kirchenbänken verteilt und den Floristen beim Anbringen des Blumenschmucks überwacht. Zwar war Sylvia auch dort, aber keine große Hilfe, weil sie die ganze Zeit in ein nasses Taschentuch schniefte. Marigold stockte der Atem, als sie die Blumen sah. Der Duft war schwindelerregend. Staunend blinzelte sie zu den Kerzen. Hunderte kleine Flammen tanzten auf sämtlichen Flächen, jede mit einer goldenen Aura. Dennis nahm Marigolds Hand und führte sie zu einer Bank hinten, wo David Pullman, der Verwalter, mit seiner Familie saß. Sie rutschten durch, um Platz zu machen.

Daisy brauchte keinen Platz bei ihnen, denn Lady Sherwood hatte darauf bestanden, dass sie bei der Familie saß, am Ende der zweiten Kirchenbank vorn. Die erste Bank war für Lady Sherwood, Taran und Sir Owens Schwestern reserviert. Daisy fühlte sich nicht wohl auf dem Platz und wäre lieber bei ihrer Familie gewesen, doch sie wollte Celia nicht vor den Kopf stoßen.

Eileen begann mit dem Orgelspiel, und die Gemeinde verstummte. Jetzt kam Celia am Arm ihres Sohnes den Mittelgang entlang. Daisy beobachtete Taran fasziniert, der sich sehr aufrecht hielt. In seinem dunklen Anzug und mit der Krawatte sah er umwerfend aus. Er zeigte keinerlei Gefühlsregung, während seine Mutter sichtlich Mühe hatte, nicht zu weinen. Taran blickte niemanden an und ging gemessenen Schrittes. Er nahm seinen Platz vor Daisy ein, und sie bemerkte sein angespanntes Kinn. Sie vermutete, dass er so seine Gefühle unterdrückte, und ihr Herz ging auf.

Daisy musste an die Beerdigung ihres Großvaters denken. »Ich will keinen von euch bei meiner Trauerfeier in Schwarz sehen«, hatte Grandad gesagt. »Schwarze Schwingungen machen es für mich nur schwerer, euch zu erreichen, und ich will da sein und hören, was ihr über mich sagt.« Dann hatte er gelacht. Daisy erinnerte sich gut an sein tiefes, ansteckendes Lachen. Heute trugen die Leute Schwarz. Bei der Beerdigung ihres Großvaters waren alle farbig gekleidet gewesen, und am Ende der Grabrede war die Kerze vor seinem Foto ausgegangen – angeblich von allein.

Bei Sir Owens Trauerfeier erloschen keine Kerzen, doch es gab eine Menge Tränen, von den Frauen in seiner Familie vergossen, als wollten sie die fehlenden Tränen der Männer wettmachen. Celias Schultern bebten, und Taran legte einen Arm um sie. Der Anblick rührte etwas in Daisy, ein Kloß bildete sich in ihrem Hals, und ihr Blick verschwamm. Sie war Sir Owen nur ein halbes Dutzend Male begegnet, doch sie weinte weniger um den Verstorbenen als um die, die ohne ihn weiterleben mussten. Wie ihr Großvater gesagt hatte, war es unsinnig, um die Toten zu trauern. Man sollte nur um die trauern, die sie zurückließen.

Nach dem Trauergottesdienst gab es Drinks und Tee im Gemeindesaal. Es war ein hässlicher Raum, und Daisy hatte einige Mühe gehabt, mit Blumen und Lorbeerbäumchen von den kahlen weißen Wänden und dem kalten Licht abzulenken. Es waren keine Ausgaben gescheut worden, und Celia war zufrieden mit dem Ergebnis. »Du hast wundervolle Arbeit geleistet«, sagte sie zu Daisy, als sie einen Moment allein waren. »Ich erkenne den Saal kaum wieder.«

»Eigentlich hatte ich damit nichts zu tun. Das Lob gebührt dem Floristen.«

Danach gab es praktisch keine Gelegenheit mehr, auch nur in ihre Nähe zu kommen, denn jeder wollte Lady Sherwood sein Beileid aussprechen und ihr sagen, wie sehr Sir Owen geschätzt worden war. Nan und Marigold hatten sich Plätze an einem der kleinen Tische am Rand gesichert und saßen dort allein. Nan wollte mit niemandem reden, und Marigold traute sich nicht, weil sie fürchtete, die Leute nicht zu erkennen. Sie beobachteten, wie alle sich langsam durch den Saal bewegten. Dennis mischte sich unter die Leute, wie er es immer tat, und er war so nett und aufmerksam, dass jeder sich ein wenig besser fühlte, nachdem er mit ihm gesprochen hatte.

Daisy ertappte sich dabei, wie sie sich nach Taran umschaute. Eine solche Veranstaltung musste anstrengend sein für jemanden, der andere gern auf Abstand hielt, und sie wollte wissen, ob es ihm gut ging. Sie bahnte sich ihren Weg durch die Menge, lächelte Sir Owens und Lady Sherwoods Freunden höflich zu. Dann sah sie Eileen und wechselte rasch die Richtung, ehe sie aufgehalten würde. Schließlich wurde ihr klar, dass Taran vermutlich draußen war. Sie fand ihn auf dem Parkplatz, wo er eine Zigarette rauchte.

»Ich wusste gar nicht, dass du rauchst«, sagte sie, als sie auf ihn zuging.

Er grinste. »Tue ich auch nicht. Die hier habe ich geschnorrt. Ich kann es gar nicht erwarten, dass alle nach Hause gehen.«

»Es war eine schöne Trauerfeier.«

»Nein, war es nicht.« Er inhalierte tief, bevor er eine Rauchwolke ausstieß. »Beerdigungen sind nie schön.«

»Na ja, es gibt Schöneres, das stimmt. Wie war die Einäscherung?«

Er schüttelte den Kopf. »Furchtbar. Der Industriecharme eines Krematoriums hat etwas Gruseliges. Einer nach dem anderen ab in den Ofen …«

»Hör auf«, unterbrach sie ihn.

»Er hätte begraben werden sollen. Das ist weniger schockierend.«

»Beides ist wenig reizvoll, wenn du mich fragst.«

»Es ist schwer, so an ihn zu denken, in einem Sarg.«

»An deiner Stelle würde ich es nicht versuchen.«

»Dagegen kann ich nichts tun.« Taran nahm noch einen Zug. »Mein Vater war eine Naturgewalt, stark, überschwänglich und charmant. Es ist schrecklich, sich solch eine Lebenskraft erloschen in einer Holzkiste vorzustellen.«

»Du musst dich an ihn in seinen besten Momenten erinnern.«

»Klar, ich weiß. Aber wie gesagt, die Gedanken driften immer wieder ab. Wollen wir was trinken gehen?«

»Jetzt?«

Er zuckte mit den Schultern. »Vielleicht nicht jetzt gleich, aber später? Wir könnten in den Pub gehen. Morgen fliege ich nach Toronto zurück.« Er sah sie an, wartete anscheinend auf eine Abfuhr.

»Gern«, sagte sie. »Heute Abend passt.«

»Schön. Wir treffen uns dort um sechs.«

Daisy lachte. »Warst du schon mal in dem Pub, Taran?«

»Na ja, nicht in diesem.«

»Dachte ich mir.«

»Beißen sie dort?«

»Nein, es ist ganz nett. Eventuell ein bisschen langweilig für jemanden, der in Toronto lebt.«

»Ich will nicht wegen der Massen hin.«

Seine grünen Augen funkelten. Daisys Lachen war ein Schutzmechanismus. Sie wusste, dass sie nicht zu viel in sein Flirten hineininterpretieren durfte. »Dann also um sechs«, sagte sie. »Ich sehe lieber mal nach deiner Mutter. Vermutlich kann sie einen Whisky vertragen.«

Er legte eine Hand auf ihren Rücken und begleitete sie

233

zurück in den Saal. »Mach drei draus. Wir brauchen alle einen.«

Daisy war froh, als es vorbei und alles reibungslos gelaufen war. Celia dankte ihr überschwänglich und umarmte sie mit einer Herzlichkeit, die Daisy ihr gar nicht zugetraut hatte. »Ich weiß nicht, was ich ohne dich getan hätte.« Wieder kamen ihr die Tränen. »Wäre Owen hier, würde ich ihm sagen, wie wunderbar du gewesen bist, aber das ist er nicht, also kann ich es keinem erzählen.« Daisy dachte an Taran, und als hätte Celia ihre Gedanken gelesen, sagte sie: »Taran weiß schon, wie wunderbar du bist.«

Dieser Satz wollte Daisy nicht aus dem Kopf, als sie nach Hause ging. Ihre Eltern, Nan und Suze waren längst weg, und sie war allein mit ihren Gedanken. *Taran weiß schon, wie wunderbar du bist.* War es bloß eine Floskel? Sie glaubte nicht, dass er es wirklich dachte, und nahm eher an, dass er dauernd flirtete. Es bedeutete nichts. Er brauchte nur Trost, weil sein Vater gestorben war.

Als sie nach Hause kam, war ihre Mutter wieder im Laden. Suze saß mit Nan am Küchentisch und sprach über die Trauerfeier. »Beerdigungen sind nie schön«, sagte Nan. »Sie erinnern einen nur, wo man endet. Das ist das einzig Sichere im Leben, nicht? Der Tod, der große Gleichmacher. Er erwischt uns alle, egal, wer wir sind.«

»Ich mag deine positive Einstellung, Nan.« Suze umklammerte einen Kaffeebecher. »Echt, du bist ein Lichtstrahl in diesen dunklen Zeiten.«

»Es ist doch Quatsch, die Wahrheit zu verstecken, Suze. Wir alle stehen Schlange, bis es uns erwischt.«

»Man könnte es vielleicht ein wenig netter umschreiben.«

»Das liegt mir nun mal nicht, Suze. Ich bin seit sechsundachtzig Jahren eine miesepetrige Ziege und werde mich jetzt nicht mehr ändern.«

Suze blickte zu Daisy auf und bemerkte sofort ihr glühendes Gesicht.

»Was ist denn mit dir los?«

»Nichts«, antwortete Daisy prompt.

Suze verengte die Augen. »Ich kenne dich gut genug, um zu wissen, dass ›nichts‹ nicht nichts ist.«

»Taran hat mich gebeten, heute Abend mit ihm was trinken zu gehen.«

Nan schnappte nach Luft. »Wohin führt er dich aus?«

»Wie ein Date?«, fragte Suze.

»Nur in den Pub. Nichts Besonderes, und nein, es ist kein Date.«

Doch Suze grinste. »Bloß zwei Freunde, die harmlos auf einen Drink ausgehen. Natürlich ist das ein Date, Schnarchnase!«

»Ein Date!«, wiederholte Nan ungewöhnlich begeistert. »Wird auch Zeit, dass du wieder unter Leute kommst. Nach einer Trennung wie deiner ist es das Klügste, nach vorn zu blicken, nicht zurück.«

»Und das weißt du woher, Nan?«, fragte Suze und zog eine Augenbraue hoch.

»Tja, man könnte sagen, dass ich durchaus meine Geheimnisse habe, Suze. Hätte ich zurückgeblickt, hätte ich euren Großvater nie geheiratet. Dann wäre ich die Frau vom kleinen Barry Brice geworden – der immer ›Kleiner‹ genannt wurde, obwohl er fast einen Meter neunzig groß war.« Sie rümpfte die Nase. »Barry ist nach Bodrum gezogen, und ich glaube, er wurde von einem Hai gefressen. Schau nie zurück, Daisy. Ich wäre mit sechsundzwanzig

Witwe gewesen, und Grandad hätte nie meinen Charme und Witz kennengelernt.«

Daisy lachte und ging sich umziehen.

»Wo will sie denn hin?«, fragte Nan.

»Nach vorn blicken«, antwortete Suze. »Sie zeigt Taran ihren Charme und Witz.«

17

Daisy kam ein wenig verspätet in den Pub. Es war keine Absicht, sondern Marigold hatte etwas verlegt, und alle mussten ihr suchen helfen. Das Problem war, dass sie nicht mehr wusste, was es war, nur dass es wichtig war. Was die Suche nahezu unmöglich machte. Es war weder ihr Handy noch ihre Schlüssel oder die Handtasche; deshalb hatten sie keine Ahnung, was es sein könnte.

Daisy war die Taschen ihrer Mutter durchgegangen und hatte ein kleines Notizbuch in einer ihrer Strickjacken gefunden. Sie zeigte es Marigold, die es umfing, als handelte es sich um einen verwundeten Vogel. »Das ist es! Ich verliere es auch nie wieder.« Doch selbst sie hatte gewusst, dass es unwahrscheinlich war.

Im Pub hockte Taran auf einem Barhocker und hatte ein Glas Whisky vor sich. Er hatte sich umgezogen und trug ein dunkelgraues T-Shirt und ein Jackett. Und er begrüßte sie mit einem Lächeln, wie sie es zuletzt Weihnachten bei ihm gesehen hatte – vor dem Tod seines Vaters. »Du bist gekommen«, sagte er verwundert.

»Natürlich«, antwortete sie und setzte sich auf den Hocker neben ihm.

»Was trinkst du?«

Normalerweise hätte sie ein Glas Wein genommen, doch etwas an Taran bewegte sie, etwas Ausgefalleneres zu wählen. »Einen Gin Tonic, bitte.«

Taran rief nach dem Barkeeper. Letzterer kannte Daisy noch von früher, weil sie auf einer Schule gewesen waren, und begrüßte sie so erstaunt wie begeistert. Seit ihrer Rückkehr aus Italien war sie nicht im Pub gewesen. »Bist du jetzt für immer hier?«, fragte er.

»Weiß ich noch nicht genau«, antwortete Daisy, die an ihr Gespräch mit Luca dachte. »Kann sein.«

»Es ist schön, dich wiederzusehen«, sagte er und ging ihren Drink mixen.

»Ich glaube, du bist unabsichtlich zur Privatsekretärin meiner Mutter geworden«, sagte Taran grinsend. »Und ich kann mir nicht vorstellen, dass sie dich für deine Dienste bezahlt.«

»Ich habe nur bei der Beerdigung geholfen. Jetzt braucht sie mich nicht mehr.«

»Oh, ich denke, das wird sie sehr wohl. Sie findet dich großartig.« Der Barmann brachte Daisys Getränk. »Du wirst jetzt sogar noch unentbehrlicher sein, weil es für sie ohne meinen Vater einsam wird.«

Daisy sah ihn fragend an. »Warum kommst du nicht zurück, um bei ihr zu sein?«

»Ich habe mir ein Leben in Kanada aufgebaut«, antwortete er schulterzuckend.

»Und das kannst du jederzeit ändern.«

»Kann ich, will ich aber nicht.«

»Dir gehört eines der schönsten Anwesen in England. Ich weiß es, weil ich jeden Tag darüberwandere. Und deine Mutter wird nicht ewig leben.«

»Weiß ich.« Seine Grimasse sagte ihr, dass er nicht über

dieses Thema sprechen wollte. »Es ist schwierig«, sagte er.

Daisy trank einen Schluck. »Es geht mich ja nichts an, aber ich bin sehr froh, dass ich zu einer Zeit aus Italien zurückgekommen bin, als meine Eltern mich wirklich gebraucht haben.«

Er zog eine Augenbraue hoch. »Geht es ihnen nicht gut?«

»Meiner Mutter nicht. Sie wird sehr vergesslich und desorientiert. Ich fürchte, das ist der Anfang von etwas Ernsterem.«

Taran nickte. Er erriet anscheinend, was sie fürchtete und nicht auszusprechen wagte. »Das Leben wird ernster, je älter wir werden, nicht? Ich meine, als wir jung waren, mussten wir nur über uns selbst nachdenken, aber jetzt haben wir Eltern, über die wir uns Gedanken machen müssen. Das ist ein Rollentausch, mit dem ich mich ehrlich gesagt nicht wohlfühle.«

»Du bist das einzige Kind, was hart ist. Die Verantwortung lastet ganz auf deinen Schultern. Ich habe immerhin noch Suze, obwohl sie wirklich nicht sehr hilfreich ist, weil sie eigentlich nur an sich denkt.«

»Du wirst dich am Ende um all die alten Leute kümmern«, sagte er grinsend. »Meine Mutter eingeschlossen.«

»Nein, werde ich nicht«, erwiderte sie. »Du wirst dich um deine Mutter kümmern, Taran.«

»Ich werde immer für sie da sein, brauche allerdings neun Stunden hierher.«

Sie blieben im Pub, bis er schloss. Bis dahin hatten sie mehr Drinks bestellt, etwas gegessen und sich wie alte Freunde unterhalten. Dass sie im selben Dorf aufgewachsen und in einer Klasse gewesen waren, gab ihrer neuen

Freundschaft Wurzeln und die Illusion von Vertrautheit. Daisy vergaß ihr Gespräch mit Luca, als sie mit Taran lachte. Am Ende bestand Taran darauf, die Rechnung zu übernehmen.

Beim Verlassen des Pubs wusste Daisy nicht mehr, wie viel sie getrunken hatte. Auch Taran hatte eine Menge Drinks gehabt und war ein bisschen wacklig auf den Beinen. Der Mond stand tief am Himmel und tauchte die Landschaft in silbriges Licht. Daisy glaubte nicht, ihn jemals so hell oder die Sterne so strahlend gesehen zu haben. »Gehen wir spazieren«, schlug sie spontan vor.

»Was? Jetzt?«, fragte Taran. »Dir ist klar, dass Nacht ist, oder?«

»Ja, und eine sehr schöne Nacht. Komm, gehen wir um die Felder. Es ist zu hübsch, um das zu verschlafen.« Sie zupfte an seinem Ärmel. »In wenigen Stunden ist es vorbei.«

»Ich sollte wohl ein wenig ausnüchtern«, gab er zu. »Ich will meine Mutter nicht wecken, indem ich durchs Haus poltere.«

»Die frische Luft wird uns beiden guttun.« *Und ich will dir zeigen, warum dein Vater dies hier so geliebt hat*, dachte sie ein bisschen beschwipst und machte sich auf zu dem Weg, den sie jeden Morgen ging.

Sie verließen das Dorf und wanderten den Feldweg hinauf zum Wald. Daisy blickte zu den Baumsilhouetten, die sich vor dem tiefblauen Himmel abzeichneten, und den Weizen- und Rapsfeldern, und es war, als würden sie eine Parallelwelt betreten. Eine schönere Welt, voller sanft raschelnder kleiner Tiere und unheimlich schreiender Eulen. »Hast du es jemals schöner gesehen?«, fragte sie und atmete genüsslich die erdigen Düfte ein.

»Ich erinnere mich, dass ich als Teenager mal eine Party gegeben habe und mit einem Mädchen bei Sonnenaufgang hier draußen war. Das war auch sehr schön.«

»Weißt du noch, wer sie war?«

»Keine Ahnung.« Taran lachte. »Aber ich erinnere mich, wo wir uns geküsst haben.«

»Und wo war das?«

Er sah sie grinsend an. »Tja, da wir schon hier oben sind, zeige ich es dir.«

»Ich frage mich, ob sie sich an dich erinnert.«

»Sicher nicht. Ich war ein ziemlich langweiliger Jugendlicher.«

»Das bezweifle ich.«

Er lachte. »Du bist nur nett, Daisy Fane.«

Langsam gingen sie am Waldrand entlang, weil es zu dunkel war, um in den Wald zu gehen. Nach einer Weile gelangten sie zu einer Bank am Wegesrand und setzten sich. Von hier hatten sie eine prächtige Aussicht auf die sanften Hügel und unendlichen Felder. Alles schimmerte im hellen Mondschein. »Als mein Vater das Anwesen erbte, hat er diese Bank hier aufgestellt. Es war sein Lieblingsplatz auf der Farm. Jedes Mal wenn er hier vorbeikam, hat er sich kurz hingesetzt und die Aussicht genossen.« Taran stockte einen Moment, als sähe er die Landschaft jetzt anders. »Es ist schön, nicht?«, ergänzte er wehmütig.

»Du hast solch ein Glück, Taran. All dies gehört dir. All diese Schönheit. Du kannst meilenweit gehen, ohne eine Menschenseele zu treffen. Es ist ganz dein und hier, wann immer du willst. Ist dir bewusst, welches Glück du hast?«

Taran stützte die Ellbogen auf die Knie und rieb sich das Kinn. »So habe ich es nie betrachtet. Ich schätze, dass ich es immer für selbstverständlich genommen habe.«

»Das ist normal. Wir erkennen oft nicht, was wir haben, bis wir es verlieren.«

Taran vergrub das Gesicht in den Händen. Daisy ließ sich ganz vom Anblick der Landschaft einnehmen, den Hügeln mit den tintenblauen Bäumen und Hecken. Taran blieb eine Weile so, und zuerst dachte Daisy sich nichts dabei, nahm an, dass er nur versuchte, nüchtern zu werden, doch dann bemerkte sie, dass seine Schultern bebten. Sie legte eine Hand auf seinen Rücken und neigte sich vor, um sein Gesicht zu sehen, entsetzt, weil sie die Aussicht genossen hatte, während er weinte. »Oh, Taran, ich rede vor mich hin, ohne an deinen Verlust zu denken. Es tut mir so leid. Ich hätte taktvoller sein müssen.«

Er fing sich, wischte sich die Augen mit dem Handrücken und setzte sich auf. »Ich habe meinen Vater nie gewürdigt, und jetzt ist er weg …«

Daisy wusste nicht, was sie sagen sollte. Es gab keine Worte, die Sir Owen zurückbrachten. Ihr Großvater hätte gesagt, dass sein Vater im Geiste immer bei ihm wäre, aber dies war nicht der Moment für solch ein Klischee, und sie war nicht mal sicher, ob sie es glaubte. »Wir hatten unsere Differenzen, er und ich, aber ich habe ihn geliebt«, fuhr Taran fort. »Und jetzt ist es zu spät, ihm das zu sagen.« Tränen liefen ihm über die Wangen. »Wäre ich doch nicht so stolz gewesen.«

»Sicher hat er gewusst, dass du ihn geliebt hast«, sagte Daisy, die ihn trösten wollte, aber nicht wusste, wie. Und sie war entsetzt, dass sie ihn für kalt und gefühllos gehalten hatte. »Soweit ich es mitbekommen habe, war dein Vater ein sehr großzügiger Mann.«

»Jeder hat ihn gemocht. Er schenkte den Leuten seine

Zeit und gab ihnen das Gefühl, wichtig zu sein. Er war eine Legende, ein in jeder Beziehung großer Mann.«

»Stimmt. Er war im wahrsten Sinne des Wortes nobel«, sagte Daisy.

»Und besser, als ich es bin, Daisy.« Tarans Mundwinkel zuckten, als er mit seiner Verbitterung rang.

»Das ist nicht wahr. Nur weil du anders bist, bist du nicht weniger wert.«

»Seine Farm hat ihm alles bedeutet. Alles. Er hat Land gekauft, um sie zu vergrößern, all seine Zeit im Wald oder mit den Hunden auf den Feldern verbracht. Das verstehe ich, weißt du? Er hat das Land und sein Zuhause geliebt. Und er wollte, dass ich es nach seinem Tod übernehme, aber ich hätte nicht gedacht, dass er so früh sterben würde. Ich bin noch nicht bereit hierfür.«

»Er hat sich gewünscht, dass du liebst, was ihm wichtig ist, weil er es mit dir teilen wollte. Du warst sein einziges Kind. Dieses Leben hat zu ihm gepasst und ihn glücklich gemacht. Wahrscheinlich hat er gedacht, es würde dich auch glücklich machen. Letztlich wollte er vor allem, dass du glücklich bist, schätze ich.«

»Aber ich bin kein Farmer, Daisy. Der wollte ich früher nicht sein und will es heute auch nicht. Ich verstehe nichts von Landwirtschaft.«

»Dein Verwalter könnte dir alles beibringen. Ich kann mir nicht vorstellen, dass es so schwierig ist, wenn man Hilfe hat. Und man unterschätzt leicht, wozu man fähig ist. Tun wir alle.«

Lange Zeit saßen sie schweigend da, während Taran über das nachdachte, was sie gesagt hatte. Schließlich wurde ihnen kalt. »Übrigens habe ich hier das Mädchen geküsst«, sagte er und grinste.

Daisy lachte. »Ein sehr romantischer Ort. Ich verstehe, warum du ihn gewählt hast.«

Er sah sie an. Seine grünen Augen glänzten und blickten dankbar. »Du bist sehr nett«, sagte er leise.

Daisy merkte, wie die Luft um sie herum erstarrte. Da war ein zärtlicher Ausdruck auf seinem Gesicht, und sein Lächeln war nicht mehr umwerfend, sondern verletzlich. »Danke, dass du mir zuhörst.«

»Ich bin froh, dass du mit mir reden kannst.«

»Ja, kann ich.« Stirnrunzelnd musterte er ihr Gesicht, als sähe er es mit neuem Blick. »Bis heute Nacht war es mir nicht klar.«

Daisy begriff, dass er sie küssen würde. Diesen Blick kannte sie, spürte die veränderte Energie, wenn zwei Menschen plötzlich eine Verbindung feststellten. Sie wusste, dass sie wieder nüchtern war, war sich jedoch bei Taran nicht sicher. Natürlich fand sie ihn attraktiv. Aber sie konnte nicht einschätzen, ob sie nicht bloß eine verständnisvolle Freundin auf einer Bank war, auf der er einst ein Mädchen geküsst hatte.

Sie stand auf und streckte ihm die Hand hin. »Komm, Taran, gehen wir nach Hause.«

Verwirrt blickte er auf und konnte seine Enttäuschung nicht verbergen. Die Drinks hatten eindeutig seine Hemmungen gelöst. Nun betrachtete er sie grinsend, als versuchte er zu ergründen, was sie hier spielte. Daisy ahnte, dass er etwas sagen wollte, doch er überlegte es sich anders, denn er ergriff ihre Hand und stand auf. Als Daisy sie wieder zurückziehen wollte, hielt er sie fest. Sie gingen in Richtung Dorf. Daisy versuchte sich einzureden, dass es nicht bizarr war, Hand in Hand mit jemandem zu gehen, den sie kaum kannte.

»Ich bin nicht betrunken«, sagte er nach einer Weile und versuchte, nicht allzu unsicher zu gehen.

»Weiß ich.«

»Ein bisschen beschwipst vielleicht, aber auf gute Art.«

»Ich auch«, antwortete sie.

»Stört es dich, wenn ich deine Hand halte?«

»Natürlich nicht.«

»Schön.«

»Hast du eine Freundin, Taran?«, fragte sie plötzlich auf die Gefahr hin, dass sie damit den Augenblick ruinieren könnte. Doch ein attraktiver Mann wie er hatte wahrscheinlich eine Beziehung.

Er zögerte und wurde langsamer. »In gewisser Weise.«

Daisy erstaunte, dass es ihr einen Stich versetzte. »Und was heißt ›in gewisser Weise‹?«

»Es heißt, dass ich in einer Beziehung bin, ohne mich richtig auf sie einzulassen.«

»Aha.«

»Es klingt gleichgültig, aber so ist es nicht. Wir sind seit zwei Jahren lose zusammen, wohnen aber nicht zusammen oder so. Sie ist eher wie eine Freundin mit gewissen Vorzügen, falls du verstehst, was ich meine. Ich mag sie, sie ist witzig, aber es hat keine Zukunft.«

Mit seiner Erklärung fühlte Daisy sich um nichts besser. Er klang kaltherzig, und so wollte sie ihn nicht sehen. »Weiß sie, dass es keine Zukunft hat?«

Er zuckte mit den Schultern. »Kann ich nicht sagen. Wir haben nicht darüber geredet. Wir sehen uns nur hin und wieder.«

Daisy ließ seine Hand los. »Du solltest es ihr sagen. Es ist nicht fair, sie in der Luft hängen und auf eine Zukunft hoffen zu lassen, wenn es keine gibt.« Unwillkürlich klang sie sehr streng.

»Hat das dein Italiener mit dir gemacht?«

Sie nickte. »Irgendwie, ja.«

Taran schob die Hände in die Taschen, und sie gingen stumm weiter.

Vor Daisys Haus blieben sie stehen, unsicher, wie sie sich verabschieden sollten. »Ich reise morgen ab«, sagte er ein wenig traurig.

»Ich kümmere mich um deine Mutter, keine Sorge.«

»Ja, weiß ich.« Er sah sie an, als wollte er nicht, dass die Nacht endete. Als fürchtete er, dass der Sonnenaufgang die kurze Magie zerstören könnte, die sie oben auf der Bank gefühlt hatten. »Du bist eine besondere Frau, Daisy Fane.«

Sie zuckte mit den Schultern. »Ich kann mich nicht von jemandem abwenden, der Hilfe braucht.«

»Ja, das ist mir klar.« Er grinste. »Bin ich das auch für dich? Jemand, der Hilfe braucht?«

»Du bist ein Freund«, antwortete sie vorsichtig. »Ein ungewöhnlicher Freund.«

»Ungewöhnlich? Ich weiß nicht, ob ich dem zustimme.« Er beugte sich vor und küsste sie auf die Wange, wo seine Lippen ein wenig länger als nötig verharrten. »Auf Wiedersehen, ungewöhnliche Freundin.«

Sie lächelte. »Guten Flug.«

Er richtete sich auf und streckte sich. »Ich denke, ich werde ihn vollständig verschlafen.«

»Ist wohl besser.« Sie runzelte die Stirn. »Bist du nüchtern genug, um zu fahren?«

»Nein, ich lasse den Wagen beim Pub stehen und gehe zu Fuß. Die Bewegung wird gut sein, einen klaren Kopf zu bekommen. Obwohl ich lieber mit dir gehen würde.«

Sie schloss die Haustür auf und drehte sich um. »Gute Nacht, Taran.« Angesichts seiner enttäuschten Miene ergänzte sie: »Ich fand es sehr schön heute Nacht.«

»Ich auch. Gute Nacht, Daisy.«

Und er beobachtete, wie sie im Haus verschwand.

Als Daisy sich hinlegte, hob Suze den Kopf. »Hey, du warst die ganze Nacht unterwegs! Was hast du getrieben?«

»Wir waren spazieren.«

»Mitten in der Nacht?«

»Es war so schön, da konnte ich nicht widerstehen.«

»Du bist betrunken!«

»Angeheitert.«

»Und Taran?«

»Auch angeheitert.«

»Hat er dich geküsst?«

»Natürlich nicht.«

»Was? Hat er es nicht mal versucht?«

»Wir haben uns nicht geküsst.«

»Aber ihr wolltet.«

»Suze, es ist vier Uhr morgens. Du solltest schlafen.«

»Du hast mich geweckt, also musst du mir jetzt auch was geben.«

Daisy seufzte. »Was?«

»Weiß ich nicht. Sag du es mir.«

Wieder seufzte Daisy. »Du bist unmöglich und benimmst dich wie eine Zwölfjährige.«

»Ich heirate, vergiss das nicht.«

»In zwei Wochen.«

»Also gib mir was.«

»Lässt du mich dann schlafen?«

»Ja.«

»Okay. Also, ich mag ihn.«

»Du magst ihn?«

»Ja, bis heute Nacht war mir nicht klar, wie sehr ich ihn mag.«

»Dachte ich mir.«

»Aber … da ist Luca.«

»Da ist kein Luca. Er ist ein Idiot. Lass das hinter dir.« Suze drehte sich um. »Gute Nacht, Daisy.«

Lächelnd schloss Daisy die Augen. »Gute Nacht, Suze.«

Wenige Tage vor Suzes Hochzeit begleitete Daisy ihre Mutter zum Termin bei der klinischen Psychologin. Sie saßen auf einem Sofa im Wartezimmer einer weißen Villa, im vornehmen Teil der Stadt. Die Wände waren blassgrün, der Teppich in gedämpften Tönen beruhigend geometrisch gemustert, und auf dem niedrigen Tisch in der Mitte lagen Hochglanzmagazine. Marigold zupfte nervös an der Manschette ihrer Jacke, wo sich ein Faden gelöst hatte. Daisy war ebenfalls nervös. Heute würden sie hoffentlich erfahren, woher die Vergesslichkeit ihrer Mutter kam.

Nach sehr langer Zeit erschien eine junge Frau in einem eleganten Hosenanzug in der Tür. »Sie müssen Marigold sein«, sagte sie lächelnd. Marigold und Daisy standen auf.

»Ja, ich bin Marigold, und dies ist meine Tochter Daisy.« Dabei lächelte sie so gekünstelt, wie sie es tat, wenn sie ihre Nervosität überspielen wollte.

»Ich bin Caroline Lewis. Gehen wir in mein Sprechzimmer und unterhalten uns.«

Caroline ging voraus in ein Zimmer, das in den gleichen Farben gehalten war wie das Wartezimmer. Sie bot ihnen zwei Stühle an und setzte sich hinter einen großen antiken Schreibtisch. »Also, ich werde Ihnen jetzt vier Wörter sagen, die Sie sich bitte merken, Marigold«, begann sie. »Am Ende unserer Sitzung werde ich Sie bitten, mir die Wörter zu sagen, in Ordnung?«

Marigold nickte. »In Ordnung.«

»Jogger, Pony, Insel, Haus.«

Marigold wiederholte sie, um sie sich einzuprägen: »Jogger, Pony, Insel, Haus.«

Es schien recht einfach.

Caroline fragte Marigold nach ihrem Leben, und Daisy merkte, wie ihre Mutter sich nach und nach entspannte. Sie sprachen über den Laden und ihre tägliche Routine, gingen aber auch in ihrer Geschichte zurück bis zu der Zeit, als sie Dennis kennengelernt hatte. Während Marigold redete, machte Caroline sich Notizen. Daisy saß da und hörte zu. Ihre Mutter war eloquent und machte sogar einige Scherze, als ihre Nervosität schwand. Daisy fragte sich, ob Caroline sie für verrückt hielt herzukommen, denn ihrer Mutter schien nichts zu fehlen.

Schließlich sah Caroline sie an und fragte ruhig und mitfühlend, wie es mit ihrem Erinnerungsvermögen sei. Als Marigold ihr von dem kleinen Buch erzählte, das sie immer bei sich hatte (und in das sie manchmal hineinzusehen vergaß), dem roten Buch unterm Ladentresen, den Postits neben ihrem Bett und der Liste an der Kühlschranktür, erkannte Daisy, dass Caroline sie keineswegs für verrückt hielt. Im Gegenteil. Während Caroline sich weiter Sachen notierte, spürte Daisy, dass Marigolds Symptome ihr nicht neu waren. Sie nickte, murmelte »Verstehe« und sah Marigold ernst und prüfend an. Je mehr Marigold von ihren Stürzen, ihrer Desorientiertheit, dem Nebel in ihrem Kopf, dem Vergessen von Namen, Leuten, Orten und Dingen berichtete, desto interessierter wurde Caroline. Dies war ihr

Fachgebiet, in dem sie sich besser auskannte als irgendwo sonst, und dass ihr Interesse geweckt war, machte Daisys Angst noch größer.

Nachdem Marigold die vielen Gedächtnisausfälle aufgezählt hatte, fragte Caroline sie, ob sie sich an die vier Wörter erinnerte, die sie ihr zu Beginn der Sitzung gesagt hatte. Marigold verengte die Augen. Sie suchte in dem Nebel in ihrem Kopf, doch da war nichts als Leere. »Tut mir leid, ich erinnere mich nicht mehr«, antwortete sie traurig. Daisy brach es das Herz.

Caroline lächelte. »Ach, keine Sorge. Wir haben heute über so vieles gesprochen. Gewiss fallen sie Ihnen auf der Rückfahrt wieder ein.«

Daisy legte eine Hand auf den Arm ihrer Mutter. Sie wollte ihr sagen, dass sie die Wörter auch vergessen hatte. Aber das wäre gelogen, denn sie hatte es nicht. Jogger, Pony, Insel, Haus.

Caroline stand auf. »Sie sind eine viel beschäftigte Frau mit großer Verantwortung, Marigold«, sagte sie. »Mit dem Geschäft, dem Haushalt und den vielen Komitees, in denen Sie sich engagieren. Ich denke, vielleicht muten Sie sich zu viel zu. Treten Sie ein wenig kürzer. Geben Sie einige der Verpflichtungen ab, die Sie nicht brauchen, und konzentrieren Sie sich auf die Dinge, die Ihnen am meisten Freude bereiten. Wenn Sie Nebel in Ihrem Kopf fühlen, machen Sie sich keine Sorgen. Lassen Sie ihn zu, atmen Sie, und er vergeht. Und lassen Sie sich von Ihrer Familie unterstützen, die eindeutig sehr liebevoll ist. Ich bin sicher, dass sie Ihnen gern helfen, wenn es nötig ist. Vor allem verstecken Sie es nicht. Sie brauchen Hilfe, also nehmen Sie die an. Ich würde Sie gern in einem halben Jahr wiedersehen. Meinen Bericht schicke ich Ihnen per Post und eine Kopie an Dr. Farah. Wie ich hörte, schickt er Sie zum MRT.« Sie blickte zu ihren Notizen. »Nächste Woche, richtig?« Marigold bejahte stumm. »Gut, also, bis Dezember.« Sie stand auf und schüttelte Marigold die Hand.

»Was meinst du, wie es gelaufen ist?«, fragte Marigold Daisy, als sie zum Wagen gingen.

»Du hast das sehr gut gemacht, Mum.«

»Aber ich konnte mich nicht an die Wörter erinnern.«

»Halb so wild. Caroline fand es nicht besorgniserregend.«

»Nein, anscheinend nicht. Jedenfalls hat sie es nicht gesagt.« Marigold seufzte. »Sie hat auch nicht gesagt, was ihrer Meinung nach nicht stimmt.«

»Nein, hat sie nicht. Ich schätze, das steht dann in ihrem Bericht.«

»Und wieder müssen wir warten«, sagte Marigold frustriert.

»Leider ja.«

Marigold suchte nach dem Lichtstreif am Horizont. »Na, Suze heiratet«, sagte sie munterer.

»Ja, freuen wir uns darauf.«

»Und auf eine Tasse Tee. Ich freue mich auf eine Tasse Tee.«

»Ich mich auch«, stimmte Daisy ihr zu. »Es geht doch nichts über einen Tee, nicht?«

18

Am Morgen von Suzes Hochzeit bekam Daisy eine SMS. Als sie den Ton hörte, ertappte sie sich bei der Hoffnung, dass sie von Taran war. Aber sie war von Luca. *Du fehlst mir immer noch, Margherita.* Tatsächlich fehlte er ihr nicht. Seit ihrem Mitternachtsspaziergang mit Taran hatte sie nicht mehr an Luca gedacht.

Seit zwei Wochen war Taran weg, und sie hatte nichts von ihm gehört. Sie fragte sich, warum sie es erwartete. Er hatte nicht gesagt, dass er sich melden würde. Sie hatten sich als Freunde im Pub getroffen, und obwohl es auf der Bank ausgesehen hatte, als wollte er sie küssen, hatte er es nicht getan. Vielleicht hatte sie es sich eingebildet. Schließlich war sie beschwipst gewesen; genau wie er. Falls er sie küssen wollte, war es wahrscheinlich nur aus einem momentanen Drang heraus, befeuert von Alkohol und Trauer. Es hätte nichts bedeutet. Jedenfalls ihm nicht.

Daisy verbrachte die meisten Tage malend in der Scheune, mit Celia beim Kaffee in der Küche oder mit den Hunden auf dem Anwesen. Sie genoss die Spaziergänge im Wald. Die Glockenblumen waren spektakulär gewesen, ein Meer von Blau. Jetzt im Juni waren sie verblüht, doch die Rhododendren blühten noch, und ihre großen pinken und roten Blüten glänzten wächsern im Sonnenschein. Das Laub der Bäume und Büsche war dunkler geworden. Daisy mochte den Frühsommer, wenn alles so frisch und neu war. Bei ihren Wanderungen mit den Hunden nahm sie sich Zeit, eine Weile auf der Bank zu sitzen, auf der sie mit Taran gesessen hatte. Von der aus Sir Owen die Aussicht genossen hatte. Für Daisy war es mehr als eine Bank mit einer schönen Aussicht. Es war die Stelle, an der Taran sie beinahe geküsst hätte.

Dennoch wollte sie nach sechs Jahren mit Luca nicht recht glauben, dass sie sich so schnell in einen anderen Mann verlieben konnte. Und Taran war kein guter Kandidat. Er lebte in Kanada und hatte offenbar nicht den Wunsch, sich zu binden – immerhin führte er seine Freundin gerade kräftig an der Nase herum. Er war der Typ Mann, vor dem sie weglaufen sollte. Und doch konnte sie nicht aufhören, an ihn zu denken.

Sie ignorierte Lucas SMS und schaltete ihr Handy aus. Ehe er nicht anrief und sagte, er wäre bereit, ihr zu geben, was sie wollte, wollte sie nichts von ihm hören.

Suze stand in ihrem Morgenmantel am Fenster, schaute hinaus in den Regen und fotografierte ihn. Warum musste es heute, am wichtigsten Tag ihres Lebens, regnen? Sie war wütend. Nan erschien mit einer kleinen blauen Stickblume. »Hier ist was Blaues. Das hast du doch nicht vergessen, oder?«

Definitiv hatte sie es nicht vergessen. Sie hatte sogar einen ganzen Artikel darüber für *Woman and Home* geschrieben. Unter ihrem Morgenmantel trug sie ein blaues Strumpfband, das sie eigens deshalb gekauft und auf Instagram gepostet hatte (wo es eine Menge Likes bekam), aber das sagte sie Nan nicht.

»Danke, Nan, die stecke ich innen an mein Kleid. Aber der Regen gibt mir sowieso den Blues.«

»Mach dir deswegen keine Gedanken. Der bringt Glück! An meinem Hochzeitstag hat es geregnet, und dein Großvater und ich hatten einundfünfzig glückliche Jahre zusammen.«

Suze seufzte. Das musste Nan ihr ein Dutzend Male erzählt haben. »Ich weiß, nur verhindert Glück nicht, dass mein Haar kraus wird.«

»Nein, wird es nicht. Und ich bin sicher, dass Atticus dich um deinetwillen mag, nicht dein glattes Haar.«

»Ich mag mich mit glattem Haar, Nan. Darum geht es. Heute ist mein Tag, und ich will, dass er perfekt ist.«

»Dann wirst du enttäuscht, denn nichts ist perfekt.«

Suze drehte sich wieder zum Fenster. »Du hast recht, ist es nicht.« Sie stemmte die Hände in die Hüften. »Aber sich einen sonnigen Tag zu wünschen ist ja wohl nicht zu viel verlangt.«

Marigold wachte mit einem positiven Gefühl auf. Sie hatte einen guten Tag, fühlte sich nicht müde, hatte einen klaren Kopf und war energiegeladen. Heute war Suzes großer Tag, und Marigold würde jede Minute genießen. Sie war ein wenig enttäuscht, als sie den Regen sah, doch am Horizont wurde es heller, also bestand die Chance, dass die Sonne noch rechtzeitig rauskam.

Sie nahm die Zettel, die sie am Abend zuvor geschrieben hatte, um sich an die Dinge zu erinnern, die sie tun musste. Dann blickte sie in ihr kleines Buch. Da war eine lange Liste, aber sie glaubte nicht, dass sie heute eine Gedächtnisstütze brauchte. Wie eigenartig, dachte sie, als sie ihren Morgenmantel überzog, dass manche Tage schlimm waren, andere, wie jetzt, sich fast wie früher anfühlten. Seit dem Hirnscan in der Woche zuvor fühlte sie sich ein wenig besser. Vielleicht bildete sie sich alles nur ein, wie Nan sagte. Vielleicht machte sie aus einer Mücke einen Elefanten.

Nach dem Frühstück kam die Post, als alle außer Marigold oben waren, um sich bereit zu machen. Sie ging in die Diele, hob den Stapel Briefe von der Fußmatte und brachte ihn in die Küche. Da waren ein paar Rechnungen, aber für die war Dennis zuständig, und die übliche Werbepost. Dann entdeckte sie einen an sie adressierten Brief. Sie drehte den Umschlag um und zog die gummierte Lasche auf. Als sie den Briefkopf von Caroline Lewis' Praxis sah, setzte sie sich hin, denn plötzlich wurde ihr ein wenig übel. Sie übersprang die Sätze, wie gut sie sich ausdrücken könne, wie intelligent sie sei und wie beeindruckt Caroline war, weil sie so vieles schaffte … Dann fiel Marigolds Blick auf das einzige wichtige Wort auf der Seite. *Demenz.* Caroline Lewis' professioneller Meinung nach befand sich Marigold möglicherweise *im Anfangsstadium einer Demenz.* Genaueres wisse sie nach einem zweiten Termin in sechs Monaten.

Demenz. Eine kalte Faust legte sich um Marigolds Herz. Sie hatte befürchtet, dass sie dement wurde, aber Beryl hatte beteuert, sie wäre eben wie jeder andere, der älter wurde und manchmal Dinge vergaß, was normal war. Nur wusste Marigold, dass es bei ihr nicht normal war. Sie hatte gewusst, dass sie mehr vergaß als andere. Und sie hatte dieses Wort gefürchtet und es deshalb tief in sich vergraben. Jetzt war es wieder da, schwarz auf weiß vor ihr. Die Wahrheit war unvermeidlich, nicht zu leugnen, und sie war entsetzlich. Marigold steckte den Brief zurück in den Umschlag und drückte die Lasche wieder fest. Dennis sollte nicht wissen, dass sie ihn bereits gelesen hatte. Er würde sich Sorgen um sie machen, und das würde ihm Suzes großen Tag verderben.

Der Laden war heute geschlossen, doch jetzt ging Marigold hinein, machte das Licht an und fuhr den Computer hoch, um »Demenz« zu googeln. Wenn sie die schon hatte, sollte sie lieber wissen, was sie bedeutete. Da sie nicht damit rechnen musste, gestört zu werden, zog sie sich einen Hocker heran, setzte ihre Brille auf und blickte auf den Monitor.

Demenz ist keine spezifische Krankheit. Es ist der Oberbegriff für eine Gruppe von Symptomen, die mit einem Nachlassen des Erinnerungsvermögens und anderer kognitiver Fähigkeiten einhergehen und stark genug sind, um die Betroffenen in der Ausführung alltäglicher Arbeiten zu beeinträchtigen. In 60 bis 80 Prozent der Fälle handelt es sich um die Alzheimerkrankheit.

Es gibt keine Behandlungsmethoden …

Bisher wird wenig in die Demenzerforschung investiert …

Demenz kommt bei Frauen häufiger vor …

Es war nichts Positives zu finden. Gar nichts.

Als Marigold über den Hof zurück zum Haus ging, dachte sie über das Wort »Demenz« nach. Warum mussten sie für ihre Krankheit einen Ausdruck wählen, der so viel wie »ohne Verstand« bedeutete? Sie kannte sich mit Wörtern aus und wusste, was »dement« hieß. Es hieß verrückt, gestört, irre.

Sie hörte Nan nach ihr rufen. »Marigold!«

Marigold lief ins Haus. Nan war in der Küche, noch in

ihrem Morgenmantel. »Patrick kommt zur Hochzeit«, sagte sie aufgeregt. »Er ist hier, mit Lucille, und sie wohnen im The Gables unten an der Straße. Ist es nicht wunderbar, dass er den weiten Weg von Australien zu Suzes Hochzeit kommt? Er hat gesagt, dass er sie auf keinen Fall verpassen will. Und er wollte uns überraschen. Na, das ist ihm gelungen!« Nan lächelte stolz. »Er ist ein guter Junge, mein Patrick!«

Marigold hatte ihren Bruder seit ungefähr acht Jahren nicht gesehen, und sosehr sie sich freute, dass er zur Hochzeit ihrer Tochter angereist war, konnte sie nicht umhin, den alten Groll zu empfinden. Patrick hatte sich immer schon einen feuchten Kehricht um die Gefühle anderer geschert, nur an sich gedacht und wie er die meiste Aufmerksamkeit bekam. Es war so typisch, dass er Suzes Tag nutzte, um alles Licht auf sich zu lenken. »Du meine Güte! Das ist ja mal eine Überraschung. Wie nett.« Die Jahre, in denen sie von Patricks dominanter Persönlichkeit und seinem Charme in den Schatten verbannt wurde, hatten Marigolds Zuneigung zu ihm ziemlich gedrosselt. »Ich wünschte nur, er hätte auf die Einladung geantwortet, wie alle anderen. Jetzt müssen wir die Sitzordnung in der Kirche und beim Fest ändern. Ich muss es Daisy sagen.«

»Er hat so viel zu tun, und Australien ist auf der anderen Seite der Welt. Aber Familie ist Familie, und ich habe gewusst, dass er den großen Tag seiner Nichte nicht verpassen würde. Er mag ja nachlässig sein, wenn es darum geht, seine Mutter anzurufen, aber im Grunde ist er ein Lieber.« Nan lächelte. Es war solch ein breites Lächeln, dass es Marigold beinahe fremd vorkam. »Er hatte schon immer ein gutes Herz.«

Marigold machte sich auf die Suche nach Daisy. In ihrer

Panik wegen des Sitzplans vergaß sie den Brief von Caroline Lewis. Er lag ganz oben auf dem Stapel, wo Dennis ihn fand. Er sah den Namen Caroline Lewis. Und als er die Einschätzung las, erstarrte er. Marigold durfte keine Demenz haben. Konnte sie einfach nicht. Nicht seine Marigold.

Er setzte sich hin und kratzte sich den Bart. Sie war bloß vergesslich, mehr nicht. Es war keine Demenz. Demenz hatten alte Leute, und Marigold war nicht alt. Sie war sechsundsechzig. Er erinnerte sich, gehört zu haben, dass Demenz das Gehirn letztlich komplett zerstörte. Der Körper vergaß zu atmen und starb. Das konnte unmöglich Marigolds Zukunft sein. Konnte es einfach nicht. Ein scheußliches Ende. Nein, ausgeschlossen. Nicht seine Marigold.

Dennis hörte Schritte und faltete den Brief hastig zusammen, um ihn zurück in den Umschlag zu stecken. Er beschloss, Marigold bis nach der Hochzeit nichts zu sagen. Er würde versuchen, es für den heutigen Tag zu vergessen. Nichts sollte Suzes großen Tag verderben. Und Marigolds auch nicht.

In diesem Moment kam sie in die Küche. »Rate mal, wer aufgekreuzt ist? Patrick! Er wollte Suze überraschen.«

»Das ist ihm dann bei uns allen gelungen.«

»Typisch für ihn. Ich musste Daisy bitten, ihn noch irgendwo in der Kirche zu platzieren. Natürlich ist sie begeistert, dass er gekommen ist, und macht sich überhaupt keine Sorgen um den Sitzplan.«

»Ich schätze, die zwanzig Jahre in Australien haben ihn ziemlich lässig gemacht«, sagte Dennis, der an Marigolds Miene zu erkennen versuchte, ob sie den Brief gelesen hatte. Doch da war lediglich ihre Sorge wegen der Sitzplätze. Und er beruhigte sich damit, dass sie den Inhalt des Schreibens nicht kannte.

»Das hat nichts mit Lässigkeit zu tun«, erwiderte Marigold. »Sondern nur damit, dass er der große Star sein will. Aber Suze wird aus dem Häuschen sein. Sie liebt Patrick und ist sicher gerührt, dass er um die halbe Welt geflogen ist, um zu ihrer Hochzeit zu kommen. Und es wird ein schöner Tag.« Sie blickte aus dem Fenster. »Sieh mal, es klart schon auf.«

»Ich dulde auch keinen Regen am großen Tag meines kleinen Mädchens.«

»Unser kleines Mädchen, ganz erwachsen.«

»Und sie zieht aus«, sagte Dennis wehmütig.

»Dann haben wir nur noch Daisy. Und Nan natürlich.« Marigold runzelte die Stirn. »Es wird sehr still ohne Suze. Vielleicht werden mir sogar ihre Wutanfälle fehlen.«

»Heute gibt es bestimmt noch einen.«

Marigold kicherte. »Ein letzter Wutausbruch. Das wäre typisch Suze. Aber alles ist, wie es sein soll. Es wird Zeit, dass sie den Rest ihres Lebens mit Batty anfängt. Meinst du, wir müssen ihn Atticus nennen, wenn sie verheiratet sind?«

»Nein, ich habe das Gefühl, dass sich der Spitzname hält.«

»Er ist ein netter Junge. Wir könnten uns keinen netteren wünschen.«

»Nein, könnten wir nicht.«

»Hoffentlich findet Daisy auch jemanden, der so anständig ist.«

»Verheiraten wir erst mal Suze, danach kümmern wir uns um Daisy.«

»Gute Idee«, sagte Marigold. »Eine nach der anderen.«

Dennis schaute auf seine Uhr. »Du solltest dich langsam anziehen, Goldie.«

Marigold sah hinab zu ihrem Morgenmantel. »Du meine Güte, du hast recht. Ich dachte, ich hätte mich schon umgezogen!« Sie stand auf. »Wie gut, dass du es bemerkt hast, Dennis. So kann ich wirklich nicht zur Kirche gehen.« Sie lächelte. »Du siehst gut aus, so elegant.«

Dennis erwiderte ihr Lächeln. »Ich will Suze nicht enttäuschen.«

»Nein, ich auch nicht.« Eilig verließ Marigold den Raum. Als sie die Treppe hinaufging, erinnerte sie sich an den Brief. Er tauchte einfach wieder in ihrem Kopf auf und dämpfte ihre Stimmung. Demenz. Jetzt fiel es ihr wieder ein: Sie hatte Demenz.

Sie zog das Kostüm an, das sie extra für heute mit Daisy in der Stadt gekauft hatte. Es war hellblau, und sie hatte auch eine hellblaue Handtasche und einen Hut dazu gefunden. Jetzt fühlte sie sich gut, wie Daisy es vorausgesagt hatte. Marigold trug nur wenig Make-up auf, ein bisschen Puder und Wimperntusche. Sie war nie eine Schönheit gewesen, jedenfalls für niemanden außer Dennis. Als sie ihr Spiegelbild sah, wusste sie, dass es ihm gefallen würde. Das war der Lichtstreif am Horizont, der immer da sein würde. Sie hatte Glück, mit Dennis verheiratet zu sein.

Daisy half Suze in ihr Kleid – ihr schönes rosa Prinzessinnenkleid. Die Farbe war sehr zart. Marigold stand an der Tür und sah ihre Tochter mit Tränen in den Augen an. »Du siehst wunderschön aus, Suze«, sagte sie heiser, denn ihr wurde die Kehle eng. »Richtig wunderschön. Die schönste Braut von allen.«

Auch Suzes Augen begannen zu glänzen, und sie fächelte sich mit der Hand Luft zu. »Wenn du mich zum Heulen bringst, werde ich stinksauer, Mum. Du glaubst nicht, wie lange ich für mein Make-up gebraucht habe.«

»Und es ist perfekt«, sagte Daisy.

Suze trat ans Fenster und schaute zum Himmel. »Ich glaube, die Sonne kommt noch durch.«

»Selbstverständlich wird sie«, sagte Marigold. »Es ist dein großer Tag, den will sie nicht versäumen.«

»Du siehst auch perfekt aus«, sagte Daisy zu ihrer Mutter. »Dieses Blau war eine gute Wahl.«

»Geh du dich lieber anziehen, Daisy. Es dauert nicht mehr lange, bis wir mit Nan zur Kirche müssen.«

»Schon okay. Wir haben reichlich Zeit, ehe Cedric uns abholt.«

»Der gute alte Cedric«, sagte Suze. »Und der gute alte Commodore, dass er uns seinen Bentley leiht. Auch noch einen Oldtimer. Fantastisch.«

Nan erschien hinter Marigold und drängte sich ins Zimmer. »Himmel, siehst du reizend aus, Suze!«, rief sie aus. »Ich selbst hätte kein Rosa gewählt, aber ich bin mir sicher, dass Atticus von seiner Braut bezaubert sein wird.«

»Batty«, korrigierte Suze.

»Ich denke, er wird das in Atticus ändern, wenn er erst verheiratet ist. Kein Kind will einen Vater mit so einem albernen Namen. Es würde in der Schule gehänselt.«

»Jetzt kann er ihn nicht mehr ändern. Er ist an meiner Schulter eintätowiert.«

Nan stand der Mund offen; Marigold rang nach Luft. Und Daisy rümpfte die Nase. »Im Ernst? Ein Tattoo?«

»Er hat *Suze* auf seiner. Romantisch, nicht?« Sie genoss das Entsetzen ihrer Mutter und Großmutter. Auf diese Reaktion hatte sie gehofft. »Das haben wir uns zur Hochzeit geschenkt. In den Flitterwochen poste ich es. Meine Fans werden es lieben.«

»Fans?«, wiederholte Daisy.

»Fans«, sagte Suze und bewunderte sich im Spiegel. »Ich werde ein bisschen berühmt. Neulich hat mich jemand im Einkaufszentrum erkannt, stell dir vor!«

»Ruhm bringt nichts Gutes mit sich, Suze«, entgegnete Nan, die sich ein wenig erholt hatte. »Tätowierungen auch nicht. Ich hoffe, ihr lasst euch nicht scheiden. Du findest nie wieder einen Mann, der Batty genannt wird.«

Als Daisy, Marigold und Nan bei der Kirche ankamen, waren alle Gäste bereits da und auf ihren Plätzen, mit Ausnahme von Patrick, der mit seiner Frau Lucille die Straße entlangkam. Daisy stieg aus dem Wagen und lief ihnen entgegen. Nan wartete nicht, dass Cedric ihr die Wagentür öffnete, sondern eilte Daisy nach und umarmte ihren Sohn mit mehr Enthusiasmus, als sie in Jahren an den Tag gelegt hatte. Patrick bückte sich und nahm sie in die Arme.

»Du bist gewachsen!«, rief sie.

»Nein, ich denke, du bist geschrumpft, Mum«, antwortete er lachend.

»Und du hörst dich wie ein Australier an.« Sie entwand sich ihm und musterte sein Gesicht. »Aber du bist immer noch mein Junge, ob australisch oder nicht.«

Marigold wartete auf eine Pause, ehe sie vortrat. »Hallo, Patrick.«

»Mein Goldmädchen!«, sagte Patrick und bedachte sie mit einem blendenden Lächeln. »Du siehst großartig aus, Marigold.« Er küsste sie auf die gepuderte Wange. »Und du riechst auch gut.«

Patrick änderte sich nie. Sein Alter zeigte sich an den

grau melierten Schläfen und den Falten um seine Augen und seinen Mund, doch er war groß, schlank und athletisch, was ihn jünger wirken ließ, und seine Züge waren immer noch amüsiert. »Du siehst auch gut aus«, sagte Marigold ehrlich. Patrick war stets gut aussehend gewesen. »Ich bin stärker gealtert als du. Wenn ich nicht aufpasse, halten dich alle für meinen Sohn!«

Sie wandte sich zu der Frau bei ihm. Die lächelte sie an, als kennten sie sich, dabei war Marigold sich sicher, dass sie sie nie zuvor gesehen hatte. Panik überkam sie, doch sie lächelte und erlaubte, dass die Frau sie mit der Vertrautheit einer alten Freundin auf die Wange küsste. »Freut mich sehr, dich zu sehen, Marigold«, sagte die Frau mit einem australischen Akzent.

»Mich auch«, antwortete Marigold, wusste jedoch, dass sie die Frau unverwandt ansah.

Nan umarmte sie, und Marigold war verwirrt. Sie sah, wie Daisy sich bei ihr einhakte und mit ihr zur Kirche ging. »Ich habe euch vorne zu uns gesetzt«, sagte Daisy. »Aber Patrick hätte wirklich Bescheid sagen können.«

Die Frau lachte. »Du kennst doch Patrick. Er ist immer gerne spontan.«

Patrick ging zwischen seiner Mutter und seiner Schwester. Marigold wollte dringend fragen, wer die Frau war, doch alle schienen sie zu kennen. Also mussten Patrick und sie schon eine Weile zusammen sein. Sie müsste unauffällig fragen, damit man ihr nicht anmerkte, dass sie die Frau nicht erkannte. Sie verfluchte ihre Vergesslichkeit. An der Kirchentür sah sie ihren Bruder an. »Ist das die Frau, die du heiraten willst, Patrick?«

Patrick sah sie verwundert an. »Entschuldige, was hast du gesagt?«

»Ist das die Frau, die du heiraten willst? Sie scheint sehr nett zu sein.« Marigold lächelte zu ihm auf und erwartete, dass er erfreut war, weil sie seiner Freundin ein Kompliment machte.

»Das ist meine Frau, Marigold. Lucille. Du kennst doch Lucille.« Er sah sie verwirrt an.

Marigold erstarrte. Sie schaffte es, ihr Lächeln zu halten, obwohl ihr speiübel wurde. »Lucille, ja, natürlich. Muss die Aufregung sein. Ehrlich, ich bin genauso nervös wie die Braut.«

Patricks Lächeln wirkte unecht, und er betrachtete sie sorgenvoll. »Schon gut, Marigold. Du bist die Brautmutter, da ist es auch für dich ein großer Tag.« Sie gingen den Mittelgang hinunter, und Marigold versuchte sich zu erinnern, dass Patrick verheiratet war. Aber sie wusste es nicht mehr. Sie hatte keine Erinnerungen an seine Frau. Gar keine. Hatten sie Kinder? Sie war sich nicht sicher, und die hätte sie doch gewiss nicht vergessen. Jetzt schämte sie sich zu fragen. Sie ertrug seinen verdutzten Blick nicht, bei dem sie sich wie ein Alien vorkam. Den wollte sie nie wieder sehen.

Als sie an ihren Freunden vorbeiging, die auf der rechten Seite saßen, stellte Marigold fest, dass ihr viele der Gesichter fremd waren. Sie wusste, dass sie die Leute kennen müsste. Sie waren alle hier, weil sie Marigolds Familie kannten. Trotzdem hätten es ebenso gut Unbekannte sein können, die sich auf der Hochzeit ihrer Tochter einschlichen. Dann erinnerte sie sich an den Brief. Das Wort »Demenz« erschien wieder vor ihrem geistigen Auge. Würde es jetzt immer so sein? Sie vergaß, dass ihr Bruder verheiratet war, vergaß Gesichter, die sie seit Jahren kannte? Vergaß einfach alles immer wieder?

Nun wusste sie, warum man diesen Namen für die Krankheit gewählt hatte, denn man wurde wahnsinnig vor Frust, Sorge und Scham. Und man wurde verrückt vor Angst – wenn man es zuließ. Marigold setzte sich in die Kirchenbank und legte eine Hand auf den leeren Platz neben sich, der für Dennis reserviert war. Sie würde nicht erlauben, dass sie verrückt vor Angst wurde, sagte sie sich, denn Dennis war hier und passte auf sie auf. Solange sie ihn hatte, wäre alles in Ordnung.

Bis sie sich nicht mehr an ihn erinnerte.

Plötzlich wurden die Türen für die Braut weit geöffnet. Die Gemeinde stand auf. Marigold musste den Hals recken, um Suze zu sehen. Aber da war sie, ihre Tochter, in ihrem Prinzessinnenbrautkleid mit Blumen im Haar und einem perlenbestickten Schleier. Marigold begann lautlos zu weinen. Sie war nicht sicher, ob ihr Herz vor Stolz oder vor Schmerz überquoll.

Wie lange noch, bis sie vergaß, wer Suze war?

Oder Daisy?

Wie lange, bis sie die Menschen vergaß, die sie liebte?

Wie viel Zeit blieb ihr noch?

Vor lauter Tränen sah Marigold nichts mehr, doch auf einmal war Dennis neben ihr, und Suze stand vorn neben Batty, der sie mit leuchtenden Augen anstrahlte.

Dennis nahm Marigolds Hand.

Als sie ihn ansah, erkannte er den Schmerz in ihren Augen und wusste, dass sie den Brief gelesen hatte. Er drückte ihre Hand und schaute nach vorn, weil er ihre Furcht so wenig aushielt wie das Wissen, dass er nichts tun konnte, um ihr zu helfen. Er konzentrierte sich auf seine Tochter, die ihr Gelübde sprach, und bemühte sich, den Schmerz in seinem Herzen zu unterdrücken.

Demenz. Das Wort hing wie ein Dämon zwischen ihnen. Doch Dennis hielt Marigolds Hand während der gesamten Zeremonie und hinterher, als sie hinaus in den Sonnenschein traten. Er wollte sie nie mehr loslassen.

Käme eine Zeit, wenn sie nicht mehr seine Hand halten wollte, weil sie nicht erkannte, dass es seine war?

19

Marigold freute sich, dass die Hochzeit ganz nach Suzes Wunsch gewesen war. Ihre Tochter hatte sie umarmt, sie auf die Wange geküsst und geflüstert: »Danke, Mum. Du bist die Beste.« Und Marigold waren wieder die Tränen gekommen. Dennis hatte seinen Arm um sie gelegt und sie an sich gezogen. Er hoffte, dass sie sich immer an diesen Tag erinnern würde. Nur war Hoffnung machtlos gegen Demenz.

Nan hatte zugestimmt, dass die Hochzeit schön gewesen war. »Ich bin so froh, dass Patrick da war«, sagte sie seufzend, als sie nach Hause kamen. »Wir waren alle wieder vereint, wie in alten Zeiten.« Dann schürzte sie die Lippen und fügte hinzu: »Er sah aber müde aus. Hoffentlich verlangt Lucille ihm nicht zu viel ab. Er braucht seinen Schlaf, das war immer schon so. Vielleicht rede ich mal mit ihr, wenn sie morgen zum Essen kommen.«

Erst am nächsten Morgen, als Dennis und Marigold allein im Schlafzimmer waren, sprach Dennis den Brief an. Er hockte auf der Bettkante, während Marigold an ihrer Frisierkommode saß und in dem Schmuckkasten nach passenden Ohrringen suchte. »Goldie, wir müssen reden.«

Beim Anblick des Briefes, den er hielt, zitterte ihre

Hand, und sie schloss den Schmuckkasten. Dann stand sie auf, setzte sich neben ihn und legte die Hände in ihren Schoß. »Diese Ärztin denkt, ich habe Demenz.«

Dennis' Züge verhärteten sich. Er musste für sie beide stark sein. »Ja, denkt sie. Im Anfangsstadium.«

Beide blickten stumm auf das Schreiben. Sie wussten, was dort stand, und dennoch blickten sie das Wort an, als hofften sie, es hätte sich verändert, wäre weniger furchterregend geworden. Schließlich legte Dennis den Brief zur Seite und nahm Marigolds Hand. Er zog sie auf seinen Schoß, wo er sie mit seinen Händen umfing.

»Ich habe es im Internet nachgesehen«, erzählte sie. »Da war nicht viel Positives. Anscheinend ist es wie ein Bücherregal, in dem die Bücher ganz oben die neuen Erinnerungen sind, die darunter älter. Die ganz unten sind die ältesten, die aus der Kindheit. Und rüttelt die Demenz an dem Regal, fallen die Bücher aus den oberen Regalen raus. Vielleicht sogar auch welche aus den unteren Fächern. Doch die ganz unten bleiben. Na ja, so lange, bis sie auch rausfallen. Ich schätze, am Ende werden sie es, oder? Sie fallen alle raus.«

»Vielleicht noch lange nicht«, sagte Dennis.

»Vielleicht noch lange nicht«, stimmte Marigold ihm zu.

Sie schwiegen, bis sie Nan auf dem Korridor hörten, die Daisy fragte, ob sie im Bad fertig sei. Dennis drückte Marigolds Hand. »Du bist nicht allein, Goldie. Ich bin für dich da.«

»Das weiß ich, Dennis.« Sie lehnte den Kopf an seine Schulter. »Ich habe solch ein Glück, dich zu haben.«

»Was wollen wir den Mädchen und Nan erzählen?«

»Ich nehme an, sie müssen es erfahren. Ich will sie nicht ängstigen, aber ich denke, sie sollten es lieber wissen.

Wenn es schlimmer wird, kann ich es sowieso nicht mehr verbergen.«

»Es ist das Beste, wenn sie es wissen. So können wir alle dich unterstützen, als Familie.«

Marigold hob den Kopf von seiner Schulter und sah ihn ängstlich an. »Was ist, wenn ich mich nicht mehr an die Mädchen erinnere, Dennis?«

Er war entsetzt. »Natürlich erinnerst du dich an sie, Goldie. Sie sind deine Kinder. Die vergisst du nicht.«

»Nein, selbstverständlich nicht«, sagte sie. »Ich habe sie zur Welt gebracht und großgezogen. Sie sind ein Teil von mir, nicht? Und ich kann wohl schlecht einen Teil von mir vergessen.«

»Kannst du nicht, Schatz.«

»Aber, Dennis, was ist, wenn ich vergesse, dass ich dich liebe? Was ist dann?«

Dennis schnürte es die Kehle zu. Er biss die Zähne zusammen und bemühte sich, die Tränen zu bremsen, die in seinen Augen brannten, während er seine Wange an ihre presste und den vertrauten Duft ihrer Gesichtscreme einatmete. »Es spielt keine Rolle, Goldie, weil ich genug Liebe für uns beide habe.«

Nun begann Marigold zu weinen. Sie schlang die Arme um seinen Hals und ließ sich von ihm mit all der Kraft halten, die sie nicht hatte. Sein Bart an ihrer Schläfe gab ihr Sicherheit.

Schließlich löste sie sich von ihm und schaute ihm in die Augen. »Dennis, wenn ich vergesse, dass ich dich liebe, hat es nichts zu bedeuten, klar? Ich werde dich immer lieben, weil du alles für mich bist. Alles.«

Dennis fühlte, wie ihm Tränen über die Wangen liefen, und Marigold strich sie mit ihren Daumen weg, bevor sie ihn auf den Mund küsste. Er fand keine Worte, und das musste er auch nicht. Sie neigte ihre Stirn an seine und lächelte. »Aber ich werde es nicht vergessen, weil Liebe nicht in meinem Gehirn ist. Sie ist in meinem Herzen, und mit dem ist alles in Ordnung.«

Unweigerlich musste er lachen. »Ja, Goldie, mit dem ist alles in Ordnung.«

Beim Frühstück erzählte Marigold Daisy und Nan von dem Brief. Sie wartete nicht, bis Dennis nach unten kam, weil sie nicht zu viel Aufhebens machen wollte. Daisy starrte ihre Mutter entsetzt an. Nan schüttelte den Kopf. »Caroline Lewis sagt, dass es Demenz sein *könnte*. Und sie kann sich nicht sicher sein, ehe sie dich in sechs Monaten wiedergesehen hat. Das ist im Dezember. Ich finde nicht, dass wir jetzt schon ein Drama daraus machen sollten, ehe wir sicher wissen, ob es Demenz ist. Und übrigens irren Ärzte sich dauernd.«

»Ich fürchte, die Psychologin hat recht«, erwiderte Marigold ruhig. »Und ich denke, der Hirnscan wird es bestätigen. Aber das Leben geht weiter. Und ich will nicht, dass sich mein Leben verändert. Mit eurer Hilfe wird die Demenz keinen großen Unterschied machen. Ich bin nur einfach vergesslicher als andere Leute.«

»Wir sind alle vergesslich«, sagte Nan streng. »Das heißt nicht, dass dein Gehirn abstirbt.«

»Hübsch formuliert, Nan«, bemerkte Daisy sarkastisch.

»Marigold hat ein besseres Gehirn als ich«, konterte Nan. »Sie ist genial bei Kreuzworträtseln und Puzzles. War sie immer schon.«

»Ich kann Dennis' Puzzle nicht legen«, gestand Marigold. »Letztes Jahr hätte ich es noch mühelos gekonnt.

Aber jetzt kann ich es nicht mehr, nicht allein.« Ihr Lächeln schwand. »Doch du bist solch eine Hilfe, Daisy«, ergänzte sie. »Ich kann es, wenn du es mit mir zusammen machst.«

Nan verschränkte die Arme vor der Brust. »Dieser Frau gehört der Marsch geblasen, dass sie dir Angst einjagt! Wenn du jetzt noch keine Demenz hast, kriegst du die bald, weil sie sie dir einredet. Glauben ist gefährlich. Der Verstand lässt sich zu leicht beeinflussen. Weißt du noch, wie wir mal auf dieser Kreuzfahrt waren und dein Vater gesagt hat, er hofft, dass ich nicht seekrank werde? Tja, hätte er das nicht gesagt, wäre ich nie seekrank geworden. Aber er hat mich auf die Idee gebracht, und ich musste mich zehn Tage lang immer wieder übergeben. Das war richtig blöd, denn die Kreuzfahrt hatte ihn ein Vermögen gekostet, und dann musste er anfangen, von Seekrankheit zu reden!«

»Wir unterstützen dich, Mum, keine Sorge«, sagte Daisy und berührte Marigolds Arm.

»Ich erzähle es Suze, wenn sie aus den Flitterwochen zurück ist. Hoffentlich sind die schön.«

»Sind sie sicher«, sagte Daisy.

»Das Essen in Spanien ist schrecklich«, brummelte Nan. »Immer nur Schwein. Hab ich noch nie gemocht, weil es so rosa ist.«

Dennis kam in seinem besten Anzug in die Küche, bereit für die Kirche. Es war Sonntag, und Marigold stand auf, um ihm sein Lieblingsfrühstück zu machen. »Guten Morgen, Schatz«, sagte sie munter, stellte den Wasserkocher an und holte einen Becher aus dem Schrank.

Dennis küsste sie und hielt sie einen Moment länger fest als sonst. »Guten Morgen, Goldie.«

»Marigold hat uns erzählt, dass sie vielleicht Demenz hat«, sagte Nan.

Dennis sah seine Frau fragend an.

Marigold zuckte mit den Schultern. »Schon gut. Machen wir da nicht zu viel draus.«

»Werden wir nicht«, sagte Daisy, die dringend ihre Großmutter bremsen wollte, bevor sie wieder eine taktlose Bemerkung fallen ließ. »Es wird alles gut, wenn wir uns zusammenraufen und helfen.«

»Wenn ihr mich fragt, ist diese Caroline Lewis unmöglich«, sagte Nan spitz. »Wenn es Demenz sein könnte, muss das ja wohl nicht gesagt werden. Warum die Patientin aufregen, wenn man sich nicht mal sicher ist, was die Diagnose angeht?«

Dennis drückte Marigolds Schulter. »Das reicht jetzt, Nan«, sagte er streng, und Nan sah ihn verblüfft an, denn solch einen Ton legte er sehr selten an den Tag.

Marigold ging zum Kühlschrank, um die Milch rauszunehmen. Dabei sah sie auf die Liste, auf der stand: *Mittagessen Patrick und Lucille hier.* Sie zögerte verwirrt und wurde unsicher. Was sollte sie denn für alle kochen? Schaffte sie das? Und wer war Lucille? Patricks Freundin? Sie suchte in dem Nebel in ihrem Kopf nach Lucilles Gesicht, irgendeinem Detail, aber nichts kam.

Daisy bemerkte, dass ihre Mutter verstört die Liste betrachtete. »Mum, ich koche heute das Mittagessen«, sagte sie munter. »Du musst gar nichts machen.«

»Was du auch kochst, mach die doppelte Portion«, kam es von Nan. »Patrick hat einen gesunden Appetit, immer schon gehabt.«

»Es gibt ein italienisches Mittagessen«, erklärte Daisy. »Italienisches Essen kann ich gut.«

»Nach sechs Jahren in Italien würde mich alles andere auch wundern«, sagte Dennis.

»Es ist ein Wunder, dass du nicht unglaublich fett bist«, merkte Nan an. »Italienische Frauen sind unglaublich dick.«

Daisy lachte. »Das stimmt nicht, Nan. Wann warst du zuletzt in Italien?«

Nan überging die Frage, weil es zu lange her war. »Warum kneifen Männer in Italien den Frauen immer in den Hintern? Weil die so dick sind!«

»Das ist absurd, Nan.«

Sie reckte das Kinn. »Absurd, aber wahr.«

Dennis lachte leise. »Wenn heutzutage ein Mann versucht, einer Frau in den Hintern zu kneifen, kassiert er Backpfeifen, und das zu Recht. Die Zeiten haben sich geändert, seit du da warst, Nan.«

Marigold stand am Herd, rührte die Baked Beans und bewachte die Eier in der Bratpfanne. Sie sollte froh sein, dass Daisy ihr half, und das war sie, sehr sogar, aber sie war es gewohnt, dass sie sich um alles kümmerte und alle Mahlzeiten zubereitete. Und sie hasste den Gedanken, überflüssig zu werden, sich auf andere verlassen zu müssen und zu einer Belastung zu werden.

Als Dennis' Frühstück fertig war, stellte sie ihm den Teller hin. »Das sieht köstlich aus, Goldie«, sagte er und sah strahlend zu ihr auf. Sie bemühte sich, ihm das Lächeln zu zeigen, das er kannte, nicht das verkniffene, ängstliche, das ihm fremd war. Dabei fragte sie sich, wie lange es dauern würde, bis sie ihm sein Frühstück nicht mehr machen konnte. Marigold schaute auf ihre Hände. Wann wäre sie außerstande, die simpelsten Hausarbeiten zu erledigen? Was würde sie dann mit ihrer Zeit anfangen? Sie blickte durchs Fenster zu den Vögeln, die in der Hecke flatterten, auf dem Rasen spielten, und wusste, solange sie ihren Garten und ihre Vögel hatte, wäre sie zufrieden.

Am Montagmorgen machte Daisy einen Spaziergang. Sie war bedrückt. Nan mochte Marigolds Demenz leugnen, aber Daisy tat es nicht. Die Erklärung für Marigolds Vergesslichkeit, Orientierungslosigkeit, Verwirrung und Müdigkeit leuchtete ein. Natürlich sah Nan es nicht, weil sie es nicht sehen wollte. Ihr war lieber, wenn sich alle um sie kümmerten.

Beim Frühstück hatte Daisy versucht, zu lächeln und zu lachen, als wäre nichts, und es war anstrengend gewesen. Doch nun war alles so ungewiss. Wie war Marigolds Prognose? Wie lange noch, ehe sie sich aus dem Laden zurückziehen, die Komitees aufgeben und ganz zu Hause bleiben musste? Wie lange, bis sie alle für sie sorgen mussten? Daisy dachte an die Felder hinter dem Haus, die ihre Mutter so sehr liebte, und ihre Furcht, dass Taran das Land verkaufen könnte, war umso größer. Oft seufzte ihre Mutter vor Freude, weil sie an den Feldern jenseits ihres Gartens den Wechsel der Jahreszeiten beobachten konnte. Der gelbe Raps im Frühling, der goldene Weizen im Sommer, die gepflügte Erde im Herbst und die grünen Triebe im reifbedeckten Winterboden. Sollte die Aussicht verbaut werden, könnte Marigold die Jahreszeiten nicht mehr von ihrem Schlafzimmerfenster aus beobachten. Daisy ertrug den Gedanken nicht, dass ihr dieses Vergnügen geraubt wurde, wo sie schon so vieles verlieren sollte.

Am nächsten Morgen kam sie zum Sherwood-Anwesen und fand Celia mit ein paar Männern in der Diele vor. Einer war alt und trug eine Brille, der andere war jung und hatte ein Klemmbrett in der Hand. »Daisy, darf ich dir Simon Wentworth und Julian Bing vom Auktionshaus vorstellen? Sie sind hier, um alles für das Nachlassgericht zu schätzen.« Daisy schüttelte den beiden die Hand. »Es wird Wochen dauern, Owens Sachen durchzugehen.«

»Kann ich irgendwie helfen?«, fragte Daisy.

»Leider nein«, antwortete Celia. »Nur ich weiß, was ihm gehört hat, und er war ein Sammler. Bevor du stirbst, sorg dafür, dass du kein Gerümpel hinterlässt, Daisy. Es ist eine Zumutung für die armen Seelen, die sich damit abplagen müssen. Wenn dies hier vorbei ist, miste ich mal alle meine Schränke gründlich aus.«

»Das ist eine gute Idee«, sagte Daisy. »Ich gehe in die Scheune, aber sag Bescheid, wenn ich irgendwie helfen kann.«

»Danke, Daisy, konzentrier du dich auf deine Kunst. Ich habe schon genug von deiner Zeit in Anspruch genommen.«

»Ach, die Hunde können warten«, sagte Daisy.

»Sicher, doch was ist mit ihren Besitzern?« Celia lächelte. »Einige von ihnen sind schrecklich ungeduldig.«

Daisy ging in die Scheune. Sie arbeitete an dem Springer Spaniel einer Frau aus der Stadt. Cedric hatte sie empfohlen, und es war der erste Auftrag, der nicht aus dem Dorf kam. Ein großer Schritt. Daisy hoffte, dass er zu mehr Aufträgen führte.

Um zwei Uhr kam Celia aufgeregt in die Scheune. Sie hatte das Telefon in der Hand. »Daisy!«, rief sie, und als Daisy hinter der Staffelei vortrat, atmete sie erleichtert auf. »Ich habe Taran am Telefon. Er braucht jede Menge Unterlagen von Owen, und ich habe keine Ahnung, wo ich anfangen soll zu suchen. Kannst du vielleicht helfen?«

Daisys Herz machte einen Hüpfer. Sie fühlte ein nervöses Kribbeln im Bauch, als sie auf Celia zuging und das Telefon entgegennahm. »Hallo, Taran«, sagte sie betont gelassen.

Celia verließ die Scheune und schloss leise die Tür hinter sich.

»Hi, Daisy, wie geht es dir?« Tarans tiefe Stimme war so vertraut, dass sie ihn sofort zu ihr zurückbrachte.

»Gut. Alles in Ordnung, und dir?«

»Ach, viel zu tun. Bei meiner Rückkehr wartete gleich ein Berg Arbeit auf mich.«

»Deine Mutter hat hier auch einiges um die Ohren. Sie führt zwei Männer vom Auktionshaus herum.«

»Ja, habe ich schon gehört. Verfluchte Steuerbehörde. Vierzig Prozent sind Raub.«

Daisy fragte sich, ob so eine hohe Steuerrechnung bedeutete, dass er verkaufen musste, weil ihm keine andere Wahl blieb.

»Kannst du auch arbeiten, oder spannt meine Mutter dich rund um die Uhr als Gratishilfe ein?«

Daisy lachte. »Deine Mutter ist wunderbar. Und ich komme genug zum Arbeiten, dass ich mir noch essen leisten kann.«

»Sie mag dich sehr, weißt du.«

»Na ja, das beruht auf Gegenseitigkeit. Sie hat zurzeit sehr viel um die Ohren und trauert noch.« Daisy hoffte, dass sie ihn überreden konnte, nach Hause zu kommen.

»Hör mal, ich möchte dich ungern ausnutzen, Daisy, aber das Arbeitszimmer meines Vaters ist ihr ein Rätsel. Nein, schlimmer, es macht ihr Migräne. Es gibt eine Liste von Dokumenten, die für das Nachlassgericht vorgelegt werden müssen. Ich komme in wenigen Wochen rüber, aber könntest du in der Zwischenzeit einiges für mich raussuchen?«

Daisys Stimmung hob sich bei dem Gedanken, dass er zurückkam. »Natürlich«, antwortete sie. »Sag mir einfach, was du brauchst. Und deine Mutter sollte das wirklich nicht machen müssen. Ich habe in dem Museum in Mailand im Büro gearbeitet und mich dauernd mit Verwaltungskram beschäftigt, also bin ich daran gewöhnt. Schieß los.«

»Na gut. Hast du jetzt gerade einen Moment Zeit?«

»Ja.«

»Schön. Dann geh in sein Arbeitszimmer, und ich rufe dich in ein paar Minuten wieder an. Es ist leichter, wenn wir es am Telefon machen. Dads Ablagesystem hat nur für ihn Sinn ergeben, aber gemeinsam finden wir sicher alles.«

Daisy ging hin. Bisher war sie nur in dem Zimmer gewesen, als Taran es zum Arbeiten genutzt hatte. Sie erinnerte sich, wie er auf dem Sofa saß, die Füße auf einem Schemel. Im Geiste sah sie ihn wieder vor sich, wie er sie ein wenig gereizt hereingebeten hatte, doch das Blitzen in seinen Augen etwas anderes sagte. In jenem Moment waren sie Freunde geworden. Nun war es hier still und leer. Es roch nach Holzrauch und Sir Owen – altem Tweed, Wanderstiefeln und Hund. Obwohl Daisy ihn nicht sehr gut gekannt hatte, war seine Note noch so deutlich im Raum, als hätte er bis eben hier gesessen und an seinem großen antiken Schreibtisch Papiere durchgesehen.

Das Telefon läutete, und Daisy nahm ab. »Hi.«

»Hi«, sagte Taran. »Bist du im Arbeitszimmer?«

»Ja.«

»Es ist noch so, wie er es verlassen hat«, sagte er mit einem wehmütigen Unterton.

»Wie du es verlassen hast«, korrigierte sie. »Es ist ein bisschen chaotisch.«

»Geordnetes Chaos, täusch dich nicht.«

»Hier ist ein Regal mit alten Kontenbüchern.«

»Ja, mein Vater war ein bisschen Dickensianer. Er schrieb gern alles von Hand auf. Hätte er Feder und Tinte gehabt, er hätte die benutzt.«

»Und ein Regal steht voller Silberpokale«, sagte Daisy, die hinging, um sie sich näher anzuschauen. »Agrarpreise.«

»Auf die war er sehr stolz.«

»Sie müssten mal poliert werden.«

»Sag das Sylvia.«

»O nein, das darfst du machen. Sonst denkt sie, ich will mich hier einnisten.«

»Ich weiß nicht, ob sie viel mehr macht, als hier und da ein wenig Staub zu wischen.«

»Und zu tratschen«, ergänzte Daisy. »Sie hält das Dorf über alles auf dem Laufenden, was oben im großen Haus vor sich geht.«

Er lachte leise. »Gut zu wissen. Das könnte man spaßig gestalten, wenn ich wieder da bin.«

Daisy fragte sich grinsend, was ihm vorschwebte.

»Wollen wir wieder ausgehen?«, fragte er plötzlich.

Damit hatte sie nicht gerechnet. »Klar«, sagte sie. »Allerdings trinke ich dann vielleicht etwas weniger.«

»Im Gegenteil, ich bestehe auf mindestens genauso viel.« Beide lachten. »Wir können wieder einen Mitternachtsspaziergang zur Bank machen.«

»Ja, das wäre nett.« Sie stellte sich die Bank und die Aussicht vor – und den Kuss, zu dem es nicht gekommen war. »Wollen wir mal an die Arbeit gehen?«

»Müssen wir wohl. Lieber würde ich nur mit dir reden.«

»Das kannst du auch, während wir arbeiten.«

Er seufzte. »Na schön. Geh zum Schreibtisch …«

»Bin da.«

»Schieb die Papiere zur Seite, und du siehst meinen Namen ins Holz geritzt.« Sie tat es, und da war *Taran* in kindlicher Krakelschrift eingeritzt.

»Du kleiner Vandale!«

»Das habe ich gemacht, als ich ungefähr sieben war, und mein Vater ist ausgeflippt …« Daisy setzte sich in den großen Ledersessel und lächelte. Es würde ein langes Telefonat werden, und sie fragte sich, ob Taran tatsächlich ihre Hilfe brauchte oder einfach nur reden musste.

Marigold saß mit einer Tasse Tee an Beryls Küchentisch. Beryl ging jetzt ohne Stock und war guter Dinge, denn sie hatte gerade fünfzig Schokobrownies für den Sommerbasar gebacken. Marigold hatte den Basar vollkommen vergessen und gar nichts gemacht. Jetzt rätselte sie, warum niemand sie gebeten hatte.

»Genug von mir«, sagte Beryl. »Wie geht es dir?« Sie blickte ihre Freundin prüfend an. »Du bist in letzter Zeit ein wenig zerstreut.«

Marigold trank einen Schluck Tee und nahm all ihren Mut zusammen. »Ich habe Demenz, Beryl.«

Zunächst riss Beryl die Augen weit auf, dann sah sie verärgert aus. »Unsinn! Natürlich hast du die nicht.«

»Warum sagst du das?«

»Weil es nicht sein kann. Es wäre einfach so unfair.«

»Das Leben ist nicht fair.«

»Wer behauptet das? Dein Arzt? Doch nicht dieser nichtsnutzige Doktor, wie heißt er noch? Siehst du, ich vergesse auch Sachen! Der hat mir schon häufiger eine falsche Diagnose gestellt. Ich würde nicht auf ihn hören.«

»Ich bin getestet worden.«

»Von wem?«

»Von einer klinischen Psychologin.«

»Na, so schlimm kann es ja nicht sein, wenn du dich an ›klinische Psychologin‹ erinnerst.«

»Ihren Namen weiß ich aber nicht mehr.«

»Das heißt gar nichts.«

Marigold blickte ihre Freundin direkt an. »Beryl, sie haben auch einen Hirnscan gemacht, der zeigt, dass mein Gehirn zerfällt. Ich finde, es hat wie ein Stück Käse ausgesehen. Jedenfalls habe ich die Symptome nachgeschlagen.« Sie versuchte, sich ihre Angst nicht anmerken zu lassen. »Davon geht die Welt nicht unter, oder? Immerhin bin ich noch hier. Viele haben weniger Glück, nicht wahr?«

»Wenn du es hast, Marigold, tue ich alles, um es dir leichter zu machen.«

»Eine Sache gibt es, die du für mich tun könntest.«

»Was? Dich heute Abend beim Komitee entschuldigen?« Marigold war nicht bewusst gewesen, dass abends ein Treffen war. »Julia ist so anstrengend«, fuhr Beryl fort. »Am liebsten würde ich auch absagen, aber mein Pflichtgefühl verbietet es mir. Ich gehe hin, und ich kann dich entschuldigen.«

»Nein, das ist es nicht. Ich erinnere mich, dass du etwas über eine Freundin mit Demenz gesagt hast, die nicht weit von hier in einem Pflegeheim ist.«

»Ja, stimmt. Also, du kannst keine Demenz haben, wenn du dich an so was erinnerst. Rosie Price. Armes Ding.«

»Ich würde sie gerne besuchen.«

Beryl wirkte entsetzt. »Warum das denn? Wäre das nicht schrecklich deprimierend?«

»Ich will sehen, wie ich am Ende sein könnte.«

»Dennis würde dich nie dort hinschicken.«

»Er wird es müssen, wenn er sich nicht mehr selbst um mich kümmern kann.«

»Nein, er wird immer auf dich aufpassen, Marigold. Dein Dennis ist nicht wie andere Männer …«

Marigold unterbrach sie. »Er ist nur ein Mann, Beryl, und egal, wie sehr er sich bemüht, könnte er feststellen, dass es ihm zu viel wird.«

Beryl seufzte. »Oh, Marigold!«

»Ich weiß. Ich habe bei Google nachgesehen.«

»Das solltest du nicht. Frag lieber einen Fachmann. Google ist sehr unzuverlässig.« Wieder seufzte sie. »Na gut, wenn du unbedingt willst, fahre ich mit dir hin. Wann?«

»Heute?«

»Und was ist mit dem Laden?«

»Da ist Tasha. Ich habe mich zurückgezogen. Es ist mir zu viel.«

»Eileen wird traurig sein, dass du nicht mehr da bist.«

Marigold lächelte. »Keine Sorge, sie kommt zu mir in die Küche.«

Beryl stand auf. »Tja, ich arrangiere einen Besuch heute Nachmittag.« Wieder sah sie ihre Freundin an. »Wenn du wirklich sicher bist, dass du hinwillst.«

Marigold nickte. »Bin ich, Beryl. Ich muss.«

20

Beryl und Marigold standen vor der großen Eichentür des Seaview House und klingelten. Marigold war schon übel, seit sie in den Wagen gestiegen war, und nun wurde ihr noch schlechter. Das strenge Herrenhaus machte sie frösteln. Wenn sie an diesem kalten Ort enden sollte, könnte sie sich auch gleich von der Klippe stürzen und es hinter sich haben.

»Drinnen ist es schöner«, sagte Beryl.

»Die Aussicht ist hübsch«, gestand Marigold.

»O ja, deshalb haben sie es wohl gekauft. Die Aussicht ist sehr tröstlich.«

Die Tür ging auf, und eine Frau mittleren Alters in einer blauen Hose, einer Strickjacke, bequemen Schuhen und mit einem praktischen Kurzhaarschnitt erschien. Sie lächelte, und Marigold stellte sich vor, dass sie ihr Leben damit verbrachte, den Leuten diese Umgebung mit einem Lächeln angenehmer zu machen. »Wir möchten Rosie besuchen«, sagte Beryl.

»Ja, natürlich. Willkommen im Seaview House. Bitte kommen Sie herein.« Marigold und Beryl betraten eine große Eingangshalle, in der ein großer Kamin, der Steinboden und eine geschwungene Treppe an die Zeit erinnerten, als dies ein Privathaus gewesen war. Auf einem runden Tisch in der Mitte stand ein Blumenarrangement – Lilien, Rosen und Wiesenkerbel –, und Marigold fühlte sich prompt besser. Oder sie klammerte sich an alles, um nicht den Mut zu verlieren. Wie immer versuchte sie den Silberstreif am Horizont zu sehen.

Sie wurden in einen gemütlichen Salon geführt. Als Erstes fiel Marigold auf, wie anheimelnd es hier war. Ein großer Flachbildfernseher lief, und zwei Frauen saßen auf dem Sofa und schauten hin. Andere waren auf Sesseln und Sofas überall im Raum. Große Fenster gaben den Blick zu einer Rasenfläche, Bäumen, Sträuchern und Blumen sowie dem blauen Meer dahinter frei. Es fühlte sich eher wie ein Klub als ein Pflegeheim an. Was ermutigend war. Dies hier war eindeutig ein Silberstreif. Marigold ging es schon sehr viel besser.

Bis ihr bewusst wurde, dass niemand sprach. All diese Leute hier waren allein, in ihre Gedanken oder schlicht in sich versunken. Menschen, die schon sehr viel weiter in die Demenz abgerutscht waren, und Marigold hoffte, dass sie im Moment lebten, weil der alles war, was sie hatten.

Beryl ging geradewegs auf eine gut gekleidete Dame zu, die allein am Fenster saß und hinaus in den Garten blickte, die Hände im Schoß gefaltet. Sie sah nicht unglücklich oder verstört aus. Sicher, ihr Blick war leer, aber nicht gequält oder deprimiert. Marigold erinnerte er an Winnie Puuh. Ihr Vater hatte ihr die Geschichten vorgelesen, als sie klein war. *Manchmal sitze ich da und denke, und manchmal sitze ich nur so da.* Bei dieser Erinnerung wurde Marigold noch zuversichtlicher. Rosie saß eben nur so da. Und es hatte etwas recht Friedliches.

»Hallo, Rosie«, begrüßte Beryl sie. »Ich bin Beryl, deine alte Freundin.«

Rosie erwiderte ihr Lächeln, und ein Hauch von Wiedererkennen blitzte in ihren Augen auf. Es war allerdings dasselbe zurückhaltende Lächeln, wie Marigold es Leuten schenkte, von denen sie nicht mehr wusste, wer sie waren. Ein Lächeln, hinter dem sie ihre Angst und Panik verbarg. Nur schien Rosie nichts außer ihrem Gedächtnisverlust zu verstecken. »Hallo, Beryl«, antwortete sie.

»Dies ist Marigold. Wir drei sind zusammen zur Schule gegangen – vor sehr langer Zeit!«

Rosie erkannte sie nicht. »Hallo, Marigold«, sagte sie immer noch lächelnd, blickte wieder zu Beryl und senkte die Stimme. »Ich weiß nicht, wer all diese Leute sind und was sie in meinem Haus machen.« Misstrauisch schaute sie sich im Raum um. »Ich wünschte, sie würden gehen.«

»Werden sie bald.« Beryl zog sich einen Stuhl heran und setzte sich. Die Nachricht freute Rosie offensichtlich.

Ihre Schultern entspannten sich, und ihr Lächeln wurde natürlicher. »Oh, das ist gut! Denn nachher kommen Mum und Dad nach Hause, und Tante Ethel kommt zum Tee. Dann wollen sie nicht die ganzen Fremden hier.«

»Bis dahin sind sie weg«, versprach Beryl. Marigold wusste, dass Rosies Eltern und ihre Tante Ethel schon lange tot waren. Beryl hielt sie lediglich bei Laune. Und warum auch nicht? Rosie würde sich ohnehin nicht an dieses Gespräch erinnern, und wenn es sie glücklich machte, sich auf ihre Eltern und ihre Tante zu freuen, was war dabei, mitzuspielen?

»Soll ich einen Tee machen?«, fragte Marigold und blickte sich um. »Irgendwo kann ich uns doch sicher einen Tee holen.«

»Tee und Kaffee sind nebenan in der Küche«, antwortete Beryl und zeigte zu einer Tür.

»Dann gehe ich mal.« Marigold floh in die Küche. Sie suchte Trost darin, Becher zu nehmen und den Wasserkocher anzuschalten. Vertraute Abläufe, die sie seit Jahrzehnten kannte. Doch ihr Herz raste, und ihre Handflächen wurden klamm. War dies ihre Zukunft? Nicht zu wissen, wo sie war? Zu denken, sie wäre zu Hause? Zu glauben, dass ihre Eltern noch lebten, obwohl sie tot waren? War es dies hier, was sie erwartete?

Sie wollte nicht in ein Pflegeheim, niemals. Für sie war es unvorstellbar, woanders zu leben als in ihrem Haus, zusammen mit Dennis, Nan und Daisy. Sie mochte es, ihre Sachen um sich zu haben, in vertrauter Umgebung. Vor Panik begann sie zu zittern.

Als sie mit dem Tablett zurückkam, sah Rosie sie mit jenem leeren Lächeln an. »Guten Tag«, sagte sie, als sähe sie Marigold zum ersten Mal.

Beryl zuckte nicht mal mit der Wimper. »Das ist meine Freundin Marigold«, erklärte sie.

»Hallo, Marigold.«

Marigold wollte lächeln, konnte es aber nicht. »Hallo, Rosie«, antwortete sie. »Ich habe dir eine schöne Tasse Tee gebracht.«

»Oh, das ist reizend.« Rosie schien erfreut. »Ich mag Tee.«

»Du magst ihn mit Zucker«, ergänzte Beryl.

»Tue ich?« Rosie runzelte die Stirn. »Ja, ich glaube, das mag ich.«

Marigold reichte ihnen die Becher, setzte sich und trank einen Schluck. Noch nie hatte sie dringender einen Tee gebraucht.

Nachdem Beryl sie zu Hause abgesetzt hatte, brach Marigold zu einem Spaziergang auf. Ihre Verzweiflung war zu groß, um in den Laden zu gehen. In die Küche wollte sie nicht, weil sie Nan nicht unter die Augen treten konnte, die glaubte, mit ihr wäre alles in Ordnung. Und sie ging auch nicht zu Dennis, weil sie ihn nicht traurig machen wollte. Sie musste allein sein.

Oben auf den Klippen fing sie an, in den Wind zu weinen. Heftiges Schluchzen schüttelte ihren Körper und machte sie atemlos. Sie fand eine Bank und setzte sich hin, den Blick auf den Horizont gerichtet, der sich nun rosa färbte, weil die Sonne im Westen aufs Meer sank.

Vollkommene Hilflosigkeit überkam sie. Als säße sie in einem kleinen Boot, das Kurs auf einen dunklen, furchterregenden Horizont nahm, ohne dass sie irgendwas dagegen tun konnte. Was auch geschah, irgendwann würde sie in jene beängstigende Dunkelheit eintauchen. Die Unvermeidbarkeit war entsetzlich. Sie raubte Marigold jeglichen Mut. Am liebsten würde sie weglaufen, aber wie könnte sie vor sich selbst weglaufen?

Eine Bewegung links von ihr lenkte sie ab. Zuerst dachte sie, jemand wäre gekommen und hätte sich zu ihr auf die Bank gesetzt. Doch als sie genauer hinschaute, erkannte sie, dass es nicht irgendwer war, sondern ihr Vater.

»Dad?«, fragte sie verwundert. »Bist du das?«

Ihr Vater sah sie mit einem zärtlichen Lächeln an. »Ja, Goldie, ich bin es.«

Und er war es wirklich.

»Oh, Dad, ich habe solche Angst.«

Er legte eine Hand auf ihre, wie er es getan hatte, wenn sie als Kind getröstet werden musste. »Du musst keine Angst haben, Goldie. Du weißt doch, dass du nicht allein bist.«

»Aber ich fühle mich so allein.« Wieder begann sie zu weinen. »Ich habe das Gefühl, ich würde einen Abhang hinunterrutschen, und keiner kann mich aufhalten.«

»Nein, es kann dich keiner aufhalten, wenn dir bestimmt ist, einen Abhang hinunterzurutschen.«

»Und ist es mir bestimmt, Dad?«

»Ja, natürlich. Es ist Teil von dem, das zu erleben du hier bist. Keiner darf sich in den Lauf der Dinge einmischen. Es gehört alles zum großen Plan. Aber du rutschst nicht allein. Ich bin immer bei dir, Goldie. Ich werde dich nie verlassen. Du wirst mich nicht sehen, nicht jedes Mal, aber wie ich dir früher immer sagte, stirbt niemand wirklich. Man legt nur seinen Körper ab, der richtig schwer ist, wie man feststellt, wenn man eine Weile ohne ihn verbracht hat, und kehrt heim.«

»Jetzt bist du hier.« Sie sah ihn dankbar an und brachte ein wackliges Lächeln zustande.

»Ich bin immer hier«, sagte er, und es nahm Marigold ein wenig ihre Angst.

Er sah gut aus. Nicht wie der gebrechliche alte Mann, der an Krebs gestorben war, sondern wie ein gesunder Mann mit schimmerndem braunem Haar und leuchtenden braunen Augen. Er wirkte lebendiger denn je.

»Ich verliere mein Gedächtnis, Dad«, sagte Marigold. »Und ich verliere auch meinen Verstand. Was bin ich denn ohne meine Erinnerungen?«

»Du wirst immer du sein, Goldie. Keine Krankheit kann dir das nehmen. Du bist ewig. Nichts kann dich jemals zerstören.« Er schien verwundert, dass sie es noch nicht begriffen hatte. »Stell dir vor, du fährst ein Auto. Der Wagen ist dein Körper, und der Motor ist dein Gehirn, aber du, du bist nicht abhängig von ihnen. Du fährst den Wagen nur, solange du unterwegs bist. Wenn deine Reise vorbei ist, brauchst du den Wagen nicht mehr. Jetzt gerade ist er alt und der Motor versagt, aber du bist noch so vollkommen und ganz, wie du immer gewesen bist und immer sein wirst.« Jetzt lächelte er strahlend. »Du brauchst den Wagen nicht, wo du hingehst, Goldie. Alles, was du brauchst, ist Liebe, und von der hast du genug, um dorthin zu gelangen und zurück.«

»Dorthin und zurück«, wiederholte Marigold, als hörte sie die Worte zum ersten Mal.

»Wie ich, Goldie. Deshalb bin ich zurück. Aus Liebe.« Er legte eine Hand auf sein Herz. »Die ist das Einzige, was zählt. Wie seltsam, dass so viele Leute es nicht erkennen. Sie vergeuden ihr Leben und erkennen den Sinn nicht.«

»Wenn du bei mir bist, Dad, denke ich, dass ich die Reise schaffe.«

»Das ist mein Mädchen! Deine Reise wurde geplant, bevor du auf die Welt gekommen bist. Und ich verrate dir ein Geheimnis.« Er grinste.

»Welches?« Das Funkeln in seinen Augen war so unwiderstehlich wie sein Lächeln.

»Du machst das sehr gut.«

»Tue ich?«

»O ja. Das ist eine glatte Eins.«

Marigold kamen die Tränen. »In der Schule habe ich nie in irgendwas eine Eins bekommen.«

»Das Leben ist die wichtigste Schule. Die, die zählt.«

»Wie lange noch, bevor du … dahin zurückmusst?«

Er zuckte mit den Schultern. »Ein bisschen noch, schätze ich.«

»Und kommst du zurück?«

»O ja, das werde ich, Goldie. Da kannst du dir sicher

sein. Ich werde wiederkommen, wann immer du mich brauchst.«

Und Marigold wusste, dass es stimmte.

Wenige Tage später versammelte sich eine kleine Gruppe in Beryls Wohnzimmer. Sie bestand aus Eileen Utley, Dolly Nesbit, Cedric Weatherby, dem Commodore und seiner Frau Phyllida. Die Atmosphäre war ernst und ein wenig angespannt. Alle warteten. Eileen war gut darin, über nichts zu reden. Sie war gewohnt, es mit Marigold zu tun, aber jetzt war Marigold nicht mehr jeden Vormittag im Laden, also musste sie mit Tasha über nichts reden, was schwierig war, weil Tasha sich nicht für Nichtigkeiten interessierte und keine Zeit hatte. Sie rannte dauernd herum, packte Sachen aus oder tippte hinterm Tresen Sachen in den Computer ein. Jetzt jedoch schienen alle dankbar, dass Eileen da war, solange sie warteten. Sie lockerte die beklemmende Stimmung auf und lenkte alle von dem eigentlichen Zweck dieses Treffens ab.

Beryl hatte ihnen Wein eingeschenkt. Phyllida mochte keinen Wein, weil sie eher eine Wodkatrinkerin war, doch sie wollte nicht unhöflich sein und nippte an dem Chardonnay, der in ihren nervösen Händen allmählich zu warm wurde. Und sie bemerkte verschmierten Lippenstift am Glasrand, den sie mit dem Daumen wegwischte. Cedric, der in einem rosa Hemd zu einer gelben Cordhose mal wieder sehr schillernd aussah, saß neben Dolly auf dem Sofa, und Dolly, die recht aufdringlich nach Veilchen roch, hatte eine zittrige rechte Hand. Was nichts Ernstes war, also nichts, was sich mal ein Arzt ansehen musste. Doch es bedeutete, dass sie ihr Glas lieber in der anderen Hand halten sollte. Manchmal vergaß sie es, und es schwappte etwas aus ihrem Glas über. Beryls Sofa war dunkelgrün und gemustert, und da es Weißwein war, würde es nichts machen. Eileen plapperte weiter. Sie ging auf Nummer sicher und sprach über das Wetter – jeder redete gern übers Wetter – und über Essen. Tiere hingegen waren ein heikles Thema, bedachte man Dollys Katze und die Maulwürfe des Commodore. Und Eileen gab acht, niemanden zu verärgern, indem sie Tiere erwähnte. Doch allmählich ging ihr der Stoff aus. Sie hoffte, dass Tasha bald kam, bevor ihr nichts mehr einfiel.

Endlich klingelte es, und Beryl führte Tasha ins Zimmer. Dolly rückte näher zu Cedric, um ihr Platz zu machen. Tasha begrüßte alle ein wenig nervös, ehe sie sich neben Dolly setzte. Beryl schenkte ihr ein Glas Wein ein. Tasha nippte daran und schluckte laut. »Entschuldigung«, sagte sie und griff sich an den Hals. Alle lächelten ihr aufmunternd zu. Es ging ihnen ja nicht anders als ihr.

»Gut«, sagte Beryl streng. »Ihr wisst, warum ihr hier seid, also fangen wir an.«

Ihre Gäste nickten ernst, nur Eileen schüttelte den Kopf und verkniff den Mund. Von allen Anwesenden hier glaubte sie, Marigolds engste Freundin zu sein. »Ich kann es gar nicht glauben«, sagte sie. »Es ist einfach nicht fair, oder?«

»Das Leben ist nicht fair«, sagte Cedric, und wieder nickten alle.

»Warum passieren guten Menschen schlimme Dinge?«, fragte Phyllida.

»Wüssten wir die Antwort«, sagte ihr Mann, »hätten wir alle großen Rätsel der Welt gelöst.«

Beryl holte tief Luft. »Ich habe euch heute Abend hergebeten, weil wir einen Plan brauchen. Wir müssen eine geschlossene Front bilden. Also, ich habe eine Freundin, die wegen Demenz in einem Pflegeheim lebt, daher weiß ich, wie man mit der Situation umgehen muss. Es gibt klare Regeln, und wenn wir uns an die halten, wird Marigolds Leben erheblich angenehmer.«

»Was für Regeln?«, fragte Eileen. Sie wollte sich eigentlich nicht sagen lassen, wie sie mit Marigold umging. Als ihre engste Freundin wusste sie sehr wohl selbst, wie sie mit deren Krankheit zurechtkam.

»Marigolds Gedächtnis wird langsam immer weiter abbauen«, sagte Beryl.

»Ich würde nicht von ›langsam‹ sprechen«, unterbrach Cedric. »Mir ist in den letzten Monaten aufgefallen, dass es ziemlich schnell ging. Auf Suzes Hochzeit hat sie ihre Schwägerin nicht erkannt. Meistens überspielt sie es, weil sie klug ist. Aber sie ist sehr viel vergesslicher, als sie zeigt.«

»Bald wird sie keine neuen Informationen mehr behalten«, fuhr Beryl fort, ohne auf Cedrics Worte einzugehen. »Sie wird sich an die ferne Vergangenheit erinnern und sie mit der Gegenwart durcheinanderbringen. Gestern zum Beispiel hat sie mir erzählt, dass sie mit ihrem Vater gesprochen hat. Und Arthur ist wie lange tot? Fünfzehn Jahre? Ihr Gehirn spielt ihr Streiche. Sie denkt, dass er noch lebt. In solchen Momenten müssen wir mitmachen und dürfen nicht versuchen, sie zu korrigieren.«

»Und was hast du gesagt, als sie dir von ihrem Vater erzählt hat?«, fragte Dolly, die insgeheim überlegte, ob Marigold vielleicht dessen Geist gesehen hatte, denn sie selbst hatte einmal den Geist ihres Großvaters gesehen.

»Ich habe gesagt, ›Wie schön‹. Ich habe sie nicht gefragt, was er gesagt hat, denn wahrscheinlich wusste sie das nicht mehr. Versteht ihr? Ich habe mitgemacht und schlage vor, ihr tut es auch. Wir müssen eine geschlossene Front bilden«, wiederholte sie, weil ihr die Metapher gefiel.

»Wie traurig«, seufzte Phyllida.

»Es passiert immer den Nettesten«, ergänzte der Commodore.

»Du willst, dass wir sie belügen, Beryl?«, fragte Eileen misstrauisch. Sie bildete sich einiges darauf ein, dass sie die Dinge immer beim Namen nannte.

»Eigentlich ist es kein Lügen«, antwortete Beryl. »Wir lassen uns lediglich auf ihre Welt ein, und es macht sie für den Moment glücklich. Hätte ich gesagt, ›Aber dein Vater ist tot, Marigold‹, hätte sie das froh gemacht? Nein. Sie wäre nur traurig und verwirrt gewesen. Das sollten wir möglichst vermeiden.«

»Aber so schlimm ist es mit Marigold noch nicht«, sagte Eileen. »Sie weiß sehr wohl, dass ihr Vater tot ist.«

Beryl stellte ihr Glas auf den kleinen Tisch neben ihrem Sessel und faltete die Hände. »Natürlich weiß sie es, meistens jedenfalls. Manche Tage sind gut, andere schlecht. Ich vermute, als sie mir von ihrem Vater erzählt hat, hatte sie einen schlechten Tag. Doch bald wird sie vergessen, dass er tot ist, und dann wird es nicht daran liegen, dass sie einen schlechten Tag hat. Es wird daran liegen, dass ihr Gehirn löchrig wird, wie ein Stück Käse, an dem eine Maus geknabbert hat. Wenn wir uns alle an dasselbe Skript halten, können wir sie vor unangenehmen Erlebnissen schützen.« Beryl wandte sich zu Tasha. »Was meinst du? Du siehst sie ja am meisten von uns.«

Tasha wurde rot, als sich sämtliche Blicke auf sie richteten. »Es ist ihr sehr peinlich, wenn sie Sachen vergisst. Als sie noch den Laden geführt hat, hat sie täglich Sachen ver-

292

gessen, und es wurde ernst. Es ist schwierig, ein Geschäft zu führen, wenn die Besitzerin alles vergisst. Natürlich hat sie gedacht, es merkt keiner, aber das haben wir alle, oder? Ich denke, sie ist entspannter, seit sie sich nicht mehr um den Laden sorgen muss.«

»Leicht kann es nicht sein, sich zurückzuziehen«, sagte der Commodore. »Als ich in den Ruhestand gegangen bin, habe ich mich wie beraubt gefühlt.«

»Ja, hast du«, bestätigte seine Frau ernst.

»Aber ich habe anderes gefunden, um mich zu beschäftigen, und heute kann ich nicht behaupten, dass mir die alten Zeiten fehlen.«

»Marigold werden sie auch nicht fehlen«, sagte Tasha.

»Na, weil sie sich nicht an die erinnert, nicht?«, warf Eileen ein.

»Und was sind die Regeln?«, fragte Cedric. »Ich würde gern wissen, wie ich mich zu verhalten habe. Ich will ja nichts falsch machen.«

»Widersprecht ihr nicht«, erklärte Beryl. »Das ist die Hauptsache. Macht mit, egal, was sie sagt. Erwartet nicht, dass sie sich Dinge merkt. Seht ihr nach, wenn sie irgendwas vergisst. Stellt ihr keine Fragen und setzt sie nicht unter Druck, sich an irgendwas zu erinnern. Wir wollen sie nicht in Panik versetzen. Und wir müssen für sie da sein.«

»Wie lange noch, bis sie vergisst, wer wir sind?«, fragte Dolly unsicher.

»Weiß ich nicht«, antwortete Beryl. »Das ist bei jedem unterschiedlich.«

»Ich erinnere mich, dass sie vergessen hatte, die Christmas Puddings für Lady Sherwood zu machen«, erzählte Cedric. »Es war letzte Weihnachten, und da habe ich mir nichts dabei gedacht.«

»Das hat keiner von uns«, sagte Beryl.

»Ich dachte nur, sie wird älter und ein bisschen tüdelig«, ergänzte Dolly.

»Wie wir alle.« Der Commodore lachte kurz.

»Aber ihre Vergesslichkeit war anders«, sagte Phyllida leise. »Die war nicht normal. Ich glaube, das ist jedem von uns aufgefallen.«

»Ich dachte mir schon, dass es Demenz sein könnte, aber ich wollte nichts sagen«, gestand Eileen. Sie rang die faltigen Hände in ihrem Schoß. »Ich habe gehofft, dass es nicht so ist, weil ich meine Freundin nicht verlieren will.«

»Und wir verlieren sie auch nicht«, sagte Beryl bestimmt. »Wenn wir zusammenarbeiten, behalten wir sie.«

»Und wir dürfen uns nicht anmerken lassen, dass wir es wissen.« Cedric sah die anderen an. »Marigold ist sehr sensibel.«

»Stimmt«, pflichtete der Commodore ihm bei. »Wir behalten es für uns.«

»Wie traurig«, wiederholte Phyllida seufzend. »Warum muss es immer den Nettesten passieren?«

Der Commodore schüttelte den Kopf, und alle schwiegen. Tasha leerte ihr Glas, und Beryl, die es sah, schlug vor: »Trinken wir noch einen Wein.« Sie rang sich ein Lächeln ab und stand auf. »Ich denke, den brauchen wir.«

Suze kehrte glänzend braun wie poliertes Teak aus den Flitterwochen zurück. Ihr Haar war zu lauter winzigen Zöpfen geflochten, die von bunten Perlen gehalten wurden, und sie war wie ein Siebzigerjahre-Hippie gekleidet. »Ich habe so viel Gras geraucht«, gestand sie Daisy in der Küche, »dass ich die letzten zehn Tage geschwebt bin.«

»Tja, wie gut, dass du wieder auf der Erde gelandet bist. Ich habe schlechte Neuigkeiten für dich.«

»Was? Ist was mit Nan?«

»Nein, mit Mum. Sie hat Demenz.«

Suze wurde kreidebleich. »Bist du sicher?«

»Die Testergebnisse sind gekommen, als du weg warst. Die Diagnose ist beinahe sicher Demenz. Und sie haben einen Hirnscan gemacht, der es bestätigt.«

»Gibt es ein Medikament dagegen?«, fragte Suze.

Daisy schüttelte den Kopf. »Leider nicht.«

»Was? Kein Medikament? Wir schießen Raketen in den Weltraum und landen auf dem Mond, aber wir finden nichts gegen Demenz?«

»Für eine Menge Krankheiten gibt es keine Medikamente.«

»Aber dafür sollte es eines geben!«, schimpfte Suze wütend. »Stirbt sie?«

Daisy sah das gequälte Gesicht ihrer Schwester an und fühlte, wie sie selbst blass wurde. Der Gedanke, dass ihre Mutter starb, war unerträglich. Doch sie nach und nach zu verlieren schien irgendwie schlimmer. Sie wollte nicht über eine Zukunft nachdenken, in der von Marigold nur noch eine Hülle übrig war. »Natürlich stirbt sie nicht!«

Suze lächelte verbittert. »Du bist so eine schlechte Lügnerin, Daisy.«

»Na ja, wir alle sterben irgendwann.«

»Geht es ihr schlechter?«

»Ja.«

»Reden wir darüber? Ist es ein Geheimnis? Wie verhalte ich mich ihr gegenüber?«

»Normal, aber wir müssen geduldig sein.«

Suze starrte in ihren Tee. Wie gut, dass sie bei Batty

wohnte, denn sie glaubte nicht, dass sie viel Geduld mit ihrer Mutter aufbringen könnte. »Alles ändert sich, oder?«, fragte sie ängstlich. »Ich meine, wir müssen jetzt auf sie aufpassen. Das war immer andersherum.«

»Ich bin froh, dass ich nach Hause gekommen bin«, sagte Daisy plötzlich. »Dass ich hier bin, wenn Mum uns am meisten braucht.«

»Ich bin auch froh, dass du wieder zu Hause bist. Du bist gut in solchen Sachen«, stimmte Suze ihr zu. »Alleine würde ich damit nicht klarkommen. Ich kann nicht gut Verantwortung übernehmen.«

»Du lernst es. Wir beide werden es lernen.«

Suze sah zum Fenster. »Meinst du, sie vergisst, ihre Vögel zu füttern?«, fragte sie und erinnerte sich, wie genervt sie reagiert hatte, wenn ihre Mutter behauptete, es wären ihre Vögel.

Daisy sah zum Apfelbaum, wo der Futterspender über den Sommer leer war. »Wenn sie das tut, müssen wir uns wirklich Sorgen machen.«

21

Marigold war sehr niedergeschlagen. Tagelang war sie nicht in den Laden gegangen, hatte lieber zu Hause gesessen, sich an Sudokus versucht oder passiv in den Fernseher geblickt. Deshalb beschloss Dennis, übers Wochenende mit ihr wegzufahren. Das Weihnachtsgeschenk von Daisy und Suze ging ihm schon seit einer Weile durch den Kopf. Er hatte gehofft, im Frühjahr zu fahren, aber dann war Suzes Hochzeit dazwischengekommen, und Marigold hatte zu viel im Laden zu tun gehabt. Doch jetzt war Tasha zuständig, und Dennis hielt es für den richtigen Zeitpunkt. Es war Anfang August, und sie beide brauchten eine Pause, Zeit für sich. Marigold musste abgelenkt und aufgemuntert werden. Daisy hatte versprochen, sich um Nan zu kümmern. Nan hatte beteuert, um sie müsse sich niemand kümmern. Suze war damit beschäftigt, sich in ihr neues Eheleben einzufinden, und hatte kaum mal reingeschaut, seit sie aus den Flitterwochen zurück war.

Dennis fuhr, und Marigold saß auf dem Beifahrersitz. Zum Hotel waren es zwei Stunden Fahrt an der Küste entlang. Die Mädchen hatten ihnen Fotos gezeigt, und es sah entzückend aus, wie der ideale Ort für sie, um sich auszuruhen und ihre Sorgen zu vergessen. Sie hörten alte

Songs im Radio, die sie beide mochten. Marigold war noch nie ein Fan von Rockmusik gewesen; sie mochte Countrymusic und Abba. Also hatte Dennis Magic Radio eingeschaltet. Dazu beobachteten sie, wie die sattgrüne Landschaft vorbeirauschte.

Nach einer Weile nickte Marigold ein. Ihre Augen waren geschlossen, ihr Gesicht entspannt, und Dennis fand, dass sie jung aussah. Ihre Stirn war glatt, ihr Mund ein wenig geöffnet, und falls er sich nicht täuschte, war da ein ganz kleines zufriedenes Lächeln. Fort war die Angst, die sie nun so oft plagte. Es freute ihn, sie so zu sehen, und er ertappte sich dabei, wie er die Musik mitsummte.

Kurz vorm Mittagessen erreichten sie das Hotel. Dennis parkte den Wagen, und ein Hotelpage kam heraus, um ihren Koffer zu nehmen. Marigold war beeindruckt von dem Gebäude. Sie mochte hübsche Häuser. Dieses war weiß mit türkisen Fensterläden und grauen Dachschindeln. Und es hatte Meerblick. »Das ist hübsch, nicht?«, fragte sie und nahm seine Hand. Dieser Tage musste sie seine Hand halten, weil sie das Gefühl von Sicherheit brauchte, das nur Dennis ihr geben konnte.

»Es ist genau das Richtige«, antwortete Dennis. »Mich erinnert es an dieses Hotel bei Land's End, in dem wir mal waren. Weißt du noch?«

Mit alten Erinnerungen hatte Marigold kein Problem. Mit neuen kämpfte sie. »Das hatte blaue Läden, oder? Ich mag Fensterläden. Sie erinnern mich an Frankreich.«

»Soll ich dir Läden für unser Haus bauen, Goldie?«

Marigold war begeistert. »Was für eine schöne Idee! Das wäre wunderbar. Dann könnte ich bei meinen Vögeln im Garten sitzen und mir ausmalen, ich wäre in der Provence.«

»Dann baue ich welche und streiche sie blau an, nur für dich.«

»Ich glaube, Grün wäre noch hübscher, passend zum Garten. Blau ist am Meer schön, aber wir sind von Feldern umgeben, nicht? Deshalb würde Grün wohl besser aussehen.«

»Also grüne.«

»Danke, Dennis«, sagte sie und lächelte zu ihm auf.

Ihr Lächeln tat ihm gut. Es war voller Bewunderung, Dankbarkeit und einem kindlichen Staunen, das eher neu war. »Alles für dich, Goldie«, sagte er, zog sie an sich und küsste sie auf die Schläfe.

Sobald sie das Hotel betraten, wurde klar, was für ein besonderes Geschenk die Mädchen ihnen gemacht hatten. Alles war in strahlendem Blau und Weiß gehalten, von den weißen Wänden und blauen Sofas im Empfangsbereich bis hin zu den blau-weißen Bettüberwürfen und passenden Kissen in den Zimmern. Es war schick und sehr geschmackvoll. Marigold trat hinaus auf den Balkon und sah, dass auch die Blumen auf der Terrasse unten blau waren, ebenso wie die Sonnenschirme, in deren Schatten die Gäste zu Mittag aßen. Ihr Blick wanderte zu den Fischerbooten, die auf den Wellen wippten, und zur anderen Seite der Bucht, wo sich grüne Hügel bis hinunter zum Wasser zogen.

Marigold liebte das Meer. Es nahm ihr die Angst und verankerte sie im Jetzt. *Was ist falsch am Jetzt?*, fragte sie sich und lächelte, weil alles vollkommen war.

Dennis kam und stellte sich neben sie.

»Ist es nicht schön?«, sagte sie und seufzte glücklich.

»Ja, ist es wirklich.«

»Wie schlau von dir, dies hier zu planen.«

»Na ja, es war nicht meine Idee.«

»Nicht? Wessen dann?«

Dennis runzelte die Stirn. »Die von Daisy und Suze. Es war ihr Weihnachtsgeschenk, weißt du noch?«

»War es? Wie nett.«

Dennis war nicht so dumm, sie in Verlegenheit zu bringen, indem er sie auf ihr schwindendes Gedächtnis aufmerksam machte. »Hast du Hunger?«, fragte er.

»Ja, ich glaube schon.«

»Dann lass uns draußen essen, unter einem der Sonnenschirme. Die sind schick, nicht?«

»Ich mag das Blau. Es ist eine fröhliche Farbe.«

»Ja, ist es. Und nach dem Essen gehen wir spazieren. Wir können am Strand entlanggehen, und du kannst die Füße ins Wasser tauchen.«

Marigold lachte. »Das habe ich als Kind gemacht. Es war sehr kalt. Ich mag nicht frieren. Nein, ich werde meine Schuhe lieber anbehalten.«

Als sie nach unten gingen, schob Marigold ihre Hand in seine. »Was für eine gute Idee von dir, hier herzureisen.« Diesmal korrigierte Dennis sie nicht.

Nach dem Essen schlenderten sie am Strand entlang. Möwen kreisten über ihnen, und Tölpel und Seeschwalben hüpften über den Sand, wo sie nach kleinen Tieren suchten, die von der Ebbe zurückgelassen wurden. Die Nachmittagssonne schien warm auf ihre Gesichter, der Wind war frisch und zauste an ihren Haaren. Marigold zeigte auf Dinge, die sie interessierten, wie die kleinen Krebse, die sich in Sicherheit brachten, die Muscheln, die aus dem Sand lugten, und hin und wieder flaschengrüne, glatt geschliffene Glasscherben, die sie aufhob und sich vorstellte, es handele sich um Schätze von einem Piratenschiff, das vor Jahrhunderten an den Felsen zerschellt war. Unterdessen wurde Dennis bewusst, dass das Geschenk von Daisy und Suze mehr war als ein paar Nächte in einem hübschen Hotel. Es war die Gegenwart. Das Jetzt, in dem Marigold sich am besten fühlte. Ein besseres Geschenk hätten sie ihnen nicht machen können.

Abends aßen sie in einem Restaurant am Hafen. Die Lichter der Häuser auf dem Hügel funkelten bezaubernd über ihnen. Es war warm genug, um draußen zu sitzen, deshalb wählten sie einen Tisch am Rand der Terrasse, nahe am Wasser, und Dennis bestellte eine Flasche Wein.

»Was feiern wir, Dennis?«, fragte Marigold, als der Kellner ein wenig Pinot Grigio in Dennis' Glas schenkte, damit er ihn kostete.

»Wir feiern uns«, antwortete Dennis.

Marigold lächelte. »Das ist schön.«

Dennis probierte den Wein und zog die Augenbrauen hoch. »Gut. Sehr gut.« Der Kellner füllte ihre Gläser und ließ sie allein. Dennis griff über den Tisch nach Marigolds Hand. Seine Augen glänzten. Zu wissen, dass er sie verlieren würde, machte seinen Wunsch, sie festzuhalten, umso intensiver. »Du bist immer meine Liebste, Goldie.« Sie wurde rot. »Seit wir uns zum ersten Mal begegnet sind. Erinnerst du dich an unsere erste Begegnung, Goldie?«

»Du hattest eine rote Nelke im Knopfloch.«

»Stimmt. Du hattest ein gelbes Kleid mit blauen Blumen drauf an und eine blaue Blüte im Haar.«

»Und du hast mich zum Tanz aufgefordert.«

»Weil du das schönste Mädchen im Saal warst.«

»Nur für dich, Dennis.«

»Du hast gelächelt, und ich war dein.« Sie lachte vor Freude und fühlte, wie seine Hand ihre fester umklammerte. »Und mit jedem Lächeln seitdem hast du mich wieder-gewonnen.«

»Oh Dennis, du bist solch ein Romantiker!«

»Nur für dich, Goldie.« Er hoffte, dass sie die Träne nicht bemerkte, die er mit seiner freien Hand wegwischte. »Ich liebe dich.«

»Und ich liebe dich.« Sie versuchte, eine Erinnerung zu fassen, die ihr plötzlich kam und ihr gleich wieder ent-glitt. »Liebe ist alles, was zählt.« Sie wusste nicht mehr, wer ihr das gesagt hatte, aber sie entsann sich noch des warmen, sicheren Gefühls, das sie bei der Person gehabt hatte. »Die meisten Menschen begreifen es nicht, aber im Leben geht es nur um Liebe. Und sie ziehen durchs Leben und erkennen nicht, was wirklich wichtig ist.«

»Du hörst dich wie dein Vater an«, sagte Dennis.

»Tue ich das?«

»Ja, so etwas hätte er auch gesagt.«

»Na, er wird lachen, wenn ich ihm das erzähle!« Mari-gold nahm ihr Weinglas auf und trank einen Schluck. »Ein sehr guter Wein, Dennis«, sagte sie, ohne den Kummer in seinen Augen zu bemerken. »Auf uns.«

»Auf uns, Goldie.«

Dennis wurde vom Schrillen des Telefons geweckt. Es war dunkel und mitten in der Nacht. Er tastete nach dem Telefon. Als er es gefunden hatte, hielt er es an sein Ohr. »Hallo?«, fragte er schläfrig.

»Entschuldigen Sie die Störung, Mr Fane, aber Ihre Frau ist hier unten am Empfang. Ich denke, Sie sollten kommen und sie holen.«

Erschrocken setzte er sich auf und blickte zu der leeren Betthälfte, auf der Marigold liegen sollte. Benommen versuchte er, seine Gedanken zu ordnen. Er war sicher, dass es kein Albtraum war. Er schaltete das Licht an, legte den Telefonhörer auf und holte seinen Morgenmantel aus dem Bad. Dann eilte er den Korridor entlang. Was machte Marigold um diese Zeit an der Rezeption? Ging es ihr nicht gut? Warum war sie aufgewacht? Ungeduldig wartete er auf den Aufzug, der eine Ewigkeit zu brauchen schien. Sein Herz raste.

Als er aus dem Fahrstuhl trat, war an der Rezeption niemand. Er blickte sich hektisch um, bis er Marigolds bleiches Gesicht entdeckte. Sie saß im Nachthemd auf einem der Sofas, rang die Hände und weinte. Die Rezeptionistin saß bei ihr und bemühte sich vergeblich, sie zu beruhigen.

Als Marigold ihn sah, stand sie auf und kam wie ein Kind auf ihn zugelaufen. »Oh, Dennis!«, rief sie erleichtert. »Da bist du ja!«

»Was machst du hier unten, Marigold?« Er nahm sie in die Arme und fühlte, wie sie zitterte. So hatte er sie noch nie erlebt.

Die Rezeptionistin war offensichtlich dankbar, die Verantwortung für die verrückte Frau loszuwerden. »Sie ist hergekommen und hat gesagt, sie will nach Hause. Ich glaube, sie hat nicht gewusst, wo sie ist.«

»Vielen Dank«, sagte Dennis. »Wahrscheinlich ist sie geschlafwandelt. Ich schließe künftig die Zimmertür ab.« Er brachte Marigold zurück aufs Zimmer und ins Bett. »Ist jetzt alles gut, Goldie?«

Sie sah ihn verstört an. »Ich habe nicht gewusst, wo ich bin.«

»Schon gut. Weck mich nächstes Mal.«

Sie nickte. »Aber ich wusste nicht, wo du bist.«

»Ich war direkt neben dir.«

»Warst du?«

»Ja.«

Seufzend schloss sie die Augen. »Morgen früh geht es mir wieder gut.«

»Natürlich wird es das. Dann schauen wir uns die Gegend an und suchen uns einen Pub zum Mittagessen.«

»Das wird schön«, sagte Marigold. Dennis beobachtete sie einen Moment. Sie schlief ein, und alle Sorge war aus ihrem Gesicht verschwunden.

Dennis konnte seine Sorge nicht so leicht abschütteln. Er ging zur Minibar, holte eine kleine Flasche Whisky heraus und nahm sie mit auf den Balkon. Der Mond stand hoch am Himmel, groß, rund und hell warf er einen silbernen Pfad aufs Wasser. Dennis lehnte sich an die Brüstung und trank einen Schluck. Der Whisky wärmte seinen Bauch und beruhigte seine Nerven. Mit Marigold wurde es schlimmer. Das ließ sich nicht leugnen. Sie baute rapide ab. Es war nicht bloß Vergesslichkeit, sondern eine generelle Verlangsamung, in ihren Bewegungen, ihrer Sprache, ihrer Konzentrationsfähigkeit. Sie war abgelenkt und verträumt. Ihr Leben lang hatte sie gut mit Wörtern umgehen können, aber jetzt fielen ihr die simpelsten nicht mehr ein.

Er blickte hinaus in die silbrig schöne Nacht, versuchte, sie mit Marigolds Augen zu sehen, und konnte ihre Stimme hören, die beschrieb, wie die Wellenkämme glitzerten, wie der dunkelblaue Himmel vor Sternen funkelte und der große Mond so nahe schien, als könnte man ihn berühren. In allem entdeckte Marigold den Zauber. Das war einer der Züge, die er an ihr besonders liebte. Ihre Fähigkeit, das Beste in allem zu sehen. Wo würde sie jetzt einen Lichtstreif finden? Er trank noch einen Schluck. Nein, er konnte beim besten Willen keinen erkennen.

Am nächsten Morgen hatte Marigold ihr nächtliches Irren vergessen. Sie wachte begeistert auf und ging direkt ans Fenster. »Noch ein schöner Tag, Dennis. Was wollen wir unternehmen?«

»Wir sehen uns die Gegend an. Ich glaube, es gibt eine Burgruine in der Nähe.«

»Ich mag Ruinen.«

»Ja, ich auch.«

Dennis verdrängte das nächtliche Drama aus seinem Kopf und konzentrierte sich darauf, diesen Tag für sie beide besonders zu machen. Sie fuhren selten weg, und es war ungewiss, ob sie es jemals wieder tun würden. Deshalb sollte diese Reise unvergesslich sein.

Taran rief Daisy beinahe täglich an. Er behauptete, sich nach seiner Mutter erkundigen zu wollen oder irgendwelche Informationen zu brauchen, die nur im Arbeitszimmer zu finden waren, doch Daisy erkannte sehr schnell, dass es Vorwände waren. Tatsächlich wollte er mit ihr reden. Meistens über nichts, doch zunehmend auch über seinen Vater. Und nach und nach wurden die Gespräche über seinen Verlust länger. Er begann sich zu öffnen, und Daisy fühlte sich geschmeichelt. Ihr wurde bewusst, dass sie ihn falsch eingeschätzt hatte. Er war kein typisches Produkt seiner Klasse und Bildung, sondern besaß durchaus Gefühle – auch wenn er nicht recht wusste, wie er sie ausdrücken sollte.

Sie vermutete, dass er mit seiner Freundin nicht über seinen Vater redete, sonst müsste er es nicht mit ihr.

»Dieser Mann ruft dich viel an«, sagte Nan, die im Wohnzimmer fernsah, während Daisy am Fenster skizzierte. Es war zu heiß, um draußen zu sitzen, und Nan sah gerne Quizshows. Sie genoss es, die Antworten vor den Kandidaten herauszubekommen.

»Taran? Er ruft an, weil ich ihm helfe, den Nachlass seines Vaters zu ordnen, und auf seine Mutter achte.«

»Ich hätte gedacht, dass Lady Sherwood eine ganze Armee von Helfern hat. So ein großes Haus macht einen Haufen Arbeit.«

»Sie hat nur Sylvia.«

»Ah, Sylvia, das Musterbeispiel an Diskretion.«

»Stimmt, sehr diskret ist sie nicht.«

»Sir Owen hat alles Taran hinterlassen. Er hatte gehofft, noch sieben Jahre länger zu leben, damit keine Steuern fällig würden. Aber leider haben ihm die Maulwürfe des Commodore einen Strich durch die Rechnung gemacht, und Taran muss wahrscheinlich verkaufen, weil die Erbschaftssteuer horrend wird.«

Daisy legte ihre Zeichenkohle ab. »Hat Sylvia dir das erzählt?«

»Nein, sie hat es Eileen erzählt, und die hat es mir weitererzählt.«

»Der Buschfunk funktioniert ziemlich gut hier im Dorf.«

Nan kicherte. »Und ob!«

»Hat sie sonst noch etwas erzählt?«

»Er wird an Bauunternehmer verkaufen. Anscheinend gibt es schon Interessenten. Es wäre nicht schwer, eine Planungsgenehmigung zu bekommen, weil die Gemeinde dringend mehr Wohnraum braucht. Und das Naheliegendste wäre, den Bereich direkt hinter unserem Garten zu bebauen.«

Daisy biss sich auf die Unterlippe. »Das dürfen wir Mum und Dad nicht erzählen. Nicht, ehe es passiert.«

»Tja, sie müssten natürlich umziehen.«

»Nan!«

»Bei dem Krach könnten wir nicht hierbleiben! Der würde mich wahnsinnig machen. Ich bin alt und gebrechlich, und ich brauche meine Ruhe.«

»Und Mum kann nicht umziehen. Ich habe ein bisschen recherchiert, und Demenzkranke müssen in ihrer vertrauten Umgebung bleiben. Das Schlimmste für sie ist, an einem fremden Ort zu sein.«

»Deine Mutter ist nicht dement«, erwiderte Nan scharf.

»Wieso bist du dir da so sicher?«

Nan verschränkte die Arme vor der Brust. »Ärzte irren sich dauernd, und dieser Scan war nicht eindeutig. Demenz ist eine üble Diagnose. Und was diese klinische Psychologin angeht, na, der würde ich nicht mal trauen, wenn mein Leben davon abhinge.«

Daisy wollte nicht schon wieder deswegen streiten. Nan akzeptierte einfach nicht, dass ihre Tochter krank war.

»Jeder muss heute alles etikettieren. Die kleinste Abweichung von der Norm, und es gibt eine Bezeichnung, eine Diagnose, eine Therapie – und einen Therapeuten. Das kommt alles aus Amerika. Und jeder hat irgendwas. Legasthenie, Autismus, Asperger, Alzheimer, Demenz. Die Leute sind eben, wie sie sind, und sie sind nicht alle gleich. Marigold ist bloß tüdelig, weiter nichts. Zu meiner Zeit nannte man das ›alt werden‹. Aber wenn euch wohler dabei ist, dem einen Stempel aufzudrücken, nur zu.«

»Ich hoffe, sie genießen ihr Wochenende«, wechselte Daisy das Thema.

»Tja, sie sind immer noch in England, nicht? Beim Wetter kann man sich nie sicher sein«, sagte Nan. »Dein Grandad und ich waren mal in Spanien, und da war jeder Tag schön. Sonne, Wärme, alles perfekt. Die beiden haben anscheinend noch Glück mit dem Wetter, aber es geht doch nichts über einen Urlaub im Süden.«

Daisy zeichnete weiter und schaltete ab, als Nan lang und breit von ihrem Urlaub erzählte. Sie dachte an Taran und die Bauunternehmer, an die er angeblich verkaufen würde. Es musste einen Weg geben, das zu verhindern. Vielleicht überlegte er es sich noch mal, wenn sie ihm erzählte, dass ihre Mutter Demenz hatte. Es war kein genialer Plan, aber ein besserer fiel ihr nicht ein.

Ihr Handy summte. *Ich vermisse Dich immer noch, Margherita.*

Diesmal hatte Luca ein Foto von ihnen beiden angehängt, Arm in Arm und lächelnd. Ein glücklicher, sorgloser Moment. Bevor Daisy erkannt hatte, dass sie Luca, egal, wie sehr sie es wollte, nicht ändern konnte.

Nans Stimme wurde zu einem Hintergrundrauschen, als Daisy das Bild anblickte. *Zwei Idioten*, dachte sie traurig. *Zwei sture Idioten.*

22

Dennis und Marigold waren bester Laune, als sie zurück-
kamen. Daisy machte Tee, und sie setzten sich zu viert an
den Küchentisch, wo Dennis ihnen von dem Wochenende
berichtete. Er erzählte alles bis auf Marigolds mitternächt-
liche Wanderung. Davon wollte er niemandem etwas sagen. Marigold würde es nicht wollen, auch wenn sie es
bereits vergessen hatte.

Sie alle spürten Suzes Abwesenheit. Das Haus fühlte
sich ohne sie leer an. Sie hatten sich daran gewöhnt, dass
Daisy hier war, doch sie wog Suzes Fehlen nicht auf. Ihnen
fehlten Suzes Lachen und ihr Witz, sogar ihre schlechte
Laune. Und dass sie die vermissen könnten, hätten sie nie
gedacht.

»Hast du von Suze gehört?«, fragte Marigold.

»Nein, ich glaube, sie ist mit Verheiratetsein beschäftigt«, antwortete Daisy.

»War sie überhaupt mal hier?«, fragte Dennis verwundert. »Irgendwas muss sie doch wollen.«

»Sie hat jetzt Battys Mutter, die für sie wäscht und bü-
gelt. Ich rufe sie mal an und frage, wie es ihr geht.«

»Ich kann nicht mehr so gut telefonieren«, sagte Marigold. »Vielleicht kann sie mal auf einen Tee kommen. Ich

möchte hören, wie es ihr geht, und sicher will sie wissen, wie unser Wochenende war. Was für eine gute Idee von Dennis.«

Er sah Daisy an, und sie verstand seinen Blick und schwieg.

Nan nicht. »Es war die Idee von Daisy und Suze«, sagte sie streng.

»War es?« Marigold wurde rot. »Ja, natürlich«, sagte sie rasch. »Das habe ich doch gemeint. Was für eine gute Idee von Daisy und Suze. Wir hatten eine wundervolle Zeit, nicht, Dennis?«

»Hatten wir, Schatz.« Dennis lächelte sie an und ließ sich nicht anmerken, wie sehr ihn Nans Unsensibilität ärgerte.

»Es war das Weihnachtsgeschenk der beiden an euch«, fuhr Nan fort. »Sehr großzügig von dir, Daisy. Ich kann mir nicht vorstellen, dass Suze viel beigesteuert hat.«

»Oh, hat sie«, log Daisy. »Sie hat ihren Anteil bezahlt.«

»Wie sie überhaupt Geld verdient, ist mir schleierhaft«, sagte Nan. »Sie sollte sich eine richtige Arbeit suchen.« Und Daisy dachte, dass ihre Mutter zwar ihr Gedächtnis verlor, Nan sich aber zunehmend wiederholte. Und sie fragte sich, ob Suze sich von ihnen beiden fernhielt.

Suze wollte nicht nach Hause gehen. Ihr war klar, dass sie es sollte, und sie wusste, dass ihre Eltern sie vermissten, aber sie hatte keine Ahnung, wie sie sich ihrer Mutter gegenüber verhalten sollte. Marigolds Verfall machte ihr Angst. Lieber mied sie jede Begegnung, als ihn mit anzusehen.

Sie war egoistisch, das war ihr bewusst, doch so war sie nun einmal. Und hatten ihre Eltern sie nicht so gemacht, indem sie alles für sie getan hatten? Eigentlich war es nicht ihre Schuld. Das Problem war, dass ihre Mutter immer für sie gesorgt hatte, und Suze war noch nicht bereit für eine neue Rollenverteilung. Sie wollte in dieser Beziehung nicht die Erwachsene sein. Auch wenn sie verheiratet war und bei ihren Schwiegereltern lebte, sollte sich an dem Verhältnis zu ihrer Mutter nichts ändern. Ihr Elternhaus sollte verlässlich und stabil bleiben. Sie wollte den Beistand ihrer Mutter, wenn die Dinge nicht gut liefen, ihr Ohr, wenn sie etwas loswerden musste, ihre Stärke, wenn sie unsicher war. Suze wollte schlicht, dass Marigold die Mutter blieb, die sie immer gewesen war. Doch von jetzt an würde sie nicht mehr bekommen, was sie wollte.

Und dann war da Daisy, die in allem gut war. Daisy war ausgeglichen und genial. Jeder überschüttete sie mit Lob. Niemand tat das bei Suze, nein, bei ihr verdrehten sie bloß die Augen. Daisy wusste, wie sie sich um ihre Mutter kümmern musste. Sie war geduldig, mitfühlend und hatte ein ausgeprägtes Verantwortungs- und Pflichtbewusstsein. Suze konnte nichts von alldem vorweisen. Sie hatte einzig gelernt, sich zurückzuhalten und Daisy alles machen zu lassen.

Demenz bedeutete das Ende von Suzes Kindheit. Jetzt musste sie erwachsen werden.

Batty suchte nach einer Mietwohnung, und Suze hatte ein wenig Angst, weil sie wusste, dass sie dann vieles machen müsste. Sie war es nicht gewohnt, selbst zu putzen, ihre Sachen zu waschen und zu bügeln, und Kochen hasste sie. Es war nicht so, dass sie all das nicht konnte, sie wollte es bloß nicht.

Und was war, wenn sie beschlossen, ein Baby zu bekommen? Wer würde ihr helfen, wenn Marigold es nicht konnte? Suze mochte ihre Schwiegermutter, aber die war nicht wie Marigold, nicht so mütterlich oder nachsichtig. Und sie war mit ihrem Job als Lehrerin ausgelastet. Was sie zu Hause an Korrekturen zu machen hatte, war enorm. Suze musste einsehen, dass Marigold unersetzlich war.

Sie hatte ihre Mutter nicht angerufen, weil Daisy sagte, dass Telefonieren schwierig für sie wäre. Suze verstand es nicht, doch aus irgendeinem Grund konnte Marigold ihre Stimme nicht erkennen oder einer Unterhaltung folgen, ohne sie zu sehen. Also vergingen einige Wochen ohne Kontakt. Und weil sie ein schlechtes Gewissen hatte, rief Suze auch ihre Schwester nicht zurück. Sie klammerte sie alle aus und rechtfertigte es vor sich damit, dass sie ihren Blog, ihre Artikel und das Leben als Ehefrau zu sehr einnahmen (obwohl es eigentlich nicht anders war als das als Freundin). Entsprechend war sie nicht richtig überrascht, als Daisy ohne Vorwarnung bei ihr aufkreuzte. »Gehen wir einen Kaffee trinken«, schlug sie vor, und Suze konnte schlecht ablehnen, weil sie in Hausschuhen und mit der *Vogue* in der Hand erwischt worden war.

Sie setzten sich an einen Fenstertisch des Dorfcafés. Draußen zankten sich zwei riesige Möwen um eine weggeworfene Eiswaffel auf dem Gehweg. »Die sind so groß wie Hunde«, sagte Suze lächelnd. Sie hoffte, Humor könnte ihre Schwester netter stimmen. Tat er nicht. Suze bestellte einen Caffè Latte bei der Kellnerin und begann, am abblätternden roten Nagellack an ihrem Daumen zu zupfen.

Daisy wählte einen Espresso. »Warum besuchst du Mum nicht?«, fragte sie.

Ihr harter Ton ließ Suze zusammenzucken. »Ich habe viel zu tun«, antwortete sie beleidigt und erwiderte Daisys starren Blick trotzig.

»Meine Anrufe ignorierst du auch. Keiner hat zu viel zu tun, um zurückzurufen oder eine SMS zu schicken. Und du garantiert nicht, Suze. Du verbringst dein Leben am Handy. Was ist los?«

»Nichts.« Suze war bewusst, dass ihre Körpersprache etwas anderes sagte.

»Mum und Dad sehnen sich danach, dir von ihrem Wochenende im Hotel zu erzählen. Sie fanden es klasse. Es war das beste Geschenk aller Zeiten. Bist du gar nicht neugierig?«

Suze wandte den Blick ab, als die Kellnerin mit ihren Kaffees kam. Und nutzte die Gelegenheit, um ihre Gedanken zu sortieren. Die beiden Möwen waren weg, und es lag immer noch ein großes Stück Eiswaffel auf dem Pflaster. In diesem Ort gab es keine wirklich hungrigen Möwen.

»Ich komm damit einfach nicht klar, Daisy«, sagte sie schließlich.

»Mit Mums Krankheit?«

»Anscheinend ist es keine Krankheit.«

»Keine Haarspalterei, Suze.«

Sie trank einen Schluck von ihrem Kaffee und sah Daisy mit glänzenden Augen an. »Tut mir leid, aber ich kann nicht mit Mums Verfall umgehen.«

»Was soll das heißen, du kannst nicht damit umgehen? Hier geht es nicht um dich, Suze! Mum braucht dich. Sie braucht uns alle. Du kannst nicht einfach abhauen, wenn es schwierig wird. In einer Familie passt man aufeinander auf. Mum hat dein ganzes Leben für dich gesorgt. Jetzt bist du dran, auf sie aufzupassen.«

»Weiß ich, und ich hasse mich dafür, dass es mir Angst macht. Ich bin so eine Versagerin!«

Daisy biss die Zähne zusammen. Es war typisch für

Suze, jetzt die Selbstmitleidkarte auszuspielen. »Du bist keine Versagerin, Suze«, erwiderte sie bemüht nachsichtig. »Aber du musst auch deinen Teil leisten.«

»Willst du sagen, dass ich egoistisch bin?«

Und es war typisch, dass sie Daisy die Worte im Mund verdrehte.

»Hör mal, können wir vielleicht mal dabei bleiben, dass es nicht um dich geht? Ich habe auch Angst. Keiner von uns will mit ansehen, wie Mum ihr Gedächtnis verliert, aber wir dürfen sie auch nicht in dem Moment allein lassen, in dem sie uns am dringendsten braucht. Was für Menschen wären wir, wenn wir die eine Person im Stich lassen, die unser ganzes Leben lang für uns da war und jetzt in Not ist?«

Eine Träne rann über Suzes Wange, und sie wischte sie weg. »Aber Demenz ist furchtbar. Irgendwann wird sie nicht mehr wissen, wer wir sind. Sie wird sich nicht erinnern. Sie wird sogar vergessen zu atmen, und dann stirbt sie.« Sie griff sich an den Hals. »Ich ertrage es nicht, sie leiden zu sehen.«

Daisy wurde die Brust eng, und sie kämpfte selbst mit den Tränen. »Das ist noch lange hin, Suze. Denk nicht daran. Weißt du noch, was Grandad immer gesagt hat?«

»Er hat so vieles gesagt. Was meinst du?«

»Was ist falsch am Jetzt?«

Suze biss sich auf die Unterlippe. »Alles ist falsch daran, Daisy. Unsere Mutter ist dement.«

»Du verstehst es nicht. Jetzt gerade sitzen wir in einem netten Café. Der Punkt ist, im Moment zu leben und nicht in eine Zukunft hinein zu fantasieren, die noch nicht eingetreten ist. Jetzt gerade weiß Mum, wer du bist. Die meiste Zeit ist sie vollkommen normal. Dad ist zu Hause und vermisst dich, genau wie Nan, die noch giftiger als sonst ist. Deshalb brauche ich dich. Warum kommst du nicht mal auf einen Tee? Sag, dass du damit beschäftigt bist, dich um Batty zu kümmern. Das wird Nan gut finden.«

Suze brachte ein kleines Grinsen zustande. »Ich glaube, es ist eher andersrum.«

»Weiß ich«, sagte Daisy und grinste ebenfalls. »Eigentlich wissen wir es alle, sogar Nan. Doch es klingt nett.«

Suze seufzte. »Na gut. Ich komme heute Nachmittag vorbei.«

»Schön. Mum wird sich sehr freuen.«

»Können wir jetzt über was anderes reden?«

»Klar, was immer du willst.«

»Hast du irgendwelche Fortschritte mit Taran gemacht?«

»Wegen des Anwesens?«

»Ja, deswegen. Und hast du ihn schon geküsst?« Suzes Grinsen wurde breiter.

»Er ist noch in Toronto, und ich habe in beiden Punkten keine Fortschritte gemacht, aber ich arbeite auch nur an einem.«

»Dem Küssen.«

»Nein, dem Anwesen.«

»An deiner Stelle würde ich beide Fliegen mit einer Klappe schlagen.«

An diesem Nachmittag, als Marigold mit Dennis und Nan im Garten saß, den Vögeln lauschte und beobachtete, wie die Schatten auf dem Rasen länger wurden, kam Suze mit Daisy durch die Küchentür. Dennis strahlte. »Ah, Suze. Dich haben wir ja lange nicht gesehen!«

Marigold erinnerte sich nicht, wann sie ihre Tochter zuletzt gesehen hatte. »Wie schön«, sagte sie lächelnd.

»Ich bin so damit beschäftigt, mich um meinen Mann zu kümmern«, erklärte Suze.

Nan nickte zustimmend, wie Daisy bereits vorausgesagt hatte. »Ehemänner sind ein Vollzeitjob«, sagte sie. »Das Problem ist, dass ihre Mütter sie verwöhnen, und wenn sie heiraten, machen sie ihre Freundinnen zu ihren Müttern, lehnen sich zurück und erwarten, dass alles für sie getan wird.«

»Das finde ich ein bisschen hart«, sagte Daisy und zog einen Gartenstuhl heran.

»Ach, diese ganzen modernen Frauen behaupten, die Männer würden im Haushalt helfen, aber in Wahrheit tun sie es nicht. Sie sind nicht für Staubsauger und Waschmaschinen gemacht. Es liegt einfach nicht in ihren Genen, und man kann jahrtausendealte Gewohnheiten nicht ändern. Dein Großvater hat nie gelernt, wie er seinen Teller richtig in den Geschirrspüler stellt, und ich sage mal, Dennis auch nicht. Wenn Atticus einen Geschirrspüler beladen kann, fresse ich einen Besen.«

»Sei lieber vorsichtig«, warnte Dennis sie. »Ich denke, Batty ist ein Mann, der sich durchaus im Haus nützlich machen kann.«

Suze setzte sich neben ihre Mutter. »Wie geht es dir, Mum?«, fragte sie und versuchte, die äußeren Veränderungen bei Marigold zu ignorieren. Es waren keine großen, nichts, was jemand anders, der sie nicht kannte, bemerken würde. Doch für Suze war dieser leicht verträumte Gesichtsausdruck bei ihrer Mutter neu und erschreckend.

»Sehr gut, Liebes«, antwortete Marigold mit einem verhaltenen Lächeln.

»Wie war das Hotel?«

Es entstand eine längere Pause, in der Marigold herauszufinden versuchte, was Suze fragte. Etwas über ein Hotel, aber welches Hotel?

Dennis sprang ein. Er gewöhnte sich daran, Marigolds Erinnerungslücken zu füllen. »Wir waren doch in diesem schönen Hotel am Meer, nicht, Goldie? Das, in dem alles in dem Blau und Weiß war, das dir so gefallen hat.« Marigold verengte die Augen ein wenig, was verriet, dass ihr gemeinsames Wochenende vom Nebel geschluckt wurde, doch sie bemühte sich, alle zu täuschen. »Wir sind am Strand spazieren gegangen und waren zum Essen aus. Der Wein war sehr gut und die Bedienung hervorragend. Wirklich, ihr zwei«, sagte er zu Daisy und Suze, »es war das schönste Geschenk aller Zeiten.«

»Ja, das war sehr süß von euch«, stimmte Marigold zu, die gut im Improvisieren wurde, wenn sie sich nicht erinnerte.

Dennis sah Suze an. »Also, Suze, wie ist die Ehe? Wie geht es Batty …«

»Atticus«, fiel Nan ihm ins Wort. »Einen verheirateten Mann spricht man nicht mit solch einem albernen Spitznamen an, auch wenn Suze ihn sich auf die Schulter tätowiert hat!«

Marigold setzte sich erschrocken auf. »Du hast ein Tattoo, Suze?«

Suze sah panisch zu Daisy. Hatten sie dieses Gespräch nicht schon geführt?

»Ja, Mum, das hat sie vor der Hochzeit machen lassen«, erklärte Daisy.

»Ich habe ihr gesagt, jetzt kann sie sich nie von ihm scheiden lassen«, ergänzte Nan. »Du bereust es vielleicht noch, Suze, denn du findest nie wieder einen Mann, der Batty genannt wird.«

Daisy sah zu Suze und grinste. Mit ihrer Großmutter, die alles wiederholte, und ihrer Mutter, die alles vergaß, wurden sie zu einer wahren Comedy-Show. Vielleicht war die einzige Art, mit dieser Situation umzugehen, die, das Witzige daran zu sehen.

Lachend schüttelte Daisy den Kopf. Suze war froh, ein wenig von ihrer Angst auf dieselbe Weise abzubauen, und lachte mit. Dennis blickte die beiden an und schmunzelte. »Was ist so witzig, Mädchen?«

»Nan, die alles wiederholt«, antwortete Daisy und hoffte, Nan damit nicht beleidigt zu haben.

»Tue ich das?«, fragte sie ungläubig. »Nein, ganz sicher nicht.«

Daisy nickte. »Doch, tust du. Und Mum vergisst alles«, fügte sie mutig hinzu, nahm die Hand ihrer Mutter und drückte sie.

Marigold erwiderte Daisys Lächeln. »Ja, ich schätze, das ist witzig«, sagte sie leise.

Nan reckte das Kinn. »Na, wir werden älter, oder? Also sollte euch das nicht wundern.«

Sie alle lachten, sogar Nan, wenn auch ein wenig verkniffener.

»Was hat Grandad noch immer gesagt?«, fragte Suze.

»Was ist falsch am Jetzt«, kam es prompt von Marigold, und alle schauten sie erstaunt an. »Ich glaube nicht, dass ich das jemals vergesse.« Dann sah sie dankbar in die Runde. »Daran ist nichts falsch, oder?«

23

Daisy saß auf der Bank am Waldrand und betrachtete die Felder. Es war ein warmer Nachmittag Ende August. Fedrige Wolken schwebten reglos am Himmel, und ein Segelflieger zog still unter ihnen entlang. Mordy, der Labrador, lag hechelnd zu Daisys Füßen, während die beiden Spaniels auf der Jagd nach Fasanen und Kaninchen durch den Weizen sprangen.

Daisys Gedanken schweiften zu Luca ab. Er schrieb ihr jetzt häufiger, dass er sie vermisse und ob sie nicht einen Kompromiss finden könnten, der für sie beide passte. *Wie wäre es, wenn wir uns einen Hund anschaffen?*, hatte er geschrieben. Einen Hund? Daisy hatte gelacht, denn es war zu albern, um es ernst zu nehmen. Doch jedes Mal wenn sie an Luca dachte, unterbrach Taran sie, der sich mit großen Schritten in ihre Gedanken drängte und ihre Aufmerksamkeit auf sich lenkte.

Dabei war Taran keine Alternative. Er lebte in Toronto und hielt offensichtlich nichts davon, sich fest zu binden. Und dass er vorhatte, das Anwesen an Bauunternehmer zu verkaufen, die das Feld direkt neben dem Haus ihrer Eltern zubetonieren würden, machte eine romantische Beziehung mit ihm unmöglich. Sie wollte nicht mit dem

Mann zusammen sein, der das geschehen ließ und dem Geld wichtiger war als das Wohl von Menschen. Sie konnte sich nicht vorstellen, dass Sir Owen seine geliebte Farm seinem Sohn vermacht hatte, damit er sie an den Meistbietenden verkaufte. Und was war mit Celia? Wo sollte sie hin, wenn er verkaufte? Dachte Taran überhaupt an sie?

Daisy war bewusst, dass sie ein Muster wiederholte. Warum konnte sie sich nicht in einen Mann verlieben, der in der Nähe lebte und das Land genauso liebte wie sie? Doch ihr Herz ließ ihr keine Wahl. Ihr Verstand könnte es natürlich ignorieren, und das versuchte er gegenwärtig auch verzweifelt. Ihre Mutter hatte Priorität; ihre Bedürfnisse überwogen die von Daisy. Sie war sechs Jahre weg gewesen und hatte keinen Zweifel, wo ihr Zuhause war. Sie wollte nirgendwo sonst als hier leben.

Mordy hob den Kopf und spitzte die Ohren. Daisy glaubte, dass er ein Kaninchen gesehen hatte, und schaute in die Richtung. Zu ihrer Überraschung sah sie einen Mann den Feldweg heraufkommen und erkannte seinen Gang sofort. Es war Taran.

Erfreut stand sie auf, während Mordy bereits den Weg hinunterpreschte, gefolgt von Archie und Bendico, die wie Kanonenkugeln aus dem Weizen geschossen kamen. Die drei Hunde umkreisten Taran begeistert, und er bückte sich, um sie zu streicheln. Er lächelte, als er bei Daisy war. In seiner Jeans und dem blauen Hemd mit den aufgekrempelten Ärmeln wirkte er lässig. Er war unrasiert, und sein Haar kräuselte sich auf dem Kragen. Seine Augen wirkten sehr grün in seinem sonnengebräunten Gesicht. Daisy wurde plötzlich verlegen. Es war schwer vorstellbar, dass er jemals versucht haben sollte, sie zu küssen. Oder dass sie fähig gewesen sein sollte, ihn abzuweisen.

»Hi, Daisy«, sagte er, neigte sich vor und küsste sie auf die Wange. »Du siehst gut aus.«

»Bist du eben angekommen?«, fragte sie und wünschte, sie hätte sich die Haare gewaschen und Make-up aufgelegt. Stattdessen trug sie einen Pferdeschwanz, und ihr Gesicht war so, wie Gott es geschaffen hatte.

Taran stemmte die Hände in die Hüften, atmete tief ein und blickte über die Felder. »Ja, ich bin gerade angekommen. Es ist schön, zu Hause zu sein.« Er wandte sich wieder ihr zu. »Ich störe dich hoffentlich nicht.«

»Nein, ganz und gar nicht.«

»Dies ist keine Bank für eine Person«, sagte er und setzte sich neben sie.

»Dem hätte dein Vater widersprochen.«

»Jetzt gehört sie nicht mehr ihm.« Er streckte einen Arm auf der Lehne hinter Daisy aus. »Sie gehört mir, und ich ziehe es vor, Gesellschaft zu haben.«

»Deine Hunde freuen sich, dich zu sehen.«

»Sie wissen, wer jetzt der Boss ist. Als mein Vater noch lebte, haben sie mich kaum beachtet.«

»Mir sind sie richtig ans Herz gewachsen, besonders Mordy. Er liegt auf dem Sofa in der Scheune und sieht mir beim Malen zu.«

»Wie läuft es? Hast du Rupert fertig?«

Sie lachte. »Ja, Rupert ist fertig, und ich habe mit Basil angefangen.«

Er schüttelte den Kopf. »Basil! Was ist er? Ein Terrier?«

»Volltreffer.«

»Typisch.« Er beugte sich vor, stützte die Ellbogen auf die Knie und drehte den Kopf zu ihr. »Nochmals danke, dass du für meine Mutter hier bist. Dich schickt der Himmel.«

»Gerne. Ich kann mir nicht vorstellen, wie es sein muss, jemanden zu verlieren, mit dem man so lange zusammengelebt hat. Dein Vater muss eine enorme Lücke hinterlassen haben. Ich möchte nur, dass sie sich etwas weniger allein fühlt.«

»Und es gelingt dir sehr gut. Sie sagt, dass sie die letzten Monate ohne dich nicht durchgestanden hätte. Und sie findet dich sehr weise. ›Tiefgründig und weise‹ waren ihre Worte, wenn ich mich richtig erinnere.«

»Du solltest öfter hier sein, Taran«, schlug sie wagemutig vor. »Du bist ihr einziges Kind, und ich kann dich nicht ersetzen.«

Er lehnte sich zurück und fuhr sich mit den Händen durchs Haar. »Du machst mir ein schlechtes Gewissen.«

»Gut«, antwortete sie. »Jemand muss es tun.«

Er lachte. »Also fungierst du als Stimme meines Gewissens, Daisy Fane?«

»Wenn irgendwas schiefgeht, ist die Familie unersetzlich.«

»Apropos Familie«, wechselte er das Thema. »Wie geht es deiner?«

Daisy hatte nicht vorgehabt, ihren Schmerz mit ihm zu teilen, doch es platzte einfach aus ihr heraus. »Meine Mutter hat Demenz.«

Taran sah sie erschrocken und voller Mitgefühl an. »O Gott, das tut mir leid, Daisy.« Er legte eine Hand auf ihre Schulter. »Das ist hart.«

»Ist es.«

»Seit wann wisst ihr es?«

»Es ging schrittweise. Schon seit ich aus Italien zurück bin, wird sie immer vergesslicher.«

»Und ist sie in Behandlung?«

»In gewisser Weise, aber man kann nichts tun. Wir müssen sie eben so gut wie möglich unterstützen, bis …«

»Bis?«, fragte er sanft.

»Bis wir es nicht mehr können.«

Er nickte. »Weiß sie es?«

»Ja, im Moment ist es ihr noch bewusst. Ich vermute, irgendwann wird es das nicht mehr sein. Sie wird es genauso vergessen wie alles andere. Es ist eine grausame Krankheit, auch wenn es anscheinend keine richtige Krankheit ist.« Sie zuckte mit den Schultern. »Ich weiß nicht, was es ist.« Ihr fiel sein Blick auf, und sie staunte, dass der Mann, den sie für arrogant und materialistisch gehalten hatte, solche Empathie empfinden und zeigen konnte. »Weißt du, was sie über alles liebt? Ihren Garten. Ihre größte Freude ist es, die Vögel zu füttern und über deine Felder zu schauen.«

Er lächelte. »Schön, dass sie ihr Freude bereiten.«

»Je kleiner ihre Welt wird, umso mehr werden solche Dinge zu dem einzigen Glück, das sie noch kennt. Sie ist jetzt nicht mehr im Laden. Tasha hat bewiesen, dass sie sehr wohl verlässlich sein kann. Vielleicht war sie es früher nicht, weil meine Mutter schlecht Verantwortung abgeben konnte.« Daisy lächelte traurig. »So war sie immer, hat alles für jeden getan, sodass keiner irgendwas selbst machen konnte.« Sie dachte natürlich an Suze und Nan, doch während sie es aussprach, wurde ihr klar, dass auch ihr Vater gewohnt war, bedient zu werden. Sie mussten alle lernen, für sich selbst zu sorgen.

Daisy wollte seine Versicherung, dass ihrer Mutter diese Felder erhalten blieben, nur wusste sie nicht, wie sie es ansprechen sollte, ohne zu gestehen, dass sie sein Telefonat belauscht hatte. Er sprach nie mit ihr über sein Erbe, und Celia tat es auch nicht. Folglich hatte Daisy keinen Schimmer, was er vorhatte. »Fehlt dir dein Zuhause, wenn du in Kanada bist?«

»Komisch, dass du das fragst. Hat es früher nicht, aber seit mein Vater gestorben ist, blicke ich anders zurück.«

»Bedeutet dir dies jetzt mehr, weil ein Teil von deinem Vater hier weiterlebt?«

Er überlegte. »Kann sein.« Dann sah er zu dem Land, das sein Vater so geliebt hatte. »Es ist der Teil von meinem Vater, der weiterlebt, neben mir, versteht sich. Früher hat er mich auf der Farm herumgefahren. Ich saß auf dem Dach des Jeeps, die Hunde liefen hinter uns her, und er nannte es eine Safari. Ich sah Rehe, Hasen, Kaninchen und Fasane, und die Hunde jagten über die Felder. Zur Erntezeit saßen wir auf der Motorhaube, aßen Sandwiches und schauten zu, wie sich die Mähdrescher durch den Weizen und die Gerste arbeiteten. Ich erinnere mich an den Staub, der im Sonnenlicht wie Gold glitzerte. Komisch, daran habe ich seit Jahren nicht mehr gedacht.«

»Es klingt idyllisch.«

»Und die ganze Zeit warst du im Dorf, und ich kannte dich nicht.« Grinsend sah er wieder zu ihr. »Mit deinen Rattenschwänzen.«

»Garantiert hatte ich keine Rattenschwänze.«

»Ich glaube doch.«

»Nein, ehrlich nicht. Zöpfe.«

»Rattenschwänze!«

Sie versetzte ihm einen Klaps. »Was hast du sonst noch mit deinem Vater gemacht?«

»Er hat mir die Farm gezeigt und wollte mich mit seiner Begeisterung für die Landwirtschaft anstecken, aber beim Anblick von Land wollte ich nur etwas darauf bauen.«

»Du darfst hier nichts bauen!«, rief sie aus. »Es ist schön. Einfach wunderschön.«

»Ich meine nicht buchstäblich, es zu bebauen. Schon als Junge war ich Architekt, baute in meiner Fantasie Häuser, sah schöne Strukturen in der Landschaft.« Daisy fragte sich, ob es hieß, dass er beschlossen hatte, das Land nicht zu verkaufen. Sicher konnte sie sich nicht sein.

»Musst du in Toronto bauen? Könntest du nicht hier arbeiten, näher bei deiner Mutter?«

»Könnte ich, aber ...«

»Ich meine, sie wird nicht ewig da sein. Du solltest Zeit mit ihr verbringen, solange du es noch kannst.« Ihr Ton wurde zu leidenschaftlich, und sie bremste sich.

»Es war richtig von dir, nach Hause zu kommen, Daisy«, sagte er. »Es ist richtig, dass du Zeit mit deiner Mutter verbringst.«

»Ich weiß nicht, was ich tun werde, wenn sie stirbt. Sie ist der Mittelpunkt unserer Welt, erdet uns. Ohne sie verlieren wir alle den Halt. Gott, es wird furchtbar. Tut mir leid, dass ich über mich rede. Ich sehe nur den Verfall meiner Mutter und deine, die sich bemüht, mit allem fertigzuwerden. Und ich weiß, wie wichtig Liebe ist. Wenn sie weg sind, sind sie weg. Das war es dann.«

»Demenz wirft einen richtig in die Gegenwart, was?«

»Etwas anderes hat sie nicht mehr.«

»Aber die Gegenwart ist nicht schlecht, Daisy.«

»Was ist falsch am Jetzt?«, murmelte sie. »Das hat mein Großvater früher immer gesagt, wenn wir uns um die Zukunft sorgten oder Dinge aus der Vergangenheit bereuten. Und es war nie irgendwas falsch am Jetzt. Es ist nur schwer, in der Gegenwart zu bleiben. Die Gedanken wandern vor und zurück, und man sorgt sich wegen Sachen, die jetzt gar nicht passieren. Sie sind bloß Erinnerungen oder Vorstellungen und dennoch so mächtig, dass sie uns hin und her reißen. Mein Großvater sorgte sich nie wegen irgendwas. Ihm schien es immer gut im Jetzt zu gehen.«

»Anscheinend verstand er einiges vom Leben. Denk nicht an die Zukunft, ehe du musst. Verlier die Gegenwart nicht, die real ist, an deine Zukunft, die es einzig in deiner Vorstellung gibt. Es spricht manches für diese Haltung. Wir wären alle glücklicher, könnten wir im Moment leben.«

»Was ich auch versuche. Trotzdem fürchte ich mich vor der Zukunft, weil sie niederschmetternd wird.«

»Blickst du in die Vergangenheit zurück?«

Sie ahnte, dass er an Luca dachte, und zuckte mit den Schultern. Es gab keinen Grund, warum sie ihm nicht von Luca erzählen sollte. Sie hatten ja schließlich keine Beziehung. Taran war ein Freund. Ihr unwahrscheinlicher Freund. »Falls du an meine gescheiterte Beziehung denkst, kann ich dir erzählen, dass er sich meldet. Er will es noch mal versuchen und meint, wir wären blöd, uns etwas Gutes entgehen zu lassen.«

Taran schüttelte den Kopf. »Das willst du nicht.«

»Warum nicht?«

»Weil es einen Grund gab, warum es in die Brüche gegangen ist. Du würdest bloß zurückgehen, weil es vertraut ist und du dich vor der Zukunft fürchtest.«

»Tue ich nicht. Zumindest nicht vor meiner.« Daisy wusste, dass es gelogen war. Sie fürchtete sich vor dem Alleinsein. »Vor der meiner Mutter schon. Wie dem auch sei, ich gehe nicht zurück nach Italien. Ich bin jetzt hier und bleibe. Meine Mutter braucht mich, und mein Vater braucht meine Unterstützung. Ich würde sogar behaupten, dass es Glück war, dass ich zurückgekehrt bin, als es mit ihr bergab ging.«

Taran nickte nachdenklich.

»Was macht deine On-Off-Beziehung?«, fragte sie, weil Luca ihr doch ein zu unangenehmes Thema war.

»Off«, antwortete er grinsend. »Ich habe das Richtige getan. Du hast mich zu einem besseren Mann gemacht. Gehst du heute Abend mit mir etwas trinken?«, fragte er. »Wir könnten wieder einen Mitternachtsspaziergang machen.«

»Das mit dem Spaziergang weiß ich noch nicht, aber ich gehe mit dir was trinken.«

Er stand auf. »Wärst du eine Romanfigur, dann Elizabeth Bennet.«

»Willst du sagen, dass ich zugeknöpft und empfindlich bin?«

Er grinste. »Klug und schlagfertig, aber mit einer verborgenen, sehr interessanten Seite, die ein wenig Alkohol hervorlockt.«

»Ach wirklich!«, rief Daisy und erhob sich. Sie pfiffen nach den Hunden und gingen in Richtung Haus. »Ich kann mit Freuden sagen, dass du überhaupt nicht wie Mr Darcy bist. Der hat keinen Sinn für Humor.«

»Da muss ich widersprechen. Ich finde ihn sehr amüsant, wenn man ihn erst kennenlernt.«

»Mit ein wenig Alkohol«, ergänzte sie.

»Er hilft, locker zu werden.«

»Muss ich lockerer werden?«

»Müssen wir alle, weil wir zu viel grübeln.«

»Worüber grübelst du zu viel, Taran?«, fragte sie.

Er sah sie an und grinste. »Das ist mein Geheimnis.«

»Und du verrätst es nicht?«

»Vielleicht später.«

»Nach ein wenig Alkohol.«

Seine grünen Augen blitzten. »Wie gesagt, er macht locker.«

Als sie ins Haus kamen, saß Celia an der Kücheninsel und las Zeitung. Sie blickte über den Rand ihrer Brille hinweg. »Ah, du hast sie gefunden.« Die Hunde kamen herein und ließen sich in ihre Körbe fallen. »Möchtest du einen Kaffee, Daisy?«

»Na ja, ich sollte eigentlich zurück an die Staffelei.«

»Basil kann warten«, sagte Taran. »Ich mache sehr guten Kaffee. Wie trinkst du ihn?«

»Stark«, antwortete Daisy und setzte sich auf den Hocker neben Celia. »Ich habe in Italien gelebt, der Heimat des besten Kaffees der Welt, also nur kein Druck.«

»Italiener können mir gar nichts«, sagte Taran und holte eine Tasse aus dem Schrank. »Wart's ab. In Toronto machen wir einen sagenhaften Kaffee.«

Daisy lachte.

Wenig später brachte Taran zwei Tassen zur Kücheninsel und stellte eine vor Daisy hin. »So, jetzt sag mir, dass es der beste Kaffee ist, den du je hattest.«

Schmunzelnd hob sie die Tasse an ihre Lippen.

Taran zog die Augenbrauen hoch.

Und Daisy nickte. »Nicht schlecht für einen Kanadier.«

Celia gab sich übertrieben entsetzt. »Taran ist kein Kanadier! Er ist zur Hälfte Engländer, er will es nur nicht wahrhaben.«

»Doch, allmählich schon«, sagte er und nahm einen Schluck von seinem Kaffee. Celia bemerkte, dass er Daisy direkt ansah.

Dennis hatte die Kirche für sein Miniaturdorf fertig und malte am Küchentisch den Gemeindesaal an, als Daisy nach Hause kam. »Wo ist Mum?«, fragte sie.

»Zum Tee bei Beryl.«

»Ah, gut. Das ist schön.« Sie war froh, dass ihre Mutter mal vor die Tür kam.

»Nan ist beim Bridge. Zuerst wollte sie nicht mehr hin, weil anscheinend eine der Damen schummelt. Ich erinnere mich nicht, welche. Sie sagt, die anderen stellen sich blind, aber da sie eine integre Frau ist, kann sie es nicht stillschweigend zulassen. Ich fürchte, es gibt Krach, nur dass du vorgewarnt bist.«

»Dann rechne ich mal mit allem.«

»Aber ich bin froh, dass ich dich allein erwische, denn ich habe nachgedacht«, begann Dennis und legte seinen Pinsel hin.

Daisy nahm ihm gegenüber Platz. »Was meistens bedeutet, es kommt etwas Kreatives.«

»Könnte man sagen.« Er wurde ein wenig rot. »Ich möchte Marigold ein Puzzle machen.«

»Sie hat das letzte noch nicht fertig.«

»Nein, ich meine ein anderes, Daisy. Eines aus ihren Erinnerungen.«

Daisy fühlte einen Stich in der Brust. »O Dad, das ist eine wundervolle Idee!«

»Na ja, sie hat Angst, wer sie ohne ihre Erinnerungen sein wird. Aber ich habe ihr gesagt, dass sie die nicht braucht, weil wir sie für sie aufbewahren. Wir kennen sie ja, nicht? Für mich wird sie immer Goldie sein, für dich und Suze immer Mum und für Nan immer Marigold. Sie erinnert sich vielleicht nicht mehr an Einzelheiten aus ihrem Leben, doch wir tun es. Und deshalb habe ich gedacht, wir beide könnten eine Erinnerungstafel entwerfen, allerdings als Puzzle. Das könnten wir alle gemeinsam machen. Wir suchen die Erinnerungen als Familie aus, und du könntest sie malen.«

»Sehr gerne!«

»Es müsste ein großes Puzzle mit großen und nicht zu vielen Teilen sein. Du weißt schon, etwas, mit dem sie fertigwird. Und das sie an die guten Dinge in ihrem Leben erinnert.«

»Damit sie nicht alle vergisst«, ergänzte Daisy leise.

»Damit sie weiß, dass sie geliebt wird.« Dennis blickte auf seine Hände, und plötzlich wirkte er auf Daisy sehr verloren. Wie ein kleiner, verlassener Junge. »Es wird nicht besser, Daisy«, sagte er heiser.

»Ich weiß.«

»Wir müssen sie so lange wie möglich bei uns behalten.« Sie nickte.

»Ich habe gedacht, das Puzzle wäre eine gute Art, sie wieder zurückzuholen, wenn wir das Gefühl haben, wir verlieren sie.«

»Und sie kann es immer wieder machen. Es trainiert ihr Denken und ihr Gedächtnis und erinnert sie daran, wer sie ist. Sie kann es so oft machen, wie sie will.«

»Ich dachte, wir könnten die Erinnerungen zu den Bildern auf die Rückseite der Teile schreiben. Sie soll wissen, dass das, was wir als Familie haben, besonders ist.«

»Ich finde die Idee fantastisch, Dad.« Daisys Blick verschwamm ein wenig, als sie ihren Vater ansah. »Es ist die beste aller Zeiten.«

»Ja, kann gut sein«, sagte er schüchtern.

Daisy ergriff seine Hand, die so groß und rau, aber

irgendwie auch schrecklich verletzlich war. »Sie wird es lieben.«

»Denke ich auch.« Er nahm seinen Pinsel wieder auf, und seine Augen glänzten. »Ich finde, in der Mitte des Puzzles ...«

»Sollte eine Tasse Tee sein«, sprang Daisy lächelnd ein.

Dennis' Miene erhellte sich. »Genau! Wir alle am Tisch mit einer Kanne Tee.«

Daisy wischte sich die Tränen mit den Fingern weg. »Wann wollen wir anfangen?«

»Jetzt gleich«, antwortete ihr Vater. »Wir haben keine Zeit zu verlieren.«

Und das war das Traurigste. Ihnen blieb wenig Zeit.

Daisy fühlte sich etwas emotional angegriffen, als sie zum Pub ging. Marigold war guter Dinge gewesen, als sie nach Hause kam. Sie hatte einen netten Nachmittag mit Beryl gehabt und mit ihr in Fotoalben aus der Zeit geblättert, als sie beide noch Mädchen waren. Sich an die Vergangenheit zu erinnern bereitete ihr keine Probleme. Vielmehr liebte sie es, in jenen Erinnerungen zu schwelgen. Es war eine Phase ihres Lebens, derer sie sich sicher sein konnte. Dann hatte Beryl Cedric und Dolly, den Commodore und seine Frau Phyllida sowie Eileen eingeladen. Sie saßen in ihrem Wohnzimmer und sprachen darüber, wie es damals war, als Reg noch die Tankstelle betrieb und es im Dorf Tanztees und eine Pfadfinderinnengruppe gab. Daisy war ganz warm ums Herz geworden, als sie ihre Mutter so glücklich sah.

Kurz darauf war Nan nach Hause gekommen und hatte gemeckert. Sie hatte die Bridge-Betrügerin rausgeworfen, wie es schien, obwohl die Frau mehrfach ihre Unschuld beteuerte. Aber davon wollte Nan nichts hören. Nun musste sie eine neue Spielerin finden, damit sie wieder eine Viererrunde waren. Dennis hatte ihr ein Glas Sherry gegeben und den Fernseher eingeschaltet, ehe er sich mit Marigold hinsetzte und ihr mit dem Puzzle half. Als Daisy ging, machten sie echte Fortschritte. *Was ist falsch am Jetzt?* Das dachte Daisy wieder, als sie den Pub erreichte. Nichts. Überhaupt nichts. Sie konnte nicht leugnen, dass jetzt gerade alles positiv war.

Taran stand in Jeans und einem weißen Hemd an der Bar und lächelte, als er sie sah. Bei seinem Anblick regte sich ein Flattern in Daisys Bauch.

Diesmal bat sie um ein Glas Wein und war entschlossen, höchstens zwei zu trinken. Sie gingen an einen Ecktisch und bestellten sich etwas zu essen. Dann bekamen sie nichts mehr von dem Kommen und Gehen mit oder von der Zeit, die verstrich. Sie hatten nur Augen füreinander, und keiner wollte, dass der Abend endete. Daisy fühlte sich wohl mit Taran. Und die Art, wie er sie ansah, gab ihr das Gefühl, sehr feminin zu sein. Vor allem vertrieb sein Humor ihre Nervosität. Es tat gut zu lachen, wenn es so vieles gab, weswegen man heulen wollte. Als sie den Pub verließen, war es dunkel. Der Vollmond schien auf die Felder und den Wald, während sie langsam den Weg hinaufgingen. Taran nahm ihre Hand, und es fühlte sich nicht mehr komisch an.

Sie setzten sich auf die Bank, und Taran legte den Arm um sie. »Du hast mich gefragt, über was ich grüble«, sagte er.

»Habe ich. Willst du es mir jetzt verraten?«

»Ja.«

Sie sah ihn an.

»Ich denke an diese Bank und wie gerne ich hier neben dir sitzen würde, mitten in der Nacht, so wie jetzt, nüchtern.« Er strich ihr das Haar hinters Ohr. »Ich weiß, dass du letztes Mal gedacht hast, ich wäre betrunken. War ich nicht. Ich wollte dich da küssen, und ich will dich jetzt küssen. Ein Drink oder sechs ändern daran nichts. Ich will dich einfach küssen.«

Daisys Atem stockte.

Mehr sagte er nicht, schob eine Hand in ihren Nacken und berührte ihre Nasenspitze mit seiner. Daisy wich nicht zurück. Dann fanden seine Lippen ihre, und er küsste sie. Daisy schloss die Augen. *Was ist falsch am Jetzt?*

24

Dennis arbeitete in seinem Schuppen an den Fensterläden für Marigold, als jemand an die Tür klopfte. Mac hob den Kopf von seinen Vorderpfoten und blickte misstrauisch hin. Es war Eileen.

»Hallo, Eileen«, sagte Dennis von seiner Werkbank aus.

Eileen kam herein und schloss die Tür hinter sich. »Gut, dass du da bist, Dennis.« Sie drückte sich die Handtasche vor die Brust und sah sehr schuldbewusst aus.

»Was kann ich für dich tun?« Er war es nicht gewohnt, dass Leute in seinen Schuppen kamen.

»Es geht um Marigold. Wie ich höre, machst du für sie ein Puzzle von ihren Erinnerungen.«

Dennis war verblüfft. »Wer hat dir das erzählt?« Er hatte nur mit Daisy darüber gesprochen.

»Sylvia.«

»Sylvia!« Jetzt war er noch verblüffter. »Woher weiß sie das denn?«

»Ich nehme an, Daisy hat es Taran erzählt, Taran seiner Mutter, die Sylvia und Sylvia mir. Aber ich verrate kein Wort, versprochen.« Sie presste den Zeigefinger auf ihre Lippen.

Dennis verkniff sich ein Grinsen, denn alle Welt wusste,

dass Eileen nichts für sich behalten konnte. »Du weißt ja, dass Daisy und Taran verbandelt sind«, ergänzte sie und hoffte, sie wäre die Erste, die es wusste.

Dennis stutzte. »Nein, wusste ich nicht.«

»Sie waren gestern Abend im Pub. Ich finde, sie sind ein schönes Paar. Er ist groß und gut aussehend, und sie ist so hübsch. Das hatte ich kommen sehen, musst du wissen. Ich habe es direkt geahnt, als er in den Laden kam und sie sich begegnet sind. Da hatten sie sich seit der Schulzeit nicht gesehen, und das ist Jahrzehnte her. Sie hat ihn kaum eines zweiten Blickes gewürdigt. Und das war der Trick. Männer wie Taran Sherwood sind es gewohnt, dass Frauen sie umgarnen. Dass Daisy es nicht getan hat, hat gewirkt. Habe ich gleich erkannt.«

»In diesem Dorf ist es seit jeher schwer, irgendwas für sich zu behalten«, sagte Dennis und kratzte sich am Kopf.

»Die Sache ist die: Ich würde gern ein Puzzleteil beisteuern. Ich habe eine hübsche kleine Geschichte, die ihr mit einem Notenblatt darstellen könnt.«

»Einem Notenblatt?«, wiederholte er.

»Ja! Erinnerst du dich, wie Marigold in meinen kleinen Chor kam? Es ist lange her, aber es hat ihr Spaß gemacht. Sie hatte eine wundervolle Stimme, nicht?«

»Ja, sie hat gerne gesungen«, sagte Dennis.

»Und wir hatten solchen Spaß! Weißt du noch, wie Beryl getrillert hat? Es war so laut, dass keiner von uns ernst bleiben konnte. Also vielleicht könntest du Daisy den Chor zeichnen lassen oder Beryl, die trillert, oder mich an der Orgel. Ich bin nämlich dreiundneunzig und spiele immer noch wie ein junges Mädchen.«

»Das ist eine gute Idee, Eileen. Es wäre schön, einige

Erinnerungen von ihren Freunden einzufügen. Warum redest du nicht mal mit Daisy? Sie macht eine Liste.«

Eileen war entzückt. »Ah, das werde ich!« Dann legte sie wieder den Finger auf ihre Lippen. »Und ich verrate nichts.«

Dennis war klar, dass er es schnellstens Suze und Nan erzählen musste, bevor das ganze Dorf darüber redete.

Da Marigold keinen Grund mehr hatte, in den Laden zu gehen, fühlte sie sich überflüssig. Keiner brauchte sie. Daisy kochte, Dennis half beim Abwasch, und irgendwie lief alles ohne sie. Es wurde schwieriger, den Silberstreif am Horizont zu entdecken. Ihr war klar, dass es ihn geben musste, nur sah sie ihn nicht. Alles fing an, dunkel und hoffnungslos auszusehen, und Marigold war sich selbst fremder denn je.

Dann bat Dennis sie, einiges im Garten zu tun. »Ich wünschte, ich hätte die Zeit, aber es ist zu viel zu tun«, behauptete er. »Es sprießt so sehr, dass bald alles überwuchert sein wird, wenn wir nichts unternehmen. Der viele Giersch und die Winde müssen rausgerissen werden.« Marigold war froh, dass sie helfen konnte. Dass sie gebraucht wurde. Und sie fragte sich, warum sie nicht daran gedacht hatte, mehr im Garten zu tun. Mit dem kleinen Rotkehlchen als ihrem treuen Gefährten ging sie auf die Knie und begann, den Giersch auszureißen und auf kleine Haufen zu werfen, die Dennis später zusammenrechen und in die Schubkarre laden könnte. Wenn sie müde wurde, ging sie nach drinnen und machte sich einen Tee. Den nahm sie mit nach draußen, setzte sich auf einen Gartenstuhl und blickte zu den Feldern. Manchmal verbrachte sie lange Zeit so, verzaubert von den Farben, den sich biegenden Weizenhalmen und dem Staub, der von ihnen in die Luft aufstieg. So vergingen Stunden, in denen sie vergaß, Unkraut zu jäten oder was sie überhaupt machen sollte.

Nach Eileen klopften noch mehr Leute an Dennis' Schuppentür. Nan ließ die Besucher widerwillig ins Haus und verdrehte die Augen. Dennis hatte ihr von dem Puzzle erzählt, und sie fand es vollkommen überflüssig. Ihrer Meinung nach machte er ein Affentheater wegen nichts. Die Tatsache, dass die Dorfbewohner einer nach dem anderen mit ihren Erinnerungen kamen und Teil des Geschenks sein wollten, ärgerte sie. Keiner hatte irgendwelchen Zirkus gemacht, als Arthur sich mit der Schaufel den Rücken verknackste oder Krebs bekam, und keiner hatte sich um sie geschert, als sie ihre Totaloperation hatte! Warum machten die alle solch ein Aufhebens um Marigold? Das war doch absurd. Sie wurde eben alt – und ja, sie war vergesslicher als andere, aber ansonsten kerngesund. Und dieses Spiel, das sie alle mit ihr veranstalteten, war einfach albern. Als Marigold behauptete, sie hätte mit ihrem Vater gesprochen, zuckte Dennis nicht mal. Er sagte nur: »Wie nett, und wie geht es ihm?« Aber das machte Nan nicht mit. Wie sollte es Marigold je besser gehen, wenn ihr alle dauernd sagten, sie hätte recht? Wenn sie gar nicht merkte, dass sie durcheinander war? Arthur war vor fünfzehn Jahren gestorben, und Nan war die Einzige, die gewillt war, Marigold genau das zu sagen. Es passte nicht zu ihrer Tochter, wütend zu werden, doch genau das wurde sie. »Dad ist nicht tot!«, schrie Marigold und sah Nan erbost an. Dennis versuchte, mit seiner Schwiegermutter zu reden, und Daisy appellierte an ihre Gutmütigkeit, aber es nützte nichts. Sie hatte Marigold nicht großgezogen, um jetzt zuzusehen, wie sie gaga wurde. Wenn hier überhaupt jemand gaga werden durfte, war sie das ja wohl, weil sie viel älter war! Es war bloß eine Frage der Zeit, bis sie nicht mehr alle Tassen im Schrank hätte. Und würde Dennis dann ein Puzzle für sie machen?

Als Nächster erschien der Commodore. Er wollte von einem Maulwurf symbolisiert werden. Danach kam Dolly, die fragte, ob Daisy sie mit ihrer Precious malen könnte. Cedric fand, ein Christmas Pudding, umringt von seinen Katzen, wäre genau das Passende. Mary schlug vor, sie mit Bernie in ihrem roten Lieblingsmantel abzubilden, den Marigold so mochte, und Beryl kam mit einem Schwarz-Weiß-Foto von sich und Marigold als Schulmädchen. Als der Vikar hörte, was Dennis plante, war er voller Bewunderung und spazierte bewaffnet mit Bibelzitaten über Selbstlosigkeit und Liebe in Dennis' Schuppen, um ihm zu sagen, ihm wäre ein besserer Platz im Himmel sicher, wenn seine Zeit käme. Dennis fragte sich, was Daisy malen könnte, das den Vikar repräsentierte, und kam auf eine Seifenkiste, wie die, auf die sich die Redner an Hyde Park Corner stellten. Darüber lachten Mac und er herzlich, als der Vikar gegangen war. Die Vikarsfrau, Julia, hatte gesagt, dass ihr sehr teures Teeservice von Herend in Ungarn stammte. Marigold liebte ihren Tee, und alle wussten, dass Julia versessen auf Luxus war. Phyllida hatte einen kleinen Streit mit ihrem Mann, dem Commodore, weil sie fand, ihr Mann sollte nicht durch einen Maulwurf, sondern durch ein Schlachtschiff symbolisiert werden. Sie waren erneut gekommen, um sich darauf zu einigen, dass sie beide an Deck eines Schiffes und mit einem Maulwurf auf der Schulter des Commodore dargestellt werden sollten – schließlich hockte auch Mac oft auf Dennis' Schulter.

Als Sylvia Dennis in der Kirche beiseitenahm und ihn bat, auch mit aufgenommen zu werden, riss ihm beinahe der Geduldsfaden.

Anfang September brachte Dennis die Läden an den Fenstern an. Er stand drei Tage auf der Leiter, während Marigold im Garten arbeitete. Als er fertig war, trat er von der Leiter zurück, um sein Werk zu begutachten. Marigold kam zu ihm. »Die sind hübsch«, sagte sie und zog ihre Gartenhandschuhe aus.

»Sie sind für dich.«

»Für mich?«

»Ja, du hast gesagt, dass du Fensterläden möchtest, um dich wie in der Provence zu fühlen.«

»War ich mal in der Provence?«, fragte sie.

»Da waren wir einmal, als wir noch jung waren.«

Jetzt sah sie ihn traurig an. »Ist das noch eine Erinnerung, die ich verloren habe?«

»Ist nicht wichtig, Goldie.« Er nahm sie in den Arm. »Nicht wichtig.«

»Sie sind sehr hübsch.«

»Freut mich, dass sie dir gefallen.«

»Tun sie. Ich werde sie bewundern, wenn ich Unkraut jäte.«

»So ist es richtig. Nicht die Vergangenheit ist wichtig, sondern die Gegenwart.«

»Du klingst wie Dad. Das sagt er auch.« Marigold lachte.

»Dann habe ich es wohl von ihm.«

»Er ist sehr klug. Ehrlich, ohne dich und Dad hätte ich die letzten sechs Monate wohl nicht durchgestanden.« Sie zog ihre Gartenhandschuhe wieder an. »Ich gehe lieber zurück an die Arbeit. Danke für die Läden, Dennis. Sie sind wundervoll.«

Daisy hatte Mühe zu arbeiten, weil Taran ihre Aufmerksamkeit in Beschlag nahm. Wann immer sie vor der Staffelei stand, kam er und zog sie weg. Und sie ging freiwillig mit, ließ ihren halb fertigen Hund auf dem Papier zurück. Und weil sie die Anrufe und Nachrichten von Luca leid wurde, änderte sie ihre Handynummer.

Taran hatte geplant, nur zwei Wochen in England zu bleiben, und er wollte sie mit Daisy verbringen. Sie machten lange Spaziergänge mit den Hunden, küssten sich auf der Bank, liebten sich im Wald, picknickten auf Sir Owens Bank und blickten über die abgeernteten Felder, wo die Stoppeln im frühen Herbstlicht golden schimmerten. In den hellen Sommernächten lagen sie Seite an Seite auf dem Rasen vor dem Haus und schauten hinauf zu den Sternen. Wann immer Daisy ein Anflug von Furcht überkam, fragte sie sich: *Was ist falsch am Jetzt?* Und daran war rein gar nichts falsch, weil sie mit Taran zusammen war, sich sorglos und voller Zuversicht fühlte. Liebe machte sie unbesiegbar.

»Komm mit nach Toronto«, sagte er an ihrem letzten gemeinsamen Abend.

Sie lagen ineinander verschlungen in der Scheune, in dem Bett, das für Tarans Ferien und Wochenenden gedacht war und in dem er doch bisher nie geschlafen hatte. Taran strich mit den Fingern über Daisys nackten Rücken.

»Kann ich nicht«, antwortete sie. »Meine Mutter braucht mich hier, und ich muss das Puzzle mit meinem Vater malen.«

»Das kann warten. Komm mit mir und verbring ein bisschen Zeit dort. Vielleicht gefällt es dir.«

»Ich weiß, dass es mir gefallen würde. Aber das will ich nicht. Ich werde hier gebraucht.«

Er seufzte und überlegte einen Moment. Dann strich er ihr eine Haarsträhne hinters Ohr und sah sie ernst an. »Ich verliebe mich in dich, Daisy. Das habe ich noch niemandem gesagt, nie. Es ist eine große Nummer für mich, und ich will nur mit dir zusammen sein, nicht auf einem anderen Kontinent. Einer von uns wird einen Kompromiss eingehen müssen.«

»Ich habe gerade sechs Jahre einen Kompromiss gelebt, und es war mir eine Lehre.«

»Aha?«

»Ich will es nicht mehr.«

Er sah sie flehend an. »Was ist mit mir?«

Sie schüttelte den Kopf. »Nein, Taran. Ich weiß, was ich will, und ich finde mich nicht mehr mit weniger ab. Für niemanden.«

»Du willst bei deiner Mutter sein, das verstehe ich.«

»Und ich will hier sein.«

»Hier?«

»Zu Hause.«

Er nickte. »Okay. Dann komm wenigstens für eine Woche mit. Lass mich dir meine Stadt zeigen. Auch wenn sie dir gefällt, was sie wird, werde ich dich nicht bitten zu bleiben.«

»Ich überlege es mir. Vielleicht.«

Lächelnd umfing er ihre Handgelenke und drehte sie auf den Rücken. Nun lag er auf ihr und küsste sie. »Vielleicht ist fast ein Ja.«

»Vielleicht ist vielleicht.«

»Es ist ein Ja«, sagte er und küsste sie wieder.

»Kann sein.«

»Das ist auch ein Ja.«

Nach Tarans Abreise war Daisy froh, etwas zu tun zu haben. Andernfalls würde sie nur über ihn nachdenken. Es war schwierig, in der Scheune zu arbeiten, wo alles an ihn erinnerte, und er fehlte ihr. Doch sie schaffte es, das Porträt von Basil fertigzustellen und sich dem Puzzle zuzuwenden. Und abends, bevor sie zu Bett ging, sprach sie lange via FaceTime mit Taran.

Das ganze Dorf redete von dem Puzzle, sogar diejenigen, die eigentlich nicht reden wollten, wie John Porter und Pete Dickens, die wegen der Magnolie in Petes Garten zerstritten waren. Ihre Frauen hatten mit Daisy über das Puzzle für Marigold gesprochen und staunten nicht schlecht, als ihre Männer sich bereit erklärten, sich auf ein Bier im Pub zu treffen und wie vernünftige Erwachsene über die Magnolie zu sprechen. Zwei Stunden später verließen sie den Pub als beste Freunde, und Pete rätselte, warum er nicht gleich einverstanden gewesen war, seinen Baum zu stutzen. »Das Leben ist kurz«, erklärte er seiner Frau. »Und ungewiss. Ich will die Zeit, die mir auf diesem Planeten noch bleibt, nicht mit einem Streit wegen eines verfluchten Baums vergeuden.«

Daisy wusste, dass ihre Mutter begeistert wäre, würde sie erfahren, dass ihre Verfassung die beiden Nachbarn versöhnt hatte. Aber sie konnte es ihr nicht erzählen, denn das Puzzle sollte eine Überraschung sein. Und sie war sich nicht sicher, ob ihre Mutter noch wusste, wer John Porter und Pete Dickens waren. Mehr und mehr Leute purzelten aus ihrem Gedächtnis, und vermutlich waren John und Pete unter den Ersten gewesen.

Eileen half, die Geschichten der Leute zu sammeln, obwohl Daisy ihr erklärt hatte, dass sie es ohne Weiteres allein könne. Doch Eileen fehlten die Vormittage mit Marigold im Laden, an denen sie beobachtet hatte, wie die Kunden kamen und gingen, und über sie getratscht hatte. Ohne Marigold war es dort nicht mehr dasselbe. Eileen besuchte sie stattdessen zu Hause und brachte ihr den neuesten Klatsch, nur wurde Marigold immer gedankenverlorener und schien weniger interessiert, was die anderen so trieben. Manchmal fragte Eileen sich, ob sie überhaupt wusste, von wem die Rede war. Und weil Eileen wenig zu tun hatte und einsam war, brauchte sie ein Projekt. Da war Marigolds Puzzle genau das Richtige.

Dennis bereitete die Platte vor. Er schnitt ein Stück Sperrholz zu, sechs Millimeter dick und besser geeignet als Holz, weil es sich nicht verzog oder splitterte. Er verstärkte die Unterseite und versah die Oberseite mit Papier, das Daisy bemalen würde. Zu jedem Bildteil würde Daisy auf die Rückseite schreiben, wen es zeigte, damit Marigold sich erinnerte, wer ihre Freunde waren. Damit sie die Menschen nicht vergaß, die sie seit Jahren kannte. Und nicht vergaß, dass sie geliebt wurde.

Eileen wanderte durchs Dorf und sammelte Geschichten von allen. Beschwingt ging sie von Tür zu Tür, trank in jeder Küche einen Tee und verteilte dabei gleich Dorftratsch. Marigolds und Dennis' Nachbarn, John und Susan Glenn, steuerten eine lustige Anekdote über Marigold und einen verlorenen Schlüssel bei; Marys Mann, Brian, erinnerte sich, wie sie seiner Tochter beigebracht hatte, Cupcakes zu backen, die wie Hummeln aussahen. Am späten Nachmittag schaute Eileen bei der vor Kurzem verwitweten Jean Miller herein, die allein in einem kleinen weißen Cottage mit Blick auf die Bucht lebte. Jean war gut zehn Jahre jünger als Eileen, sah jedoch wegen ihres Kummers und ihrer Einsamkeit älter aus. Eileen grüßte sie immer in der Kirche oder wenn sie sich im Laden trafen, hatte sonst aber wenig mit ihr zu tun. Jean war still, ein wenig schüchtern und stets in Eile, wieder nach Hause zu kommen. Nun holte Eileen ihr Notizbuch hervor, um Jeans Geschichte aufzuschreiben, und folgte ihr auf die Terrasse, wo sie sich an den Tisch setzten, Tee tranken und aufs Wasser sahen. »Das mit Marigold tut mir so leid«, sagte Jean leise. »Demenz ist etwas sehr Trauriges. Und so viele Leute bekommen sie.«

»Aber Marigold hält sich gut«, erklärte Eileen, denn ihre Freundin würde nicht wollen, dass sie pessimistisch war. »Sie genießt ihren Garten, ihre Familie und ihre Freunde. Wichtig ist, den Moment zu leben.«

»Sie ist ein guter Mensch«, sagte Jean ernst. »So freundlich, rücksichtsvoll und immer fürsorglich. Es ist schön, dass wir zur Abwechslung mal etwas für sie tun.«

»Sie ist zum Katalysator des Guten geworden. Haben Sie gewusst, dass Pete seine Magnolie stutzt?«

Jean machte große Augen. »Nein, wirklich?«

»O ja. Er und John waren zusammen im Pub und haben Frieden geschlossen. Es war ein sehr dummer Streit, und ich begreife nicht, wie er so lange gehen konnte.«

»Ist es wegen Marigold?«

Eileen nickte. »Wenn jemand Probleme hat, lernen alle anderen ihr Glück wieder schätzen.«

»So wird es wohl sein«, sagte Jean nachdenklich. »Wissen Sie, ich habe mich schwergetan, als Robert gestorben war, doch Marigold kam hin und wieder vorbei und hat mir zugehört. Es war gut, jemanden zum Reden zu haben, und Marigold ist eine gute Zuhörerin. Sie ist so mitfühlend. Und sie hat mir einen wundervollen Rat gegeben.«
Nun lebte sie richtig auf, und ihre grauen Augen leuch-

teten. »Sie hat gesagt, ich sollte mir ein Projekt suchen, egal was, nur etwas, für das ich mich begeistern kann.«

»Und was ist das?«

Jean wurde ein wenig verlegen. »Es ist peinlich, aber ich schätze, das macht nichts.«

»Mir können Sie es erzählen. Ich sage es keiner Menschenseele, versprochen.«

»Ich sehe gern alte Romanzen, wie *Vom Winde verweht* oder *Die große Liebe meines Lebens*.«

Eileen rang nach Luft. »Diese Filme mag ich auch. Wo sehen Sie die?«

»Auf DVDs. Ich sammle sie. Möchten Sie sie sehen?«

»Ja, gerne!« Eileen folgte ihr ins Wohnzimmer, wo Jean einen Schrank öffnete. Beinahe wäre Eileen umgefallen. Der ganze Schrank war eine riesige Filmsammlung. Reihenweise DVDs. Sie begann die Titel zu lesen. »Oh, ich liebe *Doktor Schiwago*. Das ist ein Klassiker.«

»War Omar Sharif nicht wunderbar?«, schwärmte Jean.

»*Ein Herz und eine Krone!* Was für ein Traum!« Eileen konnte ihre Begeisterung kaum bändigen. »Ich würde zu gerne einige von denen sehen.«

»Ich leihe sie Ihnen, wenn Sie wollen. Haben Sie einen DVD-Player?«

Nun war Eileen bitter enttäuscht. »Nein, habe ich nicht. Was für ein Jammer.« Sehnsüchtig betrachtete sie die Filme.

»Sie könnten Sie hier mit mir ansehen, falls Sie möchten. Ich meine, Sie müssen nicht. Es ist bloß ein Vorschlag.«

»Das wäre reizend. Macht es Ihnen nichts aus?«

»Eigentlich habe ich gern Gesellschaft.«

Eileen seufzte. »Ja, ich auch«, gestand sie, weil sie es leid war, allein zu sein. »Es ist einsam so ganz allein, nicht?«

»Ja, ist es«, stimmte Jean zu.

»Wir könnten unseren eigenen Club gründen«, sagte Eileen. »Einen Filmclub.«

»Was für eine gute Idee! Einen Filmclub für zwei.«

»O ja, nur für zwei. Ein sehr exklusiver Club. Wir erzählen lieber keinem was davon, sonst wollen sie alle mitmachen.« Die beiden Frauen lachten. »Also, was möchten Sie von Daisy malen lassen, damit Marigold sich an Sie erinnert?«

»Das Cover von *Vom Winde verweht*. Wir waren uns beide einig, dass es unser absoluter Lieblingsfilm ist. Ich bin sicher, dass sie den nie vergisst.«

Ein paar Wochen später hatten Dennis und Daisy die Liste fertig, und Daisy machte die ersten Skizzen. Suze kam vorbei, um nachzusehen, wie sie vorankamen. Danach setzte sie sich zu ihrer Mutter und Nan in die Küche und erzählte ihnen, dass Batty und sie bei seinen Eltern auszogen. Sie hatten eine kleine Wohnung in der Stadt gefunden. »Die ist sehr hübsch«, sagte sie und sah ein wenig nervös aus. »Und nur ein kleines Stück weiter ist ein Starbucks, also muss ich nie meinen eigenen Kaffee machen.«

»Wirst du, wenn du merkst, wie teuer Kaffee ist«, erwiderte Nan. »Es ist viel besser, wenn du dir eine Kaffeemaschine kaufst und ihn dir zu Hause kochst.«

»Das macht doch keinen Spaß, Nan. Es geht darum, Leute zu beobachten. Was glaubst du, woher ich die Ideen für meine Artikel nehme? Ich muss unter Menschen sein, sehen, was sie tragen, was sie tun, und ihre Gespräche belauschen.«

Während Nan und Suze redeten, saß Marigold still da. Sie schnappte den Namen Batty auf und wusste, dass sie ihn kennen müsste. Er klang so vertraut. Doch sie fragte lieber nicht. Sie war sicher, wenn sie ihm begegnete, würde sie das Gesicht erkennen.

»Dad sagt, dass du viel im Garten getan hast«, versuchte Suze, ihre Mutter ins Gespräch mit einzubeziehen.

»Er ist voller Unkraut«, antwortete Marigold langsam. »Das muss ich ausreißen, sonst ...« Sie suchte nach dem richtigen Wort. »Du weißt schon ...« Wieder stocherte sie im Nebel, doch dann wurde sie fündig. »*Erstickt* es die Pflanzen.«

Nan lachte. »Da ist kein einziger Halm Unkraut mehr, Marigold. Du hast alles ausgerupft, und dazu auch noch einige Pflanzen.«

»Bestimmt findest du noch welches, Mum. Du hast einen guten Blick dafür.« Suze ärgerte sich über ihre Großmutter. »Und du fütterst die Vögel wieder, wie ich sehe, obwohl erst Frühherbst ist.«

Marigold lächelte verträumt. »Ich mag es, wenn sie in den Garten kommen.«

»Früher war immer ein zutrauliches Rotkehlchen da. Kommt es noch?«

Marigold nickte. »Ja, es ist noch da, obwohl erst Herbst ist.«

»Sie wiederholt sich sehr viel«, sagte Nan zu Suze, als wäre Marigold nicht da.

Suze schäumte. »Wenn ich mich recht erinnere, Nan, wiederholst du dich selbst oft.«

»Wir werden alle älter. Das wird dir nicht anders gehen. Am Altwerden ist nichts schön!«, entgegnete Nan.

»Altern ist nichts für Feiglinge«, sagte Marigold grinsend.

»Das ist mein Text«, beschwerte sich Nan.

Suze lachte. »Ich gehe lieber. Heute Abend ist eine Party, und ich muss mein Haar waschen und glätten.«

»Du solltest es normal trocknen lassen. Es ist viel weicher, wenn es wellig ist«, sagte Nan.

»Wir könnten dir ein Glätteisen zum Geburtstag schenken«, schlug Marigold vor.

»Das wäre schön.«

Nan schnalzte mit der Zunge. »Du hast ihr vorletztes Weihnachten eines gekauft, weißt du nicht mehr?«

»Schon okay. Warum sollte Mum sich daran erinnern?«

»Nur bei dir vergesse ich Sachen«, sagte Marigold gekränkt zu ihrer Mutter. »Bei allen anderen habe ich keine Probleme.«

Suze wollte ihr nicht sagen, dass Nan sie als Einzige korrigierte, wenn ihr Gedächtnis versagte.

»Wo gehst du denn hin, Suze?«, fragte Marigold.

»Die Party ist in der Stadt. Ein dreißigster Geburtstag in einem Restaurant am Hafen. Es wird sehr elegant.«

»Dann geh lieber nach oben und nimm ein Bad.«

»Sie wohnt nicht mehr hier, Marigold«, sagte Nan brüsk.

»Ich habe eine Wohnung gefunden, Mum«, erzählte Suze ihr wie zum ersten Mal. »Da ziehe ich mit Batty zusammen ein.«

Marigold beugte sich zu ihr. »Erzähl das lieber nicht Nan«, flüsterte sie. »Sie hält nichts von wilden Ehen.«

»Gütiger Himmel!«, rief Nan aus und stand auf. »Ich gehe fernsehen.«

»Siehst du«, sagte Marigold, als ihre Mutter die Küche verließ. »Sie hält nichts von wilden Ehen.«

Suzes Lächeln erlosch, aber sie erinnerte sich an das, was Daisy gesagt hatte, dass sie nicht versuchen sollte, Marigold zu verbessern. Also nahm sie die Hand ihrer Mutter. »Aber du bist einverstanden, nicht wahr, Mum?«

»Ich möchte nur, dass du glücklich bist«, sagte Marigold.

»Und ich möchte, dass du auch glücklich bist.« Suze wandte sich ab, damit ihre Mutter ihre Tränen nicht sah.

25

Ende September hatte Daisy das Puzzlebild fertig gezeichnet. Jetzt musste sie es nur noch anmalen. Ihr blieben fast drei Monate, wenn sie es Marigold zu Weihnachten schenken wollten.

Neben den lustigen und teils verrückten Anekdoten aus dem Dorf hatte Daisy noch Dinge aus dem Familienleben aufgenommen und alles von Vögeln und Blumen umrahmt. Sie hatte Dennis' Schuppen gezeichnet, Suzes Handy, Nans Kreuzworträtsel und ihren Farbenkasten. Dennis hatte ihr einige Sachen zu ihrer Ehe gegeben, wie ein Foto der Kirche, in der sie getraut worden waren, den Namen des Hotels, in dem sie ihre Flitterwochen verbracht hatten, und die Kuckucksuhr, die er ihr nach einem Urlaub in den Schweizer Bergen geschenkt hatte. Natürlich war auch Mac auf dem Bild, genauso wie die Katzen vor ihm. Das Ergebnis würde ein wunderschönes Kaleidoskop von Formen und Farben, eigens für Marigold entworfen.

Daisy war in der Scheune und bereitete ihre Farben vor, als Nan hereinkam. Es war eine Überraschung, denn Nan war noch nie zuvor oben bei den Sherwoods gewesen. »Hi, Nan, ist alles in Ordnung?« Sie blickte auf ihr Handy, ob es eingeschaltet war. Gäbe es ein Problem mit ihrer Mutter, hätten sie doch gewiss angerufen.

»Alles bestens, Daisy.« Nan schaute sich um. »Na, das ist mal prächtig. Kein Wunder, dass du so viel gearbeitet bekommst.«

»Ja, ich habe wirklich Glück.« Jetzt bemerkte sie, dass Nan ein Buch bei sich hatte. »Bist du zu Fuß hergekommen?«

»Nein, Dennis hat mich gefahren.«

»Ach so.« Daisy hatte keinen Schimmer, warum ihre Großmutter hier war.

Nan kam auf sie zu und sah zu dem Puzzle auf dem Tisch. »Es wird sehr hübsch«, sagte sie, und Daisy sah, wie sich Nans Züge anspannten.

»Jeder hat mitgemacht. Das ist fantastisch.« *Jeder außer dir*, dachte Daisy.

Nan hielt ihr das Buch hin. »Dies ist ein Album von deiner Mutter als Kind. Es ist ein bisschen verstaubt. Keiner sieht sich mehr Fotoalben an, weil jetzt alles auf Computern ist. Ein Jammer. Wir haben uns viel Mühe mit diesen Alben gegeben, und jetzt beachtet sie niemand. Ich dachte, du willst dir vielleicht mal die Bilder ansehen. Eventuell ist was für euer Puzzle dabei.«

»Das ist eine super Idee, Nan«, sagte Daisy. »Setzen wir uns hin, und du zeigst mir die Bilder. Ich erkenne vielleicht nicht, wer wer ist.«

»Na ja, Patrick wirst du erkennen. Er mag älter sein, sieht aber immer noch aus wie früher. Und Grandad natürlich.« Sie setzten sich aufs Sofa. Nan schlug das Album auf ihren Knien auf und holte ihre Brille hervor. »Also, hier ist sie als Baby. Sie war kein sehr hübsches Baby, oder?«

»Doch, bezaubernd«, widersprach Daisy.

»Diesen Bären hat sie gemocht. Er hatte Glöckchen in den Ohren und hieß Honey. Wie wäre es, wenn du ihn mit aufs Bild nimmst? Damals ging sie nirgends ohne Honey hin.« Sie blätterte um. »Hier siehst du, wie verliebt Grandad in Marigold war. Sie war sein kleines Mädchen, von Anfang an. Mit Patrick war er strenger. Männer sind immer strenger mit ihren Söhnen, glaube ich. Patrick war mein Junge.« Sie seufzte. »Bis er nach Australien gezogen ist. Weiter weg geht es nicht. Sie haben nicht mal dasselbe Datum wie wir, sind immer einen Tag voraus.«

»Er ist weggegangen, um seinen eigenen Weg in der Welt zu finden«, sagte Daisy nachdenklich.

»Das hätte er auch in England gekonnt.«

»Ich schätze, er wollte ein Abenteuer.«

»Nein, er wollte bloß Lucille.«

Daisy lachte. »Es stimmt, dass Australien extrem weit weg ist. Für dich wäre es schöner gewesen, wäre er in der Nähe geblieben. Irgendwo in Europa wäre nicht schlecht.«

»Nein, er musste so weit weg wie möglich. Und als Grandad gestorben war, hatte ich nur noch Marigold.«

»Die sich sehr gut um dich gekümmert hat. Ich bezweifle, dass Patrick es getan hätte. Er ist zu sehr auf sich selbst fixiert.«

Nan dachte einen Moment nach und blätterte weiter. »Ja, du hast wohl recht. Marigold ist eine Heilige, dass sie mich all die Jahre ausgehalten hat.«

»Sie ist ein guter Mensch.«

»Ein besserer als ich«, sagte Nan.

Daisy blickte zu einem Foto von Marigold mit ungefähr zehn Jahren. »Sie hatte ein niedliches Gesicht, nicht?«, murmelte sie.

»Hat sie noch.« Nan strich mit einem krummen Finger über das Bild. »Das hat sie von ihrem Vater. Er hatte die gleichen braunen Augen, genau wie du, Daisy, und das gleiche süße Lächeln.« Sie zeigte auf ein Foto von ihrem Mann. »Da, siehst du, wie ähnlich sie sich sind? Patrick schlägt nach mir. Wir sind beide egoistisch, und keiner von uns ist freundlich.«

»Sei nicht so streng mit dir, Nan.«

Nan reckte das Kinn. »Ich komme nicht gut mit Marigolds Zustand zurecht«, gestand sie unvermittelt und spreizte die Hand auf der Albumseite. »Es ist schwer, verstehst du, als Mutter. Schwer mit anzusehen. Ich bin kein netter Mensch, habe keine Geduld. Dein Großvater hätte immer das Richtige gesagt, damit sie sich besser fühlt. Er hätte mit mir geschimpft, weil ich nicht verständnisvoller bin.«

»Wir alle gehen auf unsere Art damit um«, versuchte Daisy, sie zu trösten.

Nan sagte nichts. Sie blätterte bis zu einem Foto von den vieren zusammen, Nan, Grandad, Patrick und Marigold. »Grandad hat immer gesagt, die größten Lektionen des Lebens lernt man in der Familie. Dafür ist sie da. Man kann sich nicht aussuchen, bei wem man auf die Welt kommt, nur damit arbeiten, aber seine Freunde sucht man sich aus. Ich würde sagen, dass ich es mit meiner Familie gut getroffen habe.«

»Mit deinen Freunden auch nicht allzu schlecht«, sagte Daisy.

»Elsie ist eine Betrügerin«, konterte Nan. »Ich habe immer den Verdacht gehabt, dass sie schummelt, und jetzt weiß ich es.«

»Was machst du wegen eurer Bridgerunde?«

Nan zuckte mit den Schultern. »Ich muss ja nicht Bridge spielen. Ich finde auch etwas anderes.« Nur wusste sie nicht, was.

In dem Moment ging die Tür auf, und Celia kam herein. »Oh, entschuldige, ich habe nicht gewusst, dass du Besuch hast.«

»Komm rein, es ist nur meine Großmutter.«

Celia lächelte. »Oh, hallo, ich habe Sie gar nicht erkannt.«

»Wir sehen uns ein altes Fotoalbum von Mum als Kind an«, erklärte Daisy.

»Oh, Fotoalben sind wunderbar, nicht?« Celia kam näher, um es anzusehen.

»Wir suchen Dinge, die wir ins Puzzle nehmen können«, sagte Nan stolz.

»Deshalb bin ich auch hier.« Celia sah Daisy an. »Wäre es in Ordnung, wenn ich dir etwas gebe? Ich bin doch nicht zu spät dran, oder?« Sie blickte zu der Holzplatte auf dem Tisch. »Wie es aussieht, malst du schon.«

Nan klappte das Album zu, und Daisy stand auf. »Nein, natürlich kannst du. Ich würde gern etwas von dir mit aufnehmen.«

»Es ist nur eine Kleinigkeit. Immer wenn ich in den Laden kam, war deine Mutter so freundlich. Ich fände es schön, wenn du eine Sonne malen könntest. Oder hast du schon eine?«

»Nein, bisher nicht«, antwortete Daisy.

»Kannst du dann vielleicht eine einfügen und sagen, dass sie von mir ist? So sehe ich Marigold immer. Wie die Sonne, die auf jeden im Dorf scheint, ohne Unterschied. Und das Dorf braucht Sonnenschein, nicht wahr? Ich glaube nicht, dass wir ohne Marigold sein können, und ich möchte, dass sie es weiß. Sie ist ein ganz besonderer Mensch.«

Daisy war gerührt. »Danke, Celia.«

Nan war so verzaubert von Celia, dass ihr nichts Negatives einfallen wollte. »Marigold ist ein Sonnenschein, da haben Sie recht. Ich wüsste keine bessere Beschreibung.«

Verwundert schaute Daisy ihre Großmutter an, denn es war so untypisch für Nan, nett zu sein.

»Wie geht es Ihnen, Lady Sherwood?«, fragte Nan sanft. »Es ist schwer, verwitwet zu sein, erst recht, wenn man mit solch einem guten Mann verheiratet war.«

»Es ist schwer«, antwortete sie. »Und Owen war ein sehr guter Mann. Er fehlt mir immerzu.«

»Ich vermisse Arthur bis heute«, sagte Nan. »Ich glaube nicht, dass der Schmerz jemals weggeht. Er sackt tiefer, wie eine Stimme am Grund eines Brunnens. Er ist weit weg und weniger akut, aber immer da. Immer.«

»Was für ein Glück Sie haben, dass Ihre Familie bei Ihnen ist«, sagte Celia ein wenig neidisch. »Taran ist in Toronto, und er ist alles, was ich habe.«

»Ja, ich habe großes Glück«, stimmte Nan ihr zu. »Sogar Suze, die in der Stadt wohnt, kommt häufiger vorbei. Aber mein Sohn Patrick lebt in Australien, und ich sehe ihn sehr selten. Sie müssen verloren sein in diesem großen Haus.«

»Es ist nicht zu groß für eine Person«, sagte Daisy rasch, der Nans Taktlosigkeit peinlich war.

»Na ja, ist es eigentlich schon«, entgegnete Celia. »Ich müsste es mit Menschen füllen. Aber seit Owens Tod kann ich nicht gut raus oder Freunde einladen.«

»Es ist ja noch sehr frisch«, sagte Daisy.

»Spielen Sie Bridge?«, fragte Nan. Daisy wurde rot. Sie konnte sich Celia nicht bei Nans Bridgerunden vorstellen.

»Ja, tue ich«, antwortete Celia. »Owen und ich haben viel Bridge gespielt. Er war sehr gut darin. Ich bin nicht so gut, spiele aber gern. Vor allem mit einem großen Glas Wein.«

»Ich auch«, sagte Nan. »Wobei ich nichts gegen Brandy habe.«

»Oh, Brandy. Ja, der wäre noch besser.«

»Ich habe eine Runde, aber eine Spielerin ist ausgeschieden. Möchten Sie zu uns stoßen? Wir spielen oft.«

»Würde ich den Dorftratsch erfahren?«, fragte Celia lächelnd.

»Mehr, als Ihnen lieb ist«, antwortete Nan.

»Na, dann versuche ich es gern. Allerdings wollen Sie mich nach dem ersten Spiel vielleicht rauswerfen. Ich bin nicht sehr gut.«

»Bin ich auch nicht. Wir machen es zum Spaß.«

»Würden Sie herkommen? Ich habe jede Menge Brandy, denn Owen hat ihn geliebt.«

Nan strahlte. »Das klingt wunderbar. Schließlich haben Sie Platz.«

Celia klatschte in die Hände. »Also abgemacht.« Sie blickte kurz zu Daisy, die sie erstaunt ansah. »Wann soll es losgehen?«

Marigold saß im Garten und schaute zu den Feldern. Ihr Vater war neben ihr, wie so oft, in seinem violetten Lieblingspullover und einer braunen Cordhose. »Wie geht es dir, Goldie?«

»Mum sagt, du bist tot.« Sie lächelte, weil sie wusste, dass er es nicht war.

»Es gibt keinen Tod. Wir beide wissen das, nicht wahr?«

»Ich schätze, sie denkt, dass mein Gehirn mich täuscht.«

»Kann durchaus sein, Goldie, aber nicht mit mir.«

»Ich bin froh, dass du hier bist, Dad. Wenn du bei mir bist, habe ich weniger Angst.«

»Du musst keine Angst haben. Lass dich treiben. Sei ein Blatt auf dem Wasser. Lass dich stromabwärts tragen.«

»Trägt es mich in ein Pflegeheim, Dad? Ich glaube nicht, dass ich gut in einem Pflegeheim leben könnte.«

»Kann sein. Man weiß nicht, wohin es einen bringt. Aber alles im Leben ist ein Abenteuer. Sogar ein Pflegeheim kann ein Abenteuer sein.«

»Ich bin gerne hier.«

»Ich auch. Deshalb komme ich ja zurück. Diese Aussicht auf die Felder ist hübsch.«

»Wenn ich auf Felder sehen könnte, würde ich mich zu Hause fühlen. Oder aufs Meer. Ich mag das Meer.«

»Du bist am Meer aufgewachsen, Goldie.«

»Und Vögel. Wenn ich Vögel beobachten kann, fühle ich mich auch zu Hause.«

»Vögel hast du immer gemocht.«

»Und du wirst bei mir sein, oder?«

Ihr Vater lächelte. »Du bist mein Mädchen, Goldie. Ich werde dich nie verlassen. Wie ich dir immer sage. Ich habe es nie.«

»Hast du nichts Besseres zu tun?«

»Was ist besser, als bei den Menschen zu sein, die ich liebe?«

»Weiß ich nicht. Du magst Gartenarbeit. Hast du nichts im Garten zu tun?«

Er zuckte mit den Schultern. »Ich habe alle Zeit der Welt dafür.« Dann strahlte er. »Oh, du glaubst nicht, wie herrlich alles blüht!«

»Erinnerst du dich, wie Dennis mir die blassrosa Rosen gebracht hat?«

»Das war kurz nach eurem Kennenlernen.«

Bei der Erinnerung lächelte sie. »Sie waren vom hellsten Rosa und dufteten wundervoll. Nach Liebe.« Plötzlich wurde sie panisch. »Was ist, wenn ich diese Sachen auch vergesse?«

»Dann kannst du noch Rosen ohne deine Erinnerungen genießen, Goldie. Sie werden genauso wundervoll duften wie damals. Immer noch nach Liebe.«

Marigold überlegte kurz. »Ja, du hast recht. Ich brauche die Erinnerung nicht, um zu wissen, dass Dennis mich liebt.«

»Tut er, Goldie. Er liebt dich sehr.«

»Ich muss ihm sagen, dass es in Ordnung ist, wenn er mich irgendwann in ein Pflegeheim bringen muss.«

»Das wäre gut.«

»Er soll nicht das Gefühl haben, dass er mich im Stich lässt.«

»Und es wäre typisch für Dennis, so zu empfinden.«

»Er darf nicht leiden.«

»Du bist von jeher freundlich, denkst an andere«, sagte ihr Vater.

»Ich muss es ihm sagen, bevor ich es vergesse. Dieser Tage vergesse ich nämlich alles.« Sie sah ihn ängstlich an. »Wie merke ich mir, es ihm zu sagen?«

»Ich erinnere dich daran.«

»Kannst du das?«

»Du würdest staunen, was ich kann.«

»Du bist magisch«, sagte Marigold.

»Wir alle sind magisch.« Er tätschelte ihre Hand. »Warum gehst du nicht jetzt hin und sagst es ihm? Er ist in seinem Schuppen.«

»Das ist eine gute Idee.«

Marigold stand auf. *Ich darf nicht vergessen, es Dennis zu sagen*, dachte sie, als sie durch den Garten ging. *Ich darf nicht vergessen, es Dennis zu sagen.*

Dennis legte seine Säge hin, als Marigold die Schuppentür öffnete. »Hallo, Goldie«, sagte er. »Geht es dir gut?«

Sie nickte. »Ich darf nicht vergessen, dir zu sagen …«, begann sie. Dann war es weg. Einfach so. Eben war es noch da, im nächsten Augenblick verschwunden. Wie konnte das sein?

»Was wolltest du mir sagen, Schatz?«, fragte er.

Plötzlich blies ein Windstoß durch die offene Tür und wehte die Zeitung auf Dennis' Tisch auf. Marigold sah hin. Auf der Seite war ein großes Foto von einer Krankenschwester, und jetzt erinnerte sie sich wieder. »Ich muss dir sagen, dass es in Ordnung ist, wenn du mich irgendwann in ein Pflegeheim geben musst. Ich verstehe es.«

Dennis starrte sie entsetzt an, ging auf sie zu und nahm sie in die Arme. »Das werde ich niemals.«

Marigold schlang die Arme um ihn. »Sag das nicht, Dennis. Das Leben ist voller Abenteuer, und ein Pflegeheim kann eben eines für mich sein. Ich will nicht, dass du leidest.«

Er hielt sie fest. »Ich leide nur, wenn du leidest.«

»Erinnerst du dich an die Rosen, die du mir geschenkt hast, kurz nachdem wir uns kennengelernt hatten?«, fragte sie.

»Sie waren blassrosa. Ich weiß nicht mehr, woher ich sie hatte, aber sie waren hübsch.«

»Und sie haben wundervoll geduftet.«

»Ja, haben sie.«

»Wenn ich in einem Pflegeheim bin, dann, weil ich mich

an nichts mehr erinnere. Aber wenn du mir blassrosa Rosen bringst, werde ich mich an das Gefühl erinnern und wissen, dass du mich liebst.«

»Ach, Goldie«, stöhnte er und vergrub das Gesicht in ihrem Haar. Er konnte nichts mehr sagen.

Und Marigold sagte auch nichts. Sie wurde gut darin, im Moment zu leben, und in diesem wollte sie so lange wie möglich sein.

Mary Hanson stand mit einem kleinen Karton vor Dolly Nesbits Haus. Vor Nervosität zitterte sie und hoffte, dass Dolly allein und Cedric nicht bei ihr war. Mit Cedric in der Nähe war Dolly weniger freundlich. Vermutlich sprach er Dolly Mut zu und spornte sie an, gemein zu sein. Nicht, dass Mary es nicht verdiente. Ihr war bewusst, dass ihr Hund etwas Unverzeihliches getan hatte. Doch sosehr sie es auch wollte, sie konnte Precious nicht zurückbringen. Was würde sie geben, könnte sie die Zeit zurückdrehen! Aber das konnte niemand. Sie musste damit leben, während ihr Hund Bernie nichts mehr von dem Vorfall wusste. Er kannte keine Reue.

Zögernd streckte sie die Hand nach der Klingel aus. War es dumm, unangekündigt mit einem Geschenk bei Dolly aufzukreuzen? Würde Dolly ihr einfach die Tür vor der Nase zuknallen? Falls ja, müsste Mary vielleicht in ein anderes Dorf ziehen. Brian würde es nicht gefallen, aber sie müsste ihn überzeugen. Sie konnte nicht mit so viel Hass leben. Ging Dolly nicht jeden Sonntag in die Kirche, und hatte Jesus nicht Vergebung gelehrt?

Sie klingelte und wartete. Ihr Herz pochte, und sie musste sich ermahnen, zu atmen. Es war nicht gut, die Luft anzuhalten. Das hatten sie als Kinder in der Schule getan, und als der Lehrer sie erwischte, hatte er ihnen gesagt, dass sie so sterben könnten.

Schließlich ging die Tür einen Spalt weit auf, und Dollys Gesicht erschien. Als sie Mary sah, riss sie die Augen weit auf und wirkte wie ein erschrockenes Kaninchen. »Bitte mach nicht gleich wieder die Tür zu«, bat Mary mutig. »Ich habe ein Geschenk für dich.«

»Ich will kein Geschenk.«

»Weiß ich. Ich kann dir Precious nicht zurückbringen, aber ich kann dir ein anderes Wesen zum Lieben geben, und dieses kleine Kätzchen braucht wirklich ein Zuhause.«

Dolly öffnete ein bisschen weiter. »Ein Kätzchen, sagst du?«

»Ja, es ist noch sehr klein.« Mary hielt ihr den Karton hin.

»Aber ich will keine andere Katze. Keine kann Precious ersetzen.«

»Natürlich nicht. Die gab es nur einmal. Dies hier ist eine andere Katze, aber vielleicht liebst du sie ja irgendwann genauso wie Precious.«

Dolly wollte die Tür wieder schließen, da erklang ein sehr zartes Maunzen aus dem Karton, und Dolly erstarrte. Mary nutzte die Chance, öffnete den Karton und hob ein winziges weißes Katzenbaby heraus. Dolly erblickte das hilflose Geschöpf, und ihr ging das Herz über.

»Sie ist wunderschön!«, sagte sie. »Wo hast du sie gefunden?«

»Ich habe überall gesucht. Ich wollte keine, die Precious ähnelt, weil Precious unersetzlich ist, aber es sollte eine besondere Katze sein.«

»Oh, die ist sie. Darf ich?« Dolly streckte die Hände aus.

Ungemein erleichtert gab Mary ihr das Kätzchen. »Sie ist noch sehr jung.«

»Sie braucht eine Mutter.«

»Ich dachte, du wärst ideal.«

»Ja, wäre ich wohl.« Dolly drückte ihr Gesicht in das Katzenfell. Dann sah sie Mary an. »Möchtest du reinkommen?«

»Wirklich? Sehr gern.«

»Ich habe gerade Teewasser aufgesetzt.«

»Wie wunderbar.«

»Hat sie einen Namen?«

Mary folgte ihr in die Küche. »Nein, ich dachte, den möchtest du ihr geben.«

»Dann heißt sie Jewel. Ich habe immer gedacht, wenn ich noch mal eine Katze bekomme, werde ich sie Jewel nennen. Was meinst du?«

»Ich finde, das passt. Sie ist wie ein hübscher weißer Diamant.«

Dolly lächelte. »Diamant gefällt mir auch. Vielleicht für eine spätere Katze mal.«

Als Daisy nach Hause kam, hatte sie eine E-Mail von Taran. Es war ein Ticket nach Toronto. »Kann sein« hatte wirklich Ja geheißen.

26

Der Oktober in Toronto war ungewöhnlich warm. Daisy stand lange an der Passkontrolle, fächelte sich mit einer Zeitschrift Luft zu und beobachtete, wie die Schlange erbärmlich langsam kürzer wurde. Sie konnte es nicht erwarten, Taran zu sehen, der sie abholen wollte. Sie stellte ihn sich vor: das etwas längere Haar, das ihm oft in die Stirn fiel, der kurze Bart, den ihre Großmutter nicht mochte, und diese grünen Augen, die häufig amüsiert funkelten, manchmal aber auch dunkel vor Trauer wurden, wenn er an seinen Vater dachte.

Sie holte ihren Koffer vom Gepäckband und schob ihn rasch auf dem Wagen durch die Zollkontrolle, weil sie es kaum erwarten konnte, Taran zu sehen. Als sie in die Ankunftshalle kam, entdeckte sie ihn sofort. Daisy ging schneller, und Taran kam ihr durch die Menge entgegen, um sie in die Arme zu nehmen.

Er küsste sie. »Gott, habe ich dich vermisst«, murmelte er.

»Ich dich auch.« Genüsslich atmete sie seinen vertrauten Duft ein.

Er legte einen Arm um sie und schob den Gepäckwagen mit der freien Hand. »Fahren wir schnell zu mir, damit ich dir zeigen kann, wie sehr du mir gefehlt hast.« Er drückte sie an sich und küsste sie aufs Haar. »Mmm, das riecht nach Heimat.«

Daisy hatte nicht erwartet, dass Taran so luxuriös wohnte. Er besaß ein modernes Loft in einer ehemaligen Fabrik in Trinity-Bellwoods, dem Zentrum von Toronto und laut Taran dem angesagtesten Viertel der Stadt. Es war in fußläufiger Nähe zum Park, versicherte er, also bekam sie auch ausreichend Grün zu sehen. Draußen war es dunkel, doch Toronto glitzerte von Tausenden Lichtern. Die Luft war kühl und vibrierte vor Rastlosigkeit. Ständig waren Verkehrsdröhnen und Sirenen zu hören.

Sobald sie die Wohnungstür hinter sich geschlossen hatten, nahm Taran Daisy in die Arme und küsste sie leidenschaftlich. Daisy spürte die Kraft seiner Hände, als er sie berührte. Der Kitzel, bei diesem dynamischen Mann in Toronto zu sein, war belebend, und sie hatte das Gefühl, eine schwere Last wäre ihr von den Schultern genommen. Das Gewicht der Verantwortung, einer sorgenvollen Zukunft und der ständigen Furcht. Als sie gemeinsam aufs Bett fielen, fühlte sie sich befreit.

Hinterher aßen sie in einem französischen Restaurant auf dem Ossington Strip in der Nähe. Die Lichter waren gedämpft, die Atmosphäre erinnerte an Paris, und der Mojito war stark. »Ich möchte dir zeigen, wie ich lebe«, sagte Taran, griff über den Tisch hinweg nach ihrer Hand und sah Daisy an.

»Mir gefällt schon, wie du lebst.« Sie seufzte vor Wonne.

»Noch hast du nichts gesehen. Aber wir haben eine ganze Woche.«

»Musst du nicht arbeiten?«

Er grinste. »Doch, klar, aber ich bin der Boss. Ich kann mir weitestgehend aussuchen, wann ich arbeite.«

Daisy hatte irgendwie nicht damit gerechnet, dass er seine eigene Firma hatte. »Wirklich?«

»Es ist nur ein kleines Büro, aber wir sind recht erfolgreich. Vielleicht kann ich dich überraschen.«

»Du hast mir nie davon erzählt.«

»Du hast nie gefragt.« Er grinste. »Du sorgst dich viel mehr um Bäume und Blumen, um dich sonderlich für Gebäude zu interessieren.«

»Oh, ich bin durchaus für schöne Bauten zu haben. Und prächtigere als in Italien sieht man wohl kaum.«

»Die meisten Menschen erkennen Schönheit nur in alter Architektur. Ich würde dir gern zeigen, dass moderne Architektur auch schön sein kann.«

»Ich würde sehr gerne sehen, was du entworfen hast.«

Er nickte und zog seine Hand zurück, als der Kellner ihr Essen brachte. »Wirst du. Morgen nehme ich dich mit ins Büro. Dann wirst du feststellen, dass sich meine Arbeit gar nicht so sehr von deiner unterscheidet.«

Am nächsten Morgen frühstückten sie in einem Café um die Ecke von Tarans Wohnung. Dort stellte Taran sie dem Besitzer vor, einem alten Mann mit grauem Lockenschopf und lebhaften, vergissmeinnichtblauen Augen, die seinem anscheinend steten Stirnrunzeln widersprachen. »Darf ich dir Mr Schulz vorstellen?«

»Hat nichts mit Snoopy zu tun«, sagte Mr Schulz, dabei hatte Daisy es gar nicht assoziiert, bis er es erwähnte.

»Mr Schulz macht den besten Kaffee in Toronto«, fuhr Taran fort. »Er wird deinen italienischen in den Schatten stellen.«

»Und deinen auch, nehme ich an?«

»Leider ja«, sagte Taran. »Mr Schulz ist nicht zu toppen.«

»Ich mache schon seit fünfzig Jahren Kaffee in dieser

Stadt«, erklärte Mr Schulz. »Und ich habe meine Methode nie geändert, egal, was für verrückte Maschinen auf den Markt gekommen sind. Wenn man einen guten Kaffee will, muss es richtiger sein, auf altmodische Art gebrüht.«

»Wir nehmen bitte zwei altmodische Espressi«, sagte Taran.

»Kommen sofort«, versprach Mr Schulz, und Daisy hatte den Eindruck, dass er sich hinterm Tresen am wohlsten fühlte, so beschwingt, wie er hineilte.

Taran und Daisy setzten sich an einen Tisch draußen im Schatten. An einem der anderen Tische saß eine ältere Frau in einem leuchtend pinken und gelben Pullover, neben deren Stuhl zwei große Hunde schliefen. Ein weiterer Tisch war von ein paar jungen Männern in Jacketts und mit Krawatte besetzt, die Zeitung lasen. Taran grüßte alle und erkundigte sich bei der Frau nach einem ihrer Hunde, der gerade eine kleinere Operation gehabt hatte. Außer dem Kaffee hatte er Bagels mit Lachs bestellt, denn er bestand darauf, dass Daisy ein richtiges Toronto-Frühstück bekam. Leute kamen und gingen, und Taran schien die meisten zu kennen und grüßte nach allen Seiten. Dann zog er den Kopf ein. »Da kommt Milly Hesketh. Nicht direkt ansehen, sonst wirst du versteinert. Sie versucht seit Monaten, mich mit ihrer Tochter zu verkuppeln, und wird nicht gerade happy sein, dich zu sehen.«

Daisy nahm seine Hand und lachte. »Dann werden wir ihr ein für alle Mal einen Strich durch die Rechnung machen, Liebling.«

Tarans Büro war im Altstadtzentrum von Toronto, nahe dem St. Lawrence Market, wo viktorianische Häuser Schulter an Schulter mit modernen Glas- und Stahlbauten standen wie tadelnde Großeltern, die ihre Bedenken hatten, was diese neue, schnellere Generation anging. Tarans Büro befand sich im vierten Stock einer umgebauten Brauerei und war ein riesiger offener Raum mit weißen Wänden, großen Glasfenstern und polierten Eichendielen. Daisy wanderte umher, während Taran mit einem seiner Kollegen sprach, und betrachtete die großen gerahmten Fotografien von Gebäuden, die er entworfen hatte. Da waren umgebaute Wohnungen in Toronto, Strandhütten am Meer und moderne, geometrische Häuser in den Hügeln. Sie waren beeindruckend. Wunderschön, wie Taran gesagt hatte, und Daisy begriff, dass er recht hatte: Es bestand kein sehr großer Unterschied zwischen seiner Arbeit und ihrer. Sie beide waren Künstler.

Ihr wurde auch mit einem Anflug von Angst bewusst, dass er dies hier nicht aufgeben und in England auf dem Land leben konnte. Es war naiv von ihr gewesen, das zu glauben.

»Du bist so begabt«, sagte sie, als er zu ihr kam und von hinten die Arme um sie legte.

»Danke.«

»Das sind einige ganz erstaunliche Objekte.«

»Ich liebe meine Arbeit.«

»Hast du das mal deinem Vater gezeigt?«

Er rieb seine Nase an ihrem Hals. »Er hat sich nicht sehr für das interessiert, was ich mache.«

»Warum nicht? Warum soll ihn das hier nicht interessiert haben?«

»Weil für ihn jede Architektur über hundert Jahre alt sein musste, um schön zu sein. Diese Entwürfe hier wären für ihn unverzeihliche Landschaftsverschandelungen gewesen.«

Sie sah zu einem Foto von einem Poolhaus mit Flachdach. Es war klar, harmonisch und licht. »Das kann er nicht gedacht haben. Nicht, hätte er die Bilder hier gesehen.«

»Daisy, du siehst in jedem das Beste. Mein Vater war ein guter Mann, das hat jeder gesagt. Aber er war auch engstirnig. Seiner Ansicht nach saßen anständige Autoren in Mansarden und schrieben mit Federn auf Pergament. Er hasste Computer, das Internet, Handys. Er hätte zu Zeiten Queen Victorias leben sollen. Für die moderne Welt war er nicht geschaffen. Einen Mähdrescher hat er bloß angeschafft, weil er musste. Wäre es nach ihm gegangen, hätte er Arbeiter eingestellt, um die Garben von Hand zu bündeln.«

»Ich weiß nicht mal, was das heißt.«

»Weil du eine moderne Frau bist.« Er drehte sie um. »Du solltest nicht in einem stillen Dorf voller alter Leute leben, Daisy. Jedenfalls noch nicht. Du solltest hier in Toronto malen, bei mir.«

Sie sah ihm an, dass er es ernst meinte. »Du hast versprochen, nicht zu fragen. Das war der Deal.«

»Ich hatte nie vor, mein Versprechen zu halten.«

»Taran!«

»Ich möchte, dass du herkommst und mit mir zusammenlebst. Was soll ich sagen? Ich habe gelogen.«

»Hör mal, ich habe nichts gegen Großstädte, das weißt du. Ich habe sechs Jahre in Mailand gelebt und es geliebt. Aber es geht um meine Mutter. Ich kann sie nicht verlassen, wenn sie mich braucht.«

Taran nickte bedächtig, und sie fragte sich, ob er an seine eigene Mutter dachte. »Du könntest regelmäßig nach England fliegen.«

»Weiß ich. Trotzdem kann ich meine Mutter nicht verlassen. Oder meinen Vater. Ich kann einfach nicht.« Sie ging ans Fenster. Von hier blickte man auf eine ruhige begrünte Straße mit einem Coffeeshop, einem italienischen Restaurant und einigen Boutiquen in den niedrigen Gebäuden gegenüber.

Taran kam zu ihr. »Du musst auch für dich leben, Daisy.«

»Egoistisch, meinst du?«

»Nein, es ist nicht egoistisch, auch ein bisschen für sich selbst zu leben. Du bist jung, schön, talentiert und klug.«

Sie lächelte traurig. »Und solche Eigenschaften gehören nicht in ein kleines Dorf voller alter Menschen?«

»O doch, durchaus. Sie gehören überallhin. Aber ich möchte, dass sie hierhergehören, zu mir.«

Sie sah ihn an und seufzte. »Das möchte ich auch.«

»Denk drüber nach. Es eilt ja nicht. Aber ich bin hier, du bist in England, und zwischen uns ist ein großer Ozean. So können wir nicht für immer leben.«

Die Worte »für immer« hingen zwischen ihnen, und Daisy war unsicher, ob ihm bewusst war, was er sagte. In all den Jahren mit Luca hatte er sie nie geäußert. Weder auf Englisch noch auf Italienisch. Sah Taran sie wirklich für immer zusammen?

Er schien ihre Gedanken zu lesen. Sanft legte er eine Hand auf ihre Schulter, zog sie an sich und legte sein Kinn auf ihren Kopf. »In unserem Alter treibt man keine Spielchen mehr. Ich weiß, was ich will.«

In den darauffolgenden Tagen nahm Taran sich frei, um ihr Torontos Sehenswürdigkeiten zu zeigen. Sie joggten im Park, aßen in edlen Restaurants und wanderten durch das berühmte Royal Ontario Museum. Sie waren oben auf dem CN Tower und besuchten das Ripley's Aquarium mit seinen sechzehntausend Meerestieren. Taran bestand darauf, dass sie eine Bootstour buchten, was Daisy sehr lustig fand. Das war die eine Sache, die er noch nie getan hatte, und sie beide saßen an Deck, während Touristen Fotos machten und eine Frau mit einem Mikrofon so näselnd auf alle Sehenswürdigkeiten hinwies, dass Taran sie den Rest des Tages imitierte.

Daisy stellte sich vor, hier zu leben, in Tarans Wohnung. Sie bot eindeutig genug Platz für sie zum Malen, denn die Räume mit den hohen Decken und jeder Menge Licht waren der Scheune der Sherwoods nicht unähnlich. Sie konnte vor sich sehen, wie sie an ihrer Staffelei arbeitete und hin und wieder pausierte, um zu dem viktorianischen Gebäude mit der Feuerleiter auf der anderen Straßenseite zu blicken. Vielleicht würde sie versuchen, neben Tieren auch Leute zu zeichnen, überlegte sie. Inzwischen bezweifelte sie nicht mehr, dass sie es konnte.

Es war leicht, sich dies hier als ihr Zuhause auszumalen, mit ihren Sachen in den Schränken und im Bad. Wie sie in der Küche werkelte, Gemüse schnippelte und Pasta kochte. Sie würde dem Loft eine weibliche Note verleihen, langstielige Rosen aufstellen, Duftkerzen ins Bad, Geranien auf den Fenstersimsen, vielleicht einige bunte Kissen auf das Sofa legen. Es war nicht schwer, sich all das vorzustellen. Gar nicht schwer.

Eines Morgens, als Taran telefonierte, um irgendein Problem im Büro zu klären, machte sich Daisy allein auf, das Viertel zu erkunden. Sie schlenderte durch die Straßen, blickte in die Schaufenster, ging in einen Delikatessenladen und machte bei einem Floristen halt, um die Blumen zu bewundern. Schließlich setzte sie sich auf eine Bank und beobachtete, wie die fremde Welt an ihr vorbeizog. Sie war lebendig und farbenfroh, hatte alles, was man sich wünschen konnte, und eine Menge Charme. Schon einmal hatte sich Daisy in einer fremden Stadt eingelebt, und sie wusste, dass sie es wieder könnte. Die Idee, in einer neuen Stadt von vorn anzufangen, war reizvoll. Sie dachte an ihre Eltern, die ihr ganzes Leben im selben Dorf verbracht hatten, und betrachtete sich als glücklich, weil sie die Chance hatte, andere Kulturen zu entdecken. In Mailand hatte sie Italienisch gelernt, hier bräuchte sie nicht mal eine andere Sprache.

Daisy war neugierig, Tarans Freunde und Verwandte kennenzulernen, und sie war angenehm überrascht, wie unkompliziert sie von ihnen aufgenommen wurde, als sie sich eines Abends gegen Ende ihres Aufenthalts zum Essen trafen. Doch die schönsten Momente waren die mit Taran allein, wenn sie in seiner Wohnung im Bett lagen und über alles und nichts redeten oder sich bis in die Nacht hinein liebten. Zusammen zu sein war das Kostbarste von allem.

Am letzten Morgen wachte Daisy auf und hörte Tarans Stimme im Zimmer nebenan. Er telefonierte. Sie stand auf, streckte sich und ging ins Bad, um Zähne zu putzen und zu duschen. Hinterher zog sie sich Tarans Morgenmantel über und tapste in die Küche, um sich etwas Orangensaft aus dem Kühlschrank zu holen. Für einen Moment übertönte das Dröhnen eines Lastwagens unten auf der Straße Tarans Stimme. Daisy schenkte sich ein Glas Saft ein. Außer Orangensaft und Käse war wenig im Kühlschrank. Daisy wollte ihn mit Salat, Gemüse und frischem Fleisch füllen und ein Abendessen kochen. Sie sehnte sich danach, hier heimisch zu werden. Aber es war nicht möglich. Solange es ihrer Mutter nicht gut ging und ihr Vater Hilfe brauchte, würde es nicht passieren.

Taran ging nur in einer gestreiften Pyjamahose im offenen Wohnzimmer auf und ab, eine Hand auf seinem Kopf, in der anderen das Telefon an seinem Ohr. Als Daisy die Worte »Land« und »verkaufen« aufschnappte, horchte sie auf. Sie stand hinter der Kücheninsel mit der Marmoroberfläche und hörte zu. »Wie lange noch, bis die Baugenehmigung durch ist?« Es folgte eine längere Pause, während die Person am anderen Ende antwortete. »Ich übernehme das Projekt selbst«, fuhr Taran fort. »Ist genau mein Ding. Ich mag Herausforderungen.« Noch eine Pause, und Tarans Züge verfinsterten sich. »Diese dämlichen Straßenbauleute!«, schimpfte er. »Die halten alles auf. Englische Gemeindeverwaltungen sind so unglaublich langsam. Man sollte meinen, dass sie unbedingt mehr Wohnraum wollen. Zumindest steht das dauernd in den Zeitungen!« Er bemerkte Daisy und lächelte. Wie konnte er lächeln, wenn er wusste, wie viel das Land ihrer Familie bedeutete? Wie versteinert stand sie da.

Wenig später legte er auf. »Was für eine Augenweide«, sagte er und kam zu ihr.

Sie blickte verwirrt zu ihm auf. »Was war das eben mit Bauplänen?«

Anscheinend sah er nicht, wie aufgebracht sie war. »Ach, langweiliger Kram. Gehen wir zurück ins Bett.«

»Nein, warte, du hast gesagt, du verkaufst dein Land nicht.«

Taran stutzte. Jetzt musste ihm aufgehen, wie wütend sie war, und er verstand es nicht. »Wovon redest du?«

»Von der Farm.« Tränen stiegen in ihre Augen. Taran hatte sie belogen.

»Ich verkaufe die Farm nicht.«

»Aber du hast gesagt …«

»Du hast einen Bruchteil mitgehört und ziehst sofort deine eigenen Schlüsse.«

»Taran, das ist kein Witz!«

»Ich verkaufe eine Farm, aber nicht die, an die du denkst.«

»Gibt es eine andere?«

»Ja, mein Vater hatte noch eine in den Midlands. Sie hat nie viel eingebracht, meistens sogar Verlust gemacht. Und er hatte bereits angefangen, eine Umwandlung in Bauland anzuleiern, bevor er starb. Jedenfalls gehört sie jetzt mir, und ich werde sie selbst bebauen. Ich will da nicht wohnen und meine Mutter genauso wenig.« Er grinste. »Aber falls du unbedingt dort leben willst …«

Sie konnte nicht umhin zu lächeln. »Entschuldige. Es geht mich nichts an.«

»Würde es, wenn ich vorhätte, das Land zu verkaufen, das an das Grundstück deiner Eltern grenzt. Aber das würde ich nie tun.«

»Wirklich nicht?«

»Daisy, mein Vater hat das Land über alles geliebt. Wahrscheinlich mehr als die Menschen in seinem Leben. Es war seine ganze Leidenschaft und ist mein Zuhause. Ich möchte dort jetzt nicht leben, aber eines Tages werde ich es wollen.« Er legte die Hände an ihre Wangen und sah sie liebevoll an. »Und du liebst es auch.«

»Ja, tue ich.« Sie klammerte sich an die Andeutung, dass er irgendwann dorthin zurückziehen wollte, und hoffte, dass er es ernst meinte.

»Dann steht fest, dass ich es mit meinem Leben beschütze.«

Sie lachte, als er sie hochhob und ins Schlafzimmer trug. »Also, wo waren wir? Ach ja, bei Leuten, die voreilige Schlüsse ziehen, nicht?«

Schweren Herzens reiste Daisy ab. Sie hatte das Gefühl, den Sonnenschein zu verlassen und in einen Nebel zu tauchen. Ihre Traumbilder vom Pastakochen in Tarans Wohnung, von Blumen und Einkäufen im Delikatessenladen wurden von der Realität verdrängt. Im Flugzeug holten ihre Sorgen sie wieder ein, und sie sehnte sich nach Taran. Sie war in einer unmöglichen Lage. Warum mussten die einzigen beiden Männer, an die sie je ihr Herz verloren hatte, im Ausland leben? Warum konnte sie keinen zu Hause finden, so wie Suze? Sie war Mitte dreißig und wohnte bei ihren Eltern. Nach der Woche mit Taran wünschte sie sich ihre Unabhängigkeit zurück – ihre eigene Wohnung, ihren eigenen Kühlschrank und Herd, ihr eigenes Zuhause mit dem Mann, den sie liebte. Doch sie war an ihre Eltern gebunden. Dennis brauchte ihre Unterstützung, weil Marigolds Zustand sich rapide verschlechterte. Suze war keine Hilfe, und Daisy hatte das Gefühl, unverzichtbar zu sein. Es erdrückte sie beinahe.

Sie fragte sich, ob Taran recht hatte, dass sie auch für sich selbst leben musste. Dass sie zu jung war, um in einem verschlafenen Dorf voller alter Menschen zu wohnen. Hatte sie so schnell vergessen, wie viel Spaß sie in Mailand gehabt hatte?

Erschöpft kam sie rechtzeitig zum Abendessen zu Hause an. Ihre Familie freute sich, sie zu sehen. Marigold hatte Brathühnchen gemacht und Suze und Batty eingeladen. Sie saßen am Küchentisch und wollten alles über Daisys Reise hören. Daisy entgingen die vielen Notizen überall in der Küche nicht, die Marigold daran erinnern sollten, wie sie ein Hühnchen briet, angefangen von simplen Sachen, wie den Ofen einzuschalten, bis hin zu den Kartoffeln, die aus der Speisekammer geholt werden mussten. Mehr und mehr verließ ihre Mutter sich auf diese Notizen und ihr Büchlein, in das sie oft hineinzuschauen vergaß. Taran hatte Daisy ein anderes Leben in einer glitzernden Stadt gezeigt, und nach dem sehnte sie sich nun.

Sie fand wieder in ihren Alltag zurück, ging jeden Morgen über die Felder zu Celias Scheune, um das Puzzle zu malen. Mehrere Anfragen für Haustierporträts musste sie ablehnen und die Leute aufs nächste Jahr vertrösten. Jetzt hatte das Puzzle Vorrang, sonst würde sie es nie fertig bekommen.

Am Morgen nach ihrer Rückkehr trank sie mit Celia in deren Küche Kaffee und erzählte ihr von ihrem Sohn. »Ich hatte keine Ahnung, was für ein begabter und erfolgreicher Architekt er ist.«

Celia nahm ihre Espressotasse auf und lächelte wehmütig. »Oh, er ist sehr talentiert. Aber Owen wollte, dass er hier alles lernte, um eines Tages die Farm zu übernehmen. Er wusste ja nicht, wie bald es sein würde.«

»Nachdem ich sein Leben in Toronto gesehen habe, würde ich sagen, es passt sehr gut zu ihm. Er ist dort glücklich. Alles ist perfekt, bis hin zu seinem Morgenkaffee.«

»Freut mich, das zu hören. Als Eltern wünscht man sich nur, dass die Kinder glücklich sind. Ich bin froh, dass Taran seine Berufung gefunden hat. Es mag nicht die sein, die Owen sich gewünscht hat, aber man muss die Kinder sein lassen, wer sie sind. Darin war Owen nicht gut. Natürlich fehlt Taran mir, aber es wäre furchtbar, sollte er das Gefühl haben, für mich da sein zu müssen. Ich bilde mir gern ein, in dem Punkt toleranter zu sein als Owen. Und ich habe ja mein eigenes Leben.«

Daisy sah sie an. »Wie ist die Bridgerunde mit Nan?«

Celia lachte, und ihre grünen Augen blitzten. »Die ist richtig spaßig!«

»Ist sie?« Daisy war erstaunt.

»Ja, deine Großmutter ist zum Brüllen.«

»Zum Brüllen?« Das klang nicht nach Nan.

»O ja, sie ist extrem witzig. Ich glaube, nicht absichtlich. Eigentlich meckert sie schrecklich viel, aber wir alle lachen und machen uns über sie lustig, und sie scheint es zu genießen. Ihre Freundinnen sind nett. Sie hat mich allerdings belogen.«

»Hat sie?« Daisy erschrak.

»Die sind sehr gut im Bridge.«

Daisy entspannte sich. »Ach so, ja, das hätte ich dir vorhersagen können. Nan spielt seit Jahren.«

Während Daisy in der Scheune malte, Dennis in seinem Schuppen arbeitete und Nan fernsah oder Kreuzworträtsel löste, empfing Marigold Besucher. Manche kamen auf eine schnelle Tasse Tee vorbei, andere blieben länger. Und wieder andere, wie Cedric, brachten Kuchen oder, wie Eileen, die neuesten Neuigkeiten. Marigold genoss die Kuchen, erinnerte sich aber nie an die Neuigkeiten. Eileen wurde schnell klar, dass sie ihr alles Erdenkliche erzählen konnte, weil Marigold es in dem Moment vergessen hatte, in dem sie aus der Tür war. Dolly kam, um ihr neues Kätzchen Jewel zu zeigen. Mary erzählte Marigold, dass Dolly und sie sich versöhnt hatten – und Marigold musste so tun, als erinnerte sie sich an einen Streit zwischen den beiden.

Wann immer Daisy jemanden aus dem Dorf traf, wurde sie nach dem Puzzle gefragt. Sie alle konnten nicht erwarten, ihre Beiträge zu sehen. Doch vor allem waren sie gespannt, was Marigold sagte, wenn sie es bekam. Jeder wollte bei dem großen Moment dabei sein. Daisy sprach mit ihrem Vater darüber, und sie beschlossen, eine kleine Teeparty im Gemeindesaal zu geben, bei der sie es in Anwesenheit aller bekäme. »Meinst du nicht, dass es ihr peinlich ist?«, fragte Daisy, die plötzlich dachte, ihrer Mutter könnte es unangenehm sein, dass alle über ihr schwindendes Gedächtnis redeten.

»Nein, überhaupt nicht«, antwortete Dennis. »Ich kenne meine Goldie. Sie wird gerührt sein. Ganz sicher.«

Seit Monaten hatte Daisy nicht an Luca gedacht. Bis er ein paar Wochen vor Weihnachten plötzlich vor der Tür stand.

Daisy starrte ihn verblüfft an. In seinem dicken Mantel, dem Filzhut und mit dem olivgrünen Schal sah er auf verwegene Art gut aus. Er war unrasiert, und sein grau meliertes Haar kräuselte sich über seinen Ohren. Er musterte sie mit der Intensität eines Mannes, dem auf einmal klar wurde, welchen Fehler er gemacht hatte.

»Luca? Was tust du hier?«

»Frieren. Darf ich reinkommen?«

Daisy öffnete die Tür weiter und stand sprachlos da, als er in die Küche durchging. Nan saß am Tisch und legte Patiencen. Als sie Luca sah, stand ihr der Mund offen. »Grundgütiger, es ist Lazarus, auferstanden von den Toten!«

»Hallo, Nan«, sagte er, beugte sich zu ihr und küsste sie auf die Wange, als wäre es das Natürlichste überhaupt, dass er in dieser Küche war.

Marigold, die im Wohnzimmer gesessen und alte *Frasier*-Folgen angesehen hatte, kam herbeigeeilt. »Luca?« Ihn hatte sie nicht vergessen.

»Marigold!« Luca umarmte sie und hob sie halb hoch. »Wie schön, dich zu sehen!«

Marigold war verwirrt. Waren er und Daisy verheiratet? Sie erinnerte sich nicht und entschied, nichts zu sagen, bis sie sich sicher war.

Daisy kam langsam herein und verschränkte die Arme vor der Brust. »Warum hast du nicht angerufen?«, fragte sie.

»Weil du deine Nummer geändert hast«, antwortete er mit strengem Blick.

Marigold spürte die Anspannung und ging direkt zum Wasserkocher. »Trinken wir einen Tee«, sagte sie munter.

»Nein«, antwortete Daisy. »Luca und ich gehen in den Pub, nicht wahr, Luca? Wir haben eine Menge zu bereden, und wir möchten euch nicht stören.«

»Ach, mich stört ihr nicht«, sagte Nan rasch. »Vor uns könnt ihr alles sagen. Marigold wird sich sowieso nicht erinnern, und mich interessiert es eigentlich nicht. Setz Teewasser auf, Marigold. Ich nehme vielleicht einen Schuss Brandy in meinen.« Als Daisy sie fragend ansah, ergänzte sie: »Celia macht das auch, also warum soll ich nicht?«

27

Daisy und Luca setzten sich im Pub an einen Ecktisch. Daisy bestellte ein Glas Wein, Luca ein Bier. Wie seltsam, dachte sie, nach über einem Jahr war es, als hätten sie sich erst gestern gesehen. Als hätte es die letzten zwölf Monate nie gegeben.

»Was willst du, Luca?«, fragte sie auf Italienisch und trank einen Schluck Wein.

»Ich bin nicht den weiten Weg gekommen, um Hallo zu sagen. Ich will dich zurück.« Als sie widersprechen wollte, kam er ihr zuvor. »Mir ist bewusst, dass ich dich verletzt habe, Margherita, und es tut mir leid. Mir war nicht klar, wie viel du mir bedeutest, wie sehr ich dich liebe. Wir waren so lange zusammen, dass ich dich für selbstverständlich gehalten habe. Aber jetzt hatte ich beinahe ein Jahr Zeit, um nachzudenken und neue Beziehungen auszuprobieren. Und ich habe festgestellt, dass keine andere dir auch nur nahekommt. Es gibt keine andere Frau für mich. Du kannst alles haben, was du willst. Ich hätte dir kein Kind verweigern dürfen. Das war egoistisch.« Er lächelte beschämt. »Du musst keine Kompromisse machen.«

Daisy spürte, wie Wut in ihr aufwallte. »Du hast ein

Jahr gebraucht, um zu begreifen, wie viel ich dir bedeute? Und jetzt willst du mir geben, was ich möchte? Findest du nicht, dass es ein bisschen spät ist, Luca? Denkst du, ich habe all die Monate nichts getan, außer auf dich zu warten?«

»Ich habe gehofft, dass du so empfindest wie ich.« Er war merklich erschrocken von ihrer wütenden Reaktion.

»Was glaubst du, warum ich meine Nummer geändert habe?«

Er zuckte typisch italienisch mit den Schultern. »Ich wollte nur reden.«

»Und ich wollte nur mein Leben weiterleben«, konterte sie.

»Ich nehme an, das hast du?«

Daisy wollte ihn nicht verletzen, aber er musste die Wahrheit erfahren. »Ich bin mit jemand anderem zusammen.«

Bei seinem verletzten Blick bekam sie ein schlechtes Gewissen. »Sechs Jahre, Margherita. Wir haben einander sechs Jahre geschenkt, und du willst die wegwerfen?« Er schwenkte seine Bierflasche. »Wer ist er?«

»Du kennst ihn nicht.«

»Ein Engländer?«

»Ja.«

»Engländer sind schreckliche Liebhaber.«

»Hast du schon mit allen geschlafen?«

»Ich komme und lebe hier, wenn du das willst«, bot er an.

Daisy war baff. »Das würdest du für mich tun?«

»Ja, weil es mir ernst ist.« Er holte eine kleine rote Schachtel aus seiner Tasche. »Du hast mich eine wertvolle Lektion gelehrt, Margherita. Niemand ist eine Insel. In der Liebe geht es darum, zu geben und Kompromisse einzugehen, darum, den anderen glücklich zu machen. Ich möchte, dass du glücklich bist. Mit mir.«

»Willst du mir ernsthaft weismachen, dass du dich so sehr geändert hast? Der Mann, der keine Ehe und Kinder wollte, weil er sich dadurch nicht bereichert, sondern ›eingeschränkt‹ fühlte, will jetzt nach England ziehen und Ehemann und Vater werden?«

»Nur sehr dumme Menschen halten stur an einem Weg fest und weigern sich, einen anderen auszuprobieren. Ich bin Fotograf und kann überall arbeiten. Wenn du hier leben willst, ziehe ich um. Irgendwie bin ich sowieso fertig mit Mailand. Ich bin Mitte vierzig, vielleicht ist es an der Zeit, sesshaft zu werden und eine andere Art von Leben zu entdecken.« Er schob die kleine Schachtel über den Tisch. »Ich will dich heiraten, Margherita. Du hast mich mal geliebt, und ich glaube nicht, dass solch eine Liebe einfach verschwindet. Jedenfalls weiß ich, dass ich dich immer noch liebe, ja sogar mehr denn je, was mich überrascht und zutiefst verletzt hat.« Er sah sie eindringlich an. »Komm schon, Margherita, du weißt, dass du es willst. Das hast du immer gewollt. Bestraf mich nicht, weil ich zu spät erkannt habe, dass ich es auch will.«

Sie öffnete die Schachtel. »Oh, Luca.« Beim Anblick des von kleinen Diamanten umrahmten Saphirs kamen ihr die Tränen. »Er ist wunderschön.«

»Ja, ich dachte mir, dass er dir gefallen würde. Du magst Schlichtes. Siehst du, ich kenne dich besser als jeder andere. Besser als dieser Engländer, den du gerade erst kennengelernt hast. Denk an unsere gemeinsame Geschichte, an die Jahre, die wir zusammengelebt haben. Es war wie eine Ehe, nur ohne Ring und Zeremonie. Jetzt wird es eine richtige.« Er ergriff ihre Hand. »Komm nach Hause, oder sag es, und wir richten uns hier unser Zuhause ein.«

Daisy zog ihre Hand zurück, klappte die Schachtel zu und schob sie zu ihm zurück. »Ich weiß nicht, Luca. Damit hatte ich nicht gerechnet. Ich habe gedacht, dass ich weiß, was ich will, aber jetzt bin ich mir nicht sicher.«

»Denk drüber nach. Ohne Druck. Dieser Engländer, kennst du ihn wirklich? Natürlich nicht. Aber du kennst mich. Auf mich kannst du dich verlassen, Margherita. Kannst du dich auf ihn verlassen?«

Lange Zeit schwieg sie nachdenklich.

»Was hast du jetzt vor?«, fragte sie dann. »Fliegst du zurück nach Mailand?«

»Über Weihnachten bin ich bei meiner Familie in Venedig, doch ich werde die ganze Zeit an dich denken und hoffen, dass du mir erlaubst, dir diesen Ring anzustecken und unser gemeinsames Leben zu beginnen. Heute Abend übernachte ich im Bear Hotel in der Stadt. Du erreichst mich auf meinem Handy, falls du reden willst. Aber gib mir wenigstens deine neue Handynummer, damit ich dich erreichen kann.«

Im letzten Jahr war so vieles passiert, von dem Luca keine Ahnung hatte. Taran wusste, dass ihre Mutter Demenz hatte und Daisy inzwischen als Malerin arbeitete. Er kannte ihre Gegenwart, doch Luca und sie hatten in der Vergangenheit tiefe Wurzeln geschlagen. »Du bekommst meine Handynummer. Aber jetzt gehe ich lieber«, sagte sie und stand auf.

»Ich begleite dich nach Hause.« Und so gingen sie gemeinsam die Straße hinunter.

»Aber ich bitte dich nicht hinein«, sagte sie. »Ich halte es für das Beste, wenn …«

»Schon gut«, sagte er. »Ich verstehe es.« Dann legte er eine Hand auf ihren Rücken, zog sie an sich und küsste sie auf die Wange. Die Vertrautheit verunsicherte Daisy. »Denk darüber nach«, flüsterte er ihr zu. »Ich werde nichts anderes tun.«

Daisy beschloss, Taran nichts von Luca zu erzählen, zumindest nicht am Telefon. Telefonieren konnte komisch sein, und er wäre gewiss nicht erfreut zu hören, dass Luca bei ihr gewesen war. Sie wollte nicht, dass er eifersüchtig oder wütend wurde, und sie fühlte sich mies, weil sie in einem Zwiespalt steckte. Es war besser, seine Anrufe ganz zu meiden und stattdessen Nachrichten zu schreiben, in denen sie ihm erklärte, dass sie viel zu tun hatte. Nur bis sie klarer sah. Der einzige Grund für die Trennung von Luca war gewesen, dass er ihr nicht geben wollte, was sie sich wünschte. Jetzt war er aus heiterem Himmel aufgetaucht und bot ihr alles an, was sie wollte. Was hieß das für Taran und sie? Sie liebte Taran. Liebte sie Luca noch? Sie war sich nicht sicher. Liebte sie einfach nur die Vertrautheit? Das Gefühl von Sicherheit? Das Bekannte?

Liebte sie beide?

Konnte man zwei Männer gleichzeitig lieben?

Wenige Tage später hatte Daisy das Puzzlebild fertig. Dennis kam mit seinem Wagen, um es abzuholen, und ohne dass Marigold es sah, trugen sie es in seinen Schuppen, damit er es in einzelne Puzzleteile sägte. Sie mussten groß genug sein, dass Marigold sie erkennen konnte, aber trotzdem noch eine Aufgabe darstellen. Marigold genoss es nach wie vor, ihren Verstand anzustrengen, auch wenn ihre Möglichkeiten erheblich eingeschränkt waren. Dennis machte sich mit der Bandsäge ans Werk und wechselte bei den feineren Schnitten zur Laubsäge. Er arbeitete bis spät in die Nacht, weil er es dringend fertig bekommen wollte. Das Ergebnis war ein noch schöneres Puzzle als alle vorherigen. Mit Daisys Hilfe hatte er etwas wahrhaft Besonderes geschaffen.

Am nächsten Morgen zeigte er es Daisy. »Es ist ein Kunstwerk«, sagte sie begeistert.

Er nickte. »Ich glaube, es wird ihr gefallen.«

»Oh, das wird es, Dad. Sie wird es lieben!«

Dennis legte einen Arm um sie. »Du bist eine gute Tochter. Ich weiß, dass deine Mutter dich zu schätzen weiß, aber ich möchte es dir auch sagen. Wir haben großes Glück, dass du hier bist und uns so sehr unterstützt.«

Ein Kloß bildete sich in Daisys Hals. Sie umarmte ihn. »Ich bin gerne für euch da.« Sie lehnte den Kopf an seine breite Brust, wo sie seinen Herzschlag unter dem Hemd hören konnte. Und sie dachte an ihr eigenes Herz. Wenn sie sich für Taran entschied, müssten sie die komplizierte Frage lösen, wo sie leben sollten. Er war in Toronto, sie wurde hier gebraucht. Und zwischen ihnen war der Atlantik. Es gab nichts in der Mitte, wo sie sich treffen konnten. Er müsste herkommen oder sie zu ihm. Oder sie würden sich gar nicht sehen.

Andererseits könnte sie Luca wählen und hier leben, nahe bei ihren Eltern. Aber hatte Luca wirklich vor umzuziehen oder wollte er sie nur so dringend zurück, dass er jetzt Versprechen machte, die er später nicht halten würde? War Lucas Antrag nur deshalb so reizvoll, weil er anbot herzuziehen?

Daisy war so durcheinander, dass sie auch Luca nicht anrief. Er schrieb ihr währenddessen dauernd. *Ich kann*

*an nichts anderes denken als an Dich. Du bist in meinem
Herzen und meinem Kopf, und ich sehne mich nach Dir.*

Suze bot an, bei der Dekoration des Gemeindesaals für
Marigolds Party zu helfen. Sie glaubte, ein Händchen für
solche Dinge zu haben. Und Daisy trat es gerne ab. Dennis und sie hatten das Puzzle gemacht, also konnte Suze
auch etwas beitragen. Mit einem Enthusiasmus, der ihre
Schwester erstaunte, rekrutierten Suze und Batty eine
kleine Gruppe von Freunden und arbeiteten unermüdlich
daran, den kalten, funktionellen Saal in ein Winterwunderland zu verwandeln. Da ihre Mutter Schnee liebte,
besprühte Suze die Tannenbäume und die Stechpalmen,
die Batty im Saal arrangiert hatte, mit Kunstschnee. Im
Schein der Lichterketten, die auf sämtlichen Oberflächen
und an Bändern an der Decke drapiert waren, funkelte er
wie Abertausende Diamanten. An den Bändern baumelte
goldenes und silbernes Lametta zwischen leuchtend roten
Christbaumkugeln. Der Effekt war bezaubernd. Und dreihundert batteriebetriebene Teelichte erhellten den Weg
von der Straße zur Tür und leuchteten drinnen am Saalrand auf dem Boden. Sie schalteten die hässlichen Neonröhren aus, und alles funkelte und glitzerte wie in einem
magischen Ballsaal.

Zufrieden fotografierte Suze es für Instagram. Ihre Fans
wären beeindruckt, dachte sie glücklich. Hierfür würde
sie tonnenweise Likes bekommen. Und morgen würde
sie Daisy und ihre Freunde einspannen, alles wieder abzubauen.

Es war ein Wunder, dass Marigolds Party geheim blieb,
auch wenn Nan behauptete, selbst wenn jemand die Katze
aus dem Sack ließe, würde Marigold es so oder so gleich

wieder vergessen. Da war Daisy sich weniger sicher. Ein solch aufregendes Ereignis wie eine Party zu ihren Ehren würde Marigold bestimmt nicht vergessen.

Dennis hatte die Leute mündlich eingeladen, damit niemand irgendwo eine Einladung herumliegen ließ, wo Marigold sie entdecken könnte. Der Commodore, der darauf bestand, bei der Party zu helfen, bezahlte den Wein. Und um nicht übertrumpft zu werden, hatte Cedric versprochen, Cupcakes zu backen. Dolly wollte Miniwürstchen in Honigsenfsoße mitbringen. Mary schlug umgehend vor, für Pappteller und Becher zu sorgen. Jean wollte sich gleichfalls beteiligen und das Besteck mitbringen. Bridget bot an, eine große Schüssel Salat zu machen, und Beryl brachte einen riesigen Schinken mit. Eileen buk Folienkartoffeln, und Pete und John steuerten Bier bei für jene, die wie sie lieber das als Wein tranken, während Tasha zusagte, für alkoholfreie Getränke zu sorgen. Batty ernannte sich selbst zum DJ, weil er, wie er meinte, keinen Nachmittag überleben würde, sollte einer von »den Oldies« die Musik aussuchen. Suze nötigte ihm das Versprechen ab, Songs zu spielen, die Marigold mochte.

Daisy hatte Celia eingeladen, war indes sicher gewesen, dass sie absagen würde. Zu ihrer Überraschung wollte sie gern kommen und irgendwie helfen. »Was kann ich mitbringen?«, fragte sie, als sie bei Daisy in der Scheune war.

»Ich glaube, wir haben schon mehr, als wir brauchen«, antwortete Daisy. »Aber es ist lieb von dir, dass du etwas anbietest.«

Celia war enttäuscht. »Ach, ich hätte so gerne geholfen.« Sie überlegte kurz. »Irgendwas fällt mir sicher noch ein, an das ihr nicht gedacht habt.«

Die Gäste trafen pünktlich ein und stellten ihre Gaben

auf die langen Klapptische, die Suze hinten im Saal aufgestellt hatte. Alle waren entzückt von der Dekoration, und Suze erzählte ihnen, dass es ihre Idee gewesen war. »Oh, du bist eine Künstlerin, genau wie deine Schwester!«, sagte Eileen. »Was für eine begabte Familie ihr seid! Marigold wird dies hier lieben!«

Dennis sagte Marigold, sie möge sich ein hübsches Kleid anziehen. »Gehen wir aus?«, fragte sie aufgeregt. »Ich ziehe mich gerne hübsch an.«

»Ja, wir gehen zu einer Party.«

»Ich mag Partys!«, rief sie aus und lief ins Schlafzimmer, um sich etwas Passendes rauszusuchen. »Was meinst du, welches Kleid ich anziehen soll, Dennis?«, fragte sie, weil sie sich nicht erinnern konnte, was für Kleider sie hatte.

»Mal sehen.« Dennis öffnete den Kleiderschrank. Er ging die Kleider durch und entschied sich für ein rotes mit großen weißen Punkten. »Dies hier gefällt mir. Rot steht dir.« Er nahm den Bügel von der Stange und zeigte es ihr.

»O ja, das ist hübsch.« Sie erinnerte sich nicht, es jemals getragen zu haben.

Marigold nahm ein Bad und setzte sich an ihre Frisierkommode, um ihr Haar zu machen und sich zu schminken. Sie sah alt aus, dachte sie ein wenig traurig. Zum Glück war sie mollig, sodass ihre Haut nicht so erschlaffte wie die ihrer Mutter. Aber etwas an ihren Augen war anders. Sie hatten nach wie vor ihr hübsches Braun, doch ihr Blick war fremd und irgendwie abwesend. Sie tat es mit einem Achselzucken ab, denn sie würde zu einer Party gehen. Wann sie das letzte Mal auf einer Party gewesen war, wusste sie nicht mehr. Vor langer Zeit hatte es eine gegeben, zu der sie ein gelbes Kleid mit blauen Blumen getragen hatte. Da war Dennis gewesen. Dann hatte er ihr Rosen geschenkt. Vom schönsten Blassrosa waren sie gewesen und hatten göttlich geduftet. Sie lächelte. Irgendwie konnte sie nicht an Rosen denken, ohne dass ihr Dennis in den Sinn kam.

Dennis zog einen Anzug an. Er stand vor dem langen Spiegel im Schlafzimmer und bewunderte ihn. Diesen Anzug hatte er für Suzes Hochzeit gekauft. Er hatte ein kleines Vermögen gekostet, doch das war er wert. Marigold stellte sich neben ihn. Sie beide betrachteten ihr Spiegelbild, und Marigold nahm seine Hand.

»Du siehst wunderschön aus, Goldie.«

»Du auch, Dennis.«

»Wir sind immer noch ein schönes Paar, nicht?«, fragte er grinsend.

»Nur für dich!« Sie lachte.

Er küsste sie auf die Stirn. »Du bist und bleibst meine Goldie.«

Sie fühlte, wie seine Lippen auf ihrer Haut verharrten. »Die werde ich immer sein.«

»Bereit für die Party?«

»Weiß ich nicht.«

Er sah sie fragend an. »Du weißt es nicht?«

»Mag ich Partys?«

»Du liebst sie.«

»Okay, dann bin ich bereit.«

»Dein Triumphwagen wartet.« Er führte sie aus dem Zimmer.

Als Dennis vor dem Gemeindesaal anhielt, warteten Daisy, Suze und Nan an der Tür auf sie. Marigold sah den beleuchteten Weg und rang nach Luft. »Oh, ist das schön!«

Mit den großen Augen eines Kindes sah sie zu den tanzenden Lichtern. Dann erblickte sie ihre Familie. »Oh, das ist ja nett«, ergänzte sie und beobachtete, wie alle ihr durchs Autofenster zulächelten.

Dennis parkte und ging um den Wagen herum, um Marigold die Tür zu öffnen. Er reichte ihr eine Hand, und sie stieg aus. »Du siehst wunderschön aus, Mum«, sagte Daisy, die ihnen entgegenkam.

»Ja, tust du«, bestätigte Suze.

»Kommt lieber rein, ehe ihr euch hier den Tod holt«, sagte Nan, und Marigold war zu gebannt von den Lichtern, um zu widersprechen.

Sie betraten den Saal, und alle Gesichter wandten sich ihnen zu. Marigold lächelte verlegen. Einige erkannte sie, konnte sie aber nicht alle zuordnen. Dennis hielt ihre Hand. Diesmal würde er sie nicht loslassen. Sie gingen durch die Menge, und Marigold betrachtete die Lichter, das Lametta, die Tannen, die Stechpalmen und den Kunstschnee. »Oh, es hat geschneit!«, rief sie aus. »Ich liebe Schnee!«

»Ich habe den Saal geschmückt«, sagte Suze stolz.

»Gut gemacht«, lobte Marigold sie. »Ist heute dein Geburtstag?«

»Nein, nicht heute, Mum«, antwortete Suze.

Dennis führte sie zu einem Tisch, an dem Beryl und Eileen saßen. Die beiden erkannte Marigold. »Hallo«, sagte sie. »Ist das nicht eine schöne Party?«

»Ist es wirklich«, stimmte Eileen ihr zu. »Und Suze hat alles dekoriert.«

»Hat sie das?«, fragte Marigold. »Wie gut sie es gemacht hat.«

Sie setzte sich.

Jean bot ihr ein Glas Wein an. Dolly brachte ihr ein Würstchen. Marigold sah sie an und erinnerte sich an irgendwas mit einer Katze. Aber das war keine angenehme Erinnerung, also sagte sie nichts.

Daisy und Suze beobachteten, wie ihre Mutter mit ihren Freundinnen redete. »Es ist schön, sie glücklich zu sehen, nicht?«, fragte Daisy.

»So werde ich sie immer in Erinnerung behalten«, sagte Suze. Dann erstarb ihr Lächeln. »Es ist hart, oder? Aber gemeinsam sind wir stark.«

Daisy blickte geradeaus. Wenn sie jetzt Suze ansah, würde sie weinen. »Du hast das hier großartig gemacht. Es ist fantastisch. Mir war nicht klar, dass du so begabt bist.«

»Ich stelle mein Licht gern unter den Scheffel«, antwortete Suze.

»Tja, solltest du vielleicht lassen.«

»Willst du vorschlagen, dass ich hauptberuflich Säle dekoriere?«

»Nein, aber ich glaube, mit einem Blog bist du verschwendet.«

»Tja, ich habe darüber nachgedacht, ein Buch zu schreiben.« Sie grinste verlegen, als Daisy die Augen weit aufriss. »Aber sag's keinem. Ich will nicht, dass jemand es weiß, falls ich versage.«

»Das sind tolle Neuigkeiten! Und was ist deine Idee?«

Suze zögerte. »Ich möchte über Mum schreiben.«

»Ein Buch über Mum und Demenz?«, fragte Daisy, ohne den Blick von Suze abzuwenden.

Suze sah zur Seite. »Ja.« Plötzlich kamen ihr die Tränen, und die sollte ihre Schwester nicht sehen.

Daisy war gerührt. »Wow, das hatte ich nicht erwartet.«

»Findest du es falsch?«

»Nein, im Gegenteil. Ich denke, eine bessere Idee hättest du gar nicht haben können, Suze, ehrlich.«

»Danke.« Suze genoss das Lob ihrer Schwester. »Ich werde es irgendwas wie ›Leben mit Demenz, lieben mit Demenz‹ oder so nennen. Die Idee geht mir schon einige Zeit im Kopf herum.«

»Du wirst ein wunderbares Buch schreiben.«

»Das hoffe ich.« Dann lächelte sie wieder. »Ich war noch nie inspirierter.«

Daisy umarmte sie, was für Suze überraschend kam. Sie waren keine Schwestern, die sich in die Arme nahmen, weshalb Suze sich im ersten Moment versteifte, bevor sie sich darauf einließ. Es fühlte sich gut an.

»Und ich habe einen Rat für dich«, sagte Suze. »Wo wir schon mal beim gegenseitigen Ratgeben sind.«

Daisy ließ sie los. »Und welchen?«

»Geh und leb mit Taran in Toronto.«

»Was?«

»Guck mich nicht so erschrocken an. Ich weiß, dass Luca hier war und du zweieinhalb Stunden mit ihm im Pub gesessen hast. Frag mich nicht, woher ich diesen Klatsch habe. Der Buschfunk im Dorf funktioniert bestens.«

»O Gott, Suze, gibt es hier gar keine Diskretion?«

»Null, und zum Glück nicht, denn sonst könnte ich meinen Senf nicht dazugeben. Geh nach Toronto, und fang ein neues Leben mit Taran an. Du liebst ihn, und er ist der Richtige für dich. Wäre Luca es gewesen, hättest du energischer gekämpft. Du wärst einen Kompromiss eingegangen. Ich weiß zwar nicht viel, aber ich kenne dich gut genug, um zu wissen, dass du Luca verlassen hast, weil du ihn verlassen wolltest.« Daisy versuchte zu widersprechen. »Nein, keine Widerrede, Daisy. Tief im Innern weißt du, dass du ihn verlassen wolltest, sonst hättest du es nicht getan. Wie Grandad immer sagte: Nicht zurücksehen.«

Daisy grinste. »Grandad hat bei dir echt bleibenden Eindruck hinterlassen.«

»Als du mit Luca zusammen warst, konntest du da ehrlich sagen: ›Nichts ist falsch am Jetzt‹? Nein, konntest du nicht. Aber bei Taran kannst du es garantiert. Ich wette, das kannst du über jeden Moment mit ihm sagen. Weil er dich glücklich macht.« Suze grinste. »Geh nach Toronto und lebe!«

Daisy verschränkte die Arme vor der Brust. »Kann ich nicht. Ich werde hier gebraucht.«

»Ja, klar wirst du das, aber du musst auch ein eigenes Leben haben. Und sie werden es verstehen. Wenn du *dein* Licht unter den Scheffel stellst, wirst du den einen Mann verlieren, der verdient, es zu sehen.«

»Aber was ist mit Mum und Dad?« Daisy schaute zu ihrer Mutter, die jetzt so verwundbar war, und biss sich auf die Unterlippe. »Ich kann sie nicht verlassen.«

Suze verzog das Gesicht. »Die haben mich!«

»Dich?«

»Lass mich doch an meinen Aufgaben wachsen. Wir haben sechs Jahre ohne dich überlebt, und ich schaffe das auch wieder.«

»Aber da war Mum nicht krank.«

»Und das ist sie jetzt auch nicht. Anscheinend ist es keine Krankheit. Daisy, sei nicht bescheuert. Leb dein eigenes Leben. Du hast nur eines.«

In diesem Moment fühlte Daisy eine Hand auf ihrer Schulter. Sie drehte sich um, und vor ihr stand Taran, ernst und distanziert.

Sie merkte, dass sie blass wurde.

»Entschuldige uns, Suze«, sagte er. »Ich denke, Daisy und ich müssen uns unterhalten.«

Daisy wurde flau. Dies war nicht der warmherzige, humorvolle Mann, den sie zuletzt in Toronto gesehen hatte. Er war kalt, abweisend und wütend. »Gehen wir nach draußen«, sagte sie.

Sobald sie auf der dunklen Straße waren, drehte er sich zu ihr um und schüttelte den Kopf. »Ich hätte ahnen müssen, dass etwas nicht stimmt, als du aufgehört hast, meine Anrufe anzunehmen. Dann hat meine Mutter mir erzählt, dass dein Ex hier war. Wolltest du es mir erzählen oder mich einfach so fallenlassen?«

Daisy war entsetzt, weil er so verletzt aussah. »Ich habe nur Zeit gebraucht, einen klaren Kopf zu bekommen.« Sie streckte eine Hand nach ihm aus, doch er wich zurück und schob die Hände in die Jackentaschen.

»Mir ist klar, dass es für dich schwierig ist mit deiner Mutter, aber wir alle haben mit schwierigen Dingen zu kämpfen. Das entschuldigt dein Verhalten nicht. Es rechtfertigt nicht, dass du meine Anrufe ignorierst. Ich verdiene zumindest etwas Respekt.«

»Es tut mir leid«, sagte sie leise.

»Was mich betraf, hatten wir eine Beziehung.«

Dass er in der Vergangenheitsform sprach, machte ihr Angst. »Ich habe dir nicht von Luca erzählt, weil ich nicht wollte, dass du dir Sorgen machst. Es hat nichts bedeutet.«

»Wenn es nichts bedeutet hätte, hättest du mich angerufen und mir davon erzählt, Daisy.«

»Luca hat mich gebeten, ihn zu heiraten.«

»Das weiß ich. Das ganze Dorf weiß es.«

Verfluchter Dorftratsch, dachte Daisy. »Aber ich habe nicht Ja gesagt. Ich will nicht Luca, sondern dich.«

Er seufzte verärgert. »Hör mal, Daisy, ich mag keine Spielchen. Und ich habe geglaubt, ich hätte eine Frau gefunden, die sie auch nicht mag.«

»Es tut mir leid. Ich hätte anrufen und es dir erzählen sollen. Er hat gesagt, er würde herziehen, hier mit mir leben, damit ich bei meinen Eltern bin, und für einen kurzen Moment habe ich gedacht, dass ich das will.« Laut ausgesprochen, klang es erbärmlich.

»Geht es hier um Geografie?«

»Ich habe nur an meinen Vater gedacht …« Sie fühlte, wie ihr die Tränen kamen.

»Hast du deinen Vater mal gefragt, was er dazu sagen würde, wenn du wieder im Ausland lebst?« Sie sah ihn verwundert an. Es stimmte, sie hatte ihn nie gefragt. »Wenn er der Mann ist, als den ihn alle hier beschreiben, wird er sagen, dass du losgehen und dein Leben leben sollst, frei sein. Ich denke, du beleidigst ihn, wenn du ihn so verantwortlich für deine Entscheidungen machst. Wenn deine Eltern eines sind, ist es nicht egoistisch.«

»Ich möchte mit dir zusammen sein, Taran.«

»Willst du wirklich?« Er sah sie an.

»Ja, will ich.«

»Dann schieb es nicht auf die Geografie.« Er drehte sich um.

»Wo willst du hin?«

»Nach Hause.«

»Nach Toronto?«

»Nein, hier. Reden wir morgen früh. Jetzt musst du zurück zur Party. Und mit deinem Vater reden. Ich brauche Zeit allein zum Nachdenken.«

Sie blickte ihm nach, als er in der Dunkelheit verschwand, während sie allein mit ihrer Reue zurückblieb.

Für eine kurze Weile blieb sie draußen, wischte ihre Tränen weg und hoffte, dass sie nicht völlig verheult aussah, als sie zur Party zurückkehrte.

Dennis übernahm das Mikrofon, und nach und nach verstummten alle im Saal. Marigold war überrascht, ihn auf der kleinen Bühne zu sehen. Was machte er da? Was machten sie überhaupt alle hier? Sie versuchte sich zu erinnern. Vielleicht hatte Dennis es ihr erzählt, und sie hatte es vergessen. Sie hatte gedacht, es wäre einfach eine Party, aber anscheinend war das falsch. Also lächelte sie, um ihre Vergesslichkeit zu überspielen. Wirklich, das wurde nicht besser. Der Nebel wurde immer dichter, aber das machte nichts. Hier war es nett.

»Willkommen, alle zusammen«, sagte Dennis und sah Marigold an. Sie wurde verlegen und merkte, dass sich ihre Wangen röteten. »Heute ist ein besonderer Tag, weil wir alle hier sind, um jemanden in unserer Gemeinschaft zu feiern, der so besonders ist.« Marigold fand, dass es eine entzückende Idee war, und sie fragte sich, wer gefeiert werden sollte. Sie sah, wie Suze und Daisy durch die Menge zu ihr kamen, und blickte sich nach freien Stühlen um. Hier waren keine.

»Diese besondere Person hat sich ihr Leben lang um alle Menschen um sie herum gekümmert. Sie ist selbstlos, freundlich, und wir möchten ihr etwas zurückgeben.« Immer noch sah er sie an. Nein, jetzt sahen alle sie an. Marigold wurde unwohl. Hatte sie Geburtstag? Hatte sie es vergessen?

Daisy und Suze waren jetzt neben ihr, und Daisy hatte ihre Hand genommen. Ihr fiel auf, dass Daisys Augen glänzten, und sie fragte sich, warum Daisy weinte. Dann fühlte sie Suzes Hand auf ihrer Schulter. Es war gut, die beiden zu fühlen, ihre Schutzengel, die bei ihr waren und sie bewachten. Sie dachte an die zwei als kleine Mädchen. Damals war es ihre Pflicht gewesen, sie zu beschützen. Wann hatte sich das geändert? Sie erinnerte sich nicht.

»Marigold«, sagte Dennis, und sie zuckte heftig zusammen. »Wir sind heute Abend hier, um dich zu feiern.«

Sie bekam Panik. Ihr wurde furchtbar kalt, und sie wollte weglaufen. Ängstlich sah sie zu Dennis, der ihren Blick hielt. Er hielt ihn ganz fest, blinzelte nicht, und in seinen Augen fand sie Sicherheit, Vertrautheit und Kraft. Sie sah nur noch zu ihm. Ihrem Dennis.

Er feierte sie.

Sie war das Mitglied dieser Gemeinschaft, das besonders war.

»Jedes Weihnachten habe ich dir ein Puzzle gemacht, Goldie«, sagte er. »Aber dieses Jahr haben alle geholfen. Mich hat umgehauen, wie freundlich und aufmerksam unser kleines Dorf ist.« Marigold starrte weiter Dennis an, um nicht zu weinen. »Alle sind mit ihren Erinnerungen an dich zu uns gekommen, Goldie. Daisy hat sie gemalt, und ich habe die Teile gesägt. Suze und Nan haben noch unsere Familienerinnerungen zu den vielen anderen hinzugefügt. Dies hier feiert dich, und wir hoffen, es gefällt dir.«

Dann erschien Nan mit dem Kasten. Sie gab ihn Suze und Daisy, die ihn vor Marigold auf den Tisch stellten. Nan zog ein Taschentuch aus ihrem Ärmel und gab es ihrer Tochter, damit Marigold sich die Augen abtupfen konnte. Daisy reichte ihr ihre Brille, und zitternd setzte Marigold sie auf, um das Bild auf dem Deckel zu betrachten. Da waren Tiere, Vögel, Menschen, eine große Sonne,

Cupcakes, ein Christmas Pudding – ein herrlicher Mischmasch von schönen Dingen. Nun öffnete Daisy den Deckel und zeigte ihr die Unterseite, die über und über beschrieben war. »Hier sind die Erklärungen zu jedem Bild, Mum«, sagte sie. »Zu jedem Bild steht auf der Rückseite, was es darstellt.«

Marigold kamen die Tränen. »Es ist wunderschön«, flüsterte sie und blickte auf zu den Gesichtern, von denen sie wusste, dass sie sie kannte. »Und das habt ihr alle gemacht?«, fragte sie leise. Ein paar von ihnen nickten, einige bejahten laut. Doch eigentlich war es nur ein Stimmengewirr.

»Danke«, brachte sie mühsam heraus, und all die Menschen, ihre Freunde, begannen zu applaudieren.

Dennis nahm ihre Hand. »Möchtest du tanzen, Goldie?«

Ihr fehlten die Worte, doch das störte Dennis nicht. Ihr strahlendes Lächeln genügte ihm. Batty spielte *Lady In Red*, und Marigold ließ sich von Dennis halten, während sie sich zur Musik wiegten. »Du hast mich einmal gefragt, was passiert, wenn du alle deine Erinnerungen vergisst«, sagte er.

»Habe ich?«

»Ja.«

»Und was hast du geantwortet?«

»Dass du dich nicht erinnern musst, weil ich es für dich tun werde. Aber das stimmte nicht ganz. All diese Leute heute Abend werden sie auch für dich bewahren.«

28

In der Nacht konnte Daisy nicht schlafen. Sie lag auf dem Rücken, starrte an die Decke und dachte an Taran, Luca und ihre Eltern. Dabei fühlte sie sich hilflos. Hatte sie ihre Beziehung zu Taran zerstört, weil Luca wieder in ihr Leben getreten und ihr alles angeboten hatte, was sie sich wünschte? Wie leicht wäre es, in die Vergangenheit zurückzugleiten. Dort weiterzumachen, wo sie aufgehört hatte. Aber wollte sie das wirklich? Es war vertraut und bequem, doch reichte das? Sie erinnerte sich an Toronto, und jene Bilder waren wunderbar lebendig, frisch und voller Möglichkeiten. Ihre Erinnerungen an Luca hingegen waren farblos. Ihnen fehlte der Glanz. Vielleicht hatten die Streitereien in den letzten Monaten ihrer Beziehung sie getrübt. Oder Suze hatte recht, dass sie Luca verlassen hatte, weil sie es wollte. Vielleicht hatte ihre Geschichte ihr Ende erreicht, und die Tatsache, dass sie unterschiedliche Dinge wollten, hatte ihr lediglich einen Vorwand geliefert zu gehen.

Am Morgen wusste sie, mit wem sie zusammen sein wollte, denn Taran war der einzige Mann, der ihr Denken und ihr Herz beherrschte. Sie nahm ihr Telefon auf und rief Luca an. »Ciao, Margherita!« Er klang, als erwartete er gute Neuigkeiten.

»Ich weiß nicht, wie ich es sagen soll, Luca …«

»Du willst mir wieder das Herz brechen«, sagte er matt.

Sie legte eine Hand auf ihre Brust. Dass es so schmerzen würde, hatte sie nicht gedacht. »Will ich nicht, Luca, aber es ist vorbei. Endgültig.«

»Dann haben wir uns nichts mehr zu sagen. Sechs Jahre sind einfach verpufft.«

»Es tut mir leid.«

»Mir auch. Ich hoffe, du wirst deine Entscheidung nicht bereuen. Leider werde ich es für den Rest meines Lebens tun.«

Daisy wusste nicht, was sie antworten sollte.

»*Addio*, schöne Margherita.«

»*Addio*, Luca.«

Als sie zum Frühstück nach unten kam, saßen ihr Vater und Nan am Küchentisch und sprachen über die Party. Marigold war noch oben. Dieser Tage brauchte sie morgens länger.

»Ihr habt das gut gemacht gestern«, sagte Nan über den Rand ihrer Teetasse hinweg. »Ihr alle. Ich bin stolz auf euch.« Daisy wartete, dass noch eine spitze Bemerkung kam, doch die blieb aus.

»Marigold hat es genossen«, sagte Dennis und streichelte Mac, der auf seiner Schulter saß und ihm ins Ohr schnurrte.

Daisy machte sich einen Kaffee und setzte sich zu ihnen.

»Du siehst aus, als hättest du mit einer ganzen Armee gekämpft«, bemerkte Nan. »Was ist los, Daisy?«

Daisy umklammerte ihren Becher und sah ihren Vater an. »Dad, kann ich dich was fragen?«

Er runzelte die Stirn. »Selbstverständlich. Was ist?«

Daisy holte tief Luft. »Taran hat mich gebeten, zu ihm nach Toronto zu ziehen. Ich habe gesagt, dass ich hier sein muss, bei dir und Mum, weil du meine Unterstützung brauchst. Doch …« Sie konnte es nicht laut aussprechen, und sie konnte ihren Vater auch nicht ansehen, wenn ihm klar wurde, dass sie ihn in dem Moment im Stich ließ, wenn er sie am dringendsten brauchte. »Ich möchte hier sein und dir helfen, für Mum zu sorgen, aber ich liebe Taran …«

Nan schnalzte mit der Zunge. »Und du wärst verrückt, ihn gehen zu lassen.«

»Ich weiß, es ist nur …« Daisy wünschte, ihr Vater würde etwas sagen.

»Nichts *nur*«, sagte Nan. »Du wirst nicht jünger, und ich würde sagen, Taran könnte deine letzte Chance sein. Wir kommen ohne dich zurecht.« Lachend sah sie zu Dennis. »Wir haben das ganze Dorf, das uns hilft, also wäre eine mehr eher zu viel.«

Dennis legte seine Hand auf Daisys. »Liebes, du bist eine wunderbare Tochter, dennoch wird es Zeit, dass du Suze eine Chance gibst, sich zu beweisen.«

»Wenn man alles für andere tut, werden sie nie eigenständig«, sagte Nan, und Daisy fiel auf, dass ihre Großmutter neuerdings durchaus imstande war, sich selbst Frühstück zu machen.

»Ich bin mir nicht sicher, ob er mich noch will. Es ist nämlich so, dass Luca …«

»Ja, wir wissen, dass Luca dir einen Antrag gemacht hat«, unterbrach Nan sie. »Jeder im Dorf dürfte das wissen. Und würdest du ihn heiraten wollen, hättest du gleich Ja gesagt. Zögern ist zweifeln, hat dein Großvater immer gesagt.«

Daisy lächelte, obwohl ihr die Tränen kamen. »Und was hat er sonst noch gesagt?«

Nan erwiderte ihr Lächeln. »Jetzt würde er sagen, dass alles aus einem Grund geschieht. Zufälle gibt es nicht. Menschen treten in unser Leben, ob kurz oder auf Dauer, und das aus einem Grund. Grandad glaubte fest, dass wir alle hier sind, um zu lieben und zu wachsen. Er würde sagen, dass du in den Jahren mit Luca eine wichtige Lektion gelernt hast, es jetzt aber an der Zeit ist, dieses Kapitel abzuschließen und ein neues anzufangen. Du und Taran könnt eine Menge voneinander lernen, deshalb seid ihr euch begegnet. Es ist Karma. Tja, ich mag so getan haben, als würde ich nicht zuhören, doch ich erinnere mich an alles, was er gesagt hat.« Sie schnitt eine Grimasse. »Dein Großvater hat gerne über solche tiefsinnigen Sachen geredet. Und willst du wissen, was ich denke?«

Daisy nickte.

»Ich habe Luca nie gemocht. Und ich traue ihm nicht. Taran ist reell und …« Sie grinste. »Ich mag seine Mutter. Der Apfel fällt nicht weit vom Stamm, nicht? Er ist ein Guter, glaub mir. Und ich habe schon genug Männer gekannt, um das beurteilen zu können.«

»Er ist wütend, weil ich ihm nicht erzählt habe, dass Luca hier war.« Daisy seufzte. »Ich weiß nicht, was ich jetzt machen soll. Ich habe schon gesagt, dass es mir leidtut.«

»Mehr kannst du nicht tun, Schatz«, sagte Dennis.

»Doch, kann sie wohl«, widersprach Nan. »Wenn du ihn willst, kämpfe um ihn. Du bist keine wehrlose Maid, die auf ihren Ritter in schimmernder Rüstung wartet. Guter Gott, die Frauen sind in meinem Leben sehr viel weitergekommen, und das ist ein Segen. Ich würde keine Sekunde

länger warten. Geh da rauf und sag ihm, wie du empfindest. Und einige Tränen könnten helfen.«

Daisy lachte. »Nan, jetzt hast du eben dein Argument
sabotiert.«

»Eine kluge Frau weiß ihre Macht zu nutzen. Männer
mögen stark sein, aber Frauen werden immer listiger sein.
So ist es eben.«

»Und wäre es für euch in Ordnung, wenn ich nach Toronto gehe?«, fragte Daisy und stand auf.

»Himmel noch eins, Daisy, dies ist das 21. Jahrhundert!
Toronto ist nur einen Hüpfer über den Atlantik entfernt,
keine dreiwöchige Schiffsreise.«

»Nan hat die *Titanic* überlebt, musst du wissen«, scherzte Dennis.

»So alt bin ich nicht«, konterte Nan. Dann sah sie zu
Daisy, die an der Tür stand. »Mach es dir nicht so schwer.
Tief durchatmen und los!«

Daisy zog ihren Mantel an, setzte ihre Mütze auf und eilte
hinaus in den Wintermorgen. Die dicke Raureifschicht
begann stellenweise mit der ersten Sonne zu schmelzen
und Flecken von Grün freizugeben. Daisy wanderte den
Feldweg hinauf, wie sie es seit beinahe einem Jahr fast
jeden Morgen tat. Der Himmel war blassblau, und zarte
Wolken zogen gemächlich dahin. Jeder Tag war schön,
dachte sie, als ihr Blick über die Felder und den fernen
Wald schweifte. Und sie schöpfte Zuversicht. Sie würde
Taran sagen, wie sie empfand, denn jetzt war sie sich sicherer denn je.

Als sie seitlich am Wald entlangging, sah sie jemanden
auf der Bank sitzen. Zuerst dachte sie, es wäre David Pullman, der Verwalter, doch als sie näher kam, erkannte sie,

dass es Taran war. Auch er trug einen dicken Mantel, eine Mütze und einen Schal. Er hatte die Ellbogen auf die Knie gestützt und schaute zu den Hügeln.

Sobald er sie bemerkte, drehte er sich zu ihr.

Er stand nicht auf, sondern lehnte sich auf der Bank zurück, und seine Miene war verschlossen.

Unsicher blieb Daisy stehen.

»Du bist nicht schon die ganze Nacht hier, oder?«, fragte sie lächelnd und versuchte, sich nicht von der unsichtbaren Mauer zwischen ihnen abschrecken zu lassen.

Taran lächelte nicht. »Dann wäre ich inzwischen ein Eisklotz«, antwortete er. Plötzlich fragte Daisy sich, ob es klug war, auf Nans Rat zu hören. Tarans ernste Miene brachte ihre Entschlossenheit ins Wanken.

Doch sie setzte sich neben ihn und sah zu Taran auf. »Es tut mir leid, dass ich dich verletzt habe«, sagte sie leise. »Ich war in Panik und habe nur an mich gedacht. Dabei hätte ich dich anrufen und auf dein Verständnis vertrauen sollen.«

Taran stützte die Ellbogen wieder auf die Knie und verschränkte die Hände. »Mir tut es auch leid. Ich habe überreagiert, weil ich eifersüchtig war.«

»Dazu hast du keinen Grund. Ich will dich nicht verlieren, Taran. Und ich will nicht mit Luca zusammen sein, weder in Mailand noch hier. Ich möchte bei dir sein, wo immer du bist.«

Jetzt richtete er seinen Oberkörper wieder auf und sah sie an. »Woher der plötzliche Sinneswandel?«

»Ich habe mit meinem Vater gesprochen, wie du gesagt hast. Und du hattest recht. Er gibt mir nicht das Gefühl, ihn im Stich zu lassen, weil ich wieder ins Ausland gehe. Oder meine Mutter. Wahrscheinlich würde ich mich selbst im Stich lassen, wenn ich nicht meinem Herzen folge. Nan hat gesagt, ich würde es mir unnötig schwer machen. Das stimmt wohl.«

Nun wurden seine Züge weicher. »Doch nur, weil dir die Menschen wichtig sind.«

»Ja, sind sie«, sagte sie. Tränen liefen ihr übers Gesicht. »Anscheinend muss ich kapieren, dass nicht alles auf mir allein lastet. Suze und Nan, die, wie sich herausstellt, sehr gut für sich selbst sorgen kann, sind auch noch da.« Sie lächelte zögerlich. »Und Toronto ist nur einen Sprung über den Atlantik entfernt.«

Tarans Lächeln war voller Wärme, Witz und Liebe. »Dann kommst du zu mir?«, fragte er und berührte ihre Wange.

»Ja.«

Er zog sie in seine Arme und vergrub das Gesicht an ihrem Hals. »Du hast mir Angst gemacht, Daisy. Bitte, erschreck mich nie wieder so.«

Daisy lief nach Hause, um die guten Neuigkeiten zu berichten. Ihrer Mutter musste sie es als Erstes sagen. Es war wichtig, sie nicht zu überfordern und ihr behutsam zu erklären, dass sie wegziehen würde.

Dennis und Nan saßen noch am Küchentisch, und Marigold war bisher nicht nach unten gekommen.

»Da ist aber jemand glücklich«, sagte Nan, als sie Daisy sah. »Haben die Krokodilstränen gewirkt?«

Dennis zog die Augenbrauen hoch. »Offensichtlich ist alles gut.«

»Ich werde mit Taran in Toronto leben!«

»Zu meiner Zeit haben die Leute geheiratet, ehe sie zusammengezogen sind«, bemerkte Nan.

»Die Zeiten haben sich geändert«, sagte Dennis, stand auf und umarmte seine Tochter. »Jetzt ist deine Zeit, Schatz.« Er küsste sie auf die Stirn. »Das sind wunderbare Neuigkeiten.«

Nan schüttelte den Kopf ob des Sittenverfalls, winkte Daisy aber zu sich. »Ich freue mich für euch.« Und ihr gefiel der Gedanke, dass Lady Celia Sherwood voraussichtlich Teil der Familie wurde. Ein Sherwood, der eine Fane heiratete! Das wäre zu ihrer Zeit undenkbar gewesen. »Wenn ihr heiratet, trägst du aber Weiß, nicht? Sicher hat Taran die Dinge gern korrekt. Er wird doch in Schlips und Kragen kommen und um deine Hand anhalten, oder?«

»Erst mal ziehe ich zu ihm, Nan. Eins nach dem anderen«, antwortete Daisy.

Als Marigold nach unten kam, stand Dennis auf, um ihr einen Tee zu machen, und küsste sie auf die Wange. »Morgen, Goldie. Daisy hat gute Neuigkeiten.«

Marigold sah Daisy lächelnd an. Sie fragte sich, ob Luca sie endlich gebeten hatte, ihn zu heiraten.

»Ich ziehe zu Taran«, sagte Daisy.

Marigold versuchte sich zu erinnern, wer Taran war. Sie war so sicher gewesen, dass er Luca hieß. »Wie schön, Schatz«, sagte sie.

»Sie werden in Toronto leben«, ergänzte Nan.

»Aber wir werden oft hier sein«, erklärte Daisy rasch, weil sie ihre sichtlich verwirrte Mutter nicht traurig machen wollte. »Es sind nur acht Stunden Flug, also werden wir mindestens alle paar Monate herkommen. Taran will ja auch seine Mutter sehen.«

Marigold lächelte tapfer weiter, obwohl sie sicher war, dass Daisys Freund in Italien wohnte. »Toronto ist hübsch«, sagte sie und setzte sich neben Nan.

»Und er hat gesagt, dass er irgendwann wieder ganz herzieht, also ist es nicht für immer«, versicherte Daisy.

»Toronto ist eine scheußliche Stadt!«, rief Nan aus. »Laut, dreckig, zu viele Menschen und zu hohe Gebäude.«

Daisy runzelte die Stirn. »Warst du mal in Toronto, Nan?«

»Ich muss nicht hinfahren, um zu wissen, was für eine scheußliche Stadt es ist.«

Daisy sah ihre Mutter an. Sie war nicht sicher, ob Marigold verstand, was sie gesagt hatte. »Weißt du, Mum, Taran arbeitet in Toronto. Er ist Architekt, und ein sehr guter. Er hat sein eigenes Büro und entwirft wunderschöne Gebäude. Als ich dort war, ist mir klar geworden, dass er sein Büro nicht einfach aufgeben und herziehen kann. Jedenfalls noch nicht.«

»Du musst es nicht erklären, Daisy«, sagte Dennis und stellte Marigold ihren Tee hin. »Hab Spaß in Toronto. Du bist jung, und es wird dir guttun, in einer aufregenden Stadt zu leben.« Er setzte sich neben seine Frau.

Marigold verstand, dass Daisy sie verlassen würde, doch sie konzentrierte sich auf den Teil, dass sie wiederkam. Solange sie zurückkam, fand Marigold es nicht schlimm.

»Vielleicht wird Suze einspringen«, sagte Dennis hoffnungsvoll. »Sie ist im letzten Jahr sehr viel erwachsener geworden und jetzt eine verheiratete Frau.«

»Es wird schön, sie häufiger zu sehen«, kam es von Nan. »Suze ist jemand, der nur so hoch springt, wie er muss. Hängen wir die Latte höher und warten ab, was passiert.«

Marigold trank ihren Tee. »Dad sagt, unsere Kinder gehören uns nicht. Sie sind die Söhne und Töchter der Sehnsucht des Lebens nach sich selbst.«

Nan bemerkte, dass Marigold im Präsens sprach, und

biss sich auf die Zunge. Inzwischen hatte sie gelernt, sie nicht zu korrigieren, obwohl sie es sehr dringend wollte. »Dein Vater hat viele weise Dinge gesagt.«

»Das ist Khalil Gibran«, sagte Dennis. »Prima, dass du dich daran erinnerst, Goldie.«

»Sie kommen durch uns, aber nicht von uns, und obwohl sie mit uns sind, gehören sie uns nicht«, fuhr Marigold fort. »Dad hat mich immer ermuntert, meinen eigenen Weg zu gehen, egal, welcher das ist.«

Dennis strahlte. »Womit er ja auch recht hatte. Und ich habe unsere Mädchen immer ermuntert, dasselbe zu tun. Geh nach Toronto, Daisy. Richte dir ein Zuhause mit Taran ein.«

Marigold war verwirrt. Sie war sicher, dass Daisys Freund Luca hieß.

»Scheußliche Stadt«, wiederholte Nan.

»Ja, das werde ich«, sagte Daisy und war froh, als sie ihre Mutter sanft lächeln sah.

»Das Zuhause ist, wo Liebe ist, Schatz«, erklärte Marigold und blickte zu Dennis.

An den Wochenenden fuhr Taran gern aus der Stadt raus nach Muskoka, einem großen Gebiet mit Seen, Inseln und Bergen nördlich von Toronto. Er genoss es, zu wandern, Kanu zu fahren, im Sommer am Hafen zu sein und im Winter Skilanglauf zu machen. Er hatte ein kleines Cottage von einem Klienten gemietet, der ein großes Anwesen in den Bergen besaß, und dort fuhr er mit Daisy hin. Sie mochte den weiten Himmel, das kristallklare Wasser, die Wälder und die Wildblumen. Ihre englische Heimat vermisste sie nicht, weil sie sich bei Taran heimisch fühlte und rundum zufrieden war.

An einem Wochenende Anfang März sagte Taran, er wolle ihr etwas Besonderes zeigen. Er fuhr weit hinauf in die Berge zu einer abgeschiedenen Lichtung, auf der ein verfallener Schuppen stand. Von hier schaute man direkt auf einen See. Taran nahm Daisys Hand. »Hältst du dies hier für einen guten Ort, ein Haus zu bauen?«

»Er ist fantastisch. Ist es für einen Klienten?«

»Nein, für dich.«

Daisy stutzte und begann zu lachen. »Haha, sehr witzig.«

»Es ist kein Scherz. Ich möchte hier ein Haus mit dir bauen. Für uns.«

Daisy hörte auf zu lachen. »Du meinst es wirklich ernst?«

Ohne ihre Hand loszulassen, sank er auf ein Knie. Daisy bekam Herzklopfen. Tarans Augen leuchteten, und seine Wangen waren ein wenig gerötet. »Daisy Fane, Liebe meines Lebens, willst du mich heiraten?«

Daisy kniete sich hin und legte die Hände an seine Wangen. »Unbedingt, Taran Sherwood, Liebe meines Lebens.« Sie lehnte ihre Stirn an seine, bevor sie ihn sanft küsste.

Er nahm sie fest in die Arme. »Ich habe dieses Land vor langer Zeit gekauft und nur auf die richtige Frau gewartet, mit der ich es teilen kann. Jetzt habe ich sie gefunden.«

Daisy schloss die Augen. *Mum hatte recht*, dachte sie. Hier gehörte sie hin.

Zu Hause ist, wo Liebe ist.

Daisy und Taran wurden im Juni in der Dorfkirche getraut. Celia half Daisy bei den Vorbereitungen und konnte nicht umhin, Parallelen zu ihrer eigenen Hochzeit zu sehen. Während sie Toronto verlassen hatte und nach England gezogen war, um Owen zu heiraten, verließ Daisy England, um bei

Taran in Toronto zu sein. Insgeheim hatte sie gehofft, Daisy würde ihren Sohn zurücklocken, verstand aber auch, dass er dort sein Büro hatte, wie auch viele Kindheitserinnerungen. Doch Taran hatte ihr versichert, dass sie irgendwann wieder herziehen würden, und sie glaubte ihm.

Suze und Batty schmückten das Festzelt, das im Garten aufgestellt worden war. Nan war sehr beeindruckt. Alles war glamouröser als bei Suzes Feier. Tarans Freunde, Cousins und Cousinen flogen aus Toronto ein, und Patrick und Lucille kamen den weiten Weg von Sydney. Es waren zweihundertfünfzig Gäste da, die an eleganten runden Tischen saßen. Über ihnen funkelten lauter kleine Lichter. Dennis musste sich einen Cut leihen. Suze und Daisy fuhren mit Nan und Marigold in die Stadt, um ihnen neue Kleider und Hüte zu kaufen. Suze sorgte dafür, dass Marigold keine von Daisys Anproben versäumte. Nan bestand darauf, ebenfalls mitzukommen, und hatte nichts an dem – weißen – Kleid auszusetzen, sagte allerdings zu Daisy, sie solle mehr essen. »Kein Mann will eine knochige Frau im Bett«, erklärte sie naserümpfend. »Ich wette, Taran hat gerne was zum Festhalten.«

Mit Tränen in den Augen schaute Marigold zu, als Dennis seine Tochter zum Altar führte. Sie hoffte, dass sie sich für immer an diesen Moment erinnern würde, doch sie hatte bereits Suzes Hochzeit vergessen. Und Daisys großen Tag würde sie auch nicht behalten. Aber sie lernte, den Moment zu leben, die Gegenwart zu genießen, anstatt zu bedauern, was fort war oder bald weg sein würde. Ihr Vater hatte ihr gesagt, sie solle die einfachen Dinge im Jetzt auskosten. »Das Jetzt ist sowieso das einzig Reale«, hatte er bei einer ihrer Unterhaltungen im Garten gesagt. »Demenz wirft dich ins Jetzt. Genieß den Gesang der Vögel, die leichte Brise, den Wandel der Jahreszeiten. Nur im gegenwärtigen Moment bist du mit deinem wahren Ich verbunden, und das ist ewig.«

»Das Ich sitzt am Steuer«, sagte sie stolz, weil sie sich erinnerte.

»Tut es. Deine unsterbliche Seele.«

»Dann wird alles gut, Dad?«

»Ja, wird es, Goldie.« Beim Lächeln wurden die Krähen-füße in seinen Augenwinkeln tiefer. »Alles wird gut, weil du geliebt wirst. Und mehr braucht niemand.«

In den nächsten Monaten verdichtete sich der Nebel in Marigolds Kopf. Stück für Stück schrumpfte ihre Welt. Daisy meldete sich regelmäßig via FaceTime und erzählte ihrer Mutter von ihrem neuen Leben in Toronto und dass sie als Künstlerin recht erfolgreich war, obwohl sie wusste, dass es Marigold anstrengte, ihr zu folgen. Suze sprang ein, und sogar sehr viel engagierter als erwartet, sodass selbst Nan staunte, mit welcher Hingabe und Aufmerk-samkeit sie sich um ihre Mutter kümmerte. Ohne Daisy, die alles für sie erledigte, blühte Suze regelrecht auf mit ihrer neuen Verantwortung. Und ihr tat gut, wie sehr ihr Vater, ihre Großmutter und auch Batty sie lobten.

Nebenher begann sie zu schreiben. Nach der ersten Zei-le sprudelten die Wörter so schnell aus ihr heraus, dass sie kaum mit dem Tippen hinterherkam. Sie war kreativ, und ihr wurde bewusst, dass sie sich noch nie so gut gefühlt hatte.

Im Sommer wurde Suzes und Battys erstes Kind gebo-ren. Suze kam oft vorbei, damit Marigold ihre Enkeltoch-ter sah. Während sie das Baby zärtlich betrachtete und die winzige Hand hielt, machte Suze ihr Tee und half bei der

Hausarbeit, bis Dennis fand, dass es zu viel für sie wurde. Er stellte Sylvias Nichte Karen ein, die das Putzen und Wäschewaschen übernahm. Nan redete gern mit Karen. Es war ein bisschen langweilig im Haus, seit Marigolds Gesundheit nachließ und die Mädchen ausgezogen waren. Und Karen tratschte genauso gern wie ihre Tante. Marigold verbrachte eine Menge Zeit im Garten, wo sie die Vögel beobachtete, oder saß im Wohnzimmer bei ihrem neuen Puzzle. Zwar wurde es ihr zu schwer, es allein zu legen, aber sie sah sich gern die Bilder an und las die Erklärungen auf der Rückseite.

Im November schneite es wieder. Nan beschwerte sich wie immer. Marigold blickte staunend in den weißen Garten, und Dennis scherzte, dass es wie Narnia aussähe. Doch in diesem Jahr vergaß Marigold, die Vögel zu füttern. Nan erinnerte sie daran. »Wenn du sie nicht fütterst, erleben sie das Frühjahr nicht mehr.« Sie gab Marigold ihren Mantel. »Hier, du willst dich ja nicht verkühlen.« Mutter und Tochter gingen gemeinsam raus, um den Futterspender zu befüllen und mit dem Rotkehlchen zu sprechen, das auf Dennis' Schuppendach wartete.

Dennis hatte Systeme entworfen, die es Marigold erleichterten, sich selbst zu versorgen. Er wusste, wie wichtig ihr ihre Unabhängigkeit war. Im Bad stellte er einen Korb neben das Waschbecken, in dem alles sortiert war, sodass sie leichter erkannte, was sie schon getan hatte. Nach dem Zähneputzen legte sie Zahnbürste und -pasta auf eine Seite. Nachdem sie ihr Gesicht gewaschen hatte, legte sie die Seife gleichfalls auf die Seite. Nach dem Eincremen kam die Creme hinzu, und so fort, bis der Korb leer war. So wusste sie, dass sie alles getan hatte, wie sie sollte. Danach packte sie alles fürs nächste Mal zurück in den Korb. In der Küche versah Dennis die Schränke mit Glastüren, damit Marigold besser sah, was wo war. Er beschriftete die Badezimmertür und die Schubladen und Schränke im Haus. Und er brachte mehr Lichter an und achtete darauf, dass es keine Stolperfallen gab. Er hielt sämtliche Zimmer ordentlich, um jede Verwirrung zu vermeiden, und gab acht, dass wichtige Dinge wie Schlüssel und Handy stets am selben Platz lagen. Vor allem stimmte er Marigold zu, immer. Egal, wie verrückt sie sich anhörte, und manchmal klang sie ein bisschen verrückt, er lächelte verständnisvoll. Währenddessen hoffte er, dass sie nie erfuhr, wie sehr ihr Gehirn versagte.

Ihm kam überhaupt nicht der Gedanke, dass er eines Tages nicht mehr für sie sorgen könnte. Er hatte vor Gott geschworen, für sie da zu sein, und dieses Gelübde würde er nicht brechen. Und dennoch war irgendwann der Punkt erreicht, an dem er es musste.

Marigold begann nur noch in den untersten Fächern des Bücherregals zu leben – in den Erinnerungen von vor langer Zeit, die als einzige noch da waren. Mehrmals versuchte sie wegzulaufen und behauptete, sie wolle nach Hause. »Aber du bist hier zu Hause«, erklärte Dennis geduldig, als er sie im Nachthemd draußen auf der Straße fand, barfuß und bibbernd vor Kälte.

»Nein«, antwortete sie und schüttelte panisch den Kopf. »Ich will nach Hause zu Mum und Dad und Patrick. Sie vermissen mich doch und sorgen sich. Ich muss nach Hause, damit sie sich nicht sorgen.«

Dennis kämpfte mit der Furcht, die ihn zu überwältigen drohte, hob Marigold hoch und trug sie nach Hause. Wie konnte er ihr ein guter Ehemann sein, wenn sie ihr gemeinsames Zuhause nicht mehr erkannte?

Dann weigerte sie sich eines Abends, ins Bett zu gehen, weil sie Dennis nicht erkannte.

»Ich bin dein Mann«, sagte er verzweifelt. »Du hast mich geheiratet. Wir sind seit über vierzig Jahren verheiratet, Goldie.« Doch sie presste sich in ihrem Morgenmantel an die Wand, zitternd vor Angst, bis Dennis Nan holen musste.

Nan fand die Situation unerträglich. Sie verstand nicht, wie Marigold Dennis vergessen konnte, das Licht ihres Lebens. »Er ist dein Mann, Marigold«, sagte sie. »Du liebst ihn!« Und etwas an dem Wort »liebst« brachte ihn zurück zu ihr. Aber würde es genügen, wenn es das nächste Mal geschah?

Danach war Nan klar, dass Dennis nicht mehr lange so weitermachen konnte. Auch er wusste es tief im Innern, konnte sich dem jedoch nicht stellen. Er ertrug die Vorstellung nicht, ohne Marigold zu sein. Und wo sollte sie auch hin? In ein Krankenhaus? Er hatte schreckliche Geschichten über Demenzpatienten gehört, die in Krankenhäusern vernachlässigt wurden. Ein Pflegeheim wiederum konnte er nicht bezahlen. Ihm blieb nur eine Option. Schweren Herzens reduzierte er seine Arbeitszeiten und nahm keine neuen Aufträge mehr an. Das Miniaturdorf verstaubte in seinem Schuppen, während er Marigold beim Waschen und Anziehen half, ihre Mahlzeiten bereitete, ihren Tee aufgoss. Jeden Moment seines Lebens widmete er sich ihr mit Geduld und Mitgefühl, und eine Weile lang glaubte er, sich über Wasser zu halten. Doch als Weihnachten kam und ging, war ihm, als würde er allmählich ertrinken. Er konnte kaum noch atmen. Marigolds Zustand wurde immer schlechter, und die Dinge, die ihr helfen sollten, überforderten sie. Das Furchtbarste aber war, dass sie sich ihm widersetzte.

Dennis war kein Mann, der leicht weinte, doch in dem Moment, in dem er begriff, dass er nicht mehr konnte, weinte er wie ein hilfloser Junge.

Nan rief Patrick an. Sie telefonierte selten mit ihm, weil es so teuer und Patrick so beschäftigt war. Aber sie brauchte seinen Rat. Früher hätte sie ihren Mann gefragt, und der hätte genau gewusst, was zu tun war. »Ist alles in Ordnung?«, fragte Patrick, als er die Stimme seiner Mutter hörte.

»Nein, es geht um Marigold«, antwortete sie.

»Ist es schlimmer?«

»Viel schlimmer, Patrick.«

»Dachte ich mir.« Ihm war klar, dass er wenig tun konnte, um zu helfen.

»Dennis versucht, sie selbst zu pflegen, aber er zerbricht unter der Last. Ich habe ihn noch nie so gesehen. Und ich muss wissen, ob Marigold in ein Pflegeheim sollte. Dennis will nichts davon hören, doch ich denke, wir haben keine Wahl. Was meinst du?« Patrick überlegte einen Moment, und Nan wurde ungeduldig. »Ich weiß nicht, wie lange ich das noch ertrage«, fügte sie hinzu.

»Dann müsst ihr tun, was für euch alle das Beste ist, einschließlich Marigold«, sagte Patrick. »Du, Daisy und Suze müsst Dennis überzeugen, dass es nicht nur um euch, sondern auch um Marigolds Wohl geht. Professionelle Pfleger wissen, wie sie sich um Leute wie sie kümmern. Sie wäre dort gut aufgehoben. Natürlich kann Dennis sie nicht allein versorgen.« Er lachte. »Ich bewundere, wie lange er es schon aushält. Ich würde keine fünf Minuten durchstehen, ohne um Hilfe zu schreien.« Nan hoffte, Lucille würde ihn nie so brauchen.

Nan telefonierte mit Daisy und bat sie zu kommen. Suze

ließ ihr Baby zu Hause bei Batty und kam. Zu dritt setzten sie sich mit Dennis an den Küchentisch, als Marigold oben schlief.

Daisy erschrak, wie müde und grau ihr Vater aussah. Er war seit Weihnachten merklich gealtert. Sollte sie noch irgendwelche Zweifel gehabt haben, dass ihre Mutter in ein Pflegeheim musste, waren die nun ausgeräumt.

Dennis umklammerte seinen Teebecher und blickte seine Töchter und seine Schwiegermutter an. »Ich weiß, warum wir hier sitzen.«

»Wir werden nicht stillschweigend mit ansehen, wie du dich zugrunde richtest«, sagte Nan und fügte grinsend hinzu: »Ich muss mit dir leben, und es ist nicht fair mir gegenüber.«

Dennis brachte ein mattes Lächeln zustande.

»Es ist nicht fair dir gegenüber«, sagte Daisy zu ihm. »Du hast auch ein Leben, Dad.«

Er sah sie verwundert an. »Marigold ist mein Leben.«

»Weiß ich, Dad. Aber wenn du dir keine Hilfe holst, zieht sie dich mit sich runter, und das erträgt keiner von uns.« Daisys Augen brannten. Sie konnte sich Dennis ohne Marigold nicht vorstellen. Die beiden gehörten schlicht zusammen.

»Wir wollen genauso wenig wie du, dass Mum ihr Zuhause verlässt«, sagte Suze. »Aber sie würde nicht wollen, dass du leidest.«

Dennis erinnerte sich an die Unterhaltung im Schuppen, als Marigold ihm gesagt hatte, sie würde es verstehen, wenn er sie in ein Heim gab. Er war entsetzt gewesen und hatte den Gedanken unerträglich gefunden. Das tat er noch.

»Ich kann mir kein Pflegeheim leisten«, gestand er, und

es schmerzte. Er hatte in der Kirche geschworen, dass er Marigold beistehen würde … *in Gesundheit und in Krankheit … bis dass der Tod uns scheidet.* Man mochte ihn altmodisch nennen, aber für Marigold zu sorgen war nicht nur sein Wunsch, sondern seine Pflicht. Jetzt schämte er sich, dass er sie nicht erfüllen konnte.

»Ich habe noch Geld vom Verkauf meines Hauses«, sagte Nan. »Das habe ich für schlechte Zeiten zurückgelegt. Tja, und ich würde sagen, die sind jetzt gerade ziemlich schlecht.«

Dennis nickte. »Kann man wohl sagen.«

Daisy räusperte sich. Sie wollte das großzügige Angebot ihrer Großmutter nicht abtun, doch sie hatte recherchiert, und bei den Preisen für einen Pflegeheimplatz wären Nans Ersparnisse schnell aufgezehrt. »Taran und ich möchten es gerne bezahlen«, sagte sie und sah ängstlich zu Nan. »Ich meine, wir würden uns gern die Kosten mit Nan teilen.«

Nan lächelte, und Daisy legte eine Hand auf Dennis' Arm. »Dafür ist die Familie da. Auf die Regierung kann man sich nicht verlassen, aber du kannst dich auf uns verlassen.«

Dennis blickte mit glänzenden Augen von Nan zu Daisy. Ihm fehlten die Worte.

»Ich gebe auch etwas dazu«, sagte Suze, die nicht ausgeschlossen werden wollte, auch wenn sie und Batty wenig geben konnten. »Viel wird es nicht sein, aber es hilft.«

»Der Gedanke zählt«, antwortete Nan. »Der Punkt ist, dass es möglich ist und geschehen muss. Für dich, Dennis, und auch für Marigold. Sie braucht jetzt professionelle Pflege.«

Er trank einen Schluck Tee und seufzte. »Ich weiß nicht, was ich ohne sie tun soll«, murmelte er. »Sie ist doch meine Goldie und wird es immer sein.«

»Du kannst sie jeden Tag besuchen, wenn du willst«, sagte Daisy.

»Wir suchen einen Platz in der Nähe«, ergänzte Suze.

»Beryl hat mir erzählt, dass sie vor wenigen Jahren mit ihr im Seaview House war«, sagte Nan. »Das ist nur zwanzig Minuten Fahrt entfernt, an der Küste. Da kann sie das Meer sehen. Du weißt, wie sehr sie das Meer liebt. Ich glaube, dort ist es nett.«

»Siehst du es dir mit uns an?«, fragte Suze ihren Vater.

»Du musst nicht jetzt gleich entscheiden«, sagte Daisy sanft. »Wir schauen es uns an, und wenn es dir nicht gefällt, suchen wir etwas anderes.«

Niemand sprach, solange Dennis nachdachte. Daisy sah fragend zu Suze, die mit den Schultern zuckte. Sie tranken ihren Tee und warteten. Schließlich sagte Dennis: »Ich weiß nicht, wie Marigold ohne mich zurechtkommt.«

»Die Hälfte der Zeit erkennt sie dich nicht mal«, entgegnete Nan. »Und es wird nur schlimmer.«

»Käme ich doch nur besser damit klar. Ich fürchte, dass ich sie im Stich lasse.«

»O Dad!«, rief Daisy. »Du lässt sie nicht im Stich. Du bist ihr Ritter!«

»Mehr könntest du gar nicht tun«, sagte Suze unter Tränen.

Nan nickte. »Nein, könntest du nicht. Könnte keiner. Du bist ein guter Mann, Dennis, wie Arthur. Marigold und ich haben Glück gehabt. Das wissen wir beide.« Sie tätschelte seine Hand. »Marigold mag ihren Verstand verlieren, aber sie hat noch ein Herz. Sie weiß, dass du sie liebst, und sie wird wissen, dass du jede Entscheidung aus Liebe triffst.«

»Und wir wissen es auch«, fügte Daisy hinzu.

»Na gut«, sagte Dennis. »Sehen wir uns an, ob Seaview House gut genug für unsere Goldie ist.«

29

Die Jahreszeiten kamen und gingen, und Marigold beobachtete sie vom Sessel am großen Fenster im Seaview House. Obwohl sie mit Wörtern wie Sommer, Herbst, Winter und Frühling etikettiert waren, waren sie nie gleich. Manchmal waren die Rot- und Gelbtöne im Herbst dunkler rot oder strahlender gelb. Manchmal schneite es, meistens nicht. Hin und wieder malte der Frost Bilder auf die Fensterscheiben, und es machte Spaß, sie zu deuten. Marigold entdeckte Feen und Kobolde, die jedoch in der Sonne schmolzen. Und kaum bedauerte sie ihr Verschwinden, kamen die Vögel, flatterten um die Futterspender im Garten und lenkten sie ab. Egal, welche Jahreszeit war, die Vögel waren immer da. Marigold liebte Vögel. Ihr heiterer Gesang rührte etwas Zeitloses tief in ihr an, wo all die Liebe lagerte, die sie im Leben empfangen hatte, auch wenn sie sich nicht erinnern konnte, von wem.

Nach und nach verblassten ihre Erinnerungen, aber Marigold bemerkte es nicht. Sie empfand keine Furcht, keinen Schmerz, bloß ein sanftes Schwinden von Bildern, die für sie nicht mehr wichtig waren. Wie ihr Vater ihr gesagt hatte, verfiel der Wagen langsam, und der Motor ließ nach, doch immer noch saß Marigold am Steuer, perfekt und ganz, wie sie von jeher gewesen war und stets sein würde. Sie freute sich am Jetzt, das ihr reichlich bot. Sie sah das Meer, die wogenden Wellen, das tanzende Licht auf dem Wasser, die Gischt an den Felsen und die Meeresvögel, die im Flug eintauchten und sich Fische holten. Blieb man im Moment, war man nie gelangweilt oder unglücklich.

Mal saß Marigold da und dachte nach; mal saß sie nur da. Gelegentlich tauchte sie aus dem Nebel auf und kehrte mit ein wenig von der Begeisterung ins Leben zurück, die früher so typisch für sie gewesen war. Aber solche Tage waren selten.

Es war Weihnachten. Zwei Wagen hielten vorm Seaview House, und sechs Erwachsene sowie mehrere kleine Kinder stiegen aus. An der Tür hing ein Kranz, und in der Eingangshalle stand ein riesiger Tannenbaum mit silbernem Lametta und Schneeflocken, wo sonst der runde Tisch vor dem Kamin war, in dem nie ein Feuer brannte. Es duftete nach Zimt und Bratäpfeln.

Dennis ging voraus durch die Halle, beladen mit Geschenken und einem Strauß blassrosa Rosen. Hinter ihm kam Nan, die Suzes Tochter Trudie an der Hand hielt. Danach folgten Daisy mit ihrem zehn Monate alten Owen auf dem Arm und Suze, die wieder schwanger war. Ihnen folgten Batty, der seinen fünfzehn Monate alten Sohn und eine Wickeltasche trug, und schließlich Taran mit einer Schachtel Weihnachtspasteten, die Sylvia gemacht hatte.

Sie betraten den Salon und sahen Marigold sofort. Sie saß in ihrem üblichen Sessel am Fenster und blickte hinaus in den weißen Garten. Sie wirkte gepflegt und hatte einen Rock und eine Strickjacke über einer sorgsam gebügelten geblümten Bluse an. Ihr Haar war frisch gewaschen, und sie war dezent geschminkt. Neben ihr auf dem Tisch lag das Puzzle. Inzwischen konnte sie es nicht mehr zusammensetzen, aber das Pflegepersonal sagte, dass sie sich die Bilder und die Texte auf der Rückseite gern ansah. Oft lächelte sie dann verträumt.

Die Gruppe durchquerte den Raum. Es war ziemlich still. Einige weißhaarige Frauen saßen auf dem Sofa und sahen sich Weihnachtssänger im Fernsehen an. Auf dem Couchtisch vor ihnen lag zwischen mehreren Zeitschriften ein kürzlich erschienenes Buch von Suze Fane, *L(i)eben mit Demenz*. Es war ein Bestseller.

Als sich die Familie näherte, drehte Marigold sich vom Fenster weg.

Sie blickte zu den Leuten und erkannte nicht gleich, dass sie zu ihr wollten. Dann lächelte Dennis, und sie schien ein wenig erschrocken. »Hallo, Liebes«, sagte er sanft. Er küsste sie nicht. Das hatte er früher getan, aber jetzt nahm er nur einen der Stühle und setzte sich. »Frohe Weihnachten, Goldie. Wir haben dir Geschenke mitgebracht.« Er hatte kein Puzzle für sie, und sie erinnerte sich nicht mehr an die Tradition.

Als Marigold Nan sah, hellten sich ihre Züge auf. An ihre Mutter erinnerte sie sich. »Hallo, Marigold.« Nan nahm neben ihr Platz. Suzes Tochter kletterte auf den Schoß ihrer Urgroßmutter und beäugte Marigold misstrauisch. Batty und Taran holten mehr Stühle herbei. Es gab ein wenig Unruhe, als Batty die Wickeltasche abstellte und Taran einen Tisch für die Pasteten heranrückte. Daisy setzte sich nahe zu ihrer Mutter, das Baby auf den Armen, und Suze wählte einen Stuhl neben Nan. Wenig später streckte Trudie die Arme aus, und Suze nahm sie auf den Schoß.

»Na, ist das nicht schön?«, fragte Dennis, klatschte sich

auf die Knie und versuchte vorzugeben, dass alles normal sei. »Ist der Schnee nicht hübsch? Wie Narnia.«

»Du magst Schnee, nicht wahr, Marigold?«, fragte Nan. »Den hast du immer gemocht.«

Marigold sah eine Weile zum Schnee, der im Sonnenschein glitzerte.

»Ich mag Weihnachten«, sagte Suze. »Geschenke fand ich schon immer gut.«

Marigold blickte wieder zu der Gruppe. Sie lächelte Daisy unverwandt an. »Wie freundlich von euch.«

»Und ich habe Pasteten von meiner Mutter mitgebracht«, sagte Taran.

Marigold wusste nicht, wer er war, von seiner Mutter ganz zu schweigen, doch das verriet sie nicht. »Das ist sehr nett von ihr. Danke.« Wieder kam das zurückhaltende Lächeln von jemandem, der höflich sein und nicht das Falsche sagen wollte.

»Wie wäre es, wenn ich uns Tee mache?«, schlug Daisy vor, denn allmählich baute sich eine unschöne Anspannung auf.

Plötzlich wurde Marigold munterer. »Das ist eine gute Idee. Trinken wir einen Tee. Es geht nichts über eine Tasse Tee, wenn es draußen kalt ist.«

Daisy stand auf und gab Taran das Baby. »Ich gehe ihn holen.«

Auch Suze stand auf. »Ich helfe dir. Wir sind viele, und ich schätze, wir möchten alle welchen.«

Marigold schaute die beiden hübschen jungen Frauen an, dann die Männer. Eine gut aussehende Gruppe, dachte sie und wandte sich zu Nan. »Was ist aus diesem attraktiven Mann geworden, Dennis? Hat er je geheiratet? Er sah sehr gut aus, nicht?«

Daisy und Suze erstarrten und sahen panisch zu ihrem Vater. Dennis starrte Marigold an. Sie merkte nicht, welchen Schmerz sie verursachte.

Nan öffnete den Mund, und Daisy wollte ihr zuvorkommen, wusste jedoch nicht, wie. Da streichelte Nan die Hand ihrer Tochter und nickte. »O ja, er sah sehr gut aus. Und er hat ein reizendes Mädchen geheiratet. Ein wunderschönes, freundliches und selbstloses Mädchen. Die beiden sind sehr glücklich gewesen. Ja, ich würde sogar sagen, sie waren glücklicher als irgendwer sonst, den ich kenne.«

»Wie schön«, sagte Marigold.

Und Dennis begriff, dass das Buch mit dem Titel *Dennis* vom Regal gekippt war. Er fragte sich, welchen Sinn es hatte, Woche für Woche, Jahr für Jahr herzukommen. Wozu all das? Er sah zu den Rosen neben seinen Füßen. Die brachten sie ihm schon lange nicht mehr zurück. Dann schaute er in ihr ahnungsloses Gesicht, und etwas zerrte an seinem Herzen.

Er wusste es wieder. Eine unzerstörbare Welle bedingungsloser Liebe durchströmte ihn. Es spielte keine Rolle, dass sie nicht wusste, wer er war, denn er wusste, wer sie war. Sie war seine geliebte, wundervolle, unersetzbare Goldie, und die würde sie immer bleiben.

Danksagung

Ich fühle mit all jenen, die mit Demenz leben, und mit ihren Freunden und Angehörigen, die sie lieben und unterstützen. Bei meiner Recherche habe ich einige wahrhaft eindrucksvolle Menschen kennengelernt, Patienten wie Pflegende, deren Hingabe mich überwältigte. Dies ist die Geschichte von Marigolds Abgleiten in die Demenz, aber vor allem handelt sie von einer Liebe, die alle Hindernisse überwindet.

Ohne die Weisheit und den Rat meines lieben Freundes Simon Jacobs hätte ich Marigold und Dennis nicht zum Leben erwecken können. Meine Zeit mit ihm hat mich zur zentralen Botschaft des Buches inspiriert, die eine spirituelle ist: Wenn die Erinnerungen verblassen und sich die Persönlichkeit zurückzieht, bleibt die Seele – das eigentliche Ich – noch vollkommen, ganz und ewig. Ich bin so dankbar für unsere vielen Jahre der Freundschaft und die magischen Dinge, die er mich gelehrt hat.

Dennis' Figur ist an meinen Freund Jeff Menear angelehnt, einen extrem begabten Tischler. Im Laufe der Jahre hat er wundervolle Sachen für mich gearbeitet und meine wirren Ideen mit dem Können des talentierten Künstlers in Meisterwerke umgesetzt. Ich kann ihm gar nicht genug danken, dass er mir seine Zeit geschenkt und mir so vieles über seinen Beruf erzählt hat, um meine Romanfigur zu entwickeln. Ich möchte auch seiner Frau Siobhan und seiner verstorbenen Mutter Jean danken, denn die kleinen, scheinbar irrelevanten Dinge, die sie ins Gespräch einwarfen, waren Gold wert.

Als ich Sam Sopwiths schöne Tierporträts sah, beschloss ich, dass Daisy eine Künstlerin wie sie sein müsste. Sams Tiere sind außergewöhnlich. Sie sehen mit einer Gefühlsintensität vom Papier auf, wie man sie auf Fotografien nie findet. Und meine Heldin sollte dieses Talent und diese Einfühlsamkeit haben. Also, danke, Sam, dass du meine Muse warst. Es ist nur eine Frage der Zeit, bis ich dich bitte, *meinen* Hund zu malen!

Ich möchte auch meinem argentinischen Freund Pablo Jendretzki danken, der als Architekt in New York lebt. Gut aussehend, charismatisch und begabt, wie er ist, war er ideal, mich zu Taran zu inspirieren. Danke, Pablo.

Ich bin meinen Eltern dankbar, Charlie und Patty Palmer-Tomkinson, die mir eine überaus liebevolle, freie und stabile Kindheit schenkten und mir bis heute beste Freunde und weise Ratgeber sind. Dank geht auch an meine Tante Naomi Dawson, an James und Sarah Palmer-Tomkinson und deren vier Kinder, Honor, India, Wilf und Sam, denn je älter ich werde, umso mehr begreife ich den Wert der Familie. Ich danke meiner verstorbenen Schwester Tara, die mich lehrte, was Verlust und Liebe bedeuten. Sie fehlt mir.

Zu großem Dank bin ich meiner genialen Agentin Sheila Crowley und meinem Filmagenten Luke Speed sowie allen bei Curtis Brown verpflichtet, die mich unterstützt haben: Alice Lutyens, Katie McGowan, Callum Mollison,

Anna Weguelin, Emily Harris und Sabhbh Curran. Und ein riesiges Dankeschön an meine Lektorin Suzanne Baboneau, die so sorgfältig an meinen Manuskripten arbeitet, an meinen Boss Ian Chapman und das exzellente Team von Simon & Schuster: Gill Richardson, Polly Osborn, Rich Vlietstra, Dominic Brendon, Sian Wilson, Rebecca Farrell und Sara-Jade Virtue.

Ich habe viele glückliche Stunden im ruhigen Fountains Coffee Shop und dem Bel & The Dragon in Odiham gearbeitet, Hans Zimmers *Pearl Harbor*-Soundtrack gelauscht und Caffè Latte mit Schokoladenflocken getrunken. Ich bin so dankbar, dass ich Bücher schreiben darf, denn es macht mir solche Freude. Dennoch müsste es ein Hobby bleiben, wären die Buchhändler und meine Leser nicht. Ich danke euch allen.

Und schließlich möchte ich meinem Mann Sebag und unseren Kindern Lily und Sasha von Herzen für das Lachen und die Liebe danken.